CORONA DE MEDIANOCHE

De la serie TRONO DE CRISTAL

Sarah J. Maas

Corona de medianoche

De la serie Trono de cristal

Traducción de Victoria Simó

Alfaguara

Corona de medianoche

Título original: *Crown of Midnight*

Primera edición: junio de 2024

Publicado originalmente por Bloosmbury Children's Books

ISBN: 979-88-909815-5-4

Impreso en Colombia – *Printed in Colombia*

24 25 26 27 28   10 9 8 7 6 5 4 3 2 1

Para Susan...
Mi mejor amiga hasta que no seamos sino polvo.
(Y quizá más tiempo).

PRIMERA PARTE
La campeona del rey

CAPÍTULO 1

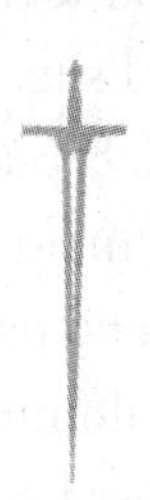

Solo el golpeteo de los postigos en las ventanas, producido por el viento de la noche, delató su entrada. Nadie la vio escalar el muro del jardín de la sombría mansión, y gracias a los truenos y al gemido del aire que soplaba en la costa cercana, nadie la escuchó escalar la cañería, saltar por la ventana y deslizarse al descanso de la segunda planta.

Al oír que unos pasos se acercaban, la campeona del rey se ocultó en un nicho. Encapuchada y bien cubierta con la capa, hizo lo posible por camuflarse entre las sombras y convertirse en un mero jirón de oscuridad. Rezongando, una criada avanzó penosamente hacia la ventana abierta y la cerró. Desapareció instantes después por las escaleras del otro lado del descanso. No se había dado cuenta de las huellas que aún humedecían la madera del suelo.

Un relámpago iluminó el descanso. La asesina inhaló profundamente y repasó los planes que tan concienzudamente había memorizado a lo largo de los tres días que llevaba vigilando aquella mansión en las afueras de Bellhaven. Cinco puertas a cada lado. La alcoba de Lord Nirall se encontraba tras la tercera a la izquierda.

Aguzó el oído para comprobar si algún otro criado se dirigía hacia allí, pero, aunque la tormenta rugía con furia en el exterior, en la casa reinaba el silencio. Sigilosa como espectro, recorrió el descanso. Empujó la puerta del dormitorio de Lord Nirall, que se abrió con un chirrido casi imperceptible. Aguardó a que retumbara otro trueno para cerrarla con cuidado.

Un segundo relámpago iluminó a las dos figuras que dormían en el lecho con dosel. Lord Nirall no debía de pasar de los treinta y cinco años. Su mujer, morena y hermosa, dormía profundamente en sus brazos. ¿Qué ofensa tan terrible habrían cometido para que el rey hubiera ordenado sus muertes?

Se deslizó hacia el borde de la cama. No le correspondía a ella hacer preguntas, su trabajo era obedecer; se jugaba la libertad. Mientras se acercaba a Lord Nirall, volvió a repasar el plan.

Desenfundó la espada casi en silencio. Luego se estremeció al mentalizarse para lo que estaba a punto de hacer.

Lord Nirall abrió los ojos justo cuando la campeona del rey levantaba la espada sobre su cabeza.

CAPÍTULO 2

Celaena Sardothien avanzaba a grandes pasos por los pasillos del castillo de cristal de Rifthold. Un pesado bulto, que se balanceaba con su caminar y que le golpeaba las rodillas , pendía de su mano. Si bien la capucha de la capa le ocultaba casi por completo el rostro, los guardias no la detuviero cuando se dirigió a la sala del consejo del rey. Sabían perfectamente quién era. Y para quién trabajaba. Como campeona del rey, los superaba en rango. En realidad, muy pocos habitantes del castillo presumían un rango superior al de ella. Y eran aún menos los que no le temían.

Con su capa se acercó a las puertas de cristal. Los guardias, parados a ambos lados de la entrada, se irguieron cuando Celaena los saludó con un gesto justo antes de cruzar el umbral de la cámara real. Sus botas apenas resonaban contra el rojizo mármol.

En el centro de la cámara, sentado en su trono de cristal, el rey de Adarlan la esperaba. En cuanto la vio llegar, el soberano clavó la mirada en el saco que colgaba de su mano. Igual que había hecho en las tres ocasiones anteriores, Celaena posó una rodilla en el suelo y agachó la cabeza.

Plantado junto al trono, Dorian Havilliard también la esperaba. Celaena notó sus ojos color zafiro fijos en ella. Al pie del estrado, siempre a un paso de la familia real, se encontraba Chaol Westfall, capitán de la guardia. La asesina alzó la vista hacia él desde las sombras de la capucha y reparó en los angulosos contornos de su rostro. Viendo su impasible semblante, nadie habría adivinado que conocía a Celaena. No obstante, así debía ser. Formaba parte del juego que llevaban realizando desde hacía varios meses. Tal vez Chaol fuera su amigo, o incluso alguien en quien podría llegar a confiar, pero seguía siendo capitán. Por encima de todo, el hombre era leal a la familia real. El rey se dirigió a ella.

—Levántate.

Con la barbilla en alto, la asesina se incorporó y se retiró la capucha.

El monarca agitó la mano y la sortija de obsidiana que lucía en el dedo capturó la luz de la tarde.

—¿Misión cumplida?

Con una mano enguantada, Celaena hurgó en el saco y arrojó la cabeza a los pies del rey. Nadie pronunció palabra alguna cuando la carne dura y putrefacta rebotó en el mármol con un golpe sordo. La cabeza rodó hasta la tarima. Cuando se detuvo, los lechosos ojos se clavaron en la recargada araña de cristal que colgaba del techo.

Dorian se irguió y desvió la mirada. Chaol no apartaba los ojos de Celaena.

—Opuso resistencia —declaró ella.

El rey se echó al frente para examinar de cerca el maltrecho rostro y los cortes irregulares del cuello.

—Apenas lo reconozco.

Aunque estaba nerviosa, Celaena se las arregló para esbozar una sonrisa cruel.

—Me temo que las cabezas humanas no son mercancía fácil de transportar —Hurgando de nuevo en la bolsa, sacó una mano—. Esta es su sortija.

Intentó no prestar atención a la carne pútrida del miembro, ni tampoco al hedor que emanaba, cada día peor. Le tendió la mano muerta a Chaol, quien, ensimismadamente, la tomó para entregársela al rey. El soberano hizo una mueca, pero extrajo de todos modos el anillo del rígido dedo. Tiró la mano a los pies de Celaena y procedió a examinar la joya.

Dorian parecía horrorizado. Durante los duelos, nunca había dado muestras de que le afectara el trabajo de Celaena. ¿Qué esperaba? ¿Acaso no sabía cuál era la finalidad de la campeona del rey? Por otra parte, cualquiera se sentiría asqueado ante una mano y una cabeza cercenadas, incluso aquellos que llevaban toda una década viviendo a la sombra de Adarlan. Y Dorian, que jamás había luchado cuerpo a cuerpo, que nunca había visto filas y filas de presos avanzar cabizbajos hacia el tajo del carnicero con los pies encadenados... Bueno, quizá lo raro era que no hubiera vomitado todavía.

—¿Y qué me dices de su esposa? —quiso saber el rey, que observaba el anillo al derecho y al revés.

—Encadenada al resto de su esposo en el fondo del mar —replicó Celaena con una siniestra sonrisa.

Extrajo una segunda mano del saco, más pálida y esbelta. Aún llevaba la alianza de oro en el dedo, con la fecha de la boda grabada en su interior. Celaena le ofreció el segundo miembro al rey, pero este lo rehusó con un movimiento de cabeza. Ella devolvió la mano al grueso costal de lona. Evitó mirar tanto a Dorian como a Chaol.

—Muy bien —musitó el rey. Celaena esperó mientras el soberano pasaba la vista de la asesina al saco, y de este a la cabeza. Después de un instante, que se le hizo eterno, el monarca prosiguió—. Se está fraguando una rebelión aquí en Rifthold, alentada por un puñado de individuos que harán lo que haga falta con tal de destronarme... y que pretenden interferir en mis planes. Tu próxima misión consiste en sofocar la revuelta y ejecutarlos antes de que se conviertan en una verdadera amenaza para mi imperio.

Celaena apretaba el saco con tanta fuerza que le dolían los dedos. Chaol y Dorian miraban fijamente al rey, como si jamás hubieran oído hablar de una revuelta.

Antes de su partida a Endovier, Celaena había oído rumores sobre la existencia de fuerzas rebeldes. De hecho, había conocido a varios rebeldes en las minas de sal, presos como ella. Pero de eso a que se estuviera tramando una revolución en el corazón de la capital... ¿Qué pretendía el rey? ¿Que liquidara a los presos uno a uno? Además, ¿de qué planes hablaba? ¿Qué sabían los rebeldes de los planes del soberano? Se guardó las preguntas muy dentro de sí, para que nadie pudiera leerlas en su cara.

El rey tamborileó los dedos en el brazo del trono. Con la otra mano jugaba con el anillo de Nirall.

—Hay muchos nombres en mi lista de sospechosos, pero te los iré diciendo uno a uno; el castillo está lleno de espías.

Chaol se irritó al oírlo, pero el rey hizo un gesto en su dirección y el capitán se acercó a Celaena con un pergamino. Con expresión inescrutable, se lo tendió.

Celaena reprimió el impulso de mirar a Chaol a los ojos. Él, en cambio, le rozó ligeramente los dedos al entregarle la hoja. Imperturbable, la asesina tomó el documento. Llevaba escrito un solo nombre: "Archer Finn".

Tuvo que recurrir a todo su autocontrol y sentido de supervivencia para disimular la sorpresa. Conocía a Archer... Lo conocía desde los trece años. En aquellos años, él había acudido a la guarida de los asesinos a recibir entrenamiento. Archer era varios años mayor que ella. Ya entonces era un cortesano muy solicitado, tanto que era necesario un entrenamiento especial para aprender a protegerse de las clientas celosas... y de sus maridos.

Jamás le molestó que Celaena lo persiguiera. En realidad, coqueteaba con ella y la hacía reír como una niña. Por supuesto, llevaban muchos años sin verse —desde que ella partió a Endovier—, pero Celaena no lo creía capaz de algo así. Era un tipo guapo, amable y alegre, no un traidor a la corona tan peligroso como para borrarlo del mapa.

Qué absurdo. Quienquiera que le estuviera proporcionando información al rey era un completo idiota.

—¿Solo a él o a sus clientes también? —le espetó al soberano.

El monarca sonrió desganadamente.

—¿Conoces a Archer? No me sorprende.

La estaba poniendo a prueba.

Haciendo esfuerzos por tranquilizarse, por respirar, Celaena mantuvo la vista al frente.

—Lo conocía. Posee unas defensas extraordinarias. Me tomará un tiempo traspasarlas.

Celaena había formulado las frases con extrema cautela. En realidad, necesitaba tiempo para averiguar cómo se había metido Archer en aquel lío. Y también para descubrir si el rey decía la verdad. Si realmente Archer era un traidor y un rebelde... bueno, ya lo decidiría más tarde.

—Te concedo un mes —declaró el soberano—. Y si para entonces no está bajo tierra, quizá reconsidere tu puesto, jovencita.

Ella asintió, sumisa, complaciente, gentil.

—Gracias, su Majestad.

—Cuando hayas liquidado a Archer, te daré el siguiente nombre de la lista.

Celaena siempre había procurado no inmiscuirse en la política del reino, evitando principalmente asuntos relacionados con las fuerzas rebeldes, y de repente se encontraba metida hasta el cuello. Perfecto.

—Sé rápida —le aconsejó el rey—. Y, discreta. Tu recompensa por la muerte de Nirall te aguarda en tus aposentos.

Asintiendo de nuevo, la asesina se guardó el pergamino en el bolsillo.

El soberano la observaba atentamente. Celaena desvió la vista, pero se forzó a levantar la comisura de los labios y a fingir que le brillaban los ojos, como si estuviera impaciente por empezar la caza. Por fin, el rey alzó la mirada al techo.

—Recoge esa cabeza y márchate.

El soberano se guardó la sortija de Nirall en el bolsillo y Celaena notó un reflujo de bilis en la garganta. La consideraba un trofeo.

La campeona del rey agarró la cabeza por sus oscuros cabellos, recogió la mano cortada y metió ambos despojos al saco. Echando un rápido vistazo a Dorian, que la miraba pálido como un muerto, dio media vuelta y se marchó.

Dorian Havilliard guardaba silencio. A su alrededor, los criados devolvían la enorme mesa de roble y las ornamentadas butacas al centro de la cámara. El consejo se reuniría en tres minutos. Apenas oyó a Chaol cuando este pidió permiso para ausentarse, argumentando que debía pedirle informes a Celaena. El rey lo concedió con un gruñido.

Celaena había matado a un hombre y a su esposa. Su propio padre lo había ordenado. Dorian a duras penas podía mirarlos a la cara. Pensaba que había convencido a su padre de que reconsiderara sus brutales prácticas tras la matanza de rebeldes que él mismo había ordenado en Eyllwe, antes de Yulemas, pero al parecer nada había cambiado. Y Celaena...

En cuanto los criados hubieron dispuesto la mesa, Dorian ocupó su sitio de costumbre, a la derecha de su padre. Los consejeros empezaron a entrar y con ellos el duque Perrington, que se dirigió directamente al rey y le murmuró algo en voz demasiado baja para que Dorian distinguiera las palabras.

El príncipe no se molestó en saludar a nadie. Se quedó allí, mirando la jarra de cristal que descansaba sobre la mesa. Hacía unos instantes, ni siquiera había reconocido a Celaena.

En realidad, desde que la habían nombrado campeona del rey, hacía dos meses, actuaba de forma extraña. Las joyas y los vestidos habían desaparecido, remplazados por ajustados pantalones y sobrias túnicas. Se recogía el cabello en una larga trenza que se perdía en los pliegues de su capa negra, esa horrible prenda que siempre llevaba puesta. Parecía un hermoso espectro, un fantasma que miraba a Dorian como si no lo conociera.

El príncipe volvió la vista hacia la puerta que Celaena acababa de cruzar. Una persona capaz de asesinar a sangre fría sin pestañear no tendría reparos en fingir que se sentía atraída por el heredero de la corona para así convertirlo en su aliado, ni en conseguir que la amase tanto como para enfrentarse a su padre por ella con el fin de asegurarle el título de campeona.

Dorian no quería seguir en esa situación. Le haría una visita; al día siguiente, tal vez. Solo para comprobar si existía alguna posibilidad de que estuviera equivocado.

Sin poder evitarlo, se preguntó si alguna vez habría significado algo para Celaena.

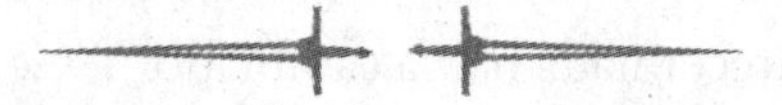

Tan rápida como sigilosa, Celaena recorrió los pasadizos y las escaleras que conducían al alcantarillado del castillo. Era el mismo canal que fluía más allá de su túnel secreto, aunque el hedor empeoraba mucho en aquella zona, por los desperdicios que los criados vertían casi cada hora.

Los pasos de la asesina y luego otros más —los de Chaol— resonaron en el largo pasaje subterráneo. Celaena, sin embargo, esperó llegar al borde del agua para dirigirle la palabra. Una vez allí, echó un vistazo a los arcos de crucería que se levantaban a ambos lados del río. No vio a nadie.

—Y bien —dijo sin darse la vuelta—, ¿vas a saludarme o te vas a limitar a seguirme a todas partes?

Se volvió a mirarlo. Aún cargaba el saco.

—¿Y tú, te vas a seguir comportando como la campeona del rey o piensas volver a actuar como Celaena?

La luz de la antorcha arrancó un destello a los ojos color bronce de Chaol.

Por supuesto, Chaol había reparado en la diferencia: se daba cuenta de todo, y Celaena no estaba segura de si debía alegrarse por ello, sobre todo porque notaba cierta burla en sus palabras.

Como la asesina no respondía, el capitán siguió preguntando:

—¿Qué tal Bellhaven?

—Como siempre.

Celaena sabía muy bien a qué se refería Chaol, quería saber qué había pasado en el transcurso de la misión.

—¿Opuso resistencia? —el capitán señaló el saco con la barbilla.

Ella se encogió de hombros y volvió a mirar el agua.

—Nada que no pudiera solucionar.

Celaena tiró el costal al río. En silencio, se quedaron mirando el bulto, que flotó y luego se hundió lentamente.

Chaol carraspeó. La joven sabía cuánto odiaba el capitán aquel tipo de cosas. Cuando Celaena se disponía a partir a su primera misión —a una finca en la costa de Meah—, Chaol había pasado tanto tiempo caminando de un lado a otro que la asesina se preguntó si le pediría que no fuera. Y cuando Celaena volvió, cargada con una cabeza y envuelta en rumores sobre el asesinato de sir Carlin, tardó una semana en poder mirarla a los ojos. Pero bueno, ¿qué esperaba?

—¿Cuándo empezarás tu próxima misión? —preguntó Chaol.

—Mañana. O pasado. Necesito descansar —añadió ella rápidamente al ver que el capitán ponía mala cara—. Además, solo tardaré un par de días en averiguar con qué defensas cuenta Archer. Entonces pensaré en un plan de acción. Con suerte ni siquiera agotaré el mes que me ha concedido el rey.

Y con mucha suerte averiguaría cómo había ido a parar el cortesano a la lista del rey, y a qué planes, exactamente, se refería. Luego ya pensaría qué hacer con Archer.

Sin apartar la vista de las pútridas aguas, cuya corriente arrastraba ya el fardo hacia el río Avery, Chaol se acercó a Celaena.

—Me gustaría que me hicieras un informe detallado.

Ella levantó una ceja.

—¿No me vas a llevar antes a cenar?

El capitán la miró, molesto. Celaena hizo un puchero.

—No bromeo. Quiero conocer los detalles de lo sucedido en la mansión de Nirall.

Ella sonrió y lo empujó a un lado. Luego, secándose los guantes en los pantalones, se dirigió hacia las escaleras.

Chaol la agarró por el brazo.

—Si Nirall se defendió, alguien pudo oír algo...

—No hizo ruido —replicó Celaena. Se zafó de la mano y comenzó a avanzar rápidamente. El paseo hasta sus aposentos, por breve que fuera, le parecía una caminata—. No necesitas ningún informe, Chaol.

Aferrándole el hombro con fuerza, el capitán volvió a retenerla en el oscuro descanso.

—Cada vez que te vas —dijo Chaol, cuya expresión parecía aún más sombría a la luz de la antorcha— temo que te vaya a pasar algo. Ayer oí el rumor de que habían capturado al responsable de la muerte de Nirall —acercó su rostro al de Celaena y su voz se enronqueció—. Hasta que te vi llegar, pensaba que se referían a ti. Estaba a punto de partir a rescatarte.

Eso explicaba por qué, a su llegada, Celaena había visto al caballo de Chaol ensillado en los establos. Suspiró y adoptó una expresión más amable.

—Hombre de poca fe. Al fin y al cabo, soy la campeona del rey.

Súbitamente, Chaol la rodeó con los brazos y la atrajo hacia sí. Ella respondió al instante. Agarró al capitán por los hombros y aspiró su aroma. Chaol no había vuelto a abrazarla desde que supo que Celaena se había proclamado ganadora oficial del torneo, aunque el recuerdo de aquel contacto invadía muy a menudo sus pensamientos. Ahora que por fin estaba entre sus brazos, el deseo de que aquel abrazo se prolongara hasta el infinito rugía en su interior.

Chaol le frotó la nuca con la nariz.

—Dioses, hueles a rayos —murmuró.

Con una expresión incendiaria, Celaena se quejó y le dio un empujón.

—Andar por ahí con restos humanos putrefactos no te ayuda a oler a rosas precisamente. Y quizá si me hubieran dejado bañarme en lugar de requerir inmediatamente mi presencia ante el rey, hubiera podido... —Celaena se detuvo al reparar en la maliciosa sonrisa del capitán. Le dio una palmada en el hombro—. Idiota —Lo agarró del brazo y lo arrastró hacia las escaleras—. Vamos, acompáñame a mis aposentos. Allí podrás escuchar mi informe como un perfecto caballero.

Chaol resopló y le dio un codazo, pero no la soltó.

Cuando la entusiasmanda Ligera se calmó lo suficiente como para que Celaena pudiera hablar sin tener que apartarla, Chaol le sacó hasta el último detalle. Luego, tras prometerle que la llevaría a cenar en cuanto hubiera descansado, se marchó. Haciendo muchos movimientos, Philippa la bañó. No dejaba de comentar, horrorizada, el estado del cabello y las uñas de su ama. Concluido el aseo, Celaena se tendió en la cama.

Ligera saltó al lecho y se acurrucó a su lado. La joven miraba el techo acariciando el pelaje dorado y sedoso del animal. Poco a poco, sus músculos entumecidos empezaron a relajarse.

El rey se había tragado la historia.

Y Chaol no había dudado ni por un instante del relato cuando le había detallado los pormenores de la misión. Celaena no sabía si sentirse satisfecha, decepcionada o directamente culpable. De cualquier manera, había dicho todas aquellas mentiras sin pestañear. Según su versión, Nirall había despertado justo antes de ser asesinado y Celaena había tenido que degollar a su esposa para que no gritara. La lucha había resultado algo más compleja de lo que le habría gustado. Aunque también había añadido detalles auténticos: la ventana del descanso, la criada con la vela... Las mejores mentiras incluían siempre algún detalle auténtico.

Celaena tocó el amuleto que descansaba sobre su pecho: el Ojo de Elena. No había vuelto a ver a la reina desde aquella última reunión en el sepulcro. Suponía que ahora que había conseguido el título de campeona del rey, el fantasma de Elena la dejaría en paz. No obstante, a lo largo de los meses transcurridos desde que la reina le entregó el amuleto de protección, Celaena lo había terminado apreciando. El metal irradiaba calor, como si tuviera vida propia.

Lo apretó con fuerza. Si el rey llegara a enterarse de lo que había hecho en realidad... De lo que llevaba haciendo durante los dos últimos meses...

Se había dirigido a su primera misión con la firme intención de ejecutar a su objetivo cuanto antes. Se había mentalizado, se había dicho que sir Carlin solo era un extraño y que la vida de aquel hombre no significaba nada para ella. Sin embargo, al llegar a la finca y descubrir lo amable que era con sus criados, al verlo tocar la lira con el juglar al que había acogido en su salón, al comprender a quién estaba favoreciendo y a quién perjudicando... no pudo hacerlo. Trató de obligarse y de sobornarse para cometer el crimen, pero no pudo.

No obstante, debía fingir un asesinato... y conseguir un cuerpo.

Le había planteado a Lord Nirall el mismo ultimátum que a sir Carlin: morir allí mismo o simular su propia muerte y huir. Escapar muy lejos y no volver a emplear su apellido jamás. De momento, de los cuatro hombres que le habían ordenado asesinar, todos habían optado por fugarse.

No le había costado mucho convencerlos de que le entregaran sus sortijas u otros objetos personales, y menos aún conseguir sus ropas de cama para fingir que las había hecho jirones en el transcurso de una lucha a muerte. Los cuerpos tampoco habían sido un problema.

Nunca faltaban cadáveres nuevos en los sanatorios. Siempre encontraba alguno cuyos rasgos recordaran a los del objetivo, sobre todo porque la habían enviado a lugares lo bastante alejados como para que la carne tuviera tiempo de pudrirse.

Celaena no sabía a quién pertenecía la supuesta cabeza de Lord Nirall, solo, que ambos tenían el mismo color de pelo. Y con unos cuantos cortes en la cara para que se descompusiera más rápidamente, había funcionado el engaño. La mano pertenecía al mismo cadáver. En cuanto a la mano femenina, procedía de una muchacha muy joven, muerta de una enfermedad que diez años atrás cualquier sanador habría podido curar fácilmente. Por desgracia, extinguida la magia y colgados o quemados aquellos curanderos, la gente moría en grandes cantidades. Sucumbían a enfermedades estúpidas, muy fáciles de remediar.

Celaena se dio media vuelta en la cama y enterró su cara en el suave pelaje de Ligera.

Archer. ¿Cómo se las ingeniaría para simular su muerte? Todo el mundo lo conocía. Celaena no creía que el cortesano trabajara para aquel movimiento clandestino, fuera cual fuera. Pero si su nombre estaba incluido en la lista del rey, entonces existía la posibilidad de que, en los años transcurridos desde que se vieran por última vez, hubiera utilizado su talento para prosperar.

Pero, ¿qué información podían tener los rebeldes que supusiera una auténtica amenaza para el rey? El soberano había esclavizado a todo el continente, ¿qué más podía hacer?

Había otros continentes, por supuesto. Continentes que albergaban reinos prósperos, como Wendlyn, aquellas tierras del otro lado del mar. Por ahora habían rechazado todos los ataques navales. Celaena apenas había oído hablar de aquella guerra desde su partida a Endovier.

Además, ¿qué le interesaba a un grupo rebelde un reino situado en otro continente cuando el suyo tenía problemas tan graves? No, seguro que los planes del rey se relacionaban con su propio reino, con su propio continente.

Celaena no quería saber nada de aquello. No le importaba lo que tramara el rey para el futuro del imperio. La asesina emplearía el mes que tenía a su disposición en discurrir qué hacer con Archer y en fingir que nunca jamás había oído aquella horrible palabra: "planes".

Reprimió un escalofrío. Estaba jugando con fuego. Y debido a que su siguiente objetivo era una persona de Rifthold, puesto que debía ejecutar a Archer... tendría que perfeccionar el juego. Porque si el rey llegaba a averiguar la verdad, si descubría lo que estaba haciendo... estaba perdida.

CAPÍTULO 3

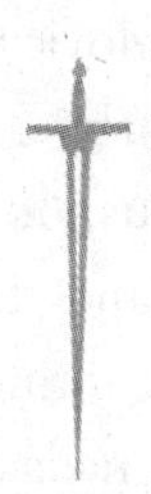

Celaena corría por las tinieblas del pasadizo secreto casi sin aliento. Mirando por encima del hombro, vio que Caín le sonreía. Sus ojos brillaban como brasas en la oscuridad.

Por más que corría, no conseguía dejarlo atrás. Caín la seguía como una fiera al acecho, dejando tras de sí una estela de marcas de color verde muy brillante. Los extraños símbolos iluminaban las antiguas piedras de las paredes. Y detrás de Caín, rascando la tierra con sus largas pezuñas, el Ridderak avanzaba pesadamente.

Celaena tropezó, pero no perdió el equilibrio. Tenía la sensación de caminar por un terreno enlodado. No podía escapar. La atraparían antes o después. Y cuando el Ridderak la atrapara... No se atrevía a mirar aquellos enormes dientes que se asomaban de la boca ni los ojos insondables, encendidos por el deseo de devorarla bocado a bocado.

Caín soltó una risita y el sonido chirrió contra los muros de piedra. Estaba cerca, tan cerca que ya le arañaba el cuello con los dedos. Susurró su nombre, su verdadero nombre, y ella gritó mientras Caín...

Celaena despertó sobresaltada, aferrando con fuerza el Ojo de Elena. Escudriñó el dormitorio en busca de sombras particularmente densas, de marcas del Wyrd, de alguna señal que indicara que la puerta oculta tras el tapiz se hubiera abierto recientemente. Solo vio las chispas del fuego moribundo.

Se incorporó sobre las almohadas. Había tenido una pesadilla. Caín y el Ridderak se habían esfumado y Elena no volvería a molestarla. Todo había terminado.

Ligera, que dormía arropada bajo el montón de mantas, apoyó la cabeza en la barriga de Celaena. Ella, acurrucada contra la pequeña perra, la rodeó con los brazos y cerró los ojos.

Todo había terminado.

La bruma helada del amanecer empañaba el horizonte del parque cuando Celaena arrojó un palo a lo lejos. Ligera echó a correr sobre la pálida hierba como un rayo dorado, tan deprisa que su dueña lanzó un silbido de admiración. A su lado, Nehemia, que también miraba al animal, también chasqueó la lengua sorprendida. Como la princesa estaba tan ocupada ganándose la confianza de la reina Georgina y reuniendo información para Eyllwe, solían encontrarse al amanecer. ¿Sería consciente el rey de que la princesa era uno de los espías a los que se había referido? Imposible, pues de ser así jamás habría nombrado campeona a Celaena; la amistad entre las dos muchachas era de dominio público.

—¿Por qué Archer Finn? —musitó Nehemia en lengua eyllwe.

Celaena le había dicho un poco sobre la misión que le habían encomendado.

Ligera atrapó el palo y trotó hacia ellas agitando su larga cola. Aunque seguía siendo un cachorro, su porte llamaba la atención. Dorian nunca le había revelado a Celaena de qué raza era el padre. A juzgar por el tamaño del perro, debía de ser un perro lobo. O sencillamente un lobo.

Celaena se encogió de hombros en respuesta a las preguntas de Nehemia. Se metió las manos en los bolsillos forrados de la capa.

—El rey piensa... afirma que Archer forma parte de un movimiento clandestino que se está fraguando aquí en Rifthold. Un grupo que planea destronarlo.

—Nadie sería tan necio. Los rebeldes se esconden en las montañas, en los bosques y en lugares donde los ciudadanos puedan ocultarlos y ayudarlos, no aquí. Rifthold es una trampa mortal.

Encogiéndose de hombros, Celaena volvió la vista hacia Ligera, que regresaba corriendo para seguir jugando.

—Aparentemente no. Y por lo que parece, el rey tiene una lista de personas a las que considera piezas clave de la rebelión.

—¿Y tú tendrás que... matarlos a todos?

La tez cetrina de Nehemia palideció ligeramente.

—Uno a uno —repuso la asesina a la vez que lanzaba la ramilla lo más lejos posible. Ligera salió disparada. La hierba seca y los restos de la última nevada crujieron bajo sus enormes patas—. Pero no quiere revelarme aún todos los nombres. Me parece una medida muy drástica, la verdad. Pero, por lo que parece, teme que los rebeldes interfieran en sus planes.

—¿Qué planes? —le espetó Nehemia.

Celaena frunció el ceño.

—Me imaginaba que tú lo sabrías.

— Yo no sé nada —se produjo un silencio tenso.

—Si te enteras de algo... —sugirió Nehemia.

—Veré qué puedo hacer —mintió la asesina.

Ni siquiera estaba segura de querer saber qué tramaba el rey. Y desde luego no pensaba compartir esa información con nadie. Era posible que fuera una actitud egoísta o mezquina, pero Celaena no olvidaba la advertencia que le hizo el rey el día que la nombró campeona: si intentaba engañarlo, si se le ocurría traicionarlo, mataría a Chaol. Y luego a Nehemia y a toda la familia de la princesa.

Todo lo que estaba haciendo —cada muerte que fingía, cada mentira que salía de sus labios— los ponía en peligro.

Nehemia movió la cabeza de lado a lado, pero no dijo nada. Siempre que la princesa, Chaol, o incluso Dorian la miraban así, Celaena quería morirse. Sin embargo, no tenía más remedio que engañarlos también a ellos, por su propia seguridad.

La princesa se frotó las manos y se quedó mirando al horizonte. Celaena conocía bien aquel gesto.

—Si temes por mí...

—No es eso —contestó Nehemia—. Sabes cuidarte.

—¿Y entonces qué es?

A Celaena se le hizo un nudo en el estómago. Si Nehemia seguía hablando de rebeldes, no sabía si podría soportarlo. Sí, quería librarse del rey —tanto del título de campeona como de su tiranía—, pero prefería mantenerse al margen de los complots que crecían en Rifthold y de las absurdas esperanzas que los rebeldes aún pudieran albergar. Era una locura enfrentarse al rey. Los destruiría a todos.

Pese a ello, Nehemia respondió:

—En el campo de trabajo de Calaculla, el número de prisioneros aumenta cada instante. Cada día llegan nuevos rebeldes de Eyllwe. Casi todos consideran un milagro el hecho de seguir vivos. Después de que los soldados masacraran a aquellos quinientos rebeldes... Mi gente tiene miedo —Ligera regresó otra vez, y en esta ocasión fue Nehemia la que recogió el palo para lanzarlo a la grisácea luz del alba—. Y las condiciones en Calaculla...

Guardó silencio, seguramente al evocar las tres cicatrices que surcaban la espalda de Celaena. Un recordatorio permanente de la crueldad que se vivía en las minas de sal de Endovier, y de que, si bien la asesina estaba libre, miles de personas seguían allí, trabajando en condiciones infrahumanas y muriendo a puñados. Se rumoreaba que Calaculla, el campo hermano de Endovier, era aún peor.

—El rey no quiere recibirme —comentó Nehemia, jugueteando con una de sus finas trenzas—. Le he pedido tres veces que negociemos las condiciones de Calaculla, pero siempre alega que no tiene tiempo. Por lo que parece, está muy ocupado redactando su lista de condenados a muerte.

Celaena se sonrojó ante la franqueza de la princesa. Cuando Ligera regresó con su palo, Nehemia lo recogió, pero no lo lanzó.

—Debo hacer algo, Elentiya —dijo Nehemia, empleando el nombre con que había bautizado a su amiga la noche que Celaena reconoció su condición de asesina—. Debo encontrar una manera de ayudar a mi gente. ¿Cuándo se considera que se ha terminado de reunir información? ¿En qué momento es oportuno pasar a la acción?

Celaena tragó saliva. Aquella frase, "pasar a la acción", la asustaba más de lo que quería reconocer. La aterrorizaba aún más, si era posible, que la palabra "planes". Ligera se sentó a sus pies sin dejar de agitar la cola, lista para salir corriendo.

Al comprobar que Celaena no respondía, que no prometía nada, como solía hacer siempre que la princesa abordaba esos temas, Nehemia tiró el palo al suelo y se alejó enfadada hacia el castillo.

Celaena aguardó hasta que la figura de Nehemia se perdió a lo lejos. Solo entonces volvió a respirar con normalidad. Al cabo de unos minutos tenía que reunirse con Chaol para su carrera matutina, pero después... después se marcharía a Rifthold. Archer podía esperar hasta la tarde.

Al fin y al cabo, el rey le había concedido un mes, y aunque planeaba hacerle unas cuantas preguntas a Archer, se moría de ganas de salir un rato del castillo. Tenía dinero sucio que gastar.

CAPÍTULO 4

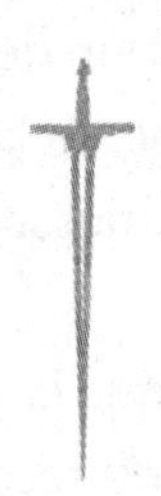

Chaol Westfall corría por el parque del castillo al mismo ritmo que Celaena. El aire gélido de la mañana le perforaba los pulmones como fragmentos de cristal. Podía ver su propio aliento, nubes de vaho que flotaban ante sí. Se habían abrigado lo más posible sin añadir demasiado peso —con jubones y guantes, básicamente—, pero, a pesar del sudor que le empapaba el cuerpo, Chaol estaba helado.

Sabía que Celaena también se moría de frío. La punta de su nariz estaba roja, tenía las mejillas encendidas y las orejas heladas. Al sentirse observada, Celaena le dirigió una sonrisa. Los ojos de la joven, de un color turquesa abrumador, brillaban radiantes.

—¿Cansado? —se burló Celaena—. Ya sabía que si te dejaba solo no entrenarías ni un día.

Chaol se rio entre dientes.

—Eres tú la que lleva varios días sin entrenar. Es la segunda vez que me veo obligado a reducir el paso para no dejarte atrás.

Vaya mentira. Celaena le llevaba el paso con facilidad, grácil como un ciervo que brincaba por el bosque. En ocasiones,

Chaol tenía que hacer esfuerzos para no mirarla embobado, para no admirar sus movimientos.

—De eso nada —replicó Celaena, y aceleró.

Chaol aumentó el ritmo a su vez para no quedarse atrás. Los criados habían despejado un camino entre la nieve que cubría los terrenos del castillo, pero la tierra seguía helada y resbaladiza.

Chaol se había dado cuenta de que cada vez le molestaba más separarse de Celaena. Odiaba verla partir a cumplir sus malditas misiones y perder el contacto con ella durante varios días o semanas enteras. No sabía cómo o cuándo había sucedido, pero en algún momento empezó a preocuparle la posibilidad de que la asesina no volviera. Y después de todo lo que habían vivido juntos...

El capitán había matado a Caín en el transcurso del duelo. Lo había asesinado para salvar a Celaena. Una parte de sí mismo se alegraba de ello y volvería a hacerlo con los ojos cerrados. Sin embargo, la otra parte aún despertaba en mitad de la noche bañada en un sudor helado tan pegajoso como la sangre de Caín.

Celaena le echó un rápido vistazo.

—¿Qué sucede?

Chaol ahogó el sentimiento de culpa.

—No apartes los ojos del camino o resbalarás.

Por una vez, Celaena obedeció.

—¿No quieres hablar de ello?

Sí. No. Si alguien podía entender el sentimiento de culpa y la rabia que albergaba en su interior cuando pensaba en Caín, era ella.

—¿Piensas muy a menudo —preguntó Chaol entre jadeo y jadeo— en las personas que has asesinado?

Celaena lo miró de reojo y redujo el paso. A Chaol no le gustaba parar y quiso seguir corriendo, pero ella lo agarró por el codo y lo obligó a detenerse. Parecía molesta.

—Si vas a juzgarme antes del desayuno, te advierto que no es buena idea.

—No —resolló él—. No... No pretendía... —intentó respirar con normalidad—. No te estaba juzgando.

Si pudiera recuperar el maldito aliento, se explicaría.

Celaena lo miraba con una expresión tan gélida como el parque que la rodeaba, pero de repente ladeó la cabeza.

—¿Estás pensando en Caín?

La mandíbula del capitán se crispó con la sola mención del nombre, pero consiguió asentir pese a todo.

El hielo se derritió en los ojos de Celaena. Chaol odiaba su compasión, su empatía.

Él era capitán de la guardia, matar a alguien en un momento dado, formaba parte de sus responsabilidades. Había presenciado y realizado cosas terribles en nombre del rey, había participado en combates, herido a muchos hombres en batalla. De modo que no le correspondía guardar esos sentimientos y, por encima de todo, no debería compartirlos con ella. Había un límite en alguna parte que separaba al capitán de la guardia de la asesina del rey, pero Chaol era consciente de que últimamente lo estaba traspasando.

—Jamás olvidaré a las personas que he asesinado —declaró Celaena—. Ni siquiera a aquellas que maté en defensa propia. Sigo viendo sus rostros, sigo recordando el golpe de gracia que les arrebató la vida —miró los árboles pelados—. De vez en cuando tengo la sensación de que fue otra quien lo hizo. Y en casi todos los casos me alegro de haber ejecutado a esos individuos. Pero da igual el motivo, porque siempre, todas y cada una de las veces, las muertes te arrebatan una parte de ti misma. Así que no creo que las olvide nunca.

Celaena lo miró a los ojos y él asintió.

—Pero, Chaol —siguió diciendo ella a la vez que aumentaba la presión en su brazo; hasta ese momento, el capitán no había sido consciente del contacto—, matar a Caín no fue un asesinato a sangre fría —Chaol intentó apartarse de ella, pero Celaena no lo dejó—. Lo que hiciste no fue en absoluto deshonroso, y no lo digo solo porque me salvaste la vida —guardó un largo silencio—. Nunca olvidaré que mataste a Caín —concluyó, y cuando los ojos de ambos se encontraron, el corazón de Chaol latió desbocado—. Jamás olvidaré que me salvaste.

La necesidad de rendirse al consuelo de Celaena le resultaba insoportable. Chaol se obligó a retroceder, a alejarse del contacto de su mano. Finalmente, forzó un asentimiento.

Una barrera los separaba. El rey no concedía mayor importancia al hecho de que fueran amigos, pero cruzar esa frontera sería letal para ambos. Si lo hacían, el rey se cuestionaría la lealtad de su capitán, la posición de Chaol, todo.

Y si alguna vez tenía que elegir entre el rey y Celaena... Rogaba al Wyrd para no encontrarse nunca en esa posición. Lo más sensato era abstenerse de cruzar la frontera. Y también lo más honorable, puesto que Dorian... Había visto cómo la miraba el príncipe, aun ahora. No podía traicionar a su amigo.

—Bien —repuso Chaol con fingida alegría—. Supongo que siempre es bueno que la asesina de Adarlan te deba la vida.

Celaena le hizo una reverencia.

—A su servicio.

Chaol esbozó otra sonrisa, esta vez genuina.

—Venga, capitán —dijo Celaena, reanudando la marcha a un trote ligero—. Tengo hambre y no quiero en lo más mínimo que se me congele el trasero aquí fuera.

Él soltó una carcajada y ambos siguieron corriendo por el parque.

Concluido el entrenamiento, a Celaena le flaqueaban las piernas y le ardían tanto los pulmones, como consecuencia del frío y el esfuerzo, que temió que le estallaran. Cambiaron el trote por un paso rápido para dirigirse al cálido interior del palacio y al soberbio desayuno que Celaena pensaba devorarse antes de ir de compras.

Recorrieron los jardines del castillo por los recodos del camino de grava que se abría entre los enormes setos. Celaena se cruzó de brazos y se protegió las manos bajo las axilas. Aun con guantes, tenía los dedos entumecidos y le dolían las orejas. Quizá debería protegerse la cabeza con un pañuelo, por más que Chaol se burlara al verla.

Miró de reojo a su compañero, que se había quitado de encima unas cuantas prendas. La camisa empapada de sudor se le pegaba al cuerpo. Rodearon un seto y Celaena puso los ojos en blanco cuando vio lo que les aguardaba más adelante.

Cada mañana, más y más jóvenes damas buscaban excusas para pasear por los jardines justo después del alba. Al principio eran solo unas cuantas las que interrumpían el paseo para echar un vistazo al sudoroso Chaol. Celaena casi creía ver los ojos desorbitados y la baba que les caía por la barbilla.

Al día siguiente, habían regresado las mismas damas, ataviadas con vestidos aún más bonitos. Y al otro, aparecieron más jovencitas. Y luego muchas más. En aquellos momentos, patrullas de muchachas que aguardaban el paso de Chaol interceptaban cualquier ruta directa al edificio del castillo.

—Oh, por favor —suspiró Celaena cuando dos mujeres levantaron la vista para obsequiar al capitán con una caída de ojos. Sin duda se habían despertado al alba para embellecerse.

—¿Qué pasa? —preguntó Chaol, enarcando las cejas.

¿De verdad no advertía el revuelo que provocaba? ¿O estaba disimulando?

—Los jardines están muy concurridos para ser una mañana de invierno —repuso ella con cautela.

Chaol se encogió de hombros.

—Hay gente que no soporta pasar mucho tiempo encerrada en casa.

O sencillamente no se quieren perder el espectáculo.

Celaena se limitó a asentir.

—Sí.

Y cerró la boca. ¿Por qué decir en voz alta algo tan evidente? Además, algunas de aquellas damas eran guapísimas.

—¿Tienes pensado ir hoy a Rifthold para espiar a Archer? —le preguntó Chaol en voz baja cuando por fin dejaron atrás a las coquetas jovencitas.

Celaena asintió.

—Quiero averiguar sus horarios, así que seguramente lo seguiré.

—¿Y si te acompaño?

—No necesito ayuda.

Seguro que la consideraba una engreída por contestar así, pero... cuando llegara el momento de salvar a Archer, todo se complicaría muchísimo si Chaol se implicaba. Eso si conseguía arrancarle la verdad al cortesano y descubrir de qué planes hablaba el rey.

—Ya sé que no necesitas ayuda. Solo pensaba que a lo mejor querrías...

Sin terminar la frase, Chaol negó con la cabeza, como si se reprendiera a sí mismo. A Celaena le habría gustado saber qué iba a decir, pero prefirió no ahondar en el tema.

Rodearon otro seto y vieron las puertas del castillo. Estaban justo allí, tan cerca que Celaena estuvo a punto de gemir solo de imaginar el calor del interior, pero entonces...

—Chaol.

La voz de Dorian cortó el aire helado de la mañana.

En aquel momento Celaena lanzó un verdadero gemido, casi inaudible. Chaol la miró con perplejidad antes de voltear para saludar a Dorian, que avanzaba rápidamente hacia ellos seguido de un joven rubio. La asesina no conocía a aquel chico, que exquisitamente y debía de tener la misma edad que Dorian. La expresión de Chaol se endureció.

El joven no tenía un aspecto amenazador, aunque Celaena sabía perfectamente que, en una corte como aquella, no debía subestimar a nadie. El chico no llevaba más arma que una daga en el cinturón y, pese al frío matutino, su pálido semblante reflejaba alegría.

Celaena advirtió que Dorian la observaba con expresión burlona. Sintió deseos de abofetearlo. El príncipe se volvió a mirar a Chaol y soltó una risita.

—Y yo que pensaba que todas esas damas se habían levantado temprano por Roland y por mí. Cuando todas caigan en cama con fiebre, les diré a sus padres que tú tienes la culpa.

Chaol se ruborizó ligeramente. Así que no estaba tan despistado como había hecho creer a Celaena.

—Lord Roland —saludó el capitán con frialdad, haciéndole una reverencia al amigo de Dorian.

El chico rubio se inclinó a su vez.

—Capitán Westfall.

Tenía una voz agradable, pero algo en su forma de hablar despertó recelo en Celaena. No era burla ni arrogancia, ni ira... No supo definirlo.

—Permíteme presentarte a mi primo —dijo Dorian, dándole a Roland una palmada en la espalda—. Lord Roland Havilliard de Meah, —tendió una mano hacia Celaena—. Roland, ella es Lillian. Trabaja para mi padre.

Seguían empleando aquel nombre cuando la asesina tenía que relacionarse con gente de la corte, aunque muchos sospechaban que su presencia en el palacio no se debía a cuestiones administrativas ni políticas.

—Un placer —dijo Roland, doblando la cintura—. ¿Hace poco que ha llegado a la corte? No recuerdo haberla visto por aquí en mi última visita.

El mero tono de voz delataba un largo historial de amoríos.

—Llegué en otoño —repuso Celaena rápidamente.

Roland la obsequió con una sonrisa de cortesano.

—¿Y para qué la contrató mi tío?

Dorian se movió, incómodo, y Chaol se vio molesto, pero Celaena le devolvió a Roland la sonrisa mientras decía:

—Entierro a los adversarios del rey donde nadie pueda encontrarlos.

Para sorpresa de la joven, Roland soltó una risita. Celaena evitó mirar a Chaol, consciente de que más tarde la reprendería.

—He oído hablar de la campeona del rey, pero no imaginaba que fuese alguien tan... adorable.

—¿Y qué lo trae al castillo, Roland? —preguntó el capitán.

Cuando Chaol la miraba a ella con aquella cara, Celaena procuraba marcharse rápidamente.

El primo de Dorian volvió a sonreír. Sonreía demasiado y con excesiva afectación.

—Su majestad me ha ofrecido un puesto en el consejo —Chaol miró brevemente a Dorian, que se lo confirmó con un gesto de indiferencia—. Llegué ayer por la noche y empezaré hoy mismo.

Chaol sonrió a su vez... si se le puede llamar así. Más bien, enseñó los dientes. Sí, si el capitán la estuviera mirando así, Celaena saldría huyendo.

Reparando en el gesto de su amigo, Dorian resopló de risa. Pero, antes de que pudiera hacer ningún comentario, Roland se volvió hacia Celaena para observarla con más detenimiento y quizá con demasiada intensidad.

—Tal vez tengamos la oportunidad de trabajar juntos, Lillian. Su posición en el palacio me tiene intrigado.

A Celaena no le habría importando trabajar con él, pero no en los términos que Roland insinuaba: los términos de la asesina incluirían una daga, una pala y una tumba anónima.

Como si pudiera leerle el pensamiento, Chaol le posó la mano en la espalda.

—Llegamos tarde al desayuno —dijo, despidiéndose de Dorian y de su primo con una inclinación de cabeza—. Felicidades por su nombramiento.

Hablaba como si acabara de beber leche agria.

Mientras acompañaba a Chaol al interior del castillo, Celaena se dio cuenta de que necesitaba desesperadamente un baño. Aquella necesidad tan repentina no tenía nada que ver con sus ropas sudorosas, sino con la sonrisa relamida y la mirada turbia de Roland Havilliard.

Dorian se quedó mirando a Chaol y a Celaena hasta que desaparecieron detrás de un arbusto. La mano del capitán seguía en la espalda de Celaena, y ella no hizo nada por apartarla.

—Una elección sorprendente de tu padre, aun teniendo en cuenta el resultado del torneo —musitó Roland a su espalda.

Dorian contuvo su irritación antes de responder. Nunca le había caído demasiado bien su primo, al que veía un mínimo de dos veces al año cuando eran niños.

Chaol, por su parte, detestaba abiertamente a Roland, y cada vez que mencionaba su nombre lo acompañaba de calificativos como "infame conspirador" o "mocoso malcriado". Al menos, esas palabras le había gritado tres años atrás, después de golpearle la cara con tanta fuerza que lo dejó inconsciente.

Ahora bien, Roland se lo merecía. Se lo merecía hasta tal punto que el incidente ni siquiera empañó la intachable reputación de Chaol, ni tampoco impidió que, al cabo de un tiempo, lo nombraran capitán de la guardia. Si acaso, había aumentado su prestigio entre los guardias y nobles de categoría inferior.

Si Dorian reunía valor, le preguntaría a su padre por qué le había pedido a Roland que se uniera al consejo. Meah era una ciudad costera de Adarlan, pequeña y modesta, sin ninguna relevancia política. Ni siquiera poseía un ejército propiamente dicho, al margen de los centinelas de la ciudad. Roland era hijo de un primo del rey; tal vez el soberano hubiera considerado que a la sala del consejo le hacía falta más sangre Havilliard. Sin embargo, Roland no había demostrado aptitud alguna para el cargo y siempre había manifestado mucho más interés en las faldas que en la política.

—¿De dónde procede la campeona de tu padre? —preguntó Roland, trayendo a Dorian de vuelta al presente.

El príncipe echó a andar hacia el castillo y escogió una entrada distinta a la que habían utilizado Chaol y Celaena. No había olvidado la escena que había visto hacía dos meses: después del duelo, los había encontrado abrazados en los aposentos de la asesina.

—Le corresponde a Lillian contar su historia —mintió Dorian. No quería en lo más mínimo hablarle a su primo de la competencia. Ya le fastidiaba bastante que su padre le hubiera pedido que llevará a Roland a dar un paseo. Lo más divertido de la mañana había sido la cara de Celaena según barajaba métodos para acabar con el joven señor.

—¿Está al servicio exclusivo de tu padre u otros miembros del consejo pueden contratarla también?

—¿Llevas aquí menos de un día y ya estás pensando en liquidar a alguien, primo?

—Somos Havilliard, primo. Nos cuesta poco hacer enemigos.

Dorian frunció el ceño. Aunque debía reconocer que Roland no estaba equivocado.

—Trabaja en exclusiva para mi padre. Pero si te sientes amenazado, le puedo pedir al capitán Westfall que...

—Claro que no. Solo lo preguntaba por curiosidad.

Roland era insoportable, demasiado consciente del efecto que su aspecto y su apellido causaba en las damas, pero inofensivo por lo demás. ¿O no?

Dorian no conocía la respuesta a esa pregunta... y no estaba seguro de querer saberla.

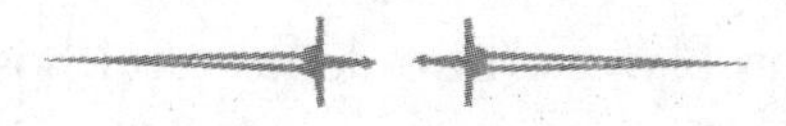

El sueldo estipulado para una campeona del rey era considerable, y Celaena se gastaba hasta el último centavo. Zapatos, sombreros, túnicas, vestidos, joyas, armas, adornos para el pelo y libros. Montones de libros. Tantos que Philippa había tenido que llevar otro librero a su habitación.

Por la tarde, Celaena regresó a sus aposentos cargada con sombrereras, bolsas de colores rebosantes de perfumes y golosinas, y varios libros envueltos en papel marrón que estaba deseando leer. Cuando vio a Dorian Havilliard sentado en su antecámara, estuvo a punto de dejarlo caer todo.

—Dioses del cielo —exclamó el príncipe al verla llegar con todas aquellas compras.

Dorian no había visto ni la mitad de lo que había comprado. Aquello solo era lo que ella había podido llevar consigo. Había encargado más cosas, que le serían enviadas al castillo.

—Bueno —comentó él mientras Celaena depositaba en la mesa aquel montón de cintas y papel de seda—, por lo menos hoy no te has puesto esa horrible túnica negra.

Irguiendo la espalda, Celaena lo miró colérica por encima del hombro. Aquel día llevaba un vestido en tonos lila y marfil, demasiado alegre quizá para el final del invierno, pero elegido con el ánimo de anticipar la primavera. Además, era un atuendo elegante que le garantizaba un servicio impecable en las tiendas. Para su sorpresa, muchos de los vendedores la recordaban de hacía años... y se habían tragado el cuento de que había estado de viaje por el continente sur.

—¿Y a qué debo este placer? —Celaena se desabrochó el manto de pieles blancas (otro de los caprichos que se había concedido) y lo dejó caer en una de las sillas que rodeaban la mesa de la antecámara—. Pensaba que ya nos habíamos visto esta mañana en el jardín.

Dorian siguió sentado, exhibiendo aquella sonrisa infantil que ella conocía tan bien.

—¿Acaso los amigos no pueden verse más de una vez al día?

Celaena lo miró de arriba abajo. Dudaba mucho que pudiera ser amiga de Dorian. No mientras sus ojos azules se iluminaran de ese modo cada vez que la miraban. Ni tampoco mientras fuera el hijo del hombre que podía aplastarla con solo pestañear. Sin embargo, a lo largo de los dos meses transcurridos desde que su pequeño romance (o lo que fuera) había terminado, a menudo se sorprendía a sí misma pensando en él. No en los besos y el coqueteo, sino en él.

—¿Qué quieres, Dorian?

El príncipe se levantó con un relámpago de ira en el semblante. Celaena tuvo que alzar la cabeza para mirarlo.

—Dijiste que seguíamos siendo amigos —dijo Dorian con voz queda.

Ella cerró los ojos un momento.

—Lo dije en serio.

—Pues compórtate como tal —la desafió el príncipe, alzando la voz—. Cena conmigo, juega al billar conmigo. Háblame de los libros que estás leyendo... o de los que vas a leer —añadió, guiñando el ojo en dirección a los paquetes.

—¿Ah, sí? —preguntó Celaena, haciendo esfuerzos por esbozar una media sonrisa—. ¿Así que últimamente estás tan desocupado que dispones de horas y horas para dedicarme?

—Bueno, tengo que atender a todas mis admiradoras, pero siempre puedo hacerte un espacio.

Ella agitó las pestañas, coqueta.

—Qué gran honor —en realidad, la mera imagen de Dorian con otras mujeres la ponía frenética, pero no podía dejar que él lo supiera. Miró el reloj que descansaba en una pequeña repisa—. Vaya, es que tengo que regresar a Rifthold ahora mismo —dijo.

Era verdad. Aún quedaban unas horas de luz, las suficientes para echar un vistazo a la elegante casa de Archer y empezar a averiguar qué lugares frecuentaba.

El príncipe asintió, ya sin sonreír.

Se hizo un silencio, solo interrumpido por el tictac del reloj. Molesta, Celaena se cruzó de brazos, aunque no podía dejar de pensar en el aroma de Dorian, en el sabor de sus besos. Por desgracia, la distancia que los separaba, aquella horrible brecha que aumentaba día a día, era lo más conveniente para ambos.

Dorian dio un paso hacia ella y tendió las manos, mostrando las palmas.

—¿Quieres que me pelee por ti? ¿Es eso?

—No —repuso Celaena en voz baja—. Solo quiero que me dejes en paz.

El príncipe la miró fijamente, sin saber qué responder. Ella, implacable, le sostuvo la mirada hasta que Dorian se marchó en silencio.

A solas en la antecámara, Celaena abrió y cerró los puños varias veces, y se sintió súbitamente irritada al ver aquellos bonitos paquetes sobre la mesa.

CAPÍTULO 5

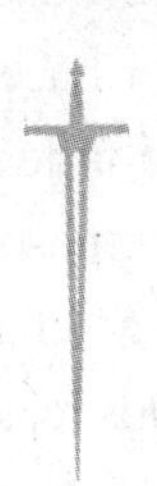

En un tejado de la zona más elegante y respetable de Rifthold, recargada contra una chimenea, Celaena entrecerró los ojos para protegerlos del fuerte viento que soplaba desde el Avery. Comprobó su reloj de bolsillo por tercera vez. Las dos citas previas de Archer Finn habían durado una hora cada una. Sin embargo, el cortesano llevaba ya casi dos en la casa del otro lado de la calle.

La mansión que estaba vigilando, una bonita vivienda de tejado verde, carecía de interés, y Celaena no había averiguado nada acerca de las personas que la habitaban aparte del nombre de la clienta: una tal Lady Balanchine. Había recurrido al mismo truco que en las dos casas anteriores para conseguir algo de información: hacerse pasar por una mensajera que llevaba un paquete para algún señor. Y cuando el mayordomo o el ama de llaves le decían que allí no vivía nadie con ese nombre, fingía un gran bochorno antes de preguntar a quién pertenecía la mansión en realidad. Después de charlar un poco con el criado en cuestión, se marchaba.

Celaena cambió de postura y giró el cuello. Empezaba a anochecer y la temperatura descendía rápidamente.

A menos que entrara en las casas, no conseguiría enterarse de gran cosa. Y ante la posibilidad de encontrar a Archer haciendo lo que le pagaban por hacer, no tenía ninguna prisa en entrar. Prefería averiguar adónde iba y con quién se reunía, y luego ya decidiría el siguiente paso.

Llevaba tanto tiempo sin acechar a nadie allí en Rifthold, tanto tiempo sin acuclillarse en los tejados de color verde esmeralda para averiguar lo que fuera posible sobre su presa... Cuando el rey la enviaba a Bellhaven o a la finca de algún señor, la sensación era distinta. Allí, en Rifthold, se sentía como... Se sentía como si nunca se hubiera marchado. Como si al mirar por encima del hombro fuera a ver a Sam Cortland acuclillado junto a ella. Como si al finalizar el día no tuviera que volver al castillo de cristal sino a la fortaleza de los asesinos, situada al otro extremo de la ciudad.

Celaena suspiró y se metió las manos bajo las axilas para conservar el calor y la movilidad en los dedos.

Había transcurrido más de un año y medio desde la noche en que perdiera la libertad; un año y medio tras la muerte de Sam. Y las respuestas a todos los enigmas de aquel día se ocultaban allí, en alguna parte de la ciudad. Si se atrevía a mirar, las encontraría. Y sabía que el hallazgo volvería a destruirla.

La puerta de la casa de enfrente se abrió por fin y Archer bajó las escaleras, contoneándose. Celaena a duras penas logró vislumbrar el cabello dorado del hombre y su exquisita indumentaria antes de que desapareciera en el interior del carruaje que lo aguardaba.

Gimiendo, Celaena se levantó y se dispuso a bajar del tejado. Descendiendo con cuidado algunos tramos y saltando otros, llegó a las calles adoquinadas en un suspiro.

Oculta entre las sombras, siguió el carruaje de Archer a través de la ciudad. El abundante tránsito lo obligaba a avanzar despacio.

Ciertamente, no tenía prisa en averiguar la verdad sobre la muerte de Sam ni todo lo relacionado con su propia captura. Sin embargo, aunque estaba convencida de que el rey se equivocaba respecto a Archer, una parte de ella se preguntaba si la verdad que se ocultaba tras aquella historia del movimiento rebelde y los planes del rey no acabaría por destruirla también.

Y no solo a ella, sino todo aquello que había llegado a amar.

Deleitándose con el calor del fuego, Celaena recostó la cabeza contra el respaldo de la silla y apoyó las piernas en el blanco reposabrazos. El texto del pergamino que estaba leyendo se tornaba borroso a sus ojos. No era de extrañar; pasaban ya de las once y ella se había levantado al alba.

Las llamas le arrancaban destellos a la pluma de cristal de Chaol. Tendido a los pies de Celaena, sobre una gastada alfombra roja, examinaba documentos, los firmaba y tomaba notas. Resoplando por la nariz, Celaena dejó caer las manos.

A diferencia de la asesina, que ocupaba una gran habitación, Chaol solo disponía de una alcoba mediana que albergaba una mesa junto a la única ventana y una vieja silla frente de la chimenea. Unos cuantos tapices decoraban las paredes de piedra gris y un enorme armario de roble se erguía en un rincón. La habitación incluía también una cama con dosel cubierta por una deslucida colcha roja. Contaba con su propia cámara de baño, no tan grande como la de Celaena, pero lo bastante espaciosa como para incluir bañera y letrina. Chaol tenía un solo librero, lleno de libros bien acomodados. Conociéndolo, estarían ordenados alfabéticamente. Y seguro guardaba solo los volúmenes favoritos de Chaol, a diferencia del librero de Celaena, que guardaba todos los libros que caían en sus manos, le gustaran o no. Pese a aquella estantería propia de un maniático del orden, a ella le gustaba estar allí; el lugar le resultaba acogedor.

Hacía pocas semanas que había empezado a acudir allí, desde que los pensamientos sobre Elena, Caín y los pasadizos secretos le impedían sentirse a gusto en su propia habitación. Y aunque Chaol se quejaba de que estaba invadiendo su intimidad, nunca le había pedido que se marchara ni había protestado por las frecuentes visitas de Celaena a horas inapropiadas.

El roce de la pluma contra el pergamino se interrumpió.

—Recuérdame otra vez en qué estás trabajando.

Celaena se incorporó y agitó el papel ante sí.

—Solo estoy reuniendo información sobre Archer. Clientes, lugares más frecuentados, horario habitual...

Los ojos dorados de Chaol parecían líquidos a la luz del fuego.

—¿Y por qué te tomas tantas molestias si podrías dispararle y acabar de una vez? Dijiste que estaba muy protegido, pero, de momento, no parece que nadie se haya fijado en ti.

Celaena frunció el ceño. Chaol era demasiado listo... para su propio bien.

—Porque si es verdad que hay genteconspirando contra el rey, debería reunir e indagar lo más posible antes de matar a Archer. Si lo espío, podría descubrir a más conspiradores o, como mínimo, alguna pista al respecto.

No mentía. De hecho, aquel mismo día Celaena había seguido el lujoso carruaje del cortesano por las calles de la capital con ese propósito.

Sin embargo, a lo largo de las horas que había dedicado a espiarlo, el hombre se había limitado a acudir a unas cuantas citas y luego había vuelto a su casa como si nada.

—Ya —dijo Chaol—. Y ahora estás... ¿memorizando esa información?

—Si estás insinuando que no tengo motivos para estar aquí y que debería irme, habla claro.

—Solo intento averiguar qué puede ser tan aburrido como para que lleves diez minutos durmiendo.

Celaena se incorporó sobre los codos.

—¡No es verdad!

Chaol enarcó las cejas.

—Te escuché roncar.

—Eres un mentiroso, Chaol Westfall —le aventó el pergamino y volvió a dejarse caer en la silla—. Solo cerré los ojos un momento.

El capitán Westfall negó con la cabeza y devolvió la atención a su trabajo.

Celaena se sonrojó.

—No ronqué, ¿verdad? ¿O sí?

Chaol respondió muy serio:

—Como un oso.

Ella le dio un golpe al cojín de la silla y el capitán sonrió. Resoplando, Celaena dejó caer el brazo y se puso a jalar las hebras de la vieja alfombra. Clavó la mirada en el techo de piedra.

—Cuéntame por qué odias a Roland.

Chaol alzó la vista.

—Yo no he dicho que lo odie.

Ella guardó silencio.

El capitán suspiró.

—Es fácil de deducir, ¿no?

—¿Pero hubo algún incidente que...?

—Ha habido montones de incidentes, y no quiero hablar de ninguno de ellos.

Celaena retiró las piernas del brazo de la silla y se sentó.

—Veo que estás de mal humor.

La asesina tomó otro de los documentos que había llevado consigo, un mapa de la ciudad en el que había ubicado a los clientes de Archer. La mayoría vivía en la zona más lujosa, donde habitaba casi toda la élite de Rifthold. La casa del propio Archer se hallaba en aquel vecindario, en una calle secundaria respetable y tranquila. Celaena empezó a marcarla con la uña sobre el mapa, pero se detuvo al ver una calle situada a pocas cuadras de allí.

Conocía aquella calle. Y también la casa que se levantaba en la esquina. Cada vez que acudía a Rifthold, evitaba acercarse a ella. Aquel día no había sido una excepción. Incluso se había desviado un par de cuadras para no pasar frente a ella.

Sin atreverse a mirar a Chaol, preguntó:

—¿Sabes quién es Rourke Farran?

La mera mención de aquel nombre avivaba el dolor y la rabia que llevaba mucho tiempo reprimiendo, pero consiguió pronunciarlo de todos modos. Porque, aunque no quisiera conocer toda la verdad, sí deseaba atar algunos cabos sueltos sobre las circunstancias de su captura. Aún necesitaba saberlo, incluso después de tanto tiempo.

Notó que Chaol le prestaba atención.

—¿El señor del crimen?

Celaena asintió sin despegar los ojos de aquella calle en la que tantas cosas se habían ido a pique.

—¿Alguna vez tuviste algún asunto con él?

—No —repuso Chaol—. Pero es que... Farran ha muerto.

Celaena dejó caer el mapa.

—¿Farran ha muerto?

—Hace nueve meses. Farran y sus tres hombres de confianza fueron asesinados por un tal... —Chaol se mordió el labio, como si intentara recordar un nombre—: Wesley. Un hombre llamado Wesley los liquidó a todos —Chaol ladeó la cabeza—. Era el guardia personal de Arobynn Hamel —Celaena casi no podía respirar—. ¿Lo conocías?

—Pensaba que sí —replicó ella con voz queda.

Durante los años que había pasado con Arobynn, había considerado a Wesley una presencia silenciosa y letal. Creía que al hombre no le agradaba, y siempre le había dejado muy claro que si alguna vez representaba una amenaza para su amo, la mataría. Sin embargo, la noche que Celaena fue traicionada y capturada, Wesley había intentado detenerla. En aquel entonces, ella había creído que Arobynn le había ordenado a Wesley que la encerrara en sus aposentos para que no pudiera vengarse de Farran por la muerte de Sam, pero...

—¿Qué le pasó a Wesley? —preguntó—. ¿Lo capturaron los hombres de Farran?

Mirando hacia la alfombra, Chaol se acomodó el cabello.

—No. Encontramos a Wesley un día después; cortesía de Arobynn Hamel.

Celaena palideció, pero preguntó de todos modos:

—¿Cómo lo hizo?

Chaol la observó con recelo.

—Empalaron el cuerpo de Wesley en la reja de la casa de Rourke. Había... suficiente sangre como para suponer que estaba vivo cuando lo hicieron. Nunca confesaron nada, pero dedujimos que le ordenaron a los criados de la mansión que lo dejaran allí hasta que muriera.

Aquel día, lo interpretamos como una estrategia para poner fin a la guerra de sangre. Así, castigando a Wesley, Arobynn y sus asesinos se asegurarían de que el próximo señor del crimen no los considerara enemigos.

Celaena bajó la vista al suelo. La noche que había escapado de la fortaleza de los asesinos para ir tras de Farran, Wesley había intentado detenerla. Trató de decirle que se dirigía a una trampa.

Cortó aquel hilo de pensamientos antes de llegar a ninguna conclusión. Tendría que examinar la información en algún otro momento, cuando estuviera sola y no tuviera que preocuparse por Archer y esas cosas del movimiento rebelde; cuando estuviera lista para entender por qué Arobynn Hamel la había traicionado... y qué iba a hacer al respecto. Cuánto lo haría sufrir... y cómo lo desangraría para hacerle pagar por ello.

Tras un breve silencio, Chaol comentó:

—Sin embargo, nunca supimos por qué Wesley liquidó a Farran. Al fin y al cabo, solo era un guardia personal. ¿Qué podía tener contra el señor del crimen?

A Celaena se le salían las lágrimas. Miró por la ventana el cielo nocturno bañado de luz de luna.

—Fue un acto de venganza. —La asesina aún podía ver el cadáver de Sam retorcido, tendido sobre la mesa de aquella cámara subterránea, en la fortaleza de los asesinos; todavía veía a Farran acuclillado ante ella, palpándole el cuerpo paralizado. Tragó saliva para deshacer el nudo que la atragantaba—. Farran capturó, torturó y luego asesinó a uno de mis... a uno de mis... compañeros. Al siguiente día, quise devolverle el favor. Pero no tuve suerte.

—¿Fue entonces cuando te capturaron? —preguntó Chaol—. Pensaba que no sabías quién te había traicionado.

—Y no lo sé. Alguien nos contrató a mi compañero y a mí para matar al señor del crimen, pero solo era una trampa y Farran era el cebo.

Silencio. Y luego...

—¿Cómo se llamaba?

Celaena apretó los labios, tratando de ahuyentar la última imagen que conservaba de él: su cuerpo despedazado sobre una mesa.

—Sam —dijo—. Se llamaba Sam. —Tomó aire con dificultad—. Ni siquiera sé dónde lo enterraron. Ni tampoco a quién preguntarle.

Chaol guardó silencio. Celaena no entendía por qué continuaba hablando, pero las palabras surgieron por sí mismas de sus labios.

—Le fallé —prosiguió—. Le fallé en todos los sentidos. Le fallé.

Otro silencio y luego un suspiro.

—No en todos los sentidos —repuso Chaol—. Apuesto a que él quería que tú sobrevivieras. Sin duda. Así que no le fallaste, no en ese aspecto.

Celaena asintió, desviando la vista. No quería que sus ojos la traicionaran.

Al cabo de un momento, el capitán continuó.

—Se llamaba Lithaen. Hace tres años trabajaba para una de las damas de la corte. De algún modo Roland se enteró y pensó que sería muy divertido que los encontrara juntos en la cama. Ya sé que no se puede comparar al infierno que tú viviste...

Celaena ni siquiera sabía que Chaol se hubiera enamorado alguna vez, pero...

—¿Por qué accedió ella?

Él se encogió de hombros, aunque la tristeza del recuerdo aún empañaba su semblante.

—Porque Roland es un Havilliard y yo solo, capitán de la guardia. La convenció incluso para que se marchara a Meah con él. Nunca he sabido qué fue de ella.

—La amabas.

—Eso creía. Y pensé que ella me amaba —negó con la cabeza, como si se reprendiera a sí mismo en silencio—. ¿Sam te amaba?

Sí. Más de lo que nadie la había amado nunca. La amaba tanto como para arriesgarlo todo, como para renunciar a todo. La amaba tanto que todavía ahora notaba los ecos de su amor.

—Mucho —musitó.

El reloj dio las once y media, y Chaol sacudió la cabeza como para ahuyentar la tensión.

—Estoy agotado.

Celaena se levantó, perpleja de que hubieran acabado hablando de personas tan importantes para ellos.

—Me voy.

El capitán se puso de pie también. Le brillaban los ojos.

—Te acompañaré a tu habitación.

La asesina levantó la barbilla.

—Pensaba que ya no necesitaba escolta para ir de un lado a otro.

—Claro que no —repuso él, acompañándola a la puerta—, pero los amigos hacen ese tipo de cosas.

—¿Acompañas a Dorian de vuelta a su habitación? —Celaena lo miró con descaro antes de cruzar muy decidida la puerta que Chaol mantenía abierta para ella—. ¿O es un privilegio que reservas para las damas?

—Si fuera amigo de alguna dama, sin duda extendería la oferta. Sin embargo, no estoy seguro de que se te pueda considerar una.

—Qué gentil. No me extraña que esas chicas busquen excusas para cruzarse contigo en el jardín por las mañanas.

Chaol resopló y después caminaron en silencio por los tranquilos pasillos del adormecido castillo hasta llegar a los aposentos de Celaena, que estaban en el otro extremo. El camino era largo y por lo general frío, ya que las ventanas que flanqueaban los pasillos no bastaban para dejar fuera al frío invernal.

Cuando llegaron al lugar, Chaol le deseó buenas noches y comenzó a alejarse. Celaena se volvió a mirarlo mientras sujetaba la manija de latón.

—Por si sirve de algo, Chaol... —empezó a decir. El capitán se giró, con las manos hundidas en los bolsillos—: Si eligió a Roland en vez de a ti, es la necia más grande que ha existido jamás en la faz de la Tierra.

Él la miró unos instantes antes de responder en voz baja.

—Gracias.

Luego se dirigió hacia su habitación.

Celaena lo contempló mientras se alejaba. Observó los poderosos músculos de su espalda, el movimiento visible a través de su saco negro, y de repente se sintió agradecida de que Lithaen hubiera abandonado el castillo hacía tanto tiempo.

Los desacompasados repiqueteos del maltrecho reloj del jardín resonaron por los oscuros y silenciosos pasillos cuando la media noche cayó sobre el castillo. Aunque Chaol la había dejado en la puerta, Celaena no pasó ni cinco minutos dando vueltas por sus aposentos antes de salir otra vez, ahora hacia la biblioteca. Tenía montones de libros por leer en su habitación, pero no deseaba empezar ninguno. Necesitaba estar ocupada, hacer algo que le impidiera pensar en la conversación con Chaol y en los recuerdos que había desenterrado aquella noche.

Frunció el ceño al reparar en los fuertes vientos que azotaban la nieve al otro lado de las inútiles ventanas y se ajustó la capa. Esperaba que las chimeneas de la biblioteca siguieran encendidas. De no ser así, elegiría un libro que sí le interesara, volvería corriendo a su habitación y se acurrucaría con Ligera en su cálido lecho.

Celaena dobló una esquina y se internó en el corredor de cristal que se prolongaba más allá de las grandes puertas de la biblioteca. De repente, se quedó paralizada.

En una noche tan fría como aquella, no era de extrañar que alguien anduviese de acá para allá envuelto en una capa negra y con la capucha puesta. Sin embargo, los extraños movimientos de la figura que estaba de pie en las puertas de la biblioteca la alertaron hasta tal punto de no dar un paso más.

El otro cuerpo se volvió a mirarla y también se detuvo. Al otro lado de las ventanas, la nieve se arremolinaba contra el cristal.

Solo es una persona, se dijo Celaena mientras la figura se giraba completamente hacia ella. Una persona que vestía una capa más oscura que la noche y una capucha que le ocultaba completamente los rasgos.

La criatura la olisqueó con un sonido que no parecía humano.

Celaena no se atrevió moverse.

La figura volvió a inhalar y dio un paso hacia ella. Esos movimientos, como de humo y sombra...

Un calor le latió en el pecho, un pulso azul y resplandeciente. El Ojo de Elena se había iluminado.

El desconocido se detuvo y Celaena frenó su respiración.

El ser chilló antes de retroceder para refugiarse en las sombras de la biblioteca. La pequeña piedra azul del amuleto brillaba ahora con más intensidad y la asesina entrecerró los ojos, deslumbrada.

Cuando los abrió completamente, el amuleto se había apagado y el encapuchado había desaparecido sin dejar rastro, ni siquiera un eco de pasos.

Celaena no entró en la biblioteca. Caminó rápidamente hacia su alcoba con la mayor dignidad posible. Aunque no paraba de decirse que había sido un desvarío, que la falta de sueño le había provocado alucinaciones. No dejaba de oír aquella maldita palabra una y otra vez... *Planes.*

CAPÍTULO 6

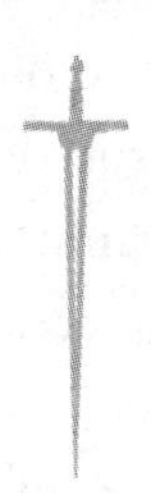

Seguro que el desconocido del pasillo no tiene ninguna relación con el rey, se dijo Celaena mientras regresaba —sin correr— a su habitación. En un castillo tan grande como aquel, siempre había gente rara, y si bien es cierto que casi nunca veía a nadie en la biblioteca, era muy posible que alguien buscara refugio allí. De incógnito. En una corte donde la lectura estaba tan mal vista, no era extraño que algún cortesano quisiera guardar en secreto su apasionado amor por los libros.

Un cortesano espeluznante, con aspecto de animal... que había hecho que su amuleto brillara.

Celaena entró en su recámara justo cuando sucedía un eclipse lunar. Lanzó un gemido.

—Un eclipse. Lo que me faltaba —dijo molesta entre dientes mientras se alejaba de las puertas del balcón para dirigirse al tapiz que cubría la pared.

Y aunque no le agradaba recurrir a Elena, aunque tenía la esperanza de no volverla a ver... necesitaba una explicación.

Seguro que la antigua reina se reiría de ella y le diría que no había nada que temer.

Dioses del cielo, deseaba con toda su alma oír aquella respuesta. Porque, de lo contrario...

Celaena negó con la cabeza y echó un vistazo a Ligera.

—¿Quieres acompañarme? —Como si intuyera lo que se proponía su dueña, la perrita dio uno cuantas vueltas sobre sí misma y, resoplando, se acurrucó en la cama—. Me lo temía.

Celaena solo tardó unos minutos en apartar la cómoda del tapiz que ocultaba la entrada secreta, tomar una vela y descender las antiguas escaleras.

En las profundidades, encontró los tres arcos de crucería. El de la izquierda conducía a un pasadizo desde el que se veía el salón de gala. El del centro llevaba a las alcantarillas y a la salida secreta que algún día podría salvarle la vida. Y el de la derecha... ahí empezaba el túnel que llegaba hasta el sepulcro olvidado de la antigua reina.

Mientras se dirigía a la tumba, Celaena no se atrevió a mirar en dirección al descanso donde había descubierto a Caín invocando al Ridderak, aunque los restos de la puerta que el monstruo había destrozado seguían escondidos por las escaleras. Aún se veían las bisagras en la pared de piedra, justo donde ese ser la había roto justo antes de que Celaena encontrara a Damaris, la espada del difunto rey Gavin, y abatiera al engendro.

Celaena miró su mano. Un anillo de cicatrices blancas le atravesaba la palma y cercaba su pulgar. Si Nehemia no la hubiera encontrado aquella noche, el veneno de la mordedura la habría matado.

Por fin llegó a la puerta en la que desembocaba la escalera de caracol. Se quedó mirando la aldaba de bronce en forma de calavera que colgaba de la hoja. Tal vez aquello no hubiera sido buena idea. Quizá las respuestas no valieran la pena. Sería mejor regresar. Bien pensado, seguro que no le esperaba nada bueno.

Elena parecía satisfecha de que Celaena hubiera conseguido el título de campeona del rey, tal como ella le había ordenado. Pero si la visitaba otra vez, la reina pensaría que estaba dispuesta a cumplir otro de sus mandatos. Y bien sabía el Wyrd que Celaena ya tenía bastantes problemas por el momento. Por más que aquella... cosa del pasillo no pareciera tramar nada bueno.

Celaena tuvo la sensación de que la calavera de la aldaba le sonreía. Incluso habría jurado que clavaba en ella sus ojos huecos.

Dioses del Wyrd, debería marcharse. Sin embargo, sus dedos se acercaron a la aldaba de la puerta, como guiados por una mano invisible...

—¿No vas a tocar primero?

Celaena retrocedió de un salto. Con la daga en guardia y dispuesta a derramar sangre, se pegó a la pared. Aquello era imposible. Seguro que se lo había imaginado.

La calavera había hablado. Había movido la mandíbula.

Sí, era total, absoluta, completamente imposible. Mucho más improbable e incomprensible que nada de lo que Elena hubiera dicho o hecho jamás.

Mirándola con sus relucientes ojos de metal, la calavera de bronce chasqueó sonoramente, como si tuviera lengua.

Tal vez se había caído por las escaleras y se había golpeado la cabeza contra las piedras. Eso al menos tendría algo de lógica. Un listado de maldiciones empezó a desfilar por su mente, cada una más vulgar que la anterior, mientras miraba a la aldaba boquiabierta.

—Oh, no seas tan patética —rezongó la calavera con los ojos entornados—. Estoy prendida a esta puerta. No puedo hacerte daño.

—Pero esto es obra de... —Celaena tragó saliva— magia.

No podía ser. La magia se había desvanecido, se había esfumado de la faz de la Tierra hacía diez años, antes incluso de que el rey la prohibiera.

—Todo en este mundo es obra de magia. Gracias por ser tan amable de expresar lo obvio.

Celaena dejó de exprimirse los sesos el tiempo suficiente para decir:

—Pero la magia ya no funciona.

—La magia nueva, no. Sin embargo, el rey no puede desactivar los viejos hechizos formulados con poderes ancestrales, como las marcas del Wyrd. Los conjuros más antiguos conservan su poder, sobre todo aquellos que dan vida a objetos inanimados.

—¿Estás... viva?

La calavera rio.

—¿Viva? Estoy hecha de bronce. No respiro, ni como, ni puedo beber. Así que no, no estoy viva. Pero tampoco estoy muerta, si a eso vamos. Sencillamente, existo.

Celaena se quedó mirando la pequeña aldaba. No era más grande que su puño.

—Deberías disculparte —le dijo la calavera—. No tienes ni idea de lo ruidosa y desagradable que fuiste hace unos meses, siempre corriendo de acá para allá, matando monstruos. He guardado silencio hasta estar segura de que habías presenciado suficientes prodigios como para aceptar mi existencia. Aunque, por lo que parece, tampoco esta vez voy a tener suerte.

Con manos temblorosas, Celaena enfundó la daga y dejó la vela en el suelo.

—Me alegro mucho de que por fin te hayas dignado a dirigirme la palabra.

La calavera de bronce cerró los ojos. También tenía párpados. ¿Cómo era posible que no se hubiera fijado antes?

—¿Y por qué iba a hablar con alguien que ni siquiera tiene el detalle de saludarme o, como mínimo, de llamar a la puerta?

Celaena respiró profundamente para tranquilizarse. Acto seguido, examinó la puerta. Los costados de la hoja aún conservaban las marcas de los arañazos del Ridderak.

—¿Ella está adentro?

—¿Quién es ella? —preguntó la impertinente calavera.

—Elena. La reina.

—Pues claro que está. Lleva aquí mil años.

Celaena habría jurado que los ojos de la calavera brillaban de risa.

—No te burles de mí o te arrancaré de esa puerta y te fundiré.

—Ni siquiera el hombre más fuerte del mundo podría arrancarme. El rey Brannon en persona me puso aquí para que vigilara el sepulcro de la reina.

—¿Tan vieja eres?

La aldaba resopló.

—Qué falta de delicadeza por tu parte referirte a mi edad para insultarme.

Celaena se cruzó de brazos. Tonterías. La magia siempre conducía a ese tipo de bobadas.

—¿Cómo te llamas?

—¿Cómo te llamas tú?

—Celaena Sardothien —recitó ella mecánicamente.

La calavera lanzó una carcajada.

—¡Ay, pero qué divertido! ¡Es lo más gracioso que he oído desde hace siglos!

—Cállate.

—Yo me llamo Mort, por si te interesa.

Celaena recogió la vela.

—¿Todas nuestras conversaciones van a ser tan agradables? —la asesina acercó la mano a la manija.

—¿Ni siquiera vas a llamar, después de todo lo que te he dicho? Verdaderamente, careces de modales.

Celaena tuvo que recurrir a todo su autocontrol para no darle un golpe cuando tocó tres veces, con bastante fuerza, en la hoja de madera.

Mientras la puerta se abría en silencio, Mort esbozó una sonrisa burlona.

—Celaena Sardothien —murmuró la aldaba para sí, y volvió a estallar en carcajadas. La asesina gruñó y cerró la puerta de una patada.

Un fulgor fantasmal iluminaba ligeramente el sepulcro. Celaena se acercó al orificio por el que se colaba la escasa luz, un haz de color plata que se filtraba por el techo. La tumba solía estar más iluminada, pero el eclipse proyectaba ya sus sombras en el interior.

Celaena se detuvo a poca distancia del umbral, dejó la vela en el suelo y se quedó mirando el vacío.

Elena no estaba allí.

—¿Hola?

Mort se rio entre dientes al otro lado de la puerta.

Celaena puso los ojos en blanco y abrió la puerta de par en par. ¿A quién se le ocurría pensar que iba a encontrar a Elena cuando más la necesitaba? Tendría que conformarse con alguien como Mort. Claro. Cómo no.

—¿No va a venir? —preguntó la asesina.

—No —repuso Mort con tranquilidad, como si la respuesta fuera obvia—. Toda la ayuda que te brindó hace unos meses estuvo a punto de acabar con ella.

—¿Cómo? ¿Entonces se ha... ido?

—Por el momento. Hasta que recupere fuerzas.

Celaena se cruzó de brazos y exhaló un largo suspiro. La cámara no parecía haber cambiado desde la última vez que estuvo allí. Dos sarcófagos de piedra yacían en el centro, uno tallado con los rasgos de Gavin, marido de Elena y primer rey de Adarlan, y el otro con los de la propia reina, ambos dotados de una extraña vitalidad. La melena plateada de Elena parecía derramarse por el costado del ataúd, interrumpida tan solo por la corona de su cabeza y por las orejas algo puntiagudas que delataban sus orígenes, medio humanos y medio mágicos. Celaena reparó en las palabras grabadas a sus pies: "¡Ay! ¡La grieta del tiempo!".

El mismo Brannon, el padre inmortal de Elena —y primer rey de Terrasen— había tallado aquellas palabras.

En realidad, todo el sepulcro era extraño. Estrellas grabadas en bajorrelieve marcaban el suelo mientras que árboles y flores decoraban el techo de la bóveda. Las paredes estaban repletas de marcas del Wyrd, los símbolos ancestrales que proporcionaban acceso a un poder más antiguo que el tiempo, un poder que Nehemia y su familia habían mantenido en secreto hasta que Caín, de algún modo, lo había descubierto. Si el rey llegaba a descubrirlo, si se enteraba de que servía para invocar criaturas como la que Caín había llamado, desataría un mal infinito sobre Erilea. Y sus planes se tornarían aún más letales.

—Pero Elena me dijo que estabas destinada a volver —dijo Mort—. Me dio un mensaje para ti.

Celaena tuvo la sensación de hallarse ante una enorme ola que crecía y crecía, a punto de romper contra la orilla. Pero podía esperar —el mensaje podía esperar, la inminente carga podía esperar— a que ella disfrutara de un último momento de libertad. Se acercó al fondo del sepulcro, donde se amontonaban joyas, oro y cofres rebosantes de tesoros. Vio también una armadura y la famosa Damaris, la legendaria espada de Gavin. La empuñadura era de oro blanco, salpicada de pequeños adornos en todas partes salvo en el pomo, forjado con forma de ojo. Ninguna joya decoraba la órbita, solo era un anillo de oro. Decía la leyenda que cuando Gavin empuñaba a Damaris, veía la verdad, y que por eso lo habían coronado rey. O alguna tontería por el estilo.

En la funda de Damaris había también unas cuantas marcas del Wyrd. Por lo visto, todo guardaba relación con aquellos malditos símbolos. Frunciendo el ceño, Celaena examinó la armadura del rey. Aún conservaba arañazos y abolladuras en la pechera dorada. Grabados de antiguas batallas, sin duda. Tal vez del enfrentamiento con Erawan, el caballero oscuro que había liderado un ejército de muertos y demonios contra el continente cuando los reinos eran poco más que territorios en guerra.

Elena se había definido a sí misma como una guerrera. Sin embargo, la armadura de la mujer no estaba allí. ¿Dónde habrían quedado? Seguramente yacía olvidada en algún castillo del reino.

Olvidada. Igual que la valiente princesa guerrera, que según las leyendas no era más que una damisela encerrada en la torre de la que Gavin la había rescatado.

—Esto no ha terminado, ¿verdad? —preguntó finalmente Celaena a Mort.

—No —respondió la calavera, más lacónica que de costumbre.

Justo lo que la asesina se temía desde hacía semanas, quizá meses.

La luz de la luna menguaba en el sepulcro. El eclipse pronto se completaría y las tinieblas se apoderarían del recinto, salvo por el resplandor de la vela.

—Oigamos el mensaje —suspiró Celaena.

Mort carraspeó. Cuando habló, la asesina advirtió sobrecogida que lo hacía con un timbre de voz parecido al de la reina.

—Si pudiera dejarte en paz, lo haría. Pero siempre has sido consciente de que llevas contigo cierto peso sobre tus hombros. Tanto si te gusta como si no, estás ligada al destino de este mundo. Como campeona del rey, ahora ocupas una posición de poder y puedes ayudar a muchas personas.

A Celaena se le encogió el estómago.

—Caín y el Ridderak no fueron sino la avanzada de las fuerzas que amenazan Erilea —dijo Mort. Sus palabras resonaban en el sepulcro—. Existe un poder mucho más letal decidido a destruir el mundo.

—Y supongo que yo tendré que desenmascararlo.

—Sí. Encontrarás señales que te conducirán a él. Pistas que debes seguir. Tu negativa a matar a los enemigos del rey solo es el primer paso y también el más sencillo.

Celaena miró hacia arriba, como si pudiera vislumbrar a través de las vigas del techo la biblioteca construida muchísimo más arriba.

—Esta noche vi a alguien en un pasillo del castillo. He visto algo. El amuleto se iluminó.

—¿Era humano? —preguntó Mort, intrigado a su pesar.

—No lo sé —reconoció Celaena—. No lo parecía —cerró los ojos y respiró para tranquilizarse. Llevaba meses esperando aquello—. Todo está relacionado con el rey, ¿verdad? Todos esos horrores. Incluso la petición de Elena... pretende que averigüe qué poderes posee, qué amenaza representa.

—Ya conoces la respuesta a esa pregunta.

El corazón de Celaena latía desbocado de miedo, de rabia quizá. No estaba segura.

—Si tan poderosa es Elena, si tanto sabe, ¿por qué no averigua ella misma el origen del poder del rey?

—Ese es tu destino y tu responsabilidad.

—El destino no existe —musitó la asesina entre dientes.

—Y lo dice la chica que consiguió vencer al Ridderak porque alguna fuerza desconocida la impulsó a bajar aquí, a Samhuinn, en busca de la espada Damaris. La misma chica que la encontró.

Celaena dio un paso hacia la puerta.

—Lo dice la chica que pasó un año en Endovier. Lo dice la chica que sabe que a los dioses les importan tanto nuestras vidas como a nosotros la de un insecto —fulminó con la mirada la brillante faz de Mort—. Pensándolo bien, no sé por qué tendría que molestarme en ayudar a Erilea, cuando los propios dioses no hacen nada por nosotros.

—No lo dices en serio —replicó Mort.

Celaena aferró la empuñadura de su daga.

—Ya lo creo que sí. Dile a Elena que se busque a otra tonta para encargarle sus misiones.

—Debes descubrir de dónde procede el poder del rey y cuáles son sus planes... antes de que sea demasiado tarde.

Celaena resopló.

—¿Acaso no lo entiendes? Ya es demasiado tarde. Llevamos varios años de retraso. ¿Dónde estaba Elena hace diez años, cuando contábamos con todo un ejército de héroes dispuestos a luchar? ¿Dónde estaba cuando el mundo realmente necesitaba de sus misiones, cuando los héroes de Terrasen fueron diezmados, capturados y ejecutados por los ejércitos de Adarlan? ¿Dónde estaba ella cuando los reinos cayeron, uno tras otro, a manos del rey? —le ardían los ojos, pero empujó el dolor al oscuro rincón de su alma al que lo había confinado—. El mundo ya está arruinado. No pienso aceptar misiones absurdas.

Mort entornó los ojos. En el interior de la tumba, la luz se había extinguido; la sombra ocultaba la luna casi por completo.

—Lamento todas las pérdidas que has sufrido —dijo la calavera con una voz que no le pertenecía—. Y lamento que tus padres murieran aquella nefasta noche. Fue...

—No te atrevas a hablar de mis padres —interrumpió Celaena, apuntando a Mort con el dedo—. Me importa un comino que hables gracias a la magia, que seas el lacayo de Elena o un mero producto de mi imaginación. Si vuelves a mencionar a mis padres, haré pedazos esa puerta. ¿Entendiste?

Mort frunció el ceño.

—¿Tan egoísta eres? ¿Tan cobarde? ¿Por qué has bajado aquí esta noche, Celaena? ¿Para ayudarnos a todos o solo para ayudarte a ti misma? Elena me habló de ti... de tu pasado.

—Cierra esa maldita boca —replicó Celaena, y se dirigió a las escaleras tan rápido como el viento.

CAPÍTULO 7

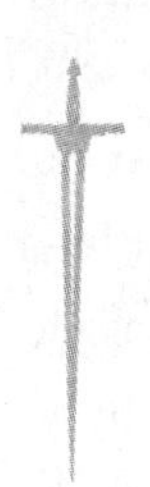

Celaena despertó antes del alba con una horrible migraña. Echando un vistazo al escaso cabo de vela de su mesa, comprobó que no había soñado la conversación de la noche anterior. Eso significaba que allí abajo había una aldaba parlante animada por un hechizo ancestral. Y que Elena, una vez más, había encontrado el modo de complicarle infinitamente la vida.

La asesina gimió y hundió la cara en la almohada. Pensaba profundamente en lo que había dicho. Ya nadie podía ayudar al mundo. Aunque... aunque ella hubiera comprobado en persona los peligros que lo acechaban y hasta qué punto las cosas podían empeorar. Y aquella cosa del pasillo...

Se acostó boca arriba. Ligera le olisqueóa la mejilla con su húmedo hocico. Acariciando la cabeza del perro con ademán distraído, Celaena miró el techo. Una luz grisácea se filtraba por las cortinas.

No quería admitirlo, pero Mort tenía razón. Celaena había bajado a la tumba con la intención de pedirle a Elena que se hiciera cargo de la criatura del pasillo, con el fin de asegurarse de que ella no tendría que resolverlo.

“Mis planes”, había dicho el rey. Y si Elena quería que los investigara, que encontrara la fuente de su poder... debían de ser espantosos. ¿Qué podía ser peor que esclavizar a miles de personas en Calaculla y Endovier? ¿O que asesinar a cientos de rebeldes?

Siguió mirando el techo durante un rato. Por fin, comprendió dos cosas. En primer lugar, que si no intervenía, cometería un grave error. Elena solo le había pedido que averiguara lo que estaba pasando. No le había ordenado que solucionara el problema. Ni había mencionado que corriera riesgo alguno. Y eso había que agradecerlo, supuso Celaena.

En segundo lugar, que tenía que hablar con Archer. Acercarse a él y empezar a planear un modo de simular su muerte. Porque si el hombre formaba parte del movimiento que conocía los planes del rey, quizá Archer pudiera ahorrarle la molestia que supondría espiar al soberano y atar cabos por su cuenta. Sin embargo, en cuanto diera ese paso... Bueno, en ese momento daría inicio el más peligroso de los juegos.

Celaena se bañó rápidamente y se vistió con las galas más exquisitas y cálidas que tenía antes de llamar a Chaol.

Había llegado el momento de toparse casualmente con Archer Finn.

Como consecuencia de la tormenta del día anterior, un puñado de pobres diablos armados con palas retiraba la nieve de las calles más elegantes de Rifthold. Las tiendas permanecían abiertas todo el año y, a pesar de las aceras resbaladizas y de las calzadas embarradas, el bullicio de la capital no era menor al que reinaba en pleno verano.

Pese a todo, Celaena añoraba el estío. Las calles mojadas empapaban el dobladillo de su vestido azul y hacía tanto frío que ni siquiera el manto de pieles blancas bastaba para mantener a raya las bajas temperaturas. Se mantuvo pegada a Chaol mientras recorrían la concurrida avenida principal. El capitán le había pedido una y otra vez que le permitiera ayudarla con el asunto de Archer, y Celaena acabó por invitarlo a aquella excursión, pensando que no significaba riesgo alguno y que así la dejaría en paz. Le había dicho, eso sí, que prescindiera del uniforme de capitán y se vistiera de manera casual.

Para Chaol, vestirse casualmente significaba enfundarse una túnica negra.

Por suerte, nadie les prestó excesiva atención; había demasiada gente y numerosos escaparates que admirar. Oh, cómo adoraba Celaena aquella avenida, donde se vendían y se intercambiaban toda clase de objetos de lujo. Había joyeros, sombrereros, sastres, dulcerías, zapateros... Como era de esperar, Chaol pasaba como una bala ante los escaparates, sin detenerse a contemplar las maravillas que exhibían.

Como de costumbre, una multitud se amontonaba a las puertas de Willows, el salón de té en el que, según había averiguado Celaena, Archer estaba almorzando. Por lo visto comía allí a diario con otros cortesanos. Aunque su presencia en el salón no tenía nada que ver con el hecho de que la élite de Rifthold almorzara allí también, por supuesto.

Cuando se acercaron al local, Celaena tomó a Chaol del brazo.

—Si entras ahí con esa cara de pocos amigos —se burló mientras entrelazaba su brazo con el del capitán— van a sospechar que tramamos algo. Y te lo repito una vez más: no digas ni una palabra. Déjame a mí la plática y el coqueteo.

Chaol enarcó las cejas.

—¿Así que me has traído en calidad de florero?

—Deberías alegrarte de que te considere un accesorio útil.

El capitán gruñó algo entre dientes, un comentario que, obviamente, prefería no compartir con Celaena, pero redujo el paso para adoptar un caminar elegante.

Ante los arcos de piedra y cristal por los que se accedía al salón, aguardaban exquisitos carruajes que dejaban o recogían pasajeros. Podrían haber acudido en carruaje... Deberían haberlo hecho. De ese modo, se habrían ahorrado el frío y la humedad en el dobladillo del vestido. Pero Celaena, como una tonta, había preferido caminar, ver la ciudad del brazo del capitán de la guardia, aunque, a juzgar por la actitud de él, cualquiera habría pensado que la amenaza se agazapaba a la vuelta de la esquina. Sí, llegar en carruaje habría sido lo más apropiado.

Willows era un local exclusivo. En su juventud, Celaena iba a menudo a tomar el té gracias al nombre de Arobynn Hamel. Aún recordaba el repiqueteo de la porcelana, el bullicio discreto, los colores menta y crema de las paredes, y los inmensos ventanales con vistas al jardín.

—No vamos a entrar ahí —dijo Chaol, y no en tono de pregunta exactamente.

Celaena le dedicó una sonrisa felina.

—No te asustarán un puñado de damas rancias y unas cuantas jovencitas bobas, ¿verdad?

Chaol la fulminó con la mirada y ella le dio unas palmaditas en el brazo.

—¿Acaso no me estabas escuchando cuando te expliqué mi plan? Nos limitaremos a fingir que estamos esperando una mesa. Así que no te pongas nervioso; no tendrás que quitarte de encima a todas esas niñas malas que intentan atraparte.

—La próxima vez que entrenemos juntos —respondió Chaol mientras se abrían paso entre una multitud de mujeres exquisitamente vestidas— recuérdame que te dé una paliza.

Una anciana le lanzó una mirada escandalosa y Celaena le respondió con una expresión entre compungida y exasperada que decía: "¡Hombres!". Clavó las uñas en la gruesa túnica de Chaol y le susurró:

—A partir de ahora, boca cerrada y finge que eres un mero accesorio. No debería costarte mucho trabajo.

Celaena adivinó, por el pellizco del capitán, que realmente la haría sufrir la próxima vez que pisaran la sala de entrenamiento. Sonrió.

Tras hacerse un hueco justo al pie de la escalinata que conducía a las puertas dobles, Celaena miró su reloj de bolsillo. Archer solía comer a las dos y por lo general terminaba al cabo de noventa minutos. Eso significaba que estaba a punto de salir. Haciendo muchos movimientos, fingió buscar algo en su bolso de mano. Chaol, afortunadamente, guardó silencio y se limitó a observar a la multitud que los rodeaba, como si aquellas hermosas mujeres estuvieran a punto de abalanzarse sobre ellos.

Transcurrieron unos minutos. A Celaena se le entumecieron los enguantados dedos. Las entradas y salidas eran tan constantes que nadie se fijó en que solo ellos seguían haciendo fila. Justo en ese momento se abrieron las puertas. Cuando vio un cabello color bronce y una sonrisa deslumbrante, Celaena avanzó.

Chaol, por una vez a la altura de las circunstancias, la escoltó escaleras arriba hasta que...

—¡Uf! —exclamó Celaena al chocar con un hombro ancho y musculoso. Su actuación fue tan buena que Chaol la sujetó para evitar que cayera rodando por las escaleras. La asesina alzó la vista entre sus pestañas y entonces...

El hombre parpadeó una vez. Dos.

El exquisito rostro que la miraba de pies a cabeza esbozó una sonrisa.

—¿Laena?

Ella tenía pensado sonreír de todos modos, pero cuando oyó el viejo diminutivo...

—¡Archer!

Notó que Chaol se incomodaba un poco, pero Celaena no se molestó en mirarlo. Apenas podía apartar los ojos de Archer, que era en aquellos días y seguía siendo el hombre más bello que jamás había visto. No solo guapo, sino bello. Tenía la piel dorada incluso en pleno invierno y aquellos ojos verdes...

Que los dioses del cielo y del Wyrd se apiaden de mí.

Incluso su boca era una obra de arte, un modelo perfecto de líneas sensuales y suavidad que pedía a gritos ser explorado.

Como si despertara de un sueño, Archer sacudió repentinamente la cabeza. —Estamos estorbando —dijo, y señaló la calle con su mano—. A menos que tu compañero y tú tengan una reservación.

—Oh, hemos llegado con unos minutos de anticipación —respondió Celaena. Soltó el brazo de Chaol para dirigirse hacia la acera. Archer bajó las escaleras junto a ella, lo que le permitió echar un vistazo a su atuendo. Túnica y pantalones impecables, botas hasta la rodilla y pesada capa. No eran prendas ostentosas, pero sí caras. A diferencia de otros cortesanos, más llamativos y pretenciosos, el atractivo de Archer tenía un toque rudo y masculino. La espalda, ancha y musculosa; el porte varonil; la sonrisa cómplice; incluso el hermoso semblante, todo él irradiaba tanta masculinidad que Celaena no conseguía recordar el diálogo que había preparado.

También Archer parecía buscar las palabras mientras ambos se contemplaban mutuamente, a pocos pasos del bullicio.

—Cuánto tiempo —empezó a decir Celaena, que volvía a sonreír.

Chaol se quedó algo rezagado, en absoluto silencio. Y muy serio.

Archer se metió las manos en los bolsillos.

—Apenas te reconozco. Eras solo una niña la última vez que te vi. Tenías... Dioses del cielo, creo que tenías trece años.

Celaena no pudo evitarlo. Entornó los ojos y murmuró:

—He crecido.

Archer le obsequió una sonrisa ligera y sensual. La recorrió con la mirada antes de decir:

—Eso parece.

—Tú también te has ensanchado —dijo Celaena, mirándolo de arriba abajo a su vez.

Archer sonrió.

—Gajes del oficio.

Volteó la cabeza hacia un lado y posó un instante sus deslumbrantes ojos en Chaol, que los observaba con los brazos cruzados. Celaena recordaba perfectamente que a Archer no se le escapaba nada. Tal vez por eso había llegado a convertirse en el cortesano más solicitado de Rifthold... además de ser un formidable adversario cuando entrenaban juntos en la guarida de los asesinos.

Celaena observó a Chaol, que estaba demasiado ocupado mirando al otro con desprecio como para reparar en ella.

—Lo sabe todo —le dijo la asesina al cortesano.

Archer se relajó, pero también remplazó aquel semblante entre sorprendido y divertido por una tristeza contenida.

—¿Cómo lograste escapar? —preguntó el hombre con cautela.

Pese al comentario de Celaena, procuraba no mencionar nada relacionado con su profesión ni con Endovier.

—Me dejaron salir. El rey me liberó. Ahora trabajo para él.

Al ver que Archer echaba un vistazo a Chaol, Celaena dio un paso hacia el cortesano.

—Es un amigo —le dijo con voz queda.

¿Era miedo o desconfianza lo que reflejaban sus ojos? ¿Aquel recelo se debía al hecho de que la asesina trabajara para un tirano temido en el mundo entero o a que realmente había contactado con los rebeldes y tenía algo que ocultar? Celaena siguió actuando con la mayor naturalidad posible, tan relajada y tranquila como cualquiera estaría en presencia de un viejo amigo.

—¿Sabe Arobynn que has vuelto? —le preguntó Archer.

No era una pregunta que Celaena estuviera preparada para contestar, ni tampoco que quisiera escuchar. Se encogió de hombros.

—Tiene ojos por todas partes. Me extrañaría mucho que no lo supiera.

El cortesano asintió solemnemente.

—Lo siento. Supe lo de Sam... y de lo que pasó en casa de Farran aquella noche —negó con la cabeza y cerró los ojos—. Lo siento mucho.

Aunque se le encogió el corazón al escuchar aquellas palabras, Celaena asintió.

—Gracias.

La joven posó una mano en el brazo de Chaol. De repente, necesitaba sentirlo, saber que seguía ahí. También quería cambiar de tema. Suspiró y fingió mirar con interés las puertas de cristal que se abrían y se cerraban en lo alto de la escalinata.

—Deberíamos entrar —mintió. Le dedicó una sonrisa al cortesano—. Sé que en los viejos tiempos actuaba siempre como una mocosa insufrible, pero... ¿te gustaría cenar conmigo mañana? Tengo la noche libre.

—A veces me sacabas de quicio, no lo voy a negar —Archer sonrió a su vez e hizo un amago de reverencia—. Tendré que cambiar algunas citas, pero me encantaría —metió la mano en la capa y sacó una tarjeta color crema que llevaba grabados su nombre y su dirección—. Hazme saber cuándo y dónde, y ahí estaré.

Celaena no había dicho nada desde la partida de Archer y Chaol no había intentado entablar conversación, aunque se moría por decir algo. No sabía por dónde empezar.

Se había pasado todo el encuentro pensando en lo mucho que le gustaría estampar el bonito rostro de Archer contra la fachada de piedra.

Chaol no era ningún tonto. Sabía que Celaena no había tenido que fingir lo sonrojada ni las sonrisas. Y aunque no podía reprocharle nada —lo que habría sido un error terrible—, la idea de que los encantos de Archer cautivaran a la joven lo enfurecía; no le importaría tener una pequeña charla con el cortesano.

En vez de regresar directamente al castillo, Celaena comenzó a caminar tranquilamente por la zona más rica del centro. Después de pasear cerca de media hora en silencio, Chaol se sintió lo bastante tranquilo como para charlar con ella de forma civilizada.

—¿*Laena*? —le preguntó.

Bueno, más o menos civilizada.

Los cercos dorados de aquellos ojos azul turquesa centellearon con sol de la tarde.

—De todo lo que dijimos allá, ¿eso fue lo que más te incomodo?

Pues sí. Lo había sacado de quicio que el Wyrd lo amparara.

—Cuando dijiste que lo conocías, no pensé que fueran íntimos.

Chaol luchaba por contener el súbito e incomprensible malhumor que se apoderaba de él. Por más que Celaena se sintiera atraída por el físico del cortesano, se proponía asesinarlo, se recordó.

—El pasado que comparto con Archer me ayudará a sacarle información sobre ese movimiento rebelde que tanto le preocupa al rey —contestó la asesina, que miraba con aire distraído las elegantes viviendas. Pese al ruido que reinaba a pocas calles de allí, en la zona residencial se respiraba un ambiente de paz—. Es una de las pocas personas que conozco que me aprecia de verdad,

¿sabes? O, al menos, así era hace años. No creo que me cueste mucho enterarme de lo que planea ese tal grupo contra el rey, o tal vez averiguar la identidad de algún otro implicado.

Una parte de Chaol se avergonzaba de sentir alivio al recordar que Celaena iba a matar al cortesano. No se consideraba mala persona. Y desde luego, no era el clásico celoso. Además, bien sabían los dioses que no tenía ningún derecho sobre la joven. Había visto la expresión de su rostro cuando Archer mencionó a Sam.

Chaol se había enterado de la muerte de Sam Cortland en su momento. No sabía que Celaena y Sam se conocían y mucho menos que ella... lo había amado con toda su alma. La noche que fue capturada no había salido a recoger el dinero sucio de un contrato. No, ella había acudido a aquella casa a vengarse de una pérdida tan tremenda que Chaol no podía ni siquiera concebirla.

Celaena caminaba a su lado, casi pegada a él. El capitán reprimió el impulso de inclinarse hacia ella, de estrecharla contra sí.

—¿Chaol? —dijo la joven al cabo de unos minutos.

—¿Sí?

—Sabes que detesto que me llamen Laena, ¿verdad?

Una sonrisa se asomó a los labios del capitán, que cerró los ojos un instante.

—Entonces, la próxima vez que quiera hacerte enojar...

—Ni se te ocurra.

La sonrisa de Chaol creció. Cuando ella sonrió a su vez, aquel parpadeo de alivio se convirtió en algo que le encogió el corazón.

CAPÍTULO 8

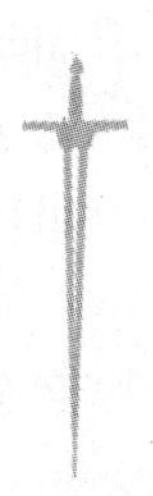

Celaena tenía planeado pasar el resto del día espiando a Archer, pero cuando se alejaban del salón de té, Chaol le informó que el rey había ordenado que acudiera en calidad de guardia a la cena oficial de esa noche. Aunque habría podido alegar mil excusas para librarse, cualquier conducta extraña por su parte podía despertar sospechas. Si estaba dispuesta a obedecer a Elena, debía asegurarse de que el rey —de que todo el imperio— la considerara una súbdita fiel.

La cena oficial se celebró en el salón de gala, y Celaena tuvo que autocontrolarse para no saltar a la mesa que estaba a la mitad de la sala y atiborrarse de los platos de los estirados nobles y consejeros. Cordero asado con tomillo y lavanda, pato glaseado con salsa de naranja, faisán bañado en jugo de cebollas tiernas... No era justo, la verdad.

Chaol la había ubicado junto a una columna del patio, cerca de los ventanales. Aunque no llevaba el uniforme de la guardia real —negro, con el bordado de un Guiverno dorado en el pecho—, sus ropas negras no llamaban la atención. Gracias al Wyrd, estaba lo bastante lejos de los comensales como para que no oyeran los gruñidos de su estómago.

Habían dispuesto otras mesas también, estas últimas ocupadas por la nobleza menor, que también había sido invitada a la cena y que se había vestido con sus mejores galas para la ocasión. Toda la atención —de los guardias y de los nobles— se centraba en la mesa real, la que el rey y la reina compartían con sus más cercanos de la corte. El duque Perrington —maldita bestia parda— formaba parte de los comensales, y también Dorian y Roland, que charlaban con los privilegiados de la corte; hombres que habían arrasado reinos enteros para pagar las ropas, las joyas y el oro que había en aquel salón. De igual modo era verdad que, en ciertos aspectos, ella misma no podía considerarse mucho mejor.

Aunque Celaena no quería mirar al rey, cada vez que lo hacía se preguntaba por qué el soberano se molestaba en asistir a aquel aburrido suplicio pudiendo, como bien podía, dar cualquier excusa. El monarca, por su parte, parecía el mismo de siempre. Tampoco a Celaena se le ocurrió pensar ni por un momento que el rey fuera a revelar algo sobre sus verdaderos propósitos frente a toda aquella gente.

Chaol hacía guardia junto a una columna que se erguía muy cerca de la silla del rey. Sus ojos saltaban de un lado a otro, sin bajar la guardia ni un momento. Sus mejores hombres estaban allí, todos elegidos por él mismo aquella misma tarde. No parecía entender que sería un suicidio atentar contra el rey y su corte en un acto público. Celaena había tratado de explicárselo, pero Chaol la había fulminado con la mirada y le había pedido que no causara problemas.

Vaya ocurrencia. Eso también sería suicida.

Cuando la cena terminó, el rey se levantó y se despidió de sus invitados. La reina Georgina lo siguió, sumisa y en silencio, al exterior del salón de gala. El resto de los comensales se quedó allí, yendo de mesa en mesa, mucho más relajados que cuando estaba el rey.

Dorian se había puesto de pie y Roland lo había imitado. Charlaban con tres guapísimas cortesanas. Roland hizo reír a las chicas, que se sonrojaron tras sus abanicos de encaje. Una sonrisa apareció en los labios del príncipe.

No era posible que a Dorian le cayera bien su primo. La sensación de Celaena solo se basaba en el relato de Chaol y en una corazonada, pero... los ojos color verde esmeralda de Roland le producían tal desconfianza que habría querido llevarse a Dorian muy lejos de aquel sujeto. El príncipe también estaba jugando con fuego, comprendió. Como príncipe heredero, debía escoger con cuidado sus amistades. Quizá lo comentara con Chaol.

Celaena frunció el ceño. Hablarlo con Chaol resultaría largo y engorroso. Sería preferible que ella misma advirtiera a Dorian cuando acabara la cena. Había decidido dejarse de romanticismos con él, pero eso no significaba que no sintiera cariño por Dorian. Pese a su fama de mujeriego, tenía todo lo que se le puede pedir a un príncipe: era inteligente, guapo, encantador... ¿Por qué Elena no le encargaba sus misiones a él?

Seguro que Dorian no sabía lo que se proponía su padre. No, no se comportaría como lo hacía de haber sabido que su padre tenía siniestras intenciones. Y tal vez fuera mejor que nunca llegara a averiguarlo.

Fueran cuales fueran los sentimientos que le inspiraba, el príncipe gobernaría algún día. Y era muy posible que su padre le revelara entonces la fuente de su poder para obligar al príncipe a decidir qué clase de gobernante quería ser. Pero Celaena no pensaba precipitar ese momento. Dorian aún no tenía que elegir. Y ella solo podía rezar para que, cuando lo hiciera, optara por ser mejor monarca que su padre.

Dorian sabía que Celaena lo estaba mirando. Se había pasado toda la cena observándolo a hurtadillas. Claro que también volvía la vista hacia Chaol, y cuando lo hacía su cara se transformaba. Su expresión se tornaba más cálida, más contemplativa.

Apoyada contra una columna, junto a las puertas del patio, Celaena se limpiaba las uñas con una daga. Gracias al Wyrd que su padre se había ido, porque Dorian estaba seguro de que, de haberla visto, la habría despellejado allí mismo por atreverse a hacer algo así frente a sus invitados.

Roland les dijo algo más a las damas que los acompañaban —cuyos nombres Dorian había olvidado de inmediato— y ellas se carcajearon. Saltaba a la vista que su primo rivalizaba con él en encanto. Y por lo visto la madre del chico lo había acompañado en su viaje al castillo para ayudarlo a buscar novia, una joven con tierras y capital suficientes como para aumentar la influencia de Meah. Dorian sabía, sin necesidad de preguntárselo a su primo, que hasta la misma noche de bodas Roland sacaría el máximo partido a las ventajas de residir en el palacio como joven señor.

Viéndolo coquetear con esas chicas, Dorian no sabía qué hacer, si darle un golpe o marcharse de allí. Pero el príncipe llevaba demasiados años viviendo en aquella tediosa corte como para hacer nada más que mostrarse mortalmente aburrido.

Volvió a mirar a Celaena, pero ella estaba pendiente de Chaol, quien a su vez tenía los ojos puestos en Roland. Al notar que Dorian le prestaba atención, la asesina le devolvió la mirada.

Nada. Ni un indicio de emoción. Dorian se enfureció tanto que tuvo que esforzarse para controlarse. Sobre todo al ver que ella desviaba la vista otra vez... hacia el capitán. Y la clavaba allí. *Ya basta*.

Sin despedirse de Roland ni de las chicas, Dorian salió como una ráfaga del salón de gala. Tenía cosas mejores y más importantes que hacer que preocuparse por los sentimientos de Celaena hacia su amigo. Era el príncipe heredero del mayor imperio del mundo. Toda su existencia estaba consagrada a la corona y al trono de cristal que algún día heredaría. La asesina había puesto distancia a causa de aquella corona y de aquel trono, porque ansiaba una libertad que él nunca podría darle.

—Dorian.

Alguien lo llamó cuando llegó al pasillo. No tuvo que volverse para saber que se trataba de Celaena. La chica llegó hasta él y echó a andar al mismo paso veloz que él había adoptado sin darse cuenta. Dorian ni siquiera sabía adónde iba, solo, que necesitaba salir del salón de gala. Celaena le rozó el codo y el príncipe se odió por deleitarse con el contacto.

—¿Qué quieres? —preguntó.

Dejaron atrás el bullicio y ella lo jaló del brazo para que redujera la marcha.

—¿Qué sucede?

—¿Qué te hace pensar que pasa algo?

¿Cuánto tiempo llevas *suspirando por Chaol?*, habría querido preguntarle. Maldito fuera Dorian porque eso le importara. Maldito cada momento que había pasado con ella.

—Parece como si estuvieras a punto de agredir a alguien.

Dorian arqueó una ceja. Ni siquiera había fruncido el ceño.

—Cuando te enfadas —le explicó ella—, tu mirada se vuelve... fría. Gélida.

—No me pasa nada.

Continuó caminando. Y Celaena lo siguió... adondequiera que fuera. *A la biblioteca,* decidió Dorian, doblando una esquina. A la biblioteca real.

—Si tienes algo que decir —empezó el príncipe con lentitud deliberada mientras hacía esfuerzos por contener la ira—, dilo.

—No confío en tu primo.

Dorian se detuvo. El iluminado pasillo estaba desierto.

—Ni siquiera lo conoces.

—Llámalo instinto.

—Roland es inofensivo.

—Puede que sí. Y puede que no. A lo mejor está aquí con alguna intención que ignoras. Y eres demasiado listo como para convertirte en tan solo un peón en la partida de cualquiera. Es de Meah.

—¿Y?

—Pues que Meah es una ciudad pobre e insignificante. Tiene poco que perder y mucho que ganar. En esas circunstancias la gente se vuelve peligrosa. Implacable. Si puede, te utilizará.

—¿Igual que me utilizó una asesina de Endovier para convertirse en campeona del rey?

Celaena apretó los labios.

—¿De verdad piensas eso?

—No sé qué pensar.

Dorian dio media vuelta.

En ese momento, Celaena gruñó, literalmente.

—Bueno, pues deja que te diga lo que yo pienso, Dorian. Creo que estás acostumbrado a salirte con la tuya. Y solo porque, por una vez en la vida, no conseguiste lo que querías...

El príncipe se giró rápidamente hacia ella.

—Tú no tienes ni idea de lo que yo quería. Ni siquiera me diste la oportunidad de decírtelo.

Celaena puso los ojos en blanco.

—No voy a tener esta conversación ahora. Vine a advertirte que tu primo no es un santo, pero es obvio que te tiene sin cuidado. Así que no esperes que acuda en tu rescate cuando no seas más que una marioneta en sus manos... eso si no lo eres ya.

Dorian abrió la boca para replicar, tan furioso que habría podido estampar el puño en la pared más cercana, pero Celaena ya se alejaba rápidamente.

La asesina se detuvo ante los barrotes de la celda de Kaltain Rompier.

La dama, antaño hermosa, estaba acurrucada contra la pared, con el vestido sucio y el cabello enmarañado. Tenía la cara hundida entre los brazos, pero Celaena alcanzaba a ver un brillo sudoroso en la piel y un tono grisáceo de su tez. Y aquel hedor...

No había vuelto a verla desde el día del duelo, desde que Kaltain había envenenado el vino de Celaena con acónito sanguíneo para que muriera a manos de Caín. Después de vencer al asesino, Celaena se había marchado sin presenciar la caída de Kaltain, de modo que se perdió el momento en que, sin darse cuenta, la dama había revelado la trampa, afirmando que su prometido, el duque Perrington, la había manipulado. El duque negó las acusaciones y Kaltain fue enviada a las mazmorras a esperar su castigo.

Por lo visto, dos meses después aún no sabían qué hacer con ella. O quizá a nadie le importaba.

—Hola, Kaltain —dijo Celaena con voz queda.

La joven levantó la cabeza y sus ojos negros relampaguearon al reconocerla.

—Hola, Celaena.

CAPÍTULO 9

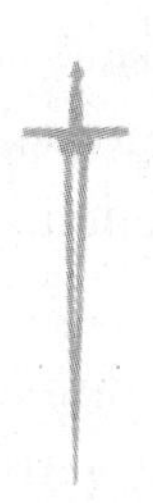

Celaena dio un paso hacia los barrotes. Una cubeta como baño, otra llena de agua, las sobras de la última comida y un montón de heno mohoso que hacía de cama, eso era cuanto le concedían a Kaltain.

Cuanto se merece.

—¿Vienes a burlarte de mí? —preguntó la prisionera. Su voz, antes rica y melodiosa, se había convertido en un susurro ronco. Hacía un frío de muerte allí abajo; a Celaena le extrañó que Kaltain no hubiera enfermado todavía.

—He venido a hacerte algunas preguntas —dijo la asesina en voz baja. Aunque los guardias no habían cuestionado su derecho a entrar en las mazmorras, no quería que nadie la oyera.

—Estoy ocupada —replicó Kaltain, sonriendo. Apoyó la cabeza contra el muro de piedra—. Será mejor que vuelvas mañana.

Parecía mucho más joven con aquella melena oscura suelta sobre los hombros. No debía de ser mayor que la propia Celaena.

La asesina se acuclilló y se agarró a un barrote para mantener el equilibrio. El metal estaba helado.

—¿Qué sabes de Roland Havilliard?

Kaltain miró el techo rocoso.

—¿Ha venido de visita?

—El rey lo invitó a unirse al consejo.

Los ojos negros de la prisionera se posaron en los de Celaena. Había un tono de locura en su mirada, pero también recelo y agotamiento.

—¿Por qué me preguntas por él?

—Porque quiero saber si es de confianza.

Kaltain lanzó una carcajada ronca.

—No hay nadie aquí que sea de confianza. Y Roland menos que nadie. Las cosas que he oído de él te revolverían el estómago, te lo aseguro.

—¿Como qué?

Kaltain sonrió con suficiencia.

—Sácame de esta celda y a lo mejor te lo digo.

Celaena le devolvió la sonrisa.

—¿Y qué tal si entro en la celda y busco la forma de obligarte a hablar?

—No —susurró Kaltain. Se encogió y aquel movimiento bastó para dejar a la vista los moretones que le rodeaban las muñecas. Celaena advirtió con desasosiego que parecían huellas de dedos.

Kaltain escondió las manos en los pliegues del vestido.

—El vigilante nocturno se hace de la vista gorda cuando Perrington me visita.

Celaena se mordió el labio inferior.

—Lo siento —dijo.

Hablaba en serio. Se lo mencionaría a Chaol la próxima vez que lo viera; se aseguraría de que tuviera una breve conversación con el vigilante nocturno.

Kaltain apoyó la mejilla en la rodilla.

—Lo estropeó todo. Y ni siquiera sé por qué. ¿Por qué no me envía a casa y me deja paz?

Hablaba en un tono apagado que Celaena recordaba muy bien de sus días en Endovier. Una vez que los recuerdos, el dolor y el miedo se apoderaran de ella, no podría arrancarle ni una palabra.

La asesina siguió hablando en voz baja:

—Tú eras íntima de Perrington. ¿Alguna vez te mencionó sus planes?

Se estaba metiendo en asuntos turbulentos, pero si alguien tenía información al respecto, sin duda era Kaltain.

Esta se limitó a mirar al vacío y no contestó.

Celaena se levantó.

—Buena suerte —le deseó.

Temblando de frío, Kaltain se metió las manos debajo de las axilas.

Celaena debería haber dejado que Kaltain muriera congelada por lo que le había hecho. Debería haber salido de allí sonriendo puesto que, por una vez, el culpable tenía su merecido.

—Los cuervos pasan volando —murmuró Kaltain, más para sí que para Celaena—. Y mis jaquecas empeoran por momentos. El aleteo me está volviendo loca.

Celaena la observó indiferente. No oía nada, ni aves ni, desde luego, ningún aleteo. Y aunque hubiera cuervos, habría sido imposible escuchar su vuelo desde un lugar tan profundo como la mazmorra.

—¿A qué te refieres?

Kaltain, sin embargo, se había acurrucado para conservar el calor. Celaena no quería ni pensar en el frío que debía de hacer en la celda por la noche. Sabía muy bien lo que representaba encogerse así, desesperada por retener una pizca de calor y preguntándote si por la mañana seguirías viva o si el frío habría acabado contigo.

Sin pensarlo dos veces, Celaena se desabrochó la capa negra y la arrojó entre los barrotes, apuntando con cuidado para evitar el vómito que se secaba sobre las piedras. También había oído hablar de la adicción de Kaltain al opio. Estar allí encerrada, sin una dosis que llevarse al cuerpo, debía haberla dejado en un estado próximo a la demencia, si acaso no estaba loca desde un principio.

Kaltain se quedó mirando la capa, que aterrizó en su regazo. Celaena se dio media vuelta para cruzar el frío pasadizo y regresar a las zonas cálidas del castillo.

—A veces... —dijo Kaltain casi susurrando. Celaena se detuvo—. A veces pienso que no me trajeron para que me casara con Perrington, sino con otro propósito. Que se proponían utilizarme.

—¿Utilizarte para qué?

—No me lo han dicho. Cuando bajan, nunca me dicen lo que quieren. Ni siquiera guardo recuerdos. Todo son... fragmentos. Trozos de un cristal roto. Y cada uno de ellos refleja su propia imagen aislada.

Kaltain había enloquecido. Celaena reprimió el impulso de responder con un comentario hiriente. La imagen de los moretones de Kaltain se lo impedía.

—Gracias por tu ayuda.

La joven se envolvió con la capa.

—Algo se acerca. Y yo seré la encargada de recibirlo.

Celaena soltó el aliento que había contenido sin darse ni cuenta. Aquella conversación no iba a ninguna parte.

—Adiós, Kaltain.

La joven rio en voz baja. El sonido acompañó a Celaena mucho rato después de que dejara atrás las heladas mazmorras.

—Malditos bastardos —escupió Nehemia. Apretaba la taza con tanta fuerza que Celaena temió, por un momento, que la rompiera. Las dos muchachas estaban sentadas en la cama de Celaena, con una gran bandeja entre ambas. Ligera estaba pendiente de todos sus movimientos, lista para devorar cualquier migaja que cayera al suelo—. ¿Cómo es posible que los guardias aparenten que no pasa nada? ¿Y cómo puede ser que la tengan en esas condiciones? Kaltain es un miembro de la corte, y si a ella la tratan así, no quiero ni pensar en lo que harán con los criminales comunes.

Nehemia se interrumpió, disculpándose con la mirada.

Celaena se encogió de hombros y negó con la cabeza. Después de visitar a Kaltain, se había encaminado a la ciudad con la intención de acechar a Archer, pero había empezado a nevar con tanta fuerza que le había resultado imposible. Llevaba una hora intentando seguirlo por una ciudad azotada por la nieve cuando había renunciado a la misión y regresado al castillo.

La tormenta había durado toda la noche. El manto de nieve era tan grueso que Celaena no había podido salir a correr con Chaol de madrugada. Así que invitó a Nehemia a compartir su desayuno en la cama, y la princesa, que estaba harta de tanta nieve, aceptó, encantada de compartir el cálido lecho con su amiga.

Nehemia dejó la taza en la bandeja.

—Tienes que informar al capitán Westfall del trato que está recibiendo Kaltain.

Celaena se acabó el bollo y se recostó contra los blandos almohadones.

—Ya lo he hecho. Se encargará de eso.

No juzgó conveniente mencionar que, cuando el capitán había regresado a su dormitorio, donde ella lo aguardaba leyendo, Celaena había adivinado de inmediato, por el uniforme arrugado, los nudillos lastimados y el destello en los ojos castaños, que las condiciones de las mazmorras iban a cambiar... y también los guardias encargados de vigilarlas.

—¿Sabes? —dijo Nehemia mientras empujaba suavemente con el pie a Ligera, que intentaba hurtar algún bocadillo de la bandeja—, las cortes no siempre han sido así. Hubo un tiempo en que la gente le daba valor al honor y a la lealtad. En otras épocas, la relación con los gobernantes no estaba basada en la obediencia y el miedo.

Sacudió la cabeza y las cuentas de oro de sus trenzas tintinearon. Al sol de la mañana temprana, su tez castaña lucía tersa y maravillosa. Celaena debía reconocer que le parecía un poco injusto que Nehemia no tuviera que hacer nada para estar guapa, en particular al amanecer.

La princesa prosiguió.

—Por lo que yo sé, esos valores desaparecieron de Adarlan hace varias generaciones, pero Terrasen tenía una corte ejemplar antes de la caída del reino. Mi padre siempre me contaba historias sobre Terrasen. Me hablaba de los guerreros y los señores que servían al rey Orlon, del poder, el coraje y la lealtad sin igual de su corte. Por eso el rey de Adarlan quiso que Terrasen fuera el primer reino en caer. Porque era el más fuerte, y porque si Terrasen hubiera tenido la oportunidad de reclutar un ejército contra él, Adarlan habría sido aniquilado. Mi padre afirma que, aún hoy, si Terrasen volviera a levantarse, podría derrotar al rey. Constituye una auténtica amenaza al poder del imperio.

Celaena contemplaba el fuego de la habitación.

—Ya lo sé —consiguió responder.

Nehemia la volteó a ver.

—¿Y no crees que sea posible volver a constituir una corte como aquella? ¿No solo en Terrasen, sino en todas partes? He oído decir que en Wendlyn todavía imperan las viejas costumbres, pero están al otro lado del mar y no hacen nada por nosotros. Miraron hacia otro lado cuando el rey esclavizó nuestros territorios, y hoy día siguen ignorando todas nuestras peticiones de ayuda.

Celaena forzó un gruñido desdeñoso.

—Es demasiado temprano para tener conversaciones tan trascendentes. —Le dio una gran mordida a su pan. Echando un vistazo rápido a la princesa, advirtió que esta seguía pensativa—. ¿Tienes noticias del rey?

Nehemia hizo un gesto de impaciencia.

—Solo sé que ha incorporado a ese gusano, Roland, al consejo, y al parecer le ha encargado que se ocupe de mí. Por lo visto, he importunado demasiado al ministro Mullison, el consejero responsable del campo de trabajo de Calaculla. Se supone que Roland debe tranquilizarme.

—No sé a quién compadezco más, si a Roland o a ti.

Nehemia le hizo cosquillas y Celaena rio entre dientes, apartándole la mano. Ligera aprovechó el momento de distracción para robar una rebanada de tocino asado de la bandeja. Celaena protestó.

—¡Oye, ladronzuela!

Ligera saltó de la cama y se refugió en un rincón. Allí, sin perder de vista a su dueña, se comió el tocino.

Nehemia se echó a reír y su amiga se unió a ella antes de lanzarle a Ligera otra rebanada.

—¿Por qué no nos quedamos en la cama todo el día? —propuso Celaena mientras se echaba hacia atrás y se tapaba con las mantas.

—Ojalá pudiera —repuso la princesa con un sonoro suspiro—. Por desgracia, tengo cosas que hacer.

Y yo también, comprendió Celaena. Entre otras cosas, prepararse para la cena con Archer.

CAPÍTULO 10

Aquella tarde, al entrar en las perreras, Dorian se sacudió la nieve de la capa roja, todavía temblando. Chaol, a su lado, se soplaba las manos. Los dos hombres echaron a andar a toda prisa por los suelos cubiertos de paja seca. Dorian odiaba el invierno, aquel frío intolerable y la imposibilidad de mantener las botas libres de humedad.

Habían decidido entrar al castillo por las perreras porque era el modo más fácil de evitar a Hollin, el hermano pequeño de Dorian, que había regresado del colegio por la mañana y que ya estaba torturando con sus exigencias a todo aquel que tenía la mala suerte de cruzarse en su camino. Hollin jamás los buscaría allí. Detestaba a los animales.

Avanzaban entre un coro de ladridos y gemidos. Dorian se detenía de vez en cuando para saludar a sus perros favoritos. De haber podido, se habría quedado allí todo el día, aunque fuera solo para librarse de la cena en honor a Hollin a la que debía asistir por la noche.

—No puedo creer que mi madre lo haya sacado del colegio —musitó.

—Extraña a su hijo —respondió Chaol, que seguía frotándose las palmas aunque la temperatura en las perreras era deliciosa comparada con el frío del exterior—. Y ahora que se avecina una rebelión, quiere tener a Hollin donde pueda verlo, como mínimo hasta que todo se solucione.

Hasta que Celaena mate a los traidores.

Dorian suspiró.

—Quién sabe qué absurdo regalo le habrá comprado mi madre esta vez. ¿Recuerdas el último?

Chaol sonrió. Cómo olvidar el último regalo que Georgina le había dado a su hijo de diez años: cuatro caballos blancos y un pequeño carruaje dorado para que el propio Hollin pudiera conducirlo. El niño había arrasado la mitad del jardín favorito de la reina.

Chaol avanzaba primero hacia el otro extremo de las perreras.

—No podrás esquivarlo para siempre.

Mientras hablaba, el capitán buscaba, como hacía siempre, cualquier indicio de peligro, de posible amenaza. Después de tantos años, Dorian ya estaba acostumbrado, pero el gesto aún le hería el orgullo.

Cruzaron los ventanales y entraron en el castillo. Dorian consideraba el zaguán un lugar cálido y luminoso, con las guirnaldas y las ramas de abeto que aún decoraban las mesas y los arcos de crucería. Chaol, supuso el príncipe, lo veía como un hervidero de enemigos en potencia.

—A lo mejor ha cambiado en estos meses —comentó Chaol—. Puede que haya madurado un poco.

—Eso dijiste el verano pasado. Y estuve a punto de tirarle un diente de un derechazo.

Chaol negó con la cabeza.

—Gracias al Wyrd, mi hermano me tuvo siempre demasiado miedo como para dirigirme la palabra siquiera.

Dorian disimuló su sorpresa. Puesto que Chaol había renunciado al título de heredero de Anielle, llevaba años sin ver a su familia y rara vez hablaba de ella.

Dorian habría matado al padre del capitán sin ningún remordimiento por haber desheredado a su amigo y haberse negado incluso a verlo poco después de que la familia de Chaol acudiera a Rifthold para una importante reunión con el rey. Aunque su amigo nunca había comentado nada al respecto, Dorian sabía que no lo había superado.

El príncipe lanzó un sonoro suspiro.

—Recuérdamelo otra vez antes de la cena, ¿quieres?

—Será lo mejor, porque tu padre nos matará a los dos si no acudes al recibimiento oficial de tu hermano.

—A lo mejor contrata a Celaena como vigilante.

—Tiene una cena. Con Archer Finn.

—¿No se suponía que iba a matarlo?

—Por lo visto, quiere sacarle información —Chaol aguardó antes de seguir hablando—. Ese tipo no me gusta.

La expresión de Dorian se endureció. Se las habían ingeniado, al menos a lo largo de toda la tarde, para no hablar de ella, y durante aquellas pocas horas se habían sentido como si nada hubiera cambiado entre ellos. Sin embargo, ya nada era igual.

—No te preocupes, que no te la robará. Sobre todo porque lo habrá matado antes de que acabe el mes.

El príncipe hizo el comentario en un tono más brusco de lo que pretendía.

Chaol lo miró.

—¿Acaso crees que es eso lo que me preocupa?

Sí. Y es evidente para todo el mundo menos para ti.

No obstante, Dorian no tenía ganas de mantener aquella conversación con Chaol, y estaba seguro de que el capitán tampoco lo deseaba, así que se encogió de hombros.

—No le pasará nada, y dentro de poco te estarás riendo de tus preocupaciones.

Celaena era consciente de que aquel vestido rojo resultaba demasiado provocativo. Y sabía que no era apropiado para el invierno, con un escote tan pronunciado por enfrente y por detrás. Tan abierto como para dejar entrever que no llevaba corsé bajo la malla de encaje negro.

Sin embargo, a Archer Finn siempre le habían gustado las mujeres que se arriesgaban con su atuendo y no temían adelantarse a la moda. Y aquel vestido, con el corpiño entallado, las largas mangas ajustadas y la falda de vuelo ligero, era bastante original.

En consecuencia, a Celaena no le extrañó en absoluto que, cuando se cruzó con Chaol a la salida de sus aposentos, el capitán se detuviera en seco y parpadease varias veces.

La joven sonrió.

—Hola a ti también.

Chaol se había quedado plantado en el pasillo, pasando la vista del escote a la cara de Celaena.

—No vas a salir con eso.

Celaena resopló y pasó junto a él luciendo la provocativa espalda.

—Claro que sí.

Chaol caminó junto a ella para escoltarla al carruaje que esperaba junto a la puerta principal.

—Va a darte una pulmonía.

Celaena hizo ondear su capa de armiño.

—No si me cubro con esto.

—¿Llevas algún arma contigo?

La asesina bajó a toda prisa la escalinata que conducía al zaguán.

—Sí, Chaol, llevo armas. Y me he puesto este vestido porque pretendo que Archer se pregunte lo mismo. Quiero que piense que voy desarmada.

Se había sujetado dos cuchillos a las piernas, y los pasadores que convertían su melena en una cascada rizada eran largos y afilados; un maravilloso regalo de Philippa, que los había encargado para que no tuviera que "andar de acá para allá con un trozo de metal entre los pechos".

—Oh —repuso Chaol, cortante a más no poder.

Llegaron a la entrada principal en silencio. Cuando se acercaban a las puertas dobles que conducían al patio, Celaena se puso unos guantes de cabrito. Estaba a punto de bajar los peldaños de la entrada cuando Chaol la agarró por el hombro.

—Ten cuidado —le dijo mientras examinaba el carruaje, al chofer y al lacayo. Pasaron la inspección—. No corras ningún riesgo.

—Me dedico a esto, ¿sabes? —Celaena no debería haberle contado los detalles de su captura. No tendría que haber permitido que la considerara vulnerable, porque ahora él se preocupaba por ella, dudaba de ella y la irritaba hasta lo indecible. Sin saber por qué, se zafó de su mano y le contestó—: Te veo mañana.

Él se irritó tanto como si se preparara para dar un golpe.

—¿Cómo que mañana?

De nuevo, aquella estúpida rabia se apoderó de ella; le dedicó una ligera sonrisa.

—Eres un chico listo —replicó mientras se disponía a subir al carruaje—. Deduce tú mismo lo que significa.

Chaol la miró como si no la conociera, inmóvil como una estatua. Celaena se había equivocado al permitir que la viera como indefensa, boba o inexperta, después de lo mucho que había trabajado para llegar a donde estaba. Puede que hubiera sido un error intimar con él, porque la idea de que la juzgara débil, de que quisiera protegerla, despertaba sus peores instintos.

—Buenas noches —se despidió, y antes de que él pudiera pensar mejor todo lo que Celaena acababa de insinuar, se subió en el carruaje y se alejó.

Ya se preocuparía por Chaol más tarde. Esa noche, tenía que concentrarse en Archer... y en cómo arrancarle la verdad.

Archer la había citado en un salón muy exclusivo, frecuentado por la élite de Rifthold. Casi todas las mesas estaban ya ocupadas. Las joyas y los exquisitos vestidos destellaban a la débil luz de las velas.

Cuando el criado de la recepción la ayudó a quitarse la capa, se aseguró de colocarse de espaldas a Archer para que el cortesano pudiera echar un vistazo al exquisito encaje negro que le cubría la espalda desnuda (y que ocultaba las cicatrices de Endovier). Celaena advirtió que el criado también se fijaba en ella, pero fingió no darse cuenta.

Archer silbó entre dientes. Cuando la asesina volteó, descubrió que sonreía y meneaba la cabeza con un gesto de incredulidad.

—Creo que las palabras que estás buscando son "deslumbrante", "hermosa" y "apabullante" —bromeó Celaena.

Mientras los guiaban a una mesa resguardada en un nicho del elegante salón, la joven tomó del brazo al cortesano.

Archer pasó un dedo por la manga de terciopelo rojo del vestido.

—Me alegro de comprobar que tu gusto ha madurado tanto como tu anatomía. Y como tu arrogancia, por lo que parece.

Daba igual lo que le dijera Archer; ella recibiría el comentario con una sonrisa, reconoció mentalmente Celaena.

Una vez sentados, leída la carta y encargado el vino, la asesina se quedó contemplando aquellos exquisitos rasgos.

—Y bien —empezó a decir a la vez que se acomodaba en la silla—, ¿cuántas damas me desean la muerte por monopolizar tu tiempo?

Archer soltó una carcajada parecida a un carraspeo.

—Si te lo dijera, te largarías de aquí de inmediato.

—¿Sigues siendo tan popular?

Archer desdeñó la pregunta con un gesto de la mano y tomó un sorbo de vino.

—Aún tengo una deuda con Clarisse —dijo, refiriéndose a la madame más influyente y próspera de la capital—. Pero... sí

—un brillo travieso se vislumbró en sus ojos—. ¿Y qué ha sido de tu hosco amigo? ¿Debería cuidarme las espaldas también esta noche?

Todo aquello era un baile, un preludio de lo que vendría luego. Celaena le guiñó un ojo.

—No se le ocurriría tratar de encerrarme bajo llave. Es demasiado listo para ello.

—Que el Wyrd ayude al que lo intente. Aún recuerdo lo ruda que eras.

—Y yo pensando que me considerabas encantadora.

—Tan encantadora como un cachorro de gato montés, supongo.

Celaena rio y tomó un sorbito de vino. Debía mantener la cabeza lo más despejada posible. Cuando dejó la copa en la mesa, descubrió que Archer la miraba con la misma expresión triste y contemplativa del día que se encontraron.

—¿Te puedo preguntar cómo terminaste trabajando para él?

La asesina entendió que se refería al rey. Y comprendió también que no lo nombraba porque era consciente de que había más gente en el salón. Habría sido un buen asesino.

A lo mejor las sospechas del rey no estaban tan desencaminadas. Pero Celaena, que se había preparado para aquella pregunta —y para muchas otras— esbozó una sonrisa maliciosa y respondió:

—Parece ser que mis habilidades resultan más útiles en pro del imperio que contra él. Trabajar para el rey es casi lo mismo que hacerlo para Arobynn.

Celaena no mentía.

Archer asintió con un cabeceo lento y pensativo.

—Tu profesión y la mía siempre han sido parecidas. No sé qué es peor: si entrenarse para el dormitorio o para el campo de batalla.

Si Celaena no recordaba mal, Archer tenía doce años cuando Clarisse lo encontró correteando huérfano y salvaje por las calles de la capital y se ofreció a acogerlo en su seno. Y se rumoreaba que, cuando cumplió diecisiete y llegó el momento de pujar por su virginidad, hubo auténticas disputas entre sus posibles clientes.

—Yo tampoco. Tan horrible es la una como la otra, supongo —levantó la copa de vino para brindar—. Por nuestros queridos propietarios.

Los ojos de Archer se demoraron un momento de más en Celaena. Luego alzó la copa a su vez.

—Por nosotros.

El sonido de esa voz bastaba para excitar a la asesina, pero la expresión de su rostro al pronunciar las palabras, la curva de aquella boca divina... Él también era un arma. Un arma hermosa y letal.

Archer se inclinó sobre el borde de la mesa y la apresó con la mirada. Era un desafío, una invitación a la intimidad.

Que los dioses del cielo y el Wyrd me protejan.

Esta vez, Celaena tuvo que dar un gran trago de vino.

—Vas a necesitar algo más que unas cuantas miraditas para que me convierta en tu esclava incondicional, Archer. Te creía lo bastante listo como para saber que los trucos que usas en tu negocio no van a funcionar conmigo.

Él lanzó una carcajada ronca que llegó hasta el alma de la asesina.

—Y yo te creía lo bastante lista como para comprender que no los estoy utilizando. Si lo hiciera, ya nos habríamos marchado del restaurante.

—Esa es una afirmación muy, pero muy osada. Dudo mucho que quieras competir conmigo en lo que se refiere a trucos del negocio.

—Oh, hay muchas cosas que me gustaría hacer contigo.

Celaena jamás en su vida se había alegrado tanto de la llegada de un camarero, y nunca se había dado cuenta de que un plato de sopa pudiera ser tan interesante.

Como había despachado su propio carruaje solo para molestar a Chaol y respaldar sus insinuaciones, Celaena compartió el carruaje de Archer después de cenar. La velada había resultado muy agradable. Habían platicado sobre viejos conocidos, de teatro, de libros, del espantoso clima, temas cómodos y seguros, aunque Archer no había dejado de mirarla como si Celaena fuera su presa y él quisiera tomarse su tiempo para cazarla.

Se sentaron juntos en el banco del carruaje, lo bastante cerca para que Celaena percibiera el delicioso perfume que llevaba el hombre, un aroma elegante y seductor que recordaba a luces tenues y sábanas de seda. Así que la chica tuvo que esforzarse para concentrarse en lo que estaba a punto de hacer.

Cuando el carruaje se detuvo, Celaena se asomó a la pequeña ventana y vislumbró una bonita casa de ciudad. Archer la miró y, despacio, le entrelazó los dedos antes de llevarse su mano a los labios. Fue un beso suave y lento que la encendió por dentro. Sin separar la boca, le murmuró en la piel:

—¿Quieres entrar?

Celaena tragó saliva.

—¿No querías tomarte la noche libre?

Aquello no era lo que ella esperaba, ni tampoco lo que quería, dejando aparte el coqueteo.

Archer levantó la cabeza sin soltarle la mano. Con el pulgar, trazaba pequeños círculos en la ardiente piel de la chica.

—Todo es muy distinto cuando soy yo quien elige, ¿sabes?

Quizá otra persona no se hubiera dado cuenta, pero Celaena, que había tenido pocas posibilidades de escoger en la vida, reconoció el tono de amargura. Soltó la mano del cortesano.

—¿Odias tu vida?

Apenas susurró las palabras.

Archer la miró. La miró de verdad, como si no la hubiera visto realmente hasta aquel momento.

—A veces —dijo, y desplazó la mirada hacia la ventana que Celaena tenía detrás, tras la cual se perfilaban las casas de la ciudad—. Pero algún día —prosiguió—, algún día tendré dinero suficiente para saldar mi deuda con Clarisse. Cuando eso suceda, seré libre y viviré por mi cuenta.

—¿Dejarás la profesión?

Él la miró con una media sonrisa más auténtica que cualquiera de los gestos que le había dedicado aquella noche.

—Para entonces, o bien, seré tan rico que ya no tendré que trabajar, o seré tan viejo que ya nadie querrá contratarme.

Por la mente de Celaena cruzó el recuerdo de una época en la que, apenas por un instante, había saboreado la libertad.

En aquel momento el mundo se había abierto de par en par y ella estuvo a punto de entrar en él, acompañada de Sam. Aquel sueño de libertad la impulsaba a continuar porque, aunque solo duró un abrir y cerrar de ojos, fue el parpadeo más exquisito de toda su vida.

Respiró profundamente y miró a Archer a los ojos. Había llegado el momento.

—El rey me envía para matarte.

CAPÍTULO 11

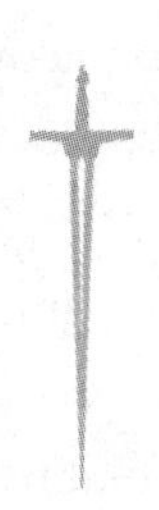

Archer debió de aprovechar en su momento su estancia entre los asesinos, porque rápido como un rayo se desplazó al otro lado del banco y la apuntó con una daga que ella ni siquiera había visto.

—Por favor —resolló el cortesano. Su pecho subía y bajaba con un ritmo irregular—. Por favor, Laena —Ella abrió la boca para hablar, tratando de explicarse, pero él seguía jadeando y mirándola con ojos desorbitados—. Te pagaré.

Una parte de sí misma, secreta y retorcida, se enorgulleció de aquella reacción. De todos modos, levantó las manos para mostrarle que estaba desarmada o, como mínimo, que no tenía ningún arma en aquel momento.

—El rey piensa que formas parte de un movimiento rebelde que pretende interferir en sus planes.

Archer lanzó una carcajada seca, casi un ladrido, tan desgarrada que costaba relacionarla con aquel hombre cordial y encantador.

—¡No formo parte de ningún movimiento! ¡Que el Wyrd me condene, tal vez sea una puta, pero no soy un traidor! —Celaena dejó las manos donde él pudiera verlas y abrió la boca para decirle que se callara, se sentara y la escuchara, pero él prosiguió—. No sé nada de ningún movimiento de ese tipo. Ni siquiera he oído hablar de nadie que pretenda interferir en los planes del rey. Pero... Pero... —El jadeo iba cediendo—. Si me perdonas la vida, te daré información sobre un grupo que, por lo que yo sé, se está haciendo muy influyente aquí en Rifthold.

—¿El rey sospecha de las personas equivocadas?

—No lo sé —repuso él rápidamente—, pero seguro que estará interesado en saber más de la agrupación a la que me refiero. Por lo visto, hace poco se han enterado de que el rey planea una nueva atrocidad. Y quieren impedírselo.

Si Celaena fuera una persona buena y decente, le habría dicho que se tranquilizara, que ordenara sus pensamientos. Pero ella no era buena ni decente, y como parecía que el miedo le había soltado la lengua a Archer, lo dejó continuar.

—Solo sé lo que le he oído murmurar a mis clientas aquí y allá. Pero se está creando cierto grupo aquí en Rifthold que pretende devolverle a Aelin Galathynius el trono de Terrasen.

El corazón de la asesina dejó de latir. Aelin Galathynius, la heredera perdida de Terrasen.

—Aelin Galathynius murió —musitó ella.

Archer negó con la cabeza.

—Ellos no lo creen. Dicen que sigue viva y que está reclutando un ejército para enfrentarse al rey. Por lo visto, están buscando a los que quedan del círculo de confianza del rey Orlon para reinstaurar la corte.

Celaena se limitó a mirarlo, haciendo esfuerzos por abrir los puños, por tomar aire. Si Archer decía la verdad... No, no era posible. Si esas personas en realidad habían visto a la heredera, sin duda tenía que tratarse de una impostora.

¿Era una mera coincidencia que Nehemia hubiera mencionado la corte de Terrasen por la mañana? ¿Que hubiera hablado de Terrasen como la única fuerza capaz de enfrentar al rey si conseguía volver a levantarse, con o sin su auténtica heredera? Sin embargo, Nehemia había jurado que jamás le mentiría a Celaena. Si supiera algo, se lo habría dicho.

Celaena cerró los ojos, aunque permanecía pendiente de cada uno de los movimientos que hacía Archer. En su oscuridad privada, trató de rehacerse, de enterrar aquella esperanza absurda e imposible hasta que no fue capaz de percibir nada salvo el perpetuo miedo.

Abrió los ojos. Archer la miraba fijamente, pálido como un muerto.

—No tengo intenciones de matarte, Archer —declaró la asesina. Él se dejó caer en el banco y relajó la mano que sostenía la daga—. Te voy a dar una oportunidad. Puedes fingir tu propia muerte ahora mismo y huir de la ciudad antes del alba. O podría concederte un mes. Cuatro semanas para que pongas tus asuntos en orden con absoluta discreción. Supongo que tienes dinero invertido en Rifthold. Sin embargo, el tiempo extra tiene un precio: te perdonaré la vida solo si me consigues información acerca de ese movimiento rebelde de Terrasen... y averiguas lo que saben sobre los planes del rey. Transcurrido el mes, fingirás tu propia muerte y abandonarás la ciudad, partirás a algún lugar lejano y nunca volverás a usar el nombre de Archer Finn.

Él la miró atentamente, como si desconfiara de ella.

—Necesitaré el resto del mes para retirar mi dinero —Archer suspiró con fuerza y se frotó la cara con las manos. Al cabo de un momento, dijo—: Tal vez todo esto sea para bien. Podré librarme de Clarisse y empezar de nuevo en otra parte —aunque esbozó una débil sonrisa, aún parecía abrumado—. ¿Cómo es posible que el rey sospeche de mí?

Celaena se dio cuenta con horror que el cortesano le inspiraba una gran compasión.

—No lo sé. Se limitó a entregarme un pergamino con tu nombre escrito y dijo que formabas parte de un movimiento que se proponía interferir en sus planes... sean los que sean.

Archer resopló.

—Ya quisiera yo ser ese tipo de hombre.

Celaena lo observó: la fuerte mandíbula, los hombros anchos, todo sugería fuerza y determinación. Sin embargo, lo que acababa de presenciar no era precisamente una exhibición de entereza. Chaol había adivinado al instante la clase de hombre que era Archer. Celaena, no. La asesina se ruborizó, avergonzada, pero se obligó a seguir hablando.

—¿De verdad crees que puedes recabar información sobre ese... ese levantamiento de Terrasen?

Si bien la heredera tenía que ser forzosamente una impostora, valía la pena investigar un poco más.

Archer asintió.

—Mañana por la noche se celebra un baile en casa de un cliente. Lo escuché murmurar al respecto con sus amigos. Si te facilito la entrada a la fiesta, a lo mejor podrías inspeccionar su despacho. Es posible que los auténticos traidores estén presentes en la reunión.

Y también era posible que Celaena averiguase algo relacionado con los planes del rey. Caray, aquella indagación le resultaría sumamente útil.

—Envía los detalles al castillo mañana por la mañana, al nombre de Lillian Gordaina —le dijo Celaena—. Pero si la fiesta resulta ser un fiasco, reconsideraré mi oferta. No me hagas perder el tiempo.

—Eres la protegida de Arobynn —respondió el hombre en voz baja mientras abría la portezuela del carruaje y salía, guardando la máxima distancia con Celaena—. Jamás se me ocurriría.

—Bien —respondió la asesina—. Y... ¿Archer? —él se detuvo, con la mano en la portezuela. Cuando Celaena se inclinó hacia delante, una pequeña parte de sus tinieblas secretas asomaron a sus ojos—. Si descubro que no has sido discreto, si llamas demasiado la atención o intentas huir, acabaré contigo. ¿Está claro?

Archer le hizo una reverencia.

—A su servicio, mi señora.

Dicho aquello, Archer la obsequió con una sonrisa tan inquietante que Celaena se preguntó si no acabaría por arrepentirse de haberlo dejado vivir. De inmediato, la joven se estiró y golpeó el techo del carruaje para indicarle al chofer que la llevara al castillo. Aunque estaba agotada, le quedaba un asunto pendiente antes de meterse en la cama.

Llamó una vez y abrió la puerta del dormitorio de Chaol, solo lo justo para asomarse. Lo vio plantado en medio de la habitación, como si lo hubiera descubierto paseándose de un lado a otro.

—Pensaba que estarías durmiendo —dijo Celaena, entrando en la habitación—. Son más de las doce.

El capitán se cruzó de brazos. Llevaba el uniforme arrugado y el cuello de la camisa desabrochado.

—¿Y por qué te has molestado en pasar? Además, ¿no habías dicho que no vendrías a dormir?

Celaena se ciñó la capa, aferrando las suaves pieles con fuerza. Levantó la barbilla.

—Resulta que Archer no es tan fantástico como recordaba. Es curioso cómo un año en Endovier puede modificar la opinión que tienes de los demás.

La boca de Chaol se animó, pero no perdió el aire solemne.

—¿Conseguiste la información que querías?

—Sí, e incluso más —repuso ella.

Lo puso al corriente (fingiendo que había obtenido la información sin que el cortesano se diese cuenta, por supuesto). Le explicó los rumores que corrían respecto a la heredera perdida de Terrasen, pero evitó decirle que Aelin Galathynius quería reinstaurar la corte y formar un ejército. También se calló que en realidad Archer no formaba parte del movimiento, y, por supuesto, se guardó para sí que había decidido averiguar cuáles eran los planes del rey.

Después de que Celaena le hablara del baile que se celebraría al día siguiente, Chaol se acercó a la chimenea y, apoyando las manos en la repisa, se quedó mirando el tapiz que colgaba de lo alto de la pared. Aunque estaba viejo y deslucido, Celaena reconoció al instante la vieja ciudad que se acurrucaba en la falda de una montaña, a orillas de un lago plateado: Anielle, la tierra natal de Chaol.

—¿Cuándo tienes previsto informar al rey? —le preguntó el capitán, volviéndose para mirarla.

—Cuando sepa qué hay de cierto en todo eso. Y cuando le haya sacado a Archer toda la información posible.

Chaol asintió y se separó de la chimenea.

—Ten cuidado.

—Ya me lo dijiste.

—¿Y te parece mal que te lo haga?

—¡Sí! No soy ninguna niña insensata.

—¿Alguna vez lo he insinuado?

—No, pero no paras de decirme que tenga cuidado y que estás muy preocupado, y encima insistes en ayudarme en todo y...

—¡Porque me preocupo por ti!

—¡Pues no te preocupes tanto! ¡Soy tan capaz de cuidar de mí misma como tú!

Chaol dio un paso hacia ella, pero Celaena se apartó.

—Créeme, Celaena —gruñó Chaol, molesto—, ya sé que sabes cuidar de ti misma. Pero me preocupo porque me importas. Que los dioses me asistan, sé que no debería sentirme así, pero no puedo evitarlo. Y nunca dejaré de insistir en que seas prudente porque nunca dejarás de importarme.

Celaena lo miró fijamente.

—Oh —balbuceó por respuesta.

El capitán se pellizcó el puente de la nariz y cerró los ojos con fuerza. Luego, exhaló un gran suspiro.

Celaena se disculpó con una sonrisa.

CAPÍTULO 12

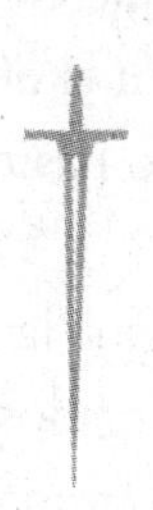

El baile de máscaras se celebraba en una finca situada a orillas del Avery, y había tantos invitados que nadie se fijó en Celaena. Philippa le había conseguido un delicado vestido blanco, tejido a base de capas de chifón y seda en forma de plumas. Celaena se había puesto un antifaz a juego y se había adornado el cabello con plumas de marfil y perlas.

Tuvo suerte de que el baile fuera de disfraces y no una fiesta normal, porque Celaena reconoció a unas cuantas cortesanas con las que había coincidido en alguna ocasión, aparte de madame Clarisse. Durante el trayecto, Archer le había prometido que Arobynn Hamel no estaría presente, como tampoco Lysandra, una cortesana con la que Celaena compartía un pasado largo y oscuro y a la que había jurado matar si alguna vez coincidían. La mera presencia de Clarisse revoloteando por la fiesta y concertando citas entre invitados y cortesanos bastó para sacar de quicio a Celaena.

Mientras que la asesina se había disfrazado de cisne, Archer iba vestido de lobo, con una túnica color cobre, calzas grises y relucientes botas negras. La máscara le cubría todo el rostro salvo los sensuales labios, ahora separados con una sonrisa fiera mientras apretaba la mano que Celaena apoyaba en su brazo.

—No es la mejor fiesta a la que he asistido —comentó el cortesano—, pero el maestro pastelero de Davis es famoso en todo Rifthold.

Y debía ser verdad, porque las mesas estaban llenas de los dulces más apetitosos y recargados que Celaena había visto en su vida: pasteles rellenos de crema, galletas espolvoreadas con azúcar, y chocolate, chocolate y más chocolate que parecía llamarla desde todos lados. Puede que hurtara unos cuantos dulces antes de marcharse. Le costó mucho volver a prestarle atención a Archer.

—¿Cuánto tiempo hace que es cliente tuyo?

La sonrisa lobuna se extinguió.

—Hace unos cuantos años. Por eso he advertido su cambio de conducta —Archer empezó a hablar en susurros. Se acercó tanto a Celaena que su aliento le hizo cosquillas en las orejas—. Está más paranoico, come menos y se encierra en su despacho cada que puede.

Al fondo del salón abovedado, unos enormes ventanales cedían el paso a un patio con vista a un brillante tramo del Avery. Celaena imaginó las ventanas abiertas de par en par en verano. Debía ser maravilloso bailar junto al río, bajo las estrellas y las luces de la ciudad.

—Tengo unos cinco minutos antes de empezar a hacer la ronda —comentó Archer, con los ojos fijos en los avances de Clarisse—. En una noche como esta, me tendrá reservada una subasta —a Celaena se le encogió el estómago y, casi sin ser consciente del gesto, buscó la mano de Archer. Al final, se limitó a sonreír, aturdida—. Solo unas cuantas semanas más, ¿verdad?

Lo dijo en un tono tan amargo que la asesina le apretó los dedos.

—Así es —prometió.

Archer señaló con la barbilla a un hombre robusto de mediana edad que conversaba con un grupo de gente elegantemente vestida.

—Ese es Davis —dijo—. No sé gran cosa, pero creo que es uno de los líderes del grupo.

—¿Y lo crees porque le has echado un vistazo a algún documento?

Archer se metió las manos en los bolsillos.

—Una noche, hace un par de meses, llegaron sus amigos mientras yo estaba aquí. Yo los conocía a todos porque también son clientes míos. Dijeron que se trataba de una urgencia, y cuando Davis abandonó el dormitorio...

Celaena sonrió a medias.

—¿Oíste la conversación sin querer?

Archer respondió con otra sonrisa, que se esfumó en cuanto volvió a mirar a Davis. El hombre servía vino a las personas que se habían congregado a su alrededor, incluidas unas cuantas jovencitas que no habrían cumplido aún los dieciséis. La sonrisa de Celaena se desvaneció también. Aquel era un aspecto de Rifthold que jamás había añorado.

—Dedican más tiempo a insultar al rey que a hacer planes. Y digan lo que digan, no creo que Aelin Galathynius les importe un comino. Solo buscan un monarca que sirva a sus intereses. Y si la ayudan a reclutar un ejército, será solo porque piensan que una guerra hará prosperar sus negocios. Si la ayudan y le proporcionan lo que necesita...

—Estará en deuda con ellos. No quieren una reina, quieren una marioneta. —Claro, cómo no había deducido que eso era lo que se proponían—. ¿Vienen siquiera de Terrasen?

—No. La familia de Davis sí, pero él siempre ha vivido en Rifthold. El amor que le inspira Terrasen solo es una verdad a medias.

Celaena apretó los dientes.

—Bastardos materialistas.

Archer se encogió de hombros.

—Es posible. Pero también han rescatado a un buen número de condenados de las mazmorras del rey, o eso se dice por ahí. La noche de la que te hablaba, irrumpieron en casa de Davis porque habían rescatado a uno de sus informantes. El rey se disponía a interrogarlo al día siguiente, pero lo sacaron clandestinamente de Rifthold antes de que rompiera el alba.

¿Estaría Chaol al corriente de todo aquello? A juzgar por cómo había reaccionado después de matar a Caín, Celaena no creía que tuviera por costumbre torturar y ahorcar traidores, ni siquiera que estuviera enterado de los interrogatorios. Ni tampoco Dorian, de hecho.

Pero si no era Chaol el encargado de interrogar a los presuntos rebeldes, ¿entonces quién? ¿El mismo que le había entregado al rey la última lista de traidores a la corona? Había demasiados factores a considerar, demasiados secretos y tramas confusas.

Celaena preguntó:

—¿No podrías llevarme ahora mismo al despacho de Davis? Quiero echar un vistazo.

Archer sonrió con afectación.

—Querida mía, ¿para qué crees que te he traído?

La guio con suavidad hacia una puerta cercana, una entrada de servicio. Nadie advirtió su salida y, de haber sido así, viendo el ansia con que Archer palpaba el corpiño, los brazos, los hombros y el cuello de Celaena, habrían pensado que iban en busca de privacidad.

Con una seductora sonrisa en el rostro, Archer la arrastró por el corto pasillo y la condujo escaleras arriba sin dejar de tocarla por si alguien los veía. Los criados, sin embargo, parecían muy ocupados, y el descanso superior, con sus paredes de madera y sus alfombras inmaculadas, estaba despejado y en silencio. Las pinturas que decoraban la estancia, por sí solas —algunas firmadas por artistas que Celaena conocía de nombre—, valían una pequeña fortuna. Archer se movía con un gran sigilo, sin duda adquirido tras años y años entrando y saliendo de los dormitorios. La guio hasta una puerta doble que estaba cerrada con llave.

Antes de que Celaena pudiera extraerse del cabello uno de los pasadores de Philippa, Archer le mostró una ganzúa y sonrió con expresión conspiratoria. En un abrir y cerrar de ojos, el cortesano abrió la puerta del despacho. Al otro lado apareció una sala repleta de estanterías plantadas sobre una alfombra azul e interrumpidas por abundantes macetas de helechos. Una gran mesa de escritorio dominaba la estancia, acompañada de dos butacas y un diván colocado de cara a la chimenea apagada. Celaena se detuvo en el umbral y se palpó el corpiño para asegurarse de que la fina daga seguía encajada en el interior. Luego frotó las piernas entre sí para comprobar la presencia de los otros dos cuchillos, que llevaba sujetos a los muslos.

—Debería bajar —dijo Archer, echando un vistazo al pasillo que se extendía a su espalda. Una música de vals flotaba hasta ellos procedente del salón de baile—. Date prisa.

La asesina enarcó una ceja bajo la máscara.

—¿Me estás diciendo cómo tengo que hacer mi trabajo?

Archer se inclinó hacia ella hasta rozarle el cuello con los labios.

—Ni en sueños —murmuró contra su piel. Acto seguido, se dio media vuelta y se marchó.

Celaena cerró las puertas rápidamente. Luego se dirigió hacia las ventanas del fondo y corrió las cortinas. El pálido resplandor que se filtraba por la rendija de la puerta le proporcionó luz suficiente para dirigirse al escritorio de hierro forjado y encender una vela. Los periódicos del día, un montón de confirmaciones de asistencia al baile, un libro de gastos personales...

Lo normal. Lo más normal del mundo. Siguió inspeccionando el escritorio, rebuscando por los cajones y golpeando las superficies por si ocultaban compartimentos secretos. Al no hallar nada, se acercó a una de las estanterías y golpeteó los libros para comprobar si alguno estaba hueco. Estaba por alejarse cuando un volumen le llamó la atención.

Un libro con una sola marca del Wyrd en el lomo, escrita en rojo sangre. Lo sacó y corrió hacia el escritorio. Acercándose a la luz, abrió el libro.

Estaba repleto de marcas del Wyrd. Los símbolos se encontraban en cada una de las páginas, trazados entre palabras de una lengua que Celaena desconocía. Nehemia le había dicho que las marcas del Wyrd referían a un conocimiento secreto. Según la princesa, los símbolos eran tan antiguos que llevaban siglos olvidados. Los libros como aquel habían sido incinerados junto con el resto de tratados de magia. La asesina había encontrado uno hacía tiempo en la biblioteca del castillo —*Los muertos vivientes*—, pero era una excepción. El arte de emplear las marcas del Wyrd se había perdido. Solo la familia de Nehemia sabía utilizar su poder. Pero allí, en sus manos... Hojeó el libro.

Alguien había escrito una frase en la guarda trasera. Celaena acercó la vela para descifrar la inscripción.

Era un acertijo... o quizá una frase formulada de manera extraña: "Solo mediante el ojo se puede ver la verdad".

¿Qué demonios significaba? ¿Y por qué tenía Davis, un comerciante corrupto, un libro de marcas del Wyrd? Si trataba de interferir en los planes del rey... Por el amor de Erilea, Celaena rezaba para que el rey nunca hubiera oído hablar de las marcas del Wyrd.

Memorizó el acertijo. Lo escribiría cuando regresara al castillo. Tal vez le podría preguntar a Nehemia si conocía su significado. O si había oído hablar de Davis. Archer le había proporcionado información vital, pero saltaba a la vista que no lo sabía todo.

Fortunas enteras se habían perdido al desvanecerse la magia. Personas que llevaban años ganándose la vida gracias a sus poderes se habían quedado sin nada de la noche a la mañana. Era lógico que esa gente hubiera buscado otras fuentes de poder, aunque el rey las hubiera prohibido. Sin embargo...

Unos pasos resonaron en el descanso. Celaena devolvió rápidamente el libro a su sitio y miró hacia la ventana. Llevaba un vestido muy voluminoso y la abertura no solo era muy pequeña, sino que estaba demasiado alta como para escapar. Y puesto que no había otra salida...

La puerta se abrió de par en par.

Celaena se apoyó de espaldas al escritorio y ahogó un sollozo con un pañuelo. Tenía la espalda encogida y se sorbía la nariz cuando Davis entró en su despacho. El hombre, bajo y regordete, se detuvo en seco al verla y la sonrisa se le congeló en el semblante. Afortunadamente, iba solo. Celaena se incorporó y fingió sentirse muy apenada.

—Oh —dijo mientras se enjugaba los ojos con el pañuelo a través de los huecos de la máscara—. Oh, lo siento. Yo... necesitaba estar sola un momento y me han dado permiso para refugiarme aquí.

Davis entrecerró los ojos y los desplazó hacia las llaves, que seguían en el cerrojo.

—¿Cómo entraste?

Tenía una voz suave y pegajosa, calculadora a más no poder... y un poco asustada.

Celaena sonrió entre sollozos.

—El ama de llaves —a la pobre mujer la iban a despellejar viva después de aquello. Forzando la voz, la asesina siguió hablando con precipitación—. Mi... Mi prometido me ha d-d-dejado.

Sinceramente, Celaena se preguntaba a veces si sería normal que fuera capaz de derramar lágrimas tan fácilmente.

Davis la observó con cautela, medio sonriendo, no con expresión compasiva, advirtió la asesina, sino más bien asqueado de ver a una tonta lloriqueando por su novio. Como si pensara que consolar a una persona triste implicaba una lamentable pérdida de su precioso tiempo.

La idea de que Archer tuviera que servir a tipos como aquel, que lo trataban como un objeto para usar y tirar... Se concentró en la respiración. Solo tenía que salir de allí sin despertar sospechas. Una palabra de alerta a los guardias del piso inferior y Celaena estaría en un gran aprieto. Y seguramente arrastraría a Archer con ella.

Se estremeció como si ahogara otro sollozo.

—Hay un tocador de señoras en la planta baja —dijo Davis, dando un paso hacia ella, para acompañarla al pasillo. Perfecto.

Mientras se acercaba, Davis se quitó el antifaz de pájaro que llevaba puesto y dejó a la vista un rostro que en su juventud debió ser atractivo. La edad y el exceso de alcohol lo habían dejado reducido a unas mejillas caídas, cuatro cabellos rubios cenizos y unos rasgos vulgares. Los vasos capilares rotos en la punta de la nariz le teñían la tez de un tono púrpura que contrastaba con sus llorosos ojos grises.

Se detuvo a un paso de ella y le tendió la mano. Celaena se secó los ojos una vez más y se guardó el pañuelo en el bolsillo del vestido.

—Gracias —susurró. Bajó la vista al suelo y le tomó la mano—. Lamento la intrusión.

Oyó al hombre tomar aire antes de ver el destello del metal.

Veloz como un rayo, Celaena desarmó a Davis y lo derribó. Por desgracia, no fue tan rápida como para evitar que la punta de la daga se hundiera en su antebrazo. Las numerosas capas de tela que conformaban el vestido se convirtieron en una complicación cuando sostuvo al hombre contra el suelo. Un hilo de sangre corría por el brazo desnudo de la asesina.

—Nadie tiene las llaves del despacho —escupió el tipo pese a estar tendido boca abajo. ¿Era valiente o necio?—. Ni siquiera el ama de llaves.

Celaena desplazó la mano buscando los puntos del cuello que lo dejarían inconsciente. Si lograba esconder el brazo, conseguiría escabullirse sin que nadie se fijara en ella.

—¿Qué buscabas? —le preguntó Davis.

Celaena notó el hedor del vino mientras él luchaba por escapar. No se molestó en contestar y él se precipitó contra ella para quitársela de encima. La asesina lo inmovilizó con todo su peso y levantó la mano para dar el golpe definitivo.

En aquel momento, Davis rio ligeramente.

—¿No quieres saber qué sustancia impregnaba la hoja del cuchillo?

El hombre esbozó una sonrisa tan impertinente que Celaena sintió deseos de arrancarle la cara con las uñas. En un solo movimiento, le quitó la daga y la olió.

Nunca olvidaría aquel olor dulzón, ni en mil años: gloriella, un veneno lento que provocaba varias horas de parálisis. Lo habían empleado la noche de su captura, para que no pudiera defenderse cuando la arrojaran a las mazmorras del castillo.

La sonrisa de Davis cambió a una expresión triunfante.

—Solo lo suficiente para que pierdas el conocimiento hasta que lleguen mis guardias... y te lleven a un lugar más privado.

Donde la torturarían. No le hizo falta añadirlo.

Bastardo.

¿Qué cantidad de veneno le habría administrado? La herida no parecía más que un arañazo. Sin embargo, sabía que la gloriella corría ya por sus venas, igual que cuando había caído junto al cadáver destrozado de Sam, oliendo el hedor dulzón que aún lo impregnaba. Tenía que irse. Ahora.

Levantó la mano para dejar al hombre inconsciente, pero Celaena tenía los dedos como dormidos. Y aunque el tipo no era muy alto, tenía mucha fuerza. Alguien debía de haberlo entrenado, porque, rápido como una cobra, la tomó por las muñecas y la derribó. Celaena cayó contra el suelo con tanta fuerza que se quedó sin aire y perdió la daga. La cabeza le daba vueltas. La gloriella actuaba deprisa. Muy deprisa.

La invadió un pánico puro y espeso. El maldito vestido le dificultaba los movimientos, pero usó la poca fuerza que le quedaba para levantar las piernas y golpear a Davis. Lo pateó con tanta fuerza que el hombre la soltó un momento.

—¡Zorra!

Trató de atraparla de nuevo, pero Celaena ya le había arrebatado la daga envenenada. Una milésima de segundo después, Davis se apretaba el cuello, pero su sangre ya salpicaba el vestido y las manos de Celaena.

Davis cayó de lado sin dejar de aferrarse a su cuello, como si quisiera cerrar la herida, como si pretendiera impedir que el fluido vital siguiera corriendo. Emitía el típico gorgoteo de los degollados, pero Celaena no tuvo clemencia. Sin propinarle el golpe que pondría fin a su agonía, se levantó. No, ni siquiera lo miró una última vez cuando se guardó la daga y se arrancó el vestido hasta la rodilla. Instantes después, estaba plantada ante la ventana del despacho. Observando a los guardias vigilando abajo, los carruajes estacionados en la calle, cada uno más lejanoque el anterior, salió a la cornisa.

No supo cómo lo había logrado, ni cuánto tardó, pero de repente llegó al suelo y echó a correr hacia la reja abierta.

Unos guardias, lacayos o quizá criados empezaron a gritar. Corriendo como el viento, Celaena apenas controlaba su propio cuerpo, que se debilitaba según el corazón le bombeaba gloriella en las venas.

Estaba en la zona alta de la ciudad, cerca del Teatro Real, y miró la silueta de los edificios buscando el castillo de cristal. ¡Allí estaba! Las torres relucientes jamás le habían parecido tan hermosas, tan acogedoras. Tenía que llegar hasta allí.

Con la visión cada vez más borrosa, Celaena apretó los dientes y siguió corriendo.

Conservó la lucidez suficiente para arrebatarle la capa a un borracho dormido en una esquina y secarse la sangre de la cara, aunque le costó mucho conseguir que las manos la obedecieran. Ocultando el rasgado vestido bajo la capa, se dirigió a las rejas que rodeaban los terrenos del castillo. Los guardias la reconocieron a pesar de la escasa luz. La herida era pequeña y superficial; lo conseguiría. Solo tenía que llegar al interior, sentirse a salvo...

Sin embargo, tropezaba por el serpenteante camino y la carrera se convirtió en un patético avance antes de llegar siquiera a la puerta del edificio. No podía cruzar la puerta principal de esa manera si no quería que todo el mundo la viera, si no quería que todos supieran quién era la responsable de la muerte de Davis.

Desfalleciendo a cada paso, se dirigió hacia una entrada secundaria, cuyas puertas de hierro remachado se dejaban emparejadas durante la noche: los cuarteles. No era la entrada ideal, pero serviría. Con suerte, los guardias serían discretos.

Un pie delante del otro. Solo un poco más...

Más tarde, no recordaría haber cruzado la puerta de los cuarteles, solo el frío de los remaches metálicos cuando empujó la hoja. La luz del vestíbulo la deslumbró, pero por lo menos estaba dentro...

La puerta que conducía al comedor estaba abierta. El sonido de las risas y el tintineo de las tazas llegaron a ella. ¿Estaba atontada por el frío o acaso la gloriella le estaba provocando alucinaciones?

Tenía que decirle a alguien qué antídoto debían administrarle, decírselo a alguien y...

Con una mano apoyada en la pared y la otra sujetando la capa con fuerza, atravesó el bullicioso salón. Cada una de sus propias respiraciones le parecía eterna. Nadie la detuvo, nadie la miró siquiera.

Tenía que llegar a una puerta situada al fondo del pasillo, a la alcoba donde estaría a salvo. Apenas notó el granulado de la madera cuando empujó la puerta y se tambaleó en el umbral.

Una luz brillante, una mancha de madera, piedra y papel... Y entre la neblina, un rostro conocido que la miraba fijamente desde detrás de un escritorio.

Celaena emitió un gemido ahogado. Se miró a sí misma un momento, lo suficiente para ver la sangre que le cubría el vestido blanco, los brazos y las manos. En la sangre, veía al propio Davis con la garganta abierta.

—Chaol —gimió, volviendo a buscar aquel rostro conocido.

El capitán ya corría hacia ella, derribándolo todo a su paso. Chaol pronunció el nombre de Celaena mientras ella se desplomaba. La asesina solo veía los ojos color miel del capitán. Con un último rastro de conciencia, susurró:

—Gloriella.

Luego, el mundo tembló y se tiñó de negro.

CAPÍTULO 13

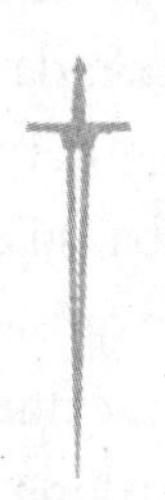

Jamás, en toda su vida, le había parecido a Chaol una noche tan larga. Cada segundo transcurría con espantosa claridad, cada instante era una agonía mientras Celaena yacía allí, en el suelo de su despacho, cubierta de tanta sangre que ni siquiera veía las heridas. Y con todas aquellas estúpidas capas de olanes y plisados, no conseguía localizarlas.

Así que perdió la cabeza. La perdió por completo. Chaol no tenía nada en mente salvo un miedo atroz cuando cerró la puerta, se sacó el cuchillo de caza y le rasgó el vestido allí mismo.

Sin embargo, no descubrió ninguna herida, únicamente una daga escondidaque cayó al suelo y un arañazo en el antebrazo. Sin el vestido, apenas había sangre. Solo entonces el pánico de Chaol cedió lo bastante como para recordar lo que Celaena había susurrado: *gloriella*.

Un veneno que se utilizaba para paralizar temporalmente a las víctimas.

A partir de aquel momento, la pesadilla se convirtió en una serie de pasos bien orquestados: convocar a Ress sin llamar la atención; pedirle al despabilado guardia que mantuviera la boca cerrada y que fuera en busca del primer sanador que encontrara; envolver a Celaena en la capa del capitán para que nadie viera la sangre; cargarla y llevarla a sus aposentos; darle órdenes al sanador, y, por fin, incorporarla en la cama para obligarla a beber el antídoto. Y después, interminables horas a su lado, sosteniéndola mientras vomitaba, sujetándole el cabello, echando de la alcoba a todo aquel que quisiera verla.

Cuando Celaena por fin se durmió profundamente, Chaol se sentó a su lado para no perderla de vista. Entretanto, envió a Ress y a otros hombres de confianza a la ciudad, advirtiéndoles de que no volvieran hasta haber obtenido respuestas. Y cuando por fin regresaron y le contaron del comerciante que, al parecer, había sido asesinado con su propia daga envenenada, Chaol dedujo lo suficiente como para estar seguro de una cosa: se alegraba de que Davis hubiera muerto. Porque, de haber sobrevivido, el propio Chaol habría terminado con el trabajo.

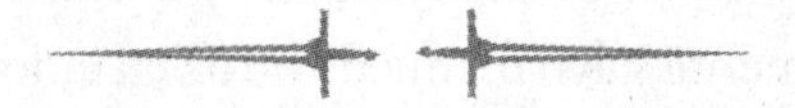

Celaena despertó.

Tenía la boca seca como una lija y la cabeza a punto de estallar, pero podía moverse. Agitó los dedos de los pies y de las manos, y reconoció el aroma de sus propias sábanas. Estaba en su cama, en su dormitorio, y se encontraba a salvo.

Abrió los ojos con dificultad y parpadeó pesadamente para ahuyentar la bruma que la envolvía. Le dolía el estómago, pero el efecto de la gloriella había terminado. Miró a la izquierda, como si presintiera la compañía de Chaol.

El capitán dormía en la silla, mal acomodado y con la cabeza echada hacia atrás, en una postura que dejaba expuestos el cuello desabrochado del saco y la fuerte columna de su garganta. A juzgar por la posición de los rayos del sol, debía estar amaneciendo.

—Chaol —susurró Celaena con voz ronca.

El capitán despertó de inmediato y se inclinó hacia ella como si la hubiera tenido muy presente incluso en sueños. Cuando la vio, la mano que ya buscaba la espada se relajó.

—Estás despierta —le dijo en un tono triste y como enfadado—. ¿Cómo te encuentras?

Celaena se miró su cuerpo. Alguien le había limpiado la sangre y le había puesto un camisón. El mero intento de mover la cabeza la mareó.

—Fatal —reconoció.

Apoyando los codos en las rodillas, Chaol se agarró la cabeza con ambas manos.

—Antes de que sigas hablando, déjame preguntarte una cosa: ¿Mataste a Davis porque te sorprendió espiando en su despacho? ¿Te atacó él con la daga envenenada?

Sus dientes destellaron y una muestra de rabia se asomó a sus ojos color miel.

A Celaena se le revolvieron las tripas al recordarlo, pero asintió.

—Muy bien —respondió Chaol, y se levantó.

—¿Vas a decírselo al rey?

El hombre se cruzó de brazos. Caminó hasta el borde de la cama y la miró fijamente.

—No —de nuevo, aquella chispa de rabia brilló en sus ojos—. Porque no tengo ganas de tener que convencerlo de que aún eres capaz de espiar a alguien sin que te atrapen en el acto. Mis hombres también guardarán silencio. Pero la próxima vez que hagas algo parecido, te encerraré yo mismo en los calabozos.

—¿Por matar a Davis?

—¡Por darme un susto de muerte! —Chaol se pasó las manos por el pelo y empezó a caminar de un lado a otro. Al cabo de un momento, se dio media vuelta y la señaló—: ¿Sabes qué aspecto tenías cuando apareciste aquí esta noche?

—Me arriesgaré a adivinarlo. ¿Malo?

Chaol la miró, impasible.

—Si no hubiera quemado tu vestido, te lo enseñaría.

—¿Quemaste mi vestido?

El capitán abrió los brazos con ademán de impotencia.

—¿Y qué querías que hiciera? ¿Guardar las pruebas del delito?

—Podrías meterte en un gran problema por no delatarme.

—Ya me encargaré de eso cuando llegue el momento.

—¿Ah, sí? ¿Te encargarás de eso?

Chaol se acercó a la cama. Con las manos apoyadas en el colchón y la fulminó con la mirada.

—Sí. Me encargaré de eso.

Celaena intentó tragar saliva, pero tenía la boca tan seca que no lo consiguió. Por debajo de toda aquella ira, percibió el miedo del capitán. Adoptó una expresión apenada.

—¿Tan terrible ha sido?

Chaol se sentó al borde de la cama.

—Estabas enferma. Muy enferma. No sabíamos cuánta gloriella te habían administrado así que el sanador quisieron asegurarse y se han excedido con el antídoto... por lo que pasaste varias horas con la cabeza metida en una cubeta.

—No me acuerdo de nada. A duras penas recuerdo cómo llegué al castillo.

Chaol negó con la cabeza y clavó la vista en la pared. Tenía ojeras y una sombra de barba en el mentón. Cada centímetro de su cuerpo transpiraba agotamiento puro. Celaena debía haberlo despertado poco después de que se fuera a dormir.

La asesina apenas había pensado adónde se dirigía cuando la gloriella empezó a invadir su organismo. Solo sabía que debía ponerse a salvo. Y, sin saber cómo, había ido a parar al lugar más seguro del mundo.

CAPÍTULO 14

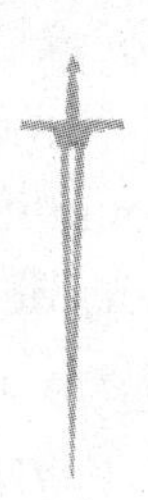

A Celaena le enfurecía pensar que tendría que reunir mucho valor para volver a entrar en la biblioteca real después de su encuentro hacía unas noches con aquel... ser. Y aún le daba más rabia que aquel suceso hubiera convertido su lugar favorito de todo el castillo en un lugar inhóspito y posiblemente letal.

Se sintió un poco boba cuando, armada hasta los dientes, empujó las grandes puertas de roble, aunque el acero no se viera a simple vista. No había necesidad de que la gente empezara a preguntarse por qué la campeona del rey acudía a la biblioteca cargando un arsenal.

Puesto que no deseaba en lo más mínimo volver a Rifthold después de lo sucedido la noche anterior, optó por pasar el día meditando acerca de lo que había averiguado en el despacho de Davis y buscando posibles relaciones entre el libro de las marcas del Wyrd y los planes del rey. Y dado que, por el momento, nada salvo aquella presencia extraña parecía indicar que algo anduviera mal en el castillo... bueno, pues tuvo que tragarse el miedo, y se propuso descubrir qué buscaba aquel ser en la biblioteca. O encontrar alguna pista de por dónde había salido.

La biblioteca parecía la misma de siempre: vasta, sombría, sobrecogedoramente hermosa con sus viejos muros y sus interminables pasillos forrados de libros. Y sumida en un silencio sepulcral.

Era consciente de la presencia de alguno que otro erudito y de unos cuantos bibliotecarios por allí, pero casi todos tenían sus propios despachos privados. El tamaño de aquel lugar resultaba abrumador, como un castillo dentro de otro.

¿Con qué intención había acudido aquel engendro a esa gran sala?

Echando la cabeza hacia atrás, observó los dos niveles superiores, ambos protegidos por adornadas barandillas. Las enormes arañas de hierro proyectaban luces y sombras en la cámara principal. Le encantaba aquella sala: las pesadas mesas dispuestas aquí y allá, las sillas tapizadas de terciopelo rojo y los deslucidos divanes colocados de frente a las enormes chimeneas.

Celaena se detuvo ante la mesa que solía ocupar cuando estudiaba las marcas del Wyrd, una mesa en la que había compartido horas y horas con Chaol.

Tres niveles, que ella supiera. Montones de escondrijos en todos ellos: pequeñas salas, nichos y escaleras medio derruidas.

¿Habría algo debajo del nivel inferior? La biblioteca estaba demasiado lejos de su alcoba como para que ambas estancias se encontraran conectadas por algún pasadizo secreto, pero cabía la posibilidad de que hubiera más lugares olvidados bajo el castillo. El suelo de mármol brillaba a sus pies.

En cierta ocasión, Chaol había comentado algo acerca de una leyenda que sugería la existencia de una segunda biblioteca subterránea, oculta en túneles y catacumbas. Si Celaena estuviera haciendo algo prohibido y no quisiera que nadie se enterara, si fuera una horrible criatura que necesitara un escondite...

Era posible que se estuviera metiendo en algo arriesgado, pero tenía que averiguarlo. A lo mejor la criatura le proporcionaría alguna pista de lo que sucedía en el castillo.

Se encaminó al muro más cercano. Pronto, las sombras de las estanterías la abrigaron. Tardó unos minutos en rodear el perímetro de la pared principal, interrumpido por las estanterías y mesas de escritorio despostilladas. Sacó un trozo de gis de su bolsillo y trazó una X en uno de los escritorios. Sabía que después de un rato, toda la biblioteca le parecería igual; le resultaría útil saber qué zonas había inspeccionado... aunque tardaría horas en inspeccionar todo el lugar. Repasó filas y más filas de libros, algunos de cubierta lisa, otros grabados y muy decorados. Los candelabros de pared escaseaban y estaban tan separados entre sí que con frecuencia daba varios pasos en una oscuridad casi completa. El brillante mármol había mudado en viejos bloques de piedra gris, y solo el roce de sus botas rompía el silencio. Daba la sensación de que nada hubiera quebrantado aquella quietud en mil años. Sin embargo, alguien debía de haber recorrido aquel pasillo para prender las velas de los candelabros. Si se perdía, no se quedaría allí para siempre.

De cualquier manera, no iba a perderse, se aseguró a sí misma mientras el silencio de la biblioteca cobraba vida propia. Le habían enseñado a orientarse, a dejar huellas, a recordar caminos, salidas y recovecos. No le pasaría nada. Aunque era muy posible que tuviera que internarse en lo más recóndito de la biblioteca... hasta llegar a un lugar que ni siquiera los estudiosos frecuentaban.

Cierto día, recordó, estando absorta en el estudio de *Los muertos vivientes*, había notado una especie de estremecimiento en la suela de las botas. Chaol le había revelado después que estuvo arrastrando la daga por el suelo para asustarla, pero la vibración inicial le había parecido... distinta.

Como una garra contra la piedra.

Basta, se ordenó a sí misma. *Basta ya. La imaginación te juega malas pasadas. Solo era Chaol molestándote.*

No habría sabido decir cuánto rato llevaba andando cuando llegó por fin al muro opuesto: una esquina. Las estanterías eran allí de madera vieja tallada y los remates tenían forma de centinelas, de vigías encargados de proteger los libros por toda la eternidad. No había candelabros en aquella zona. Al mirar la pared del fondo de la biblioteca, solo vio una completa oscuridad.

Afortunadamente, algún estudioso había dejado una antorcha junto al último candelabro. Era lo bastante pequeña como para no suponer una amenaza de que la biblioteca se quemara por completo, pero precisamente por eso no duraría mucho.

¿Y si dejaba la inspección para otro día? Quizá hubiera llegado el momento de regresar a sus aposentos para idear modos de arrancar información a los clientes de Archer. Había explorado una pared entera... y no había encontrado nada. Podía dejar el muro del fondo para el día siguiente.

Sin embargo, ya que estaba allí...

Celaena aferró la antorcha.

Dorian despertó sobresaltado al oír las campanadas del reloj. Pese al frío glacial que reinaba en su dormitorio, estaba sudando.

Le extrañó haberse quedado dormido, pero aún le sorprendieron más las bajas temperaturas. Las ventanas estaban selladas; la puerta, cerrada.

Y, sin embargo, el frío condensaba su aliento.

Se sentó. Tenía un horrible dolor de cabeza.

Había soñado algo... Algo de dientes, sombras y dagas centelleantes. Una pesadilla.

Dorian negó con la cabeza al notar que la temperatura empezaba a ascender. Seguro que el frío se debía a una corriente aislada. Se habría quedado dormido por culpa de la fiesta de la noche anterior. Y la historia para no dormir que le había contado Chaol sobre Celaena le había disparado la imaginación.

Apretó los dientes. El oficio de la asesina no carecía de riesgos. Y si bien le enfurecía lo sucedido, tenía la sensación de que regañarla por ello solo serviría para distanciarlos aún más.

Dorian se sacudió los restos del frío y se acercó al vestidor para quitarse la túnica arrugada. Al darse la vuelta, creyó ver una silueta escarchada en torno a la huella de su cuerpo en la cama.

Cuando volvió a mirar, la huella se había esfumado.

Celaena oyó unas campanadas distantes y se horrorizó al descubrir qué hora era. Llevaba allí tres horas. Tres horas nada menos. La pared del fondo no se parecía a la lateral; se hundía y se curvaba, tenía recovecos, nichos y salas de estudio llenas de polvo y ratones. Y justo cuando estaba a punto de trazar una X para dar la jornada por terminada, reparó en el tapiz.

Se fijó en él porque era la única pieza que decoraba el muro. Y a juzgar por el rumbo que había tomado su vida en los últimos seis meses, su presencia en aquel lugar no podía ser una casualidad.

No representaba a Elena, ni a un ciervo, ni nada verde y maravilloso. No, aquel tapiz, tejido con lana roja de un tono tan oscuro que parecía negro, no representaba... nada.

Celaena palpó las viejas hebras, maravillada por la calidad del tinte, tan denso que parecía devorarle los dedos en su propia oscuridad. Se le erizó el cabello de la nuca y llevó una mano a la daga mientras apartaba el tapiz. Maldijo. Y volvió a maldecir.

Otra entrada secreta le daba la bienvenida.

Sin perder de vista las estanterías y aguzando el oído por si advertía pasos o el roce de una túnica, Celaena abrió la puerta.

Una bocanada de aire estancado flotó hacia ella procedente de la escalera de caracol que descendía al otro lado del umbral. La luz de la antorcha solo alcanzaba a iluminar unos cuantos metros: paredes talladas con escenas de batalla.

Vio una especie de hendidura en la pared de mármol, un canal de apenas tres dedos de profundidad. Recorría la pared a lo largo hasta perderse más allá de donde veían sus ojos. Pasó los dedos por la grieta. Era lisa como el cristal y guardaba una capa de una sustancia viscosa.

Celaena descubrió una lamparilla de plata colgada de la pared. Dejó la antorcha en un soporte y agarró la lámpara, que al parecer contenía algún tipo de líquido.

—Qué ingenioso —murmuró.

Sonriendo para sí, se aseguró de que la antorcha estuviera lo suficientemente alejada. Luego colocó la delgada boquilla de la lámpara en la hendidura y la inclinó. El aceite bajó por el canal. Celaena recuperó la antorcha y la acercó a la pared. Al instante, el canal se prendió, proporcionando así una fina línea de luz que descendía por la oscura escalera cubierta de telarañas. Con una mano en la cadera, Celaena miró hacia abajo y admiró los grabados de la pared.

Dudaba mucho que alguien fuera a buscarla allí, pero devolvió el tapiz a su sitio por si acaso y sacó una de sus largas dagas. Mientras descendía, tuvo la sensación de que las imágenes de la batalla bailaban a la luz del fuego. Habría jurado incluso que los rostros de piedra se volvían para mirarla. Apartó la vista de las paredes.

Cuando sintió un soplo de aire frío en la cara, vislumbró por fin el final de las escaleras. Era un pasadizo oscuro que apestaba a antigüedad y putrefacción. Una antorcha yacía olvidada al final, cubierta de tantas telarañas que debían de llevar allí mucho tiempo. Muchísimo.

Pero quién te dice que ese ser no puede ver en la oscuridad.

Ahuyentó el pensamiento y sosteniendo la antorcha, la prendió con el canalillo iluminado de la escalera.

Jirones de telarañas pendían también de la bóveda del techo hasta el suelo de adoquines. Destartaladas librerías flanqueaban las paredes, todas repletas de libros tan gastados que Celaena no pudo leer los títulos. Vio rollos y trozos de pergamino encajados en cada rincón, algunos desenrollados en la madera hundida, como si alguien acabara de leerlos. Por alguna razón, aquel lugar recordaba más a una tumba que el mismo sepulcro de Elena.

Recorrió el pasadizo, deteniéndose de vez en cuando para examinar los rollos. Encontró mapas y recibos de reyes muertos hacía siglos.

Documentos del castillo. Tanta búsqueda y tanto miedo y lo único que has encontrado ha sido un montón de documentos sin valor. Seguro que la criatura andaba buscando esto: una vieja cuenta de víveres.

Lanzando un sinfín de maldiciones, las más groseras que conocía, Celaena agitó la antorcha ante sí y siguió caminando hasta encontrar un segundo tramo de escaleras a su izquierda.

Por lo que parecía, aquellos pasajes conducían a un lugar aún más profundo que la tumba de Elena, ¿pero a dónde? Descubrió otra lámpara y una segunda hendidura en la pared. Una vez más, Celaena prendió el canal que iluminaba la escalera. Esta vez, los grabados de la piedra representaban un bosque. Un bosque y...

Hadas. Las delicadas orejas en punta y los largos colmillos eran inconfundibles. Las hadas haraganeaban, bailaban y tocaban música, como celebrando su inmortalidad y su etérea belleza.

No, el rey y sus secuaces no debían de conocer la existencia de aquel lugar, porque de haber sabido que estaba allí, habrían borrado los grabados. Celaena no necesitaba que ningún historiador le dijese que aquella escalera pertenecía a una época muy lejana, aun más antigua que los peldaños que acababa de dejar atrás, quizá más antigua que el propio castillo.

¿Por qué Gavin había escogido aquel lugar en concreto para construir su castillo? ¿Acaso lo levantó sobre los restos de alguna construcción anterior?

¿*O sencillamente pretendía esconder lo que había debajo?*

Un sudor frío le empapó la espalda cuando se percató de las profundidades de la escalera. Por imposible que fuera, otra corriente de aire llegó hasta ella. Hierro. Olía a hierro.

Las imágenes de los muros destellaban mientras Celaena descendía por la escalera de caracol. Cuando llegó al fondo, inhaló apenas y encendió la antorcha que reposaba en un soporte cercano. Se encontraba ante un largo pasillo pavimentado con grandes losas grises. En aquel pasadizo solo había una puerta, en la mitad de la pared izquierda, y ninguna salida salvo las escaleras que ascendían a su espalda.

Observó el corredor. Nada, ni siquiera un ratón. Aguardó unos instantes. Por fin, bajó los últimos peldaños y prendió las pocas antorchas que encontró en el muro. La puerta era de hierro y no tenía nada en particular, aparte de su aspecto obviamente impenetrable. La superficie lisa recordaba a una extensión de cielo sin estrellas.

Celaena tendió la mano, pero se detuvo antes de que sus dedos rozaran el metal. ¿Por qué de hierro?

El hierro era el único elemento inmune a la magia; recordaba perfectamente aquel detalle. Diez años atrás, había muchísimos tipos de magos distintos, personas que habían heredado el poder de los propios dioses, por más que el rey de Adarlan considerara la magia una afrenta a la divinidad. Sin importar cual fuera su procedencia, la magia se manifestaba de formas muy diversas: desde la capacidad de sanación hasta la facultad de transformar la materia, pasando por el poder de invocar el fuego, el agua o la tormenta, de estimular el crecimiento de las plantas o las cosechas, de ver el futuro y muchos otros dones. La mayoría de aquellos poderes se habían ido diluyendo con el transcurso de los milenios, pero había excepciones. Y cuando los magos más poderosos se aferraban demasiado a su don, el hierro presente en su sangre les provocaba desmayos. O cosas peores.

Celaena había visto cientos de puertas en el castillo —de madera, de bronce o de cristal—, pero nunca una de hierro macizo como aquella. Además, era muy antigua. Pertenecía a una época en la que el hierro tenía un significado muy concreto. ¿Se suponía que estaba allí para impedir la entrada de algo...? ¿O para retenerlo dentro?

Celaena palpó el Ojo de Elena mientras volvía a examinar el portal. No encontró nada que le diera alguna pista de lo que se ocultaba al otro lado, así que giró la manija y la empujó.

Estaba cerrada. ¿Pero cómo, si no tenía cerradura? Pasó la mano por las rendijas. ¿Acaso el óxido la había atascado?

Frunció el ceño. Tampoco se veían señales de óxido.

Celaena dio un paso hacia atrás, sin despegar la vista de la puerta. ¿Por qué iba alguien a poner una manija si no había forma humana de abrirla? ¿Y por qué atrancarla a menos que quisieran ocultar algo en el interior?

Dio media vuelta, dispuesta a marcharse, pero en aquel momento el amuleto se calentó y una luz parpadeó a través de su túnica.

A lo mejor había sido un reflejo de la antorcha, pero... Celaena volvió a inspeccionar la ranura inferior. Una sombra, más negra que las tinieblas del interior, la oscureció.

Despacio, Celaena usó la mano libre para sacar su daga más fina. Luego, dejó la antorcha en el suelo y se tendió boca abajo, tan cerca de la puerta como se atrevió. Solo sombras. Solo eran sombras. O ratas.

En cualquier caso, tenía que averiguar qué había del otro lado.

En absoluto silencio, pasó la brillante hoja por debajo de la puerta. El reflejo no reveló nada salvo oscuridad. Negrura y el brillo de la antorcha.

Desplazó la daga, introduciéndola un poco más.

Dos ojos de un verde dorado aparecieron en las tinieblas.

Celaena retrocedió, arrastrando la daga consigo y mordiéndose el labio para no maldecir en voz alta. *Unos ojos*. Unos ojos que brillaban en la oscuridad. Unos ojos de... de...

Exhaló un pequeño suspiro por la nariz, lo que la ayudó a tranquilizarse un poco. Eran los ojos de animal. De rata. O de ratón. O de felino.

Una vez más, se arrastró hacia adelante. Contuvo el aliento mientras introducía la hoja bajo la puerta para escudriñar la oscuridad.

Nada. Absolutamente nada.

Se quedó mirando la daga durante un minuto entero, por si aquellos ojos se volvían a asomar.

Pero la criatura, fuera lo que fuese, se había alejado.

Una rata. Seguro que era una rata.

Pese a todo, Celaena tenía la piel erizada y el amuleto seguía irradiando calor. Aunque no hubiera nadie al otro lado, sin duda la puerta ocultaba alguna respuesta. Y pronto daría con la solución al enigma... pero no aquel día. Volvería en cuanto estuviera preparada.

Tenía que haber algún modo de atravesar la puerta. Y a juzgar por la antigüedad de aquel lugar, Celaena tenía el presentimiento de que el secreto de su mecanismo guardaba relación con las marcas del Wyrd.

Ahora bien, si de verdad había algo oculto al otro lado de aquel umbral... Mientras tomaba la antorcha, movió los dedos de la mano derecha y observó el semicírculo de cicatrices, recuerdo del mordisco del Ridderak.

Solo era una rata. Y ahora mismo no sentía ningún interés, ninguno, en descubrir si estaba en lo cierto o se equivocaba.

CAPÍTULO 15

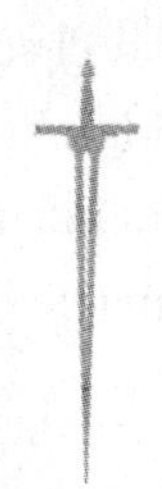

Aquella noche, el salón de baile estaba lleno. Si bien Celaena prefería por lo general quedarse en sus aposentos, cuando se enteró de que Rena Goldsmith actuaría durante la cena en honor al príncipe Hollin, buscó un sitio en las largas mesas del fondo. Era el único lugar que la nobleza menor estaba autorizada a ocupar. Algunos de los hombres de Chaol —aquellos que poseían título nobiliario— estaban allí, y también todos los que preferían evitar el nido de víboras de la corte.

La familia real cenaba en la mesa real, sobre la tarima de costumbre. Perrington, Roland y una desconocida —la madre de Roland, a juzgar por sus rasgos— la acompañaban. Desde su posición al fondo de la sala, Celaena a duras penas podía ver a Dorian, pero creyó distinguir a un muchacho pálido, gordito y coronado por una mata de rizos negros. Celaena juzgó poco acertado sentar a Hollin junto a Dorian (la proximidad invitaba a las comparaciones) y si bien la asesina había oído los desagradables rumores que corrían sobre Hollin, sintió, sin poder evitarlo, una punzada de compasión por el muchacho.

Para sorpresa de Celaena, Chaol optó por sentarse a su lado, junto con cinco de sus hombres. Aunque había varios guardias colocados por la sala, Celaena no dudaba que los guardias que compartían su mesa estaban tan atentos a cualquier posible problema como los situados junto a las puertas y los estrados. Sus compañeros de mesa se mostraron educados con ella, cautos, pero educados. No mencionaron lo sucedido la noche anterior, pero le preguntaron con discreción qué tal se encontraba. Ress, que la había escoltado durante la competencia, pareció genuinamente aliviado cuando Celaena le dijo que se sentía mucho mejor. También era el más discreto de todos aquellos hombres, que chismorreaban como viejas damas de la corte.

—Y entonces —decía Ress, con una expresión maliciosa en su joven rostro—, justo cuando se metía en la cama, tan desnudo como el día que llegó al mundo, entró su padre —las muecas y los gemidos proliferaron entre los guardias, incluido el propio Chaol— y lo arrancó del lecho. Agarrándolo de los pies, lo arrastró al pasillo y lo tiró por las escaleras. No paraba de gritar como un cerdo degollado.

Chaol se acomodó en la silla y se cruzó de brazos.

—Tú también habrías gritado si te hubieran arrastrado desnudo por un suelo helado.

El capitán de la guardia esbozó una sonrisa burlona mientras Ress se apresuraba a rebatírselo. Chaol parecía muy cómodo entre aquellos hombres. Sus movimientos eran relajados y le brillaban los ojos. Y ellos también lo respetaban, lo miraban después de hablar como pidiendo su aprobación, su asentimiento, su apoyo. Cuando la risita de Celaena se desvaneció, Chaol la miró con las cejas enarcadas.

—Mira quién fue a burlarse. No conozco a nadie que proteste tanto de los suelos fríos.

Celaena se irguió al mismo tiempo que los guardias sonreían disimuladamente.

—Si no recuerdo mal, tú también te quejas del frío cada vez que muerdes el polvo durante los entrenamientos.

—¡Toma esa! —exclamó Ress, y las cejas de Chaol se arquearon aún más. Celaena sonrió con expresión socarrona.

—Cuidado con lo que dices —replicó el capitán—. ¿Te atreverías a corroborarlo en la sala de entrenamiento?

—Siempre y cuando tus hombres no tengan problema en presenciar cómo te doy una paliza.

—No tenemos absolutamente ningún reparo —afirmó Ress. Chaol marcaba el ceño, más divertido que molesto. Ress añadió rápidamente—: Capitán.

Chaol abrió la boca para objetar, pero justo en aquel momento, una mujer alta y esbelta se acercó al pequeño escenario armado a un lado del salón.

Celaena alargó el cuello cuando Rena Goldsmith caminó vaporosa hacia el estrado de madera donde la esperaban una enorme arpa y un hombre con un violín.

Había visto actuar a Rena en otra ocasión, hacía años, en el Teatro Real, una fría noche de invierno muy parecida a esa. Durante dos horas, había reinado en el teatro un silencio tal que Celaena habría jurado que todos en la sala habían dejado de respirar. La voz de Rena siguió sonando en la cabeza de la asesina durante días y días después del concierto.

Desde la mesa del fondo, Celaena a duras penas alcanzaba a ver a Rena, solo lo justo para saber que lucía una larga túnica verde (sin enaguas, sin corsé, sin ningún adorno salvo por el cinturón de piel trenzado que le rodeaba la delgada cadera) y que llevaba suelta la rojiza melena. El silencio se extendió poco a poco por el salón, y Rena saludó a la mesa real con una reverencia. Cuando se sentó detrás de su arpa verde y dorada, los espectadores se dispusieron a escuchar. Ahora bien, ¿durante cuánto tiempo conseguiría la cantante captar su interés?

Tras hacer un gesto al estilizado violinista, Rena empezó a pulsar las cuerdas con sus largos dedos blancos. Tras unas cuantas notas, el ritmo quedó establecido y el lamento lento y triste del violín se unió a la melodía. La música de los dos instrumentos se entrelazó, se fundió, se elevó más y más hasta que Celaena escuchaba con la boca abierta de la emoción.

Cuando Rena comenzó a cantar, el mundo se desvaneció.

Tenía una voz suave, etérea, el sonido de una nana casi olvidada. Las canciones que entonaba, una tras otra, arrullaron a Celaena. Historias de tierras lejanas, de leyendas olvidadas, de amantes que aguardaban eternamente el reencuentro.

En el salón no se oía ni un alma. Incluso los criados permanecían hipnotizados, de pie contra las paredes, en los umbrales y en los nichos. Entre canción y canción, los aplausos apenas habían empezado a sonar cuando el arpa y el violín volvían a comenzar para hechizarlos a todos una vez más.

Tras unos cuantos temas, Rena miró a la mesa presidencial.

—Esta canción —dijo con suavidad— está dedicada a la estimada familia real que me ha invitado a actuar esta noche.

Trataba de una antigua leyenda. En realidad, era un viejo poema. Uno que Celaena no había vuelto a escuchar desde la infancia, y jamás musicalizado.

Ahora lo escuchaba como si lo oyera por primera vez. Era la historia de un hada dotada de un terrible poder, una mujer codiciada por los reyes y señores de todos los reinos. Y si bien todos la utilizaban para ganar guerras y conquistar países, al mismo tiempo le temían ... y guardaban distancia.

Celaena juzgó una osadía cantar algo así. Y dedicar la canción a la familia real era aún más temerario. Sin embargo, los monarcas no hicieron ninguna escena. Incluso el rey observaba a Rena con absoluta tranquilidad, como si la artista no estuviera cantando sobre el mismo poder que el monarca había condenado diez años atrás. Tal vez su maravillosa voz fuera capaz de conquistar incluso el corazón de un tirano. Quizá la música y el arte poseyeran su propia magia inherente que los hacía intocables.

Rena siguió desplegando aquella historia atemporal que describía la época en que los seres mágicos servían a señores y reyes, y que lamentaba la soledad que iba consumiendo a aquella criatura en concreto. Y un día, aparecía un caballero en busca del hada para utilizarla a favor del rey. Mientras viajaban por el reino, el miedo del hombre se transformaba en amor. El caballero olvidaba los poderes del hada para descubrir a la mujer que era en realidad. Y si bien toda clase de reyes y emperadores la habían cortejado con promesas de riquezas infinitas, fue el don del caballero, su capacidad de amarla por sí misma y no por el poder que ostentaba, lo que conquistó su corazón.

Celaena no sabía cuándo exactamente había comenzado a llorar. En algún momento se le escapó un suspiro y sus labios empezaron a temblar. No podía romper en llanto, no allí, con toda aquella gente a su alrededor. Entonces, una mano cálida y encallecida tomó la suya por debajo de la mesa. Volviéndose a mirar, Celaena descubrió que Chaol la contemplaba. El capitán esbozó una pequeña sonrisa y la joven supo que su propio caballero había comprendido.

Celaena miró sonriendo a su capitán.

Sentado junto a Dorian, Hollin se revolvía en el asiento, susurrando y quejándose de lo mucho que se aburría y de lo mala que le parecía la actuación, pero el príncipe heredero solo tenía ojos para la mesa del fondo del salón.

La irreal música de Rena Goldsmith se arremolinaba en el vasto espacio y envolvía al público en un hechizo que el príncipe habría calificado de mágico de no haber temido las consecuencias. Pero Celaena y Chaol, ajenos a todo, se miraban a los ojos.

Y no solo se miraban, sino algo más. Dorian dejó de oír la música.

Celaena jamás lo había mirado a él con aquella expresión. Ni una sola vez. Ni siquiera durante una milésima de segundo.

La canción estaba llegando a su fin y Dorian volvió la vista a la cantante. No creía que hubiera pasado nada entre el capitán y la asesina, cuando menos, aún no. Chaol era intachable y demasiado leal como para dar un paso en falso, o como para darse cuenta siquiera de que miraba a Celaena con tanto embeleso como ella a él.

Hollin protestó en voz más alta y Dorian inhaló para no gritarle.

Seguiría con su vida. No quería ser como los antiguos reyes de la canción y quedársela para sí. Celaena merecía un caballero valiente y leal que la amara por sí misma y que no le temiera. Y él, Dorian, merecía estar con alguien que lo mirara con esos ojos, aunque el amor nunca llegara a ser tan grande y la dama no fuera ella.

Así que Dorian cerró los ojos y suspiró con fuerza. Y cuando los abrió, la dejó marchar.

Horas después, el rey de Adarlan aguardaba al fondo del calabozo mientras la guardia secreta arrastraba a Rena Goldsmith hacia el interior. La sangre ya empapaba el tajo del verdugo que despuntaba en el centro de la estancia. El cadáver decapitado del violinista yacía a pocos pasos y el agua corría roja por el desagüe.

Perrington y Roland esperaban junto al rey, en silencio.

Los guardias obligaron a la cantante a arrodillarse ante la piedra manchada. Uno de ellos le estiró el pelo con fuerza para obligarla a mirar al rey, que dio un paso hacia delante.

—Hablar de magia o alentar su práctica está penado con la muerte. Cantar una canción como esa en mi salón supone una afrenta a los dioses y también a mi persona.

Rena Goldsmith se limitó a mirarlo con sus ojos brillantes. No había opuesto resistencia cuando los guardias la habían aprendido después del concierto, ni siquiera había gritado cuando habían decapitado a su compañero. Como si ya supiera qué iba a suceder.

—¿Quieres pronunciar unas últimas palabras?

Una rabia fría y extraña se extendió por el anguloso rostro de la cantante, que levantó la barbilla.

—Llevo diez años trabajando para crearme una fama que me facilitara la entrada a este castillo. Diez años con el fin de acudir aquí a cantar sobre la magia que has intentado suprimir. Me propuse cantar esas canciones para que supieras que seguimos aquí. Puedes prohibir la magia y matar a miles de personas, pero los poseedores de la antigua sabiduría no hemos olvidado.

Detrás del rey, Roland resopló con desdén.

—Ya basta —dijo el rey, y tronó los dedos.

Los guardias obligaron a Rena Goldsmith a apoyar la cabeza en el tajo.

—Mi hija tenía dieciséis años —prosiguió ella. Las lágrimas le rodaban por el puente de la nariz hasta la piedra, pero seguía hablando en tono alto y claro—. Dieciséis cuando la quemaste en la hoguera. Se llamaba Kaleen y sus ojos eran como nubes de tormenta. Aún oigo su voz en sueños.

El rey le hizo un gesto al verdugo, que dio un paso hacia delante.

—Mi hermana tenía treinta y seis. Se llamaba Liessa y tenía dos hijos que eran su alegría.

El verdugo levantó el hacha.

—Mi vecino y su esposa tenían setenta. Se llamaban Jon y Estrel. Los mataron porque se atrevieron a proteger a mi hija cuando tus hombres fueron a buscarla.

Rena Goldsmith seguía recitando su lista de víctimas cuando el hacha cayó.

CAPÍTULO 16

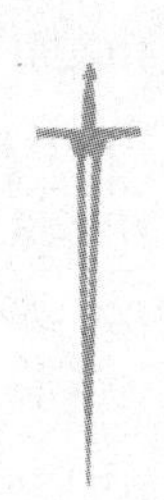

Celaena hundió la cuchara en el plato de avena, la probó y vertió una montaña de azúcar sobre ella.

—Prefiero que desayunemos juntas a salir con este horrible frío —Ligera, con la cabeza en el regazo de Celaena, resopló con fuerza—. Creo que ella también lo prefiere —añadió con una sonrisa.

Nehemia rio discretamente antes de morder un pan tostado.

—Por lo visto, es el único momento del día en que podemos disfrutar de tu compañía —dijo la princesa en lengua eyllwe.

—He estado ocupada.

—¿Ocupada cazando a los conspiradores de la lista del rey?

Nehemia miró a Celaena con elocuencia y volvió a morder el pan.

—¿Qué quieres que te diga? —la asesina removió la avena para mezclarla con el azúcar. Prefería concentrarse en eso que en la mirada de su amiga.

—Quiero que me mires a los ojos y me digas que estás convencida de que vale la pena pagar ese precio por obtener la libertad.

—¿Es por eso por lo que estás tan rara últimamente?

Nehemia dejó el pan.

—¿Qué les voy a decir a mis padres de ti? ¿Qué excusas puedo inventar —empleó la lengua común para pronunciar esas tres palabras, escupiéndolas como si estuvieran envenenadas— para justificar mi amistad con la campeona del rey ? ¿Cómo voy a explicarles que tu alma no está podrida?

—No sabía que necesitaras la aprobación de tus padres.

—Ocupas una posición de poder, tienes acceso a información importante, y sin embargo, te limitas a obedecer. Obedeces sin cuestionar nada, persiguiendo un único objetivo: tu libertad.

Celaena negó con la cabeza y desvió la mirada.

—Me evades porque sabes que tengo razón.

—¿Y qué tiene de malo querer ser libre? ¿No he sufrido ya bastante? ¿Acaso no merezco la libertad? Recurro a medios desagradables, sí, ¿y qué?

—No niego que hayas sufrido mucho, Elentiya, pero hay miles de personas que han sufrido también. Y no por eso venden su alma al rey para conseguir algo que merecen tanto como tú. Cada vez que asesinas a alguien, me cuesta más encontrar excusas para seguir siendo tu amiga.

Celaena tiró la cuchara a la mesa y caminó ofendida hacia la chimenea. Tenía ganas de arrancar los tapices y las pinturas, hacer añicos los adornos y caprichos que había comprado para decorar la antecámara. Por encima de todo, quería que Nehemia dejara de mirarla con una expresión tan hiriente: como si fuera un ser tan horrible como el monstruo que ocupaba el trono de cristal. Inhaló profundamente una vez, dos, aguzando el oído para asegurarse de que no hubiera nadie más en sus aposentos. Acto seguido, se dio media vuelta.

—No he matado a nadie —dijo en voz baja.

Nehemia se quedó de una pieza.

—¿Qué?

—Que no he matado a nadie —Celaena no se movió del sitio. Necesitaba guardar cierta distancia para expresarse con claridad—. He simulado todas las muertes y después he ayudado a huir a los condenados.

Nehemia se pasó las manos por la cara, desdibujando el polvo dorado que se aplicaba en las pestañas. Al cabo de un momento, apartó los dedos. Miró a la asesina con aquellos ojos oscuros y encantadores abiertos de par en par.

—¿No has matado a ninguna de las personas que te ordenaron asesinar?

—Ni a una sola.

—¿Y qué pasa con Archer Finn?

—Le ofrecí un trato: tiene hasta fin de mes para poner en orden sus asuntos antes de ayudarme a simular su muerte y huir. A cambio, él me proporcionará información sobre los verdaderos enemigos del rey.

Ya le contaría a Nehemia todo lo demás en otro momento: los planes del rey, la existencia de unas catacumbas en la biblioteca. Si le mencionaba ahora aquellos detalles, la princesa le haría un sinfín de preguntas.

Nehemia tomó un sorbo de té. El líquido oscilaba en el interior de la taza de lo mucho que le temblaban las manos.

—Si se entera, te matará.

Celaena miró las puertas del balcón. En el ancho mundo al otro lado, despuntaba un precioso día.

—Ya lo sé.

—Y respecto a esa información que te está proporcionando Archer, ¿qué vas a hacer con ella? ¿De qué tipo es?

Celaena compartió con ella lo que Archer le había revelado sobre el grupo rebelde que pretendía devolver el trono de Terrasen a la heredera perdida e incluso le contó lo sucedido con Davis. Cuando la joven concluyó, Nehemia, que seguía temblando, tomó otro trago de té.

—¿Y confías en Archer?

—Creo que valora su vida más que ninguna otra cosa en el mundo.

—Es un cortesano, ¿cómo puedes estar tan segura de que puedes confiar en él?

Celaena se dejó caer en su silla. Ligera se acurrucó entre las dos.

—Bueno, tú confías en mí, ¿no? Y soy una asesina.

—Eso es distinto.

Celaena volvió la vista hacia el tapiz que pendía detrás de la cómoda, sobre la pared de la izquierda.

—Ya que te estoy contando todo aquello que pone en peligro mi vida, hay algo más que debo decirte.

Nehemia siguió la mirada de su amiga hasta posar los ojos en el tapiz. Al cabo de un momento, ahogó un grito.

—Es... es Elena, ¿verdad? La chica del tapiz.

Celaena esbozó una sonrisa maliciosa y se cruzó de brazos.

—Eso no es lo peor.

Mientras se dirigían al sepulcro, Celaena le relató a Nehemia sus diversos encuentros con Elena en Samhuinn, y todas las aventuras que le habían sucedido. Le mostró la cámara donde Caín había invocado al Ridderak. Justo cuando llegaban a la tumba, Celaena hizo una mueca al recordar un desdichado detalle.

—¿Has traído a una amiga?

Nehemia gritó. Celaena saludó a la aldaba de bronce en forma de calavera.

—Hola, Mort.

Nehemia miraba la aldaba fijamente.

—Pero cómo... —echó un vistazo a Celaena por encima del hombro—. ¿Cómo es posible?

—Viejos hechizos y bobadas por el estilo —se apresuró a decirle Celaena para evitar que Mort soltara su historia sobre el rey Brannon y su creación—. Alguien usó las marcas del Wyrd para hechizarlo.

—¡Alguien! —se ofendió Mort—. Ese alguien fue...

—Cállate ya —le espetó Celaena mientras abría la puerta de la tumba para cederle el paso a Nehemia—. Guárdate esa información para alguien que esté interesado en ella.

Mientras Mort mascullaba lo que parecía una larga lista de maldiciones, Nehemia escudriñó la penumbra del sepulcro.

—Es increíble —susurró la princesa sin dejar de mirar las marcas del Wyrd grabadas en la pared.

—¿Qué dicen?

—"Muerte, eternidad, gobierno" —siguió avanzando por la tumba.

Mientras Nehemia se movía de un lado a otro, Celaena se apoyó de espaldas en la pared y se resbaló hasta sentarse en el suelo. Suspirando, frotó el talón contra una de las estrellas que afloraban del suelo y examinó la curva que trazaban entre todas.

¿Forman una constelación?

Celaena se levantó y las miró desde arriba. Nueve de las estrellas dibujaban una forma que le resultó familiar: la Libélula. Enarcó las cejas. No había se había dado cuenta de ello hasta aquel momento. A pocos pies de la primera, se distinguía otra constelación: el Guiverno. Se sentó en la cabeza del sarcófago de Gavin.

El Guiverno: símbolo de la casa de Adarlan *y segunda constelación del cielo.*

Celaena empezó a caminar siguiendo la línea que creaban las constelaciones, que a su vez recorría el sepulcro en zigzag. El cielo nocturno desfiló por completo bajo sus pies. Habría chocado contra la pared al llegar a la última constelación de no haber sido porque Nehemia la agarró por el brazo.

—¿Qué te pasa?

Celaena observaba fijamente la última constelación: el Ciervo, Señor del Norte. El símbolo de Terrasen, la tierra natal de Elena. La constelación estaba dispuesta de cara al muro, y la cabeza parecía señalar hacia arriba, como si contemplara algo...

Celaena siguió la mirada del ciervo, más allá de las muchas marcas del Wyrd que salpicaban la pared hasta que...

—Por el Wyrd, mira eso —exclamó a la vez que señalaba algo.

Acababa de ver un ojo, del tamaño de la palma de su mano, grabado en el muro. Tenía un orificio en el centro, un círculo perfectamente trazado y camuflado en la órbita. La propia marca del Wyrd creaba una cara, y si bien el segundo ojo parecía liso y completo, el iris del primero estaba hueco.

Solo mediante el ojo se puede ver la verdad. Era imposible que hubiera tenido tanta suerte; seguro que se trataba de una mera coincidencia. Incapaz de contener la emoción, se puso de puntitas para mirar por el ojo.

¿Cómo era posible que no hubiera reparado antes en él? Retrocedió un paso y la marca del Wyrd desapareció en el muro. Dio un paso hacia la constelación y el símbolo reapareció.

—La cara solo se ve si te paras sobre el ciervo —susurró Nehemia.

Celaena palpó la faz con ambas manos, buscando grietas o corrientes de aire que sugiriesen la presencia de una puerta. Nada. Respirando profundamente, volvió a levantarse y, con la daga lista por si algo se abalanzaba sobre ella desde el otro lado, se paró frente al ojo. Nehemia rio discretamente. Sonriendo a su vez, Celaena acercó la cara a la piedra y revisó la penumbra del otro lado.

No vio nada. Solo una pared distante, iluminada por un leve rayo de luna.

—Solo es... solo es una pared lisa. ¡Esto no tiene pies ni cabeza!

Había sacado conclusiones precipitadas, haciendo deducciones y estableciendo relaciones donde no las había. Celaena se separó para que Nehemia pudiera comprobarlo por sí misma.

—Mort —gritó mientras la princesa miraba por el agujero—. ¿Qué demonios es esa pared? ¿Tienes alguna idea de por qué está aquí?

—No —repuso Mort, cortante.

—No me mientas.

—¿Mentirte? ¿A ti? Vamos, no podría mentirte. Me has preguntado si tengo alguna idea y te he dicho que no. Si quieres recibir las respuestas que buscas, tendrás que aprender a hacer las preguntas adecuadas.

Celaena rezongó.

—¿Qué clase de pregunta debo hacerte para que me des la respuesta que busco?

Mort chasqueó la lengua con impaciencia.

—No voy a contestar eso. Vuelve cuando hayas averiguado lo que debes preguntar.

—¿Me prometes que entonces me lo dirás?

—Soy una aldaba. Hacer promesas no forma parte de mi naturaleza.

Nehemia se apartó de la pared y puso los ojos en blanco.

—No escuches a ese demonio. Yo tampoco veo nada. Puede que solo sea una broma. Los castillos viejos están llenos de trucos que solo pretenden confundir y desconcertar a las siguientes generaciones. Aunque... todas esas marcas del Wyrd...

Celaena se armó de valor e hizo la petición que llevaba un tiempo considerando.

—¿Tú podrías...? ¿Me enseñarías a interpretarlas?

—¡Jua! —se burló Mort desde la entrada—. ¿Estás segura de que no eres demasiado tonta para entenderlas?

Celaena no le hizo caso. No le había contado a Nehemia que Elena, en su último mensaje, le había pedido que descubriera el origen del poder del rey. Sabía lo que le diría la princesa: obedece a la reina. Ahora bien, las marcas del Wyrd aparecían por todas partes. Incluso guardaban relación con el acertijo del ojo y el estúpido truco de la pared. A lo mejor si aprendía a emplearlas, sería capaz de abrir la puerta de la biblioteca y hallaría respuestas al otro lado.

—¿Aunque solo sea... lo básico?

Nehemia sonrió.

—Lo básico es también lo más difícil.

Al margen de su utilidad, las marcas del Wyrd encarnaban un lenguaje secreto y olvidado, un medio para acceder a un poder extraño. ¿Quién no querría aprenderlas?

—¿Lecciones matutinas en lugar del paseo al amanecer, entonces?

Nehemia sonrió ampliamente, y Celaena se sintió culpable de no haberle hablado de las catacumbas cuando la princesa respondió.

—Por supuesto.

Antes de marcharse, Nehemia dedicó unos minutos a estudiar a Mort. Principalmente, le hizo preguntas sobre el hechizo que habían empleado para crearlo. Él empezó diciendo que lo había olvidado, luego alegó que se trataba de algo privado y por fin le dijo que no era asunto suyo.

Cuando la paciencia casi infinita de Nehemia se agotó, las dos chicas ignoraron por completo a Mort y subieron corriendo las escaleras. Ligera, muy nerviosa, las esperaba en el dormitorio. La perrita se había negado a pisar el pasadizo secreto, seguramente porque aún percibía algún rastro de la criatura de Caín. Ni siquiera Nehemia había logrado convencerla de que bajara al sepulcro con ellas.

Después de cerrar la puerta y ocultarla tras el tapiz, Celaena se apoyó contra la cómoda. No había averiguado la respuesta al acertijo. Tal vez Nehemia tendría alguna idea al respecto.

—Encontré un libro lleno de marcas del Wyrd en la oficina de Davis —le dijo a la princesa—. No sé si se trata de un acertijo o de un proverbio, pero alguien escribió en la guarda trasera: "Solo mediante el ojo se puede ver la verdad".

Nehemia frunció el ceño.

—A mí me suena a la típica bobada de un noble aburrido.

—Sí, pero ¿no te parece mucha coincidencia que Davis formara parte de ese grupo y tuviera un libro con marcas del Wyrd? ¿Y si el acertijo guarda relación con la sociedad que pretende derrocar al rey?

La princesa resopló.

—¿Y si Davis ni siquiera formaba parte de ese grupo? A lo mejor Archer malinterpretó la información. Apuesto a que ese libro lleva años allí. Y apuesto a que Davis ni siquiera conocía su existencia, o puede que tan solo lo viera en una librería y se lo comprara para hacerse el interesante.

O no. A lo mejor Archer estaba en lo correcto. Lo interrogaría la próxima vez que lo viera. Celaena jugueteó con la cadena del amuleto... y de repente se quedó petrificada. El ojo.

—¿No crees que el acertijo podría hacer referencia a este ojo?

—No —replicó Nehemia—. Sería demasiado obvio.

—Pero... —la asesina empujó la cómoda.

—Confía en mí —insistió Nehemia—. Es una coincidencia. Igual que ese agujero de la pared. "El ojo" podría referirse a cualquier cosa. A cualquiera. Hace siglos, la gente solía poner ojos de yeso por todas partes para protegerse del mal. Te volverás loca, Elentiya. Puedo investigar al respecto si quieres, pero podría tardar algún tiempo en llegar a alguna conclusión.

Celaena se sonrojó. Muy bien, era posible que se equivocara. No quería creerle a Nehemia, no quería aceptar que la solución al acertijo fuera tan complicada, pero... la princesa sabía mucho más que ella sobre antiguas tradiciones. Así que Celaena volvió a sentarse a la mesa del desayuno. La avena se había enfriado, pero se la comió de todos modos.

—Gracias —dijo entre cucharada y cucharada. Nehemia se sentó también—. Por no burlarte de mí.

Nehemia sonrió.

—Elentiya, me halaga muchísimo que me lo hayas contado todo.

Oyeron que una puerta se abría y se cerraba. Luego, el ruido de unos pasos que se aproximaban. Philippa tocó y entró a toda prisa. Llevaba una carta para Celaena.

—Buenos días, hermosas damas —dijo con cariño, haciendo reír a Nehemia—. Una carta para nuestra queridísima campeona.

Celaena obsequió a Philippa con una gran sonrisa antes de recibir el sobre. Su sonrisa creció aún más cuando, tras la partida de la criada, leyó el contenido.

—Es de Archer —le dijo a Nehemia—. Contiene los nombres de unas cuantas personas que podrían estar implicadas en el movimiento; gente asociada con Davis.

Le sorprendía un poco que Archer se hubiese arriesgado a poner la información por escrito. Tendría que darle un par de lecciones sobre códigos secretos.

La sonrisa de Nehemia, en cambio, se había esfumado.

—Pero ¿a quién se le ocurre facilitar una información tan importante en una carta, como si fuera un vulgar chismorreo?

—Un hombre que desea ser libre y que ya está harto de trabajar para puercos inmundos —la asesina dobló la carta y se levantó. Si los hombres incluidos en la lista se parecían en algo a Davis, quizá delatarlos y utilizarlos para ascender no fuera un gesto demasiado reprobable—. Tengo que vestirme. Debo ir a la ciudad —estaba a medio camino del vestidor cuando se dio media vuelta—. Entonces, ¿quedamos mañana a la hora del desayuno para la primera clase,?

Nehemia asintió y volvió a concentrarse en la comida.

Dedicó todo el día a espiar a aquellos hombres: a averiguar dónde vivían, con quién hablaban y hasta qué punto estaban protegidos. No descubrió nada interesante.

Estaba cansada, medio enferma y hambrienta cuando volvió al castillo al anochecer, y su mal humor empeoró aún más cuando encontró una nota de Chaol esperándola en sus aposentos. El rey había ordenado que Celaena hiciera guardia durante el baile oficial de aquella noche.

CAPÍTULO 17

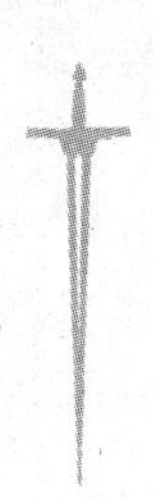

Sin necesidad de hablar con ella, Chaol advirtió que Celaena estaba enfadada. En realidad, ni siquiera se había atrevido a dirigirle la palabra desde hacía un buen rato. Al comienzo del baile, la había asignado al patio, entre las sombras de una columna. Unas cuantas horas de exposición al frío invernal la ayudarían a serenarse.

Desde su propia posición, al resguardo de un nicho del interior del salón y cerca de la entrada de servicio, podía observar el deslumbrante baile que se desplegaba ante él y también a la asesina, que hacía guardia junto a las enormes puertas acristaladas. No era que no confiase en ella... pero cuando Celaena estaba de mal humor, él también se ponía frenético.

En aquel momento, descansaba apoyada contra la columna, con los brazos cruzados, y no oculta entre las sombras como él le había ordenado. Veía el vaho de su aliento remolinarse en el frío y el reflejo de la luna en la empuñadura de una de sus dagas.

Habían decorado el salón en tonos blanco y azul pálido. Vaporosas cintas colgaban del techo, alternadas con burbujas de cristal ornado. Los adornos sugerían un sueño invernal y todo se había organizado en honor a Hollin, nada menos. Muchas horas de entretenimiento y una pequeña fortuna derrochadas en un niño que, en aquel momento, devoraba encaprichado dulces y más dulces ante la alegre mirada de su madre.

Chaol nunca se lo había dicho a Dorian, pero le asustaba pensar en qué clase de hombre se convertiría Hollin. Un niño mimado resultaba fácil de manejar, pero un líder consentido y cruel era otra cosa. Esperaba que, cuando Dorian reinara, podrían erradicar juntos la podredumbre que empezaba a corroer el corazón del muchacho.

El heredero estaba en la pista de baile, cumpliendo con el deber que le imponía su posición de bailar con cuantas damas se lo solicitaran. Casi todas, como cabía esperar. Dorian representaba su papel a la perfección. Sonreía durante todo el vals y se comportaba como una pareja encantadora y experta, sin quejarse jamás ni rechazar a nadie. La danza terminó y Dorian se despidió de una joven con una reverencia, pero antes de que pudiera alejarse, otra cortesana se inclinaba ya ante él. De haber estado en el lugar de Dorian, Chaol habría suspirado hastiado, pero el príncipe se limitaba a sonreír, a tomar la mano de la dama y a llevarla por la pista.

Chaol echó un vistazo al exterior. Su expresión se endureció. Celaena no estaba en su sitio, junto a la columna.

Contuvo un gruñido. Al día siguiente, le daría un buen sermón en relación a las reglas y las consecuencias de abandonar el puesto mientras se está de guardia. Una regla que él también acababa de romper, comprendió mientras se alejaba del nicho y cruzaba el ventanal, que habían dejada entreabierto para que el aire refrescara el caliente salón.

¿Dónde demonios se había metido? ¿Habría advertido algún posible peligro? Sin embargo, el palacio jamás había sufrido un ataque en toda su historia y nadie sería tan tonto como para asaltarlo durante una gala oficial.

Por si acaso, puso su mano en la empuñadura de su espada mientras se acercaba a las columnas que precedían la escalinata, bajo la cual se extendía el escarchado jardín. Hacía un momento, Celaena estaba allí y de repente...

Chaol la vislumbró.

Vaya, vaya... Desde luego que había abandonado su puesto. Y no para investigar una amenaza latente, no. Chaol se cruzó de brazos. Celaena había abandonado la vigilancia para ponerse a bailar. La música sonaba a un volumen tan alto que se oía hasta en el jardín. Al pie de las escaleras, la chica bailaba consigo misma. Se sujetaba incluso el borde de la capa con una mano, como si fuera el dobladillo de un vestido de baile, mientras que con la otra sostenía la cintura de una pareja invisible. Chaol no sabía si echarse a reír, gritarle o fingir que no había visto nada.

Con un elegante giro, Celaena dio media vuelta y se topó con Chaol. Paró al instante.

Bueno, la última posibilidad quedaba descartada. Reírse o gritarle, aunque ninguna de las dos opciones le parecía apropiada en aquel momento. Pese a la escasez de luz, el capitán advirtió que Celaena fruncía el ceño.

—Estoy muerta de fastidio y a punto de congelarme —protestó ella, soltando la capa al mismo tiempo.

Chaol se quedó donde estaba, mirándola en silencio.

—Además, tú tienes la culpa —prosiguió ella, que se había metido las manos en los bolsillos—. Me dejaste aquí aventada, y alguien abrió la puerta del balcón para que pudiera oír la maravillosa música —el vals, que seguía sonando, llenaba de cálidas notas el gélido aire exterior—. Deberías preguntarte quién es el responsable. ¿A quién se le ocurre? Es como dejar a un muerto de hambre enfrente de un banquete y decirle que no coma nada. Algo que, por cierto, tú mismo hiciste cuando me forzaste a asistir a la cena de gala de hace unos días.

Celaena estaba desvariando y parecía tan apesadumbrada que Chaol adivinó que, en el fondo, le incomodaba que la hubiera descubierto con las manos en la masa. Mordiéndose el labio para no sonreír, el capitán bajó los cuatro peldaños que lo separaban del camino de grava.

—¿Eres la mejor asesina de Erilea y no puedes permanecer ni unas pocas horas de guardia?

—¿Y qué quieres que vigile? —resopló ella—. ¿A las parejas que se acarician entre los setos? ¿O a su Alteza Real, que se dedica a bailar con todas las doncellas disponibles?

—¿Estás celosa?

Celaena lanzó una carcajada seca.

—¡No! ¡Claro que no! Pero reconozco que no resulta nada divertido presenciarlo. Ni tampoco ver cómo toda esa gente se divierte. Si algo me provoca celos es ese enorme bufet, que nadie ha tocado siquiera.

Chaol rio para sus adentros y se volvió para mirar la terraza y las puertas de cristal. Ya debería estar en el salón. Pero seguía allí, rozando un límite que lo atraía sin remedio.

La noche anterior se las había arreglado para no traspasarlo, aunque ver llorar a Celaena durante la canción de Rena Goldsmith lo había conmovido tanto que tuvo la sensación de haber descubierto una nueva faceta de sí mismo. Por la mañana la había obligado a correr media legua de más, no para castigarla, sino porque no podía dejar de pensar en la mirada que habían compartido.

Celaena lanzó un dramático suspiro y se quedó mirando la luna. Brillaba tanto que ocultaba las estrellas.

—Escuché la música y no pude resistirme. Solo quería bailar durante unos minutos. Solo pretendía... olvidarme de todo durante un vals y fingir que era una chica normal. Así que... —lo amenazó con la mirada—. Vamos, no te reprimas, quéjate, suéltame un sermón. ¿Cuál será mi castigo? ¿Correr media legua más mañana por la mañana? ¿Una hora de ejercicios? ¿El potro de tortura?

Las palabras de Celaena reflejaban tanta amargura que Chaol no lo pudo resistir. Y sí, le diría cuatro cosas por haber abandonado la vigilancia, pero ahora... ahora...

Chaol cruzó la frontera.

—Baila conmigo —le dijo, y le tendió la mano.

Celaena miraba perpleja la mano tendida del capitán.

—¿Qué?

La luz de la luna arrancaba reflejos de los ojos dorados de Chaol.

—¿Qué parte no entendiste?

Nada. Todo. Porque el capitán había empleado un tono distinto al de Dorian cuando la sacó a bailar en Yulemas. Aquella había sido una mera invitación, pero esto... La mano de Chaol seguía tendida hacia ella.

—Si no recuerdo mal —replicó Celaena, levantando la barbilla—, en Yulemas te pedí que bailaras conmigo y tú te negaste. Dijiste que era muy peligroso que nos vieran bailar juntos.

—Ahora las cosas son distintas.

Otra afirmación que la joven no podía analizar en aquel preciso instante.

Al mirar aquella mano estirada, repleta de callos y cicatrices, a Celaena se le hizo un nudo en la garganta.

—Baila conmigo, Celaena —volvió a decir él con voz ronca.

Cuando los ojos de ambos se encontraron, la asesina olvidó el frío, la luna y el palacio de cristal que se alzaba sobre ellos. La biblioteca secreta, los planes del rey, Mort y Elena se disolvieron en la nada. Celaena tomó la mano y el mundo quedó reducido a dos cosas: la música y Chaol.

Él tenía los dedos cálidos, aun a través de los guantes. El capitán deslizó la otra mano por la cintura de Celaena y ella, a su vez, posó la suya en el brazo del hombre. Alzó la vista hacia Chaol cuando él empezó a moverse. Un paso lento, luego otro y otro según se adentraban en el ritmo del vals.

Chaol también la miraba, pero ninguno de los dos sonreía. Por alguna razón, sobraban las sonrisas. El vals fue cobrando forma, más fuerte, más rápido, y Chaol la arrastró a los compases sin vacilar ni una sola vez.

Celaena respiraba con dificultad, pero no podía apartar los ojos de él, no podía dejar de bailar. La luz de la luna, el jardín y el brillo dorado del salón se fundieron al fondo, como un decorado situado a muchos kilómetros de distancia.

—Nunca seremos un chico y una chica normales, ¿verdad? —consiguió decir ella.

—No —jadeó él con expresión ardiente—. Nunca.

La música estalló en torno a ellos y Chaol la guio al corazón del ritmo, haciéndola girar y girar en el centro de un conjunto de pétalos. Se movían al unísono en una danza impecable, letal, como en aquel primer combate de hacía varios meses. Intuían los movimientos del otro, como si llevaran bailando aquel vals toda la vida. Más deprisa, sin vacilar, sin dejar de verse a los ojos.

El resto del mundo se esfumó en la nada. En aquel preciso instante, por primera vez en diez años, Celaena miró a Chaol y comprendió que había llegado a casa.

En la ventana del salón, Dorian Havilliard veía bailar a sus amigos en el jardín de abajo, con las negras capas ondeando a su alrededor como dos espectros flotando al viento. Tras varias horas de baile, Dorian se había quitado de encima a las damas que reclamaban su atención y había ido a la ventana para refrescarse.

Tenía la intención de salir al balcón, pero entonces los había visto. La imagen bastó para detenerlo, pero no para alejarse de allí. Sabía que habría sido lo correcto, habría debido marcharse y fingir no haber visto nada, porque, aunque solo estaban bailando...

Alguien se acercó por detrás y Dorian volteó justo cuando Nehemia se detenía ante la ventana. Tras meses de reclusión como luto por la matanza de rebeldes en Eyllwe, aquella noche la princesa había accedido a asistir a la fiesta. Vestida con una

túnica azul brillante con matices dorados y el cabello trenzado a modo de diadema en lo alto de la cabeza, estaba deslumbrante. Los delicados pendientes de oro destellaron a la luz de los candelabros del techo y atrajeron la atención de Dorian hacia el esbelto cuello de la princesa. Nehemia era sin duda la mujer más espectacular del salón, y eran muchos los hombres —y mujeres— que llevaban toda la noche mirándola.

—No interfieras —dijo la princesa en voz baja. Seguía hablando la lengua común con mucho acento, aunque no tanto como a su llegada a Rifthold. Dorian enarcó una ceja. Nehemia trazó un dibujo invisible en el cristal—. Tú y yo... Nosotros siempre estaremos separados del resto. Siempre tendremos... —buscó la palabra—: responsabilidades. Siempre llevaremos cargas sobre los hombros que nadie más puede comprender. Que ellos —señaló con un gesto de cabeza a Chaol y a Celaena— nunca comprenderán. Y si lo hicieran, no las querrían.

No nos querrían, quieres decir.

Chaol levantó en un giro a Celaena, y ella flotó grácilmente en el aire antes de volver a sus brazos.

—La he dejado partir —dijo Dorian en el mismo tono . Era verdad. Aquella mañana se había despertado con una sensación de levedad que llevaba semanas sin experimentar.

Nehemia asintió. El oro y las joyas que le adornaban el cabello brillaron.

—Te doy las gracias —la princesa trazó otro símbolo en la ventana—. Tu primo, Roland, me dijo que tu padre aprobó los planes del consejero Mullison de aumentar las filas de Calaculla, de ampliar la capacidad del campo de trabajo para acomodar a más... personas.

Dorian ni se inmutó. Había demasiados ojos puestos en ellos.

—¿Roland te dijo eso?

Nehemia apartó la mano de la ventana.

—Quiere que le diga a mi padre que apruebo los planes, para que él facilite la expansión. Me he negado. Dice que mañana se celebrará una reunión del consejo para votar los planes de Mullison. No se me permite asistir.

Dorian hizo esfuerzos por controlar la respiración.

—Roland no tenía ningún derecho a hacer eso. Ni él ni nadie.

—¿Se lo impedirás, entonces? —La princesa clavó en Dorian sus ojos negros—. Habla con tu padre durante la reunión, convence a los demás para que voten en contra.

Nadie salvo Celaena se atrevía a hablarle así. Sin embargo, el descaro de la princesa no influyó en la respuesta de Dorian cuando dijo:

—No puedo.

Se sonrojó al decirlo, pero era verdad. No podía argumentar en contra de Calaculla, no sin meterse en un lío y causar graves problemas a Nehemia. Dorian ya había convencido a su padre de que dejara a Nehemia en paz. Pedirle que cerrara Calaculla significaba tomar partido y también hacer una elección que destruiría todo cuanto tenía.

—¿No puedes o no quieres? —Dorian suspiró, disponiéndose a responder, pero Nehemia lo interrumpió—. Si enviaran a Celaena a Calaculla, ¿no la liberarías? ¿No harías lo posible por cerrar el campo? Cuando la sacaste de Endovier, ¿te detuviste a pensar, aunque solo fuera un instante, en las miles de vidas que dejabas atrás? —*Claro que lo pensé,* se dijo Dorian, pero puede que menos tiempo del debido—. Personas inocentes trabajan y mueren a diario en Calaculla y Endovier. Miles. Pregúntale a Celaena cuántas tumbas se excavan, príncipe. Mira las cicatrices de su espalda y ten en cuenta que su sufrimiento fue una bendición comparado con lo que soporta la mayoría —a lo mejor Dorian se había acostumbrado a su acento, pero habría jurado que Nehemia hablaba ahora con más claridad. La princesa señaló a la pareja formada por Chaol y Celaena, que habían dejado de bailar y ahora hablaban en el jardín—. Si la enviaran de vuelta, ¿no harías lo posible por liberarla?

—Claro que lo haría —repuso Dorian con cautela—, pero es muy complicado.

—No lo es. La diferencia entre el bien y el mal es muy sencilla. Los esclavos de esos campos tienen familia, seres queridos que los aman tanto como tú amas a mi amiga.

Dorian miró a su alrededor. Las damas los observaban por detrás de sus abanicos e incluso la reina había reparado en la larga plática. En el exterior, Celaena reanudó la guardia junto a la columna. Al otro extremo del salón, Chaol entraba por una de las puertas de cristal y regresaba a su puesto, como si nunca hubiera bailado con la asesina.

—Este no es el mejor lugar para mantener esta conversación.

Nehemia le sostuvo la mirada un instante antes de asentir.

—Percibo poder en tu interior, príncipe. Más del que tú mismo imaginas —la princesa tocó el pecho de Dorian y trazó un símbolo allí. Algunas damas ahogaron un grito, pero Nehemia solo tenía ojos para el heredero—. Está dormido —susurró, dándole unos golpecitos en el corazón—. Aquí dentro. Cuando llegue el momento, cuando el poder despierte, no tengas miedo —apartó la mano y esbozó una sonrisa triste—. Cuando llegue la hora, te ayudaré.

Dicho eso, se alejó. Los miembros de la corte se apartaron a su paso y por fin el gentío se la tragó. Dorian siguió su partida con la mirada, preguntándose qué significaban aquellas últimas palabras.

Y por qué, al oírlas, había tenido la sensación de que algo ancestral que dormitaba en lo más profundo de su ser abría un ojo.

CAPÍTULO 18

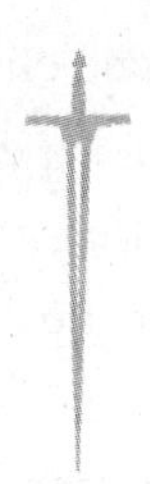

Sentada en el salón de Archer, Celaena miraba concentrada el fuego. No había tocado el té que el mayordomo le había dejado sobre la mesita de mármol para que se entretuviera mientras aguardaba el regreso del cortesano, aunque sí había aceptado dos buñuelos de crema y un pastelillo de chocolate. Podría haber regresado más tarde, pero hacía un frío terrible y, tras la guardia de la noche anterior, estaba agotada. Además, no dejaba de revivir mentalmente el baile con Chaol y necesitaba distraerse.

Cuando el vals terminó, Chaol le dijo que si volvía a abandonar su puesto, haría un agujero en el estanque de las truchas y la arrojaría dentro. Luego, como si no acabaran de compartir un baile que solo de recordarlo hacía que a Celaena le temblaran las rodillas, había regresado al salón rápidamente, dejándola allí muerta de frío. Por la mañana, durante el entrenamiento, ni siquiera había mencionado el incidente. ¿Y si Celaena se lo había imaginado todo? ¿No sería que el frío de la noche le había provocado alucinaciones?

Aquella mañana, cuando Nehemia había acudido a darle la primera lección de marcas del Wyrd, Celaena estaba tan distraída que la princesa la había regañado. Ella se excusó culpando la complejidad del lenguaje, tan extraño que rozaba el absurdo. Celaena había aprendido otras lenguas anteriormente —solo para poder comunicarse en lugares que aún no estaban sometidos a la ley de Adarlan—, pero las marcas del Wyrd eran totalmente distintas. Tratar de entenderlas mientras se esforzaba por descifrar el misterio que constituía Chaol Westfall era una misión imposible.

Celaena escuchó ruido procedente de la puerta principal. Unas palabras en voz baja, unos pasos rápidos y, acto seguido, el hermoso rostro de Archer surgió por la puerta del salón.

—Dame un minuto para refrescarme.

La asesina se levantó.

—No será necesario. No me quedaré mucho tiempo.

Archer pareció molestarse, pero entró en el salón y cerró la puerta de caoba a su espalda.

—Siéntate —le ordenó Celaena, sin importarle que aquella no fuera su casa. Archer, obediente, se acomodó en un sillón, frente a una otomana. Tenía el rostro tan irritado por el frío que sus ojos parecían aún más verdes que de costumbre.

La asesina cruzó las piernas.

—Si tu mayordomo no deja de mirar por el ojo de la cerradura, le cortaré las orejas y haré que se las trague.

Se oyó una tos ahogada, seguida de un correteo apresurado. Cuando se hubo asegurado de que nadie los escuchaba, Celaena se dejó caer sobre los cojines del sillón.

—Necesito algo más que una lista de nombres. Necesito saber qué se propone esa gente exactamente y qué saben acerca del rey.

Archer palideció.

—Necesito más tiempo, Celaena.

—Tienes poco más de tres semanas.

—Dame cinco.

—El rey solo me concedió un mes de plazo para matarte. Me ha costado mucho convencer a todo el mundo de que eres un objetivo difícil. No puedo darte más tiempo.

—Pero tengo que arreglar mis asuntos aquí en Rifthold y conseguir más información. Tras la muerte de Davis, han extremado las precauciones. Todo el mundo guarda silencio, nadie se arriesga a comentar nada.

—¿Piensan que la muerte de Davis fue accidental?

—Claro. Como todas las muertes en Rifthold —el cortesano se pasó los dedos por el cabello—. Por favor, solo un poco más de tiempo.

—No lo tengo. Necesito algo más que nombres, Archer.

—¿Y qué me dices del príncipe heredero? ¿O del capitán de la guardia? A lo mejor ellos poseen la información que necesitas. Eres íntima de ambos, ¿no es cierto?

Celaena lo fulminó con la mirada.

—¿Qué sabes tú de ellos?

Archer la miró fijamente, juzgándola.

—¿Crees que no reconocí al capitán de la guardia el día que nos encontramos casualmente a las puertas de Willows? —Miró de reojo la mano de Celaena, que ahora reposaba sobre una daga—. ¿Les has contado tu plan de perdonarme la vida?

—No —respondió ella, relajando la mano—. No, no les he dicho nada. No quiero implicarlos.

—¿No será que en realidad no confías en ninguno de los dos?

Ella se puso en pie.

—No supongas que me conoces, Archer.

A toda prisa, caminó hasta la puerta y la abrió. No vio al mayordomo por ninguna parte. Miró a Archer por encima del hombro. El cortesano la observaba con los ojos abiertos de par en par.

—Te doy hasta el final de esta semana, seis días, para obtener más información. Si para entonces no me has proporcionado nada, te aseguro que mi próxima visita será mucho menos agradable.

Sin darle tiempo a replicar, abandonó el salón como un vendaval, sacó de un tirón la capa del armario de entrada y salió a las congeladas calles de la ciudad.

Dorian no daba crédito a los mapas y cifras que tenía delante. Alguien debía de estar equivocado, porque era imposible que en Calaculla hubiera tantos esclavos. Sentado a la mesa de la cámara del congreso, el príncipe echó un vistazo a los hombres que lo rodeaban. Nadie parecía sorprendido ni tampoco preocupado. El consejero Mullison, que había demostrado un especial interés en Calaculla, prácticamente sonreía.

Debería haber insistido en que Nehemia asistiera a la reunión, aunque dudaba que nada de lo que ella pudiera decir fuera a modificar una decisión que, a todas luces, ya estaba tomada.

El padre de Dorian, con la cabeza recostada en el puño, miraba a Roland con una sonrisa incipiente. El anillo negro del rey reflejaba las llamas de la inmensa la chimenea que parecía a punto de devorar la sala.

Roland, sentado junto a Perrington, hablaba con entusiasmo a la vez que señalaba el mapa con ademanes. El primo de Dorian también llevaba una sortija negra, al igual que Perrington.

—Como pueden observar, Calaculla no puede seguir acogiendo al creciente número de esclavos. Hay tantos que actualmente ni siquiera caben en las minas, y si bien los hemos puesto a buscar nuevos yacimientos, los trabajos se han estancado —Roland sonrió—. Ahora bien, un poco más al norte, tocando el límite sur de Oakwald, nuestros hombres han descubierto un yacimiento de hierro que, por lo que parece, se extiende por una zona considerable. Además, está bastante cerca de Calaculla, por lo que sería factible construir unos cuantos edificios para albergar a los nuevos guardias. Tendrían capacidad incluso para nuevos esclavos, de ser necesario. Podrían empezar a trabajar de inmediato.

Al escuchar los murmullos de aprobación y advertir que su padre asentía complacido, Dorian apretó los dientes. Tres anillos iguales, tres sortijas negras con algún significado... ¿pero cuál? ¿Acaso los unía algún tipo de vínculo? ¿Cómo se las había ingeniado Roland para ganarse el favor de su padre y de Perrington tan rápidamente? ¿Solo porque prestaba apoyo a un lugar como Calaculla?

Las palabras que Nehemia había pronunciado la noche anterior lo tenían obsesionado. Dorian había visto de cerca las cicatrices de Celaena, una horrible carnicería que le revolvía el estómago de rabia de solo de mirarlas. ¿Cuántas personas como ella se pudrían en aquellos campos de trabajo?

—¿Y dónde dormirán los esclavos? —preguntó Dorian de repente—. ¿También van a construir refugios para ellos?

Todos los presentes, incluido su padre, se volvieron a mirarlo. Roland, sin embargo, se encogió de hombros sin inmutarse.

—Son esclavos. ¿Por qué darles refugios, si pueden dormir en las minas? Llevarlos y traerlos a diario sería una pérdida de tiempo.

Nuevos murmullos y asentimientos. Dorian se quedó mirando a Roland.

—Si el número de esclavos es excesivo, ¿por qué no liberamos a unos cuantos? Seguro que no todos son rebeldes y criminales.

Alguien gruñó: el padre de Dorian.

—Cuidado con lo que dices, príncipe.

No era un padre hablando con su hijo, sino un rey que se dirigía a su heredero. Pese a todo, una fría rabia siguió creciendo en el interior de Dorian, que no podía alejar de su mente las cicatrices de Celaena, su esquelético cuerpo cuando la sacaron de Endovier, su rostro demacrado, la mezcla de esperanza y desaliento que reflejaban sus ojos. Oyó las palabras de Nehemia: "Su sufrimiento fue una bendición comparado con lo que soporta la mayoría".

Dorian miró a su padre, que, unos asientos más allá, lo miraba con expresión sombría.

—¿Ese es el plan? Ahora que hemos conquistado el continente, ¿encerrarás a todo el mundo en Calaculla o Endovier hasta que no quede nadie en ningún reino excepto los súbditos de Adarlan?

Silencio.

La ira lo arrastró a aquel lugar dentro de sí en el que había presentido un poder ancestral cuando Nehemia le había tocado el corazón.

—Si continúas tensando la cuerda, se romperá —le dijo Dorian a su padre. Luego volvió la vista hacia Roland y Mullison—. ¿Y qué les parecería a ustedes pasar un año en Calaculla y, transcurrido el plazo, volver a sentarse aquí para comentar los planes de expansión?

El rey golpeó la mesa con ambas manos. Se oyó un tintineo de tazas y vasos.

—Mide tus palabras, príncipe, o serás expulsado de esta sala antes de que empiece la votación.

Dorian se levantó. Nehemia tenía razón. No había mirado detenidamente a los presos de Endovier. No se había atrevido.

—Ya he oído bastante —les espetó a su padre, a Roland, a Mullison y a todos los presentes—. ¿Quieren escuchar mi voto? Pues adelante: no. Ni en sueños.

El rey gruñó, pero Dorian ya recorría el suelo de mármol rojo, junto a la horrible chimenea, en dirección a la puerta. Por fin, salió a los iluminados pasillos de cristal.

No sabía adónde se dirigía, solo que hacía un frío terrible, una penetrante corriente que avivaba aquella rabia gélida y latente. Bajó tramos y más tramos de escaleras hacia el castillo de piedra, recorrió largos pasillos y descendió angostos peldaños hasta encontrar una sala olvidada donde nadie lo encontraría. Tomó impulso y golpeó la pared con el puño.

La piedra se quebró contra su mano.

No fue una simple grieta, sino una telaraña que se fue extendiendo hacia la ventana de la derecha hasta que...

La ventana estalló en mil fragmentos. En el centro de una lluvia de cristal, Dorian se acuclilló y se tapó la cabeza. Notó la corriente que entraba del exterior, tan fría que se le empañaron los ojos, pero él siguió arrodillado, protegiéndose con las manos, respirando una y otra y otra vez mientras la ira cedía poco a poco en su interior.

Aquello era imposible. Tal vez había golpeado una zona dañada. Quizá la maldita pared estuviera tan deteriorada que cualquier impacto habría bastado para derribarla. No sabía que la piedra pudiera resquebrajarse así, que una grieta pudiera crecer como si tuviera vida propia. Y la ventana...

Con el corazón desbocado, Dorian bajó las manos y se las miró. Ni un rasguño, ni una herida, ni el menor rastro de dolor. Sin embargo, había golpeado la pared con todas sus fuerzas. Podría —debería— haberse roto la mano. En cambio, sus dedos estaban ilesos. Solo tenía los nudillos blancos de apretar el puño con fuerza.

Sus piernas apenas lo sostenían cuando se levantó e inspeccionó los daños.

El muro se había fracturado, pero seguía intacto. Sin embargo, la vieja ventana se había roto en mil pedazos. Y a su alrededor, en la zona donde se había acuclillado... Había un círculo perfecto, limpio de astillas y fragmentos, como si una barrera invisible lo hubiera protegido.

Pero era imposible. Porque la magia...

La magia...

Dorian cayó de rodillas y vomitó.

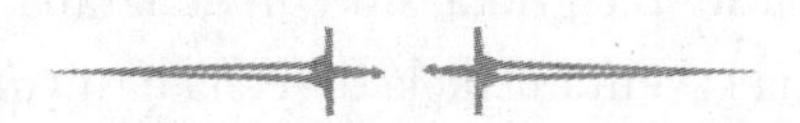

Acurrucada en un sillón junto a Chaol, Celaena tomó un sorbo de té e hizo un puchero—¿No podrías contratar a una criada como Philippa para que pudiéramos darnos algún capricho?

Chaol arqueó una ceja.

—¿Ya nunca pasas tiempo en tus aposentos?

No. No si podía evitarlo. No sabiendo que Elena, Mort y todo el equipo estaban a solo una puerta secreta de distancia. En circunstancias normales, habría buscado refugio en la biblioteca, pero ya no. No desde que sabía que la biblioteca albergaba tantos secretos que se mareaba solo de pensar en ellos. Por un instante se preguntó si Nehemia habría encontrado alguna pista sobre al acertijo del libro de Davis. Se lo preguntaría al día siguiente.

Con el pie descalzo salvo por un calcetín, le dio un puntapié a Chaol en las costillas.

—Solo digo que me gustaría comer un trozo de pastel de chocolate de vez en cuando.

Chaol cerró los ojos.

—Y un pay de manzana y una rebanada de pan y un guisado y un montón de galletas y... —El capitán soltó una risa y Celaena le empujó la cara con el pie. Chaol lo agarró con fuerza cuando Celaena intentó retirarlo—. Es verdad y lo sabes, *Laena.*

—¿Y qué si lo es? ¿Acaso no me he ganado el derecho a comer cuanto quiera, cuando quiera?

A Chaol se le borró la sonrisa y la asesina retiró el pie.

—Sí —respondió él en voz baja, apenas audible entre el chispear del fuego—. Te lo has ganado.

Tras unos instantes de silencio, Chaol se levantó y se acercó a la puerta.

Ella se incorporó sobre los codos.

—¿A dónde vas?

—A buscar pastel de chocolate.

Después de que ambos se hubieran comido la mitad del pastel que Chaol robó de la cocina, Celaena se agarró con ambas manos la atiborrada barriga y se recostó en el sillón. Chaol, tumbado cuan largo era, dormía como un tronco. La noche del baile se había acostado muy tarde y por la mañana se había levantado al alba para salir a correr con ella. Estaba agotado. ¿Por qué no había cancelado el entrenamiento?

"¿Sabes? Las cortes no siempre han sido así", había dicho Nehemia. "Hubo un tiempo en que la gente concedía valor al honor y a la lealtad. En otras épocas, la relación con los gobernantes no estaba basada en la obediencia y el miedo. ¿No crees que sería posible volver a constituir una corte como aquella?".

Celaena no había respondido. No quería hablar de ello. Ahora, sin embargo, mirando a Chaol, al hombre que era y al que podía llegar a ser...

Sí, pensó. *Sí, Nehemia. Sería posible volver a constituirla si encontráramos más hombres como él.*

Pero algo así jamás sucedería en un mundo gobernado por el rey de Adarlan, comprendió. Destruiría a una corte como aquella antes de que Nehemia pudiera reunirla siquiera. En cambio, si el rey desapareciera, la corte que soñaba la princesa podría cambiar el mundo; podría deshacer el daño de toda una década de brutalidad y terror; podría reinstaurar las leyes que los conquistadores habían derogado y reavivar los corazones de los reinos, que se hacían añicos cuando Adarlan los aplastaba.

Y en un mundo como ese... Celaena tragó saliva. Chaol y ella nunca serían una pareja normal, pero quizá en ese mundo pudieran plantearse una vida juntos. Ella quería ese tipo de vida. Y por más que Chaol hubiese fingido que el baile no le había afectado, ella sabía que había significado algo para él. Y puede que Celaena hubiera tardado mucho en comprenderlo, pero aquel hombre... Celaena no solo quería ese tipo de vida, sino que la quería a su lado.

El mundo con el que soñaba Nehemia, ese mundo que de vez en cuando Celaena se atrevía a imaginar, no era más que un jirón de esperanza y un recuerdo de lo que fueron los reinos en otro tiempo. Pero también era posible que los rebeldes estuvieran al corriente de los planes del rey y supieran cómo impedirlo, cómo destruir al rey de Adarlan con o sin Aelin Galathynius y el ejército que supuestamente estaba reclutando.

Celaena suspiró y, desplazando con cuidado las piernas de Chaol para no molestarlo, se levantó del sillón. Se volvió para mirarlo, solo una vez, y luego se inclinó para acariciarle el corto cabello con los dedos y rozarle la mejilla. Por fin, en silencio, abandonó la habitación, llevándose consigo los restos del pastel.

Celaena se preguntaba si podría comerse los restos del pastel de chocolate sin sufrir una indigestión cuando, al doblar la esquina que conducía a su habitación vio a Dorian sentado en el suelo, esperándola. El príncipe alzó la vista y sus ojos se posaron en el pastel. La asesina se sonrojó y levantó la barbilla. No habían vuelto a hablar desde la discusión acerca de Roland. A lo mejor quería disculparse. Era lo mínimo que podía hacer.

Sin embargo, cuando Dorian se levantó, Celaena se dio cuenta de la expresión de sus ojos azules y supo que no estaba allí para pedir disculpas.

—Es un poco tarde para las visitas, ¿no lo crees? —le dijo a modo de saludo.

Dorian se metió las manos en los bolsillos y se apoyó de espaldas contra la pared. Estaba pálido y exhibía una expresión ausente, pero esbozó una sonrisa triste de todos modos.

—También es un poco tarde para el pastel de chocolate. ¿Asaltaste la cocina?

Celaena se detuvo en la puerta de su habitación y lo miró de arriba abajo. Parecía el mismo de siempre —no tenía moretones ni heridas—, pero algo no andaba bien.

—¿Qué haces aquí?

Dorian evitaba mirarla a los ojos.

—Estaba buscando a Nehemia, pero sus criados me dijeron que salió. Supuse que estaría contigo y, al no encontrarte aquí, pensé que a lo mejor habían ido a dar un paseo.

—Llevo sin verla desde esta mañana. ¿La buscas por algo en particular?

Dorian se estremeció y Celaena advirtió de repente que hacía mucho frío en el pasillo. ¿Cuánto tiempo llevaba Dorian sentado en el suelo helado?

—No —dijo el príncipe, negando con la cabeza como si quisiera convencerse a sí mismo de algo—. No, por nada.

Dorian se dispuso a marcharse. Celaena habló antes de saber siquiera que iba a abrir la boca.

—Dorian, ¿qué sucede?

Él se volvió para mirarla. Por un instante, asomó a sus ojos algo que parecía un mundo arrasado mucho tiempo atrás; un destello de color y poder que aún acechaba al borde de las pesadillas. Entonces, el príncipe parpadeó, y la sensación se esfumó.

—Nada. No pasa nada en lo absoluto —Dorian se alejó dando grandes pasos, aún con las manos en los bolsillos—. Disfruta de tu pastel —dijo por encima del hombro y se marchó.

CAPÍTULO 19

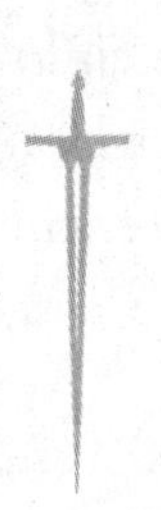

Plantado ante el trono del rey, Chaol se aburría a morir mientras presentaba el informe del día anterior. Intentaba no pensar en la noche anterior. La breve caricia de Celaena le había provocado un deseo tan intenso que la habría agarrado allí mismo para derribarla en el diván. Había tenido que recurrir a todo su autocontrol para seguir respirando pesadamente, para fingir que dormía. Cuando ella se marchó, el corazón le latía tan desenfrenadamente que había tardado una hora entera en serenarse lo suficiente para poder dormir.

Ahora, mirando al rey, Chaol se alegraba de haber sido capaz de controlarse. La barrera que lo separaba de Celaena estaba allí por una razón. Cruzarla pondría en duda su lealtad al rey, por no mencionar cómo afectaría su amistad con Dorian. El príncipe llevaba varias semanas evitándolo. Chaol tendría que buscarlo ese mismo día. Chaol era fiel a Dorian y al rey. Privado de esa lealtad, no era nadie. Si la traicionaba, habría renunciado a su familia y a su título por nada.

Chaol terminó de exponer los planes de seguridad que había previsto para la feria ambulante que llegaría aquel día a la ciudad. El rey asintió.

—Muy bien, capitán. Asegúrese de que sus hombres vigilen los parques del castillo también. Sé muy bien qué clase de gentuza viaja con esas ferias y no quiero a nadie merodeando por ahí.

El capitán inclinó la cabeza.

—Así se hará.

Por lo general, el rey lo habría despedido con un gruñido y un gesto, pero aquel día se limitó a observarlo con ademán pensativo. Tras un momento de silencio —durante el cual Chaol se preguntó si algún espía del castillo habría visto la caricia de Celaena por el ojo de la cerradura—, el soberano habló:

—Hay que vigilar a la princesa Nehemia. —De todas las cosas que podría haber dicho el rey, aquella frase era la última que Chaol esperaba. Pese a todo, no se inmutó y tampoco cuestionó aquellas palabras tan cargadas de connotaciones.

—Su... influencia empieza a hacerse notar por aquí, y yo me pregunto si no habrá llegado el momento de devolverla a Eyllwe. Sé que la tenemos bien vigilada, pero me consta que existe una amenaza anónima sobre su vida.

Miles de preguntas asaltaron al capitán al mismo tiempo, junto con una creciente sensación de temor. ¿Quién la amenazaba? ¿Qué había hecho o dicho Nehemia para provocar eso?

La expresión de Chaol se endureció.

—No he escuchado nada al respecto.

El rey sonrió.

—Ni usted ni nadie. Ni siquiera la propia princesa. Por lo que parece, tiene algunos enemigos fuera del palacio también.

—Colocaré a unos cuantos guardias más en sus aposentos y enviaré nuevas patrullas al ala del castillo que ocupa. La alertaré de inmediato si...

—No es necesario que la alerte. Ni a nadie —el rey le lanzó una mirada elocuente—. Podría utilizar la amenaza en su favor, usarla para actuar como una especie de mártir. Pídales a sus hombres que mantengan la boca cerrada.

Chaol no creía que Nehemia fuera a hacer nada parecido, pero prefirió no decirlo. Ordenaría a sus hombres que fueran discretos.

Y no le diría nada a la princesa... ni a Celaena. Nehemia le agradaba y además la princesa era amiga de la asesina, pero todo eso no cambiaba nada. Y si bien no dudaba de que Celaena se pondría furiosa si llegara a enterarse de que Chaol le había ocultado información, él era el capitán de la guardia. Había luchado y sacrificado casi tanto como ella para conseguir aquel puesto. Se había equivocado al pedirle que bailara con él. Nunca debió de haberse acercado tanto a ella.

—¿Capitán?

Chaol parpadeó y acto seguido hizo una gran reverencia.

—Tiene mi palabra, Majestad.

Jadeando, Dorian lanzó la espada con un golpe preciso que obligó al otro a retroceder. Era su tercer combate y el tercer oponente a punto de declararse vencido. La noche anterior, Dorian no había dormido y por la mañana tampoco había descansado, así que había acudido a los cuarteles en busca de algún rival que lo dejara agotado.

Esquivó el ataque del guardia. Tenía que ser un error. A lo mejor lo había soñado todo. O quizá distintos factores hubieran coincidido en el peor momento posible. La magia se había esfumado, y nada justificaba que él hubiera heredado un poder semejante, si ni siquiera su padre lo poseía. La magia llevaba varias generaciones sin manifestarse en la estirpe Havilliard.

Dorian venció la defensa del guardia con una hábil maniobra. Cuando el otro levantó las manos en señal de derrota, el príncipe se preguntó si no lo habría dejado ganar. Gruñó solo de pensarlo. Estaba a punto de retarlo a otro combate cuando alguien se acercó a paso tranquilo.

—¿Te importa si me apunto?

Dorian se quedó mirando a Roland, cuya espada parecía recién forjada. El guardia interrogó al príncipe con la mirada antes de hacer una reverencia y salir de inmediato. Dorian observó a su primo, luego al anillo negro que llevaba en el dedo.

—No creo que hoy sea el mejor día para desafiarme, primo.

—Ah —repuso Roland frunciendo el ceño—. Respecto a lo de ayer... Lo siento. De haber sabido que el tema de los campos de trabajo te afectaba tanto, jamás habría sacado el tema ni habría trabajado con el consejero Mullison. Suspendí la votación en cuanto te fuiste. Mullison estaba furioso.

Dorian enarcó las cejas.

—¿Ah, sí?

Roland se encogió de hombros.

—Tenías razón. Qué sé yo de cómo se vive en esos campos. Solo me uní a la causa porque Perrington sugirió que trabajara con Mullison, quien, por cierto, se beneficiaría mucho con la expansión. Se encuentra muy vinculado a la industria del hierro.

—¿Y tengo que creerte?

Roland esbozó una sonrisa triunfante.

—Soy de tu familia, ¿no?

Familia. Dorian nunca se había considerado parte de una verdadera familia. Y ahora menos que nunca. Si alguien averiguara lo sucedido en aquel pasillo el día anterior, si alguien supiera que poseía poderes mágicos, estaba perdido. Su padre lo mataría. Al fin y al cabo, tenía otro hijo. Y, bueno... Se suponía que uno no pensaba ese tipo de cosas sobre su familia, ¿no es así?

Por la noche, Dorian había ido a buscar a Nehemia por pura desesperación, pero a la luz del día se alegraba de no haberla encontrado. Si la princesa tuviera ese tipo de información, podría sacarle provecho, chantajearlo a placer.

En cuanto a Roland... Dorian empezó a alejarse.

—¿Por qué no te ahorras tus confidencias para alguien que realmente esté interesado en ellas?

Roland comenzó a caminar a su lado.

—Ah, pero ¿quién las merece más que mi propio primo? ¿Qué mayor reto que atraerte a mi causa? —Dorian le lanzó una mirada de advertencia y descubrió que el otro sonreía—. Si hubieras visto el caos que se desató cuando te marchaste —prosiguió Roland—. Por más tiempo que viva, jamás olvidaré la cara que puso tu padre cuando les levantaste la voz a todos —El joven se echó a reír y Dorian, de mala gana, esbozó una sonrisa también—. Pensé que el viejo cabrón iba a estallar en ese momento.

Dorian negó con la cabeza.

—Más de uno ha acabado en la horca por insultarlo, ¿sabes?

—Sí, pero cuando seas tan listo como yo, querido primo, te sorprenderá descubrir hasta qué punto se perdonan las salidas de tono.

Dorian puso los ojos en blanco, pero valoró las palabras de Roland durante unos instantes. Por más que el chico fuera íntimo de Perrington y de su padre... a lo mejor solo lo habían enredado para que colaborase con Perrington y necesitaba que alguien le abriera los ojos. Y si el rey y los demás consejeros pensaban que podían utilizar a Roland para sus oscuros proyectos, bueno, quizá había llegado la hora de que Dorian jugase sus cartas. Podía usar a aquel peón contra el rey. Entre los dos, conseguirían oponer la resistencia suficiente como para boicotear las propuestas más indecentes.

—¿De verdad impugnaste la votación?

Roland movió la mano con ademán despreocupado.

—Creo que tienes razón al decir que estamos forzando la suerte con los otros reinos. Si no queremos perder el control de la situación, debemos mantener cierto equilibrio. Someterlos a la esclavitud no va a ayudar. Esa estrategia no hará sino fomentar aún más la rebelión.

Dorian asintió despacio y se detuvo.

—Me tengo que ir —mintió a la vez que guardaba su espada—, pero podríamos comer juntos en el salón.

Roland esbozó una sonrisa desenfadada.

—A ver si encuentro a alguna chica guapa que nos quiera acompañar.

El príncipe aguardó a que Roland hubiera doblado una esquina para dirigirse al exterior. En el patio reinaba el caos. La feria ambulante que era el obsequio de su madre para Hollin —su regalo de Yulemas retrasado— por fin había llegado.

La feria no era muy grande. En el patio únicamente se veían unas cuantas tiendas negras, una docena de jaulas y algunas carretas. El conjunto producía una sensación tétrica, a pesar de la música de violín que animaba la escena y de los alegres gritos de los trabajadores, que instalaban carpas a toda prisa para acabar a tiempo para sorprender a Hollin al anochecer.

La gente apenas reparaba en Dorian, que vagaba entre la multitud. Iba vestido con viejas prendas y llevaba la capa bien ceñida. Solo los guardias, que estaban entrenados para darse cuenta de todos los detalles, lo reconocían, pero advertían también su necesidad de anonimato sin requerir que nadie se los solicitara.

Una mujer despampanante salió de una de las tiendas. Era rubia, alta y esbelta, e iba vestida con ropa de montar. A su lado apareció un tipo enorme cargado con grandes pesas de hierro que casi ningún hombre, juzgó Dorian, sería capaz de levantar.

El príncipe pasó junto a una de las carretas y se detuvo a leer la inscripción que, pintada en blanco en un lateral, anunciaba:

LA FERIA DE LOS ESPEJOS
¡ENTRA Y VERÁS CÓMO LAS ILUSIONES CONTRADICEN LA REALIDAD!

El príncipe frunció el ceño. ¿Se habría parado a pensar su madre, apenas por un instante, lo que implicaba una feria como aquella? Las ferias ambulantes, con sus trucos e ilusiones, siempre desafiaban los límites de la razón. Dorian resopló. A lo mejor deberían encerrarlo a él en una de esas jaulas.

Notó una mano en el hombro. Dorian se dio media vuelta y vio a Chaol, que le sonreía.

—Estaba seguro de que te encontraría aquí.

No le sorprendía lo más mínimo que el capitán lo hubiera reconocido.

Dorian estaba a punto de sonreírle a su vez cuando se dio cuenta de que no iba solo. Enfrente de una de las carretas cubiertas, Celaena intentaba adivinar por el sonido qué clase de animal acechaba detrás de las cortinas.

—¿Qué haces aquí tan temprano? La feria no se inaugura hasta el anochecer.

Allí cerca, el gigante clavaba largas picas en la tierra helada.

—Celaena quería dar un paseo y...

Chaol se interrumpió para maldecir a viva voz. Aunque no le interesaba demasiado, Dorian siguió al capitán, que corría hacia Celaena para apartarle el brazo de la cortina negra.

—Si haces eso, perderás la mano —advirtió a la joven, que lo fulminaba con la mirada.

Al ver a Dorian, Celaena lo saludó con un gesto más parecido a un rictus que a una sonrisa. El príncipe no había mentido la noche anterior al decirle que buscaba a Nehemia, pero se había dado cuenta de que también quería verla a ella... hasta que Celaena había aparecido con aquel absurdo pedazo de pastel de chocolate, que sin duda planeaba devorar en privado.

Dorian no podía ni imaginar la cara que pondría ella si descubría que el príncipe tal vez —solo tal vez, se repetía constantemente— poseía algún tipo de poder mágico.

Allí cerca, una rubia guapísima se subió a un taburete alto y empezó a tocar el laúd. Hombres —y guardias— acudieron de todos lados, atraídos, comprendió Dorian, por algo más que la maravillosa música.

Chaol se movió, incómodo, y el príncipe advirtió que llevaban un rato allí en silencio. Celaena se cruzó de brazos.

—¿Encontraste por fin a Nehemia ayer por la noche?

Dorian tuvo la sensación de que ella ya conocía la respuesta, pero contestó de todos modos:

—No. Después de verte volví directamente a mi habitación.

Chaol miró a Celaena, que se limitó a encogerse de hombros. ¿Qué significaba aquel gesto?

—Y bien —prosiguió la muchacha, mirando a su alrededor—, ¿de verdad tenemos que esperar a tu hermano para saber qué hay en esas jaulas? Parece que los artistas ya han empezado a actuar.

Y era verdad. Toda clase de malabaristas, tragasables y comefuegos andaban por allí, y los equilibristas se encaramaban ya a lugares imposibles: respaldos de sillas, palos y camas de clavos.

—Creo que solo están practicando —dijo Dorian con la esperanza de estar en lo cierto, pues si Hollin se enteraba de que la juerga había empezado sin él... Dorian se aseguraría de estar muy lejos del castillo cuando estallara el berrinche.

—Mmm... —musitó Celaena mientras se internaba en el bullicio.

Chaol observaba al príncipe con recelo. Había interrogantes en los ojos del capitán —preguntas que el príncipe no tenía la menor intención de contestar— y puesto que dejar la feria le parecía una medida demasiado drástica, echó a andar detrás de Celaena. Caminaron hasta llegar a la última y más grande de las carretas, que estaban dispuestas más o menos en forma de semicírculo.

—¡Bienvenidos, bienvenidos! —gritó una mujer encorvada y atrofiada por la edad desde un estrado situado al pie de las escaleras. Una corona de estrellas le adornaba el cabello canoso y sus ojos oscuros brillaban con vivacidad en el rostro flácido y lleno de manchas.

—¡Asómense a mis espejos y verán el futuro! ¡Dejen que les lea la mano y se los revelaré yo misma! —La anciana señaló a Celaena con un nudoso bastón—. ¿Quieres que te lea la suerte, niña?

Dorian miró fijamente la dentadura de la mujer. Los afilados dientes eran de metal. De... de hierro.

Ciñéndose con fuerza la capa verde, Celaena observó concienzudamente a la vieja bruja.

Dorian conocía de sobra las leyendas que hablaban del reino ancestral de las brujas, el clan de mujeres sedientas de sangre que había destronado a la pacífica dinastía Crochan y luego había desmantelado el reino piedra a piedra. Quinientos años después, aún se cantaban trovas sobre las espantosas guerras que habían sembrado los campos con los cuerpos de las reinas Crochan, mientras las Dientes de Hierro se alzaban triunfantes. Sin embargo, la última reina Crochan había embrujado el lugar para asegurarse de que, mientras los estandartes de las Dientes de Hierro ondearan al viento, la tierra no diera ni un solo fruto.

—Ven a mi carreta, corazón —tentaba la vieja bruja a Celaena—. Deja que la vieja Baba Piernasdoradas le eche un vistazo a tu futuro.

En efecto, bajo el dobladillo del vestido marrón asomaban unos tobillos de color azafrán.

Celaena estaba blanca como la nieve. Chaol se acercó a ella y la agarró por el codo. Y aunque a Dorian le revolvió las tripas aquel gesto tan paternalista, se alegró de que el capitán hubiera acudido junto a la chica. De cualquier manera, todo aquello era un embuste, seguro que la mujer se había puesto una dentadura falsa, llevaba medias amarillas y se hacía llamar Baba Piernasdoradas para sacarles aún más dinero a los visitantes.

—Eres una bruja —dijo Celaena con voz cortada.

Era obvio que a ella no le parecía una estafa. No, seguía pálida como un muerto. Por los dioses, ¿por qué estaba tan asustada?

Baba Piernasdoradas soltó fuertes carcajadas e hizo una reverencia.

—La benjamina del Reino de las Brujas —para sorpresa de Dorian, Celaena dio un paso hacia atrás. Pegada a Chaol, agarraba el colgante que siempre llevaba puesto—. ¿No quieres que te diga tu futuro?

—No —replicó Celaena, casi escondida detrás del capitán.

—¡Pues lárgate y déjame trabajar en paz! ¡Jamás en mi vida he tenido un cliente tan tacaño! —gruñó Baba Piernasdoradas, alzando la cabeza para mirar a lo lejos—. ¡Leo la suerte! ¿Quién quiere conocer su futuro?

Chaol dio un paso hacia ella con la mano en la espada.

—¡No seas tan antipática con los clientes!

La vieja bruja sonrió. Los dientes destellaron a la luz de la tarde cuando olisqueó al capitán.

—¿Y qué le haría un originario del Lago de Plata a una pobre viejecita como yo?

Un escalofrío recorrió la espalda de Dorian. Esta vez le tocó a Celaena tirar del capitán. Chaol, sin embargo, no retrocedió.

—No sé cuál es el truco, anciana, pero será mejor que cuides tu lengua si no quieres que te la corte.

Baba Piernasdoradas se lamió los afilados dientes.

—Ven a buscarla —ronroneó.

Chaol parecía a punto de aceptar el desafío, pero Celaena seguía tan pálida que Dorian la tomó del brazo para llevársela de allí.

—Vamos —dijo, y la vieja posó la mirada en él. Si de verdad poseía el don de la clarividencia, aquel era el último lugar donde el príncipe quería estar—. Chaol, anda.

La bruja sonrió y luego se hurgó los dientes con un clavo largo.

—Huyan, huyan si quieren —dijo Baba Piernasdoradas mientras ellos se alejaban—, pero su destino pronto los encontrará.

—Estás temblando.

—No, no es verdad —replicó Celaena en voz baja, e intentó empujar al capitán.

Por si no bastaba con que Dorian estuviese allí, encima Chaol había tenido que presenciar su encuentro con Baba Piernasdoradas...

Conocía las historias, leyendas que de niña le habían provocado espantosas pesadillas y también el relato más reciente y de primera mano de una amiga. Por la vil traición que sufrió por parte de aquella amiga y de su intento por asesinarla, Celaena había tenido la esperanza de que las horribles anécdotas sobre las brujas Dientes de Hierro no fueran más que mentiras. Por desgracia, al ver a aquella mujer...

Celaena tragó saliva. Al ver a la mujer, al percibir la otredad que emanaba de ella, no le costaba nada creer que esas brujas fueran capaces de devorar a un niño humano hasta no dejar más que los huesos.

Petrificada hasta las entrañas, siguió a Dorian, que se alejaba de la feria a toda prisa. Al ver aquella carreta, había sentido, sin saber por qué, un incontrolable impulso de entrar. Como si una gran revelación la aguardara en el interior. Y la corona de estrellas que lucía la bruja... Pero luego el amuleto se había calentado, igual que cuando había visto al extraño ser en el pasillo.

Si alguna vez volvía a la feria, llevaría a Nehemia consigo, solo para saber si Piernasdoradas era realmente quien decía ser. Le importaba un comino lo que hubiera en aquellas jaulas. Desde que la vio, Piernasdoradas captó todo su interés. Se alejó en compañía de Dorian y de Chaol sin oír una sola palabra de lo que decían. Sin saber cómo, llegó a los establos reales. El príncipe los hizo pasar.

—Pensaba ofrecértelo para tu cumpleaños —le estaba diciendo Dorian a Chaol—, pero ¿por qué esperar otros dos días?

Dorian se detuvo frente a una cuadra. Chaol exclamó:

—¿Has perdido el juicio?

El príncipe sonrió. Celaena llevaba tanto tiempo sin ver aquel gesto que, por un momento, añoró las noches que habían pasado juntos, el calor del aliento de Dorian en su piel.

—Claro que no. Te lo mereces.

Un pura sangre asterión, negro como la noche, los miraba desde la cuadra con sus ojos ancestrales.

Chaol retrocedió con las manos en alto.

—Es un regalo para un príncipe, no para...

Dorian soltó un chasquido de impaciencia.

—Bobadas. Me sentiré ofendido si no lo aceptas.

—No puedo.

Chaol dirigió a Celaena una mirada suplicante, pero ella se encogió de hombros.

—Una vez tuve una yegua asterión —reconoció Celaena, y ambos la miraron. La asesina se acercó al caballo y tendió los dedos para que el animal los olisqueara—. Se llamaba Kasida —el recuerdo la hizo sonreír mientras acariciaba el suavísimo hocico del caballo—. Significa "La que Bebe los Vientos" en el dialecto del Desierto Rojo. Recordaba a un mar agitado por la tormenta.

—¿De dónde sacaste una yegua asterión? Son aún más valiosas que los machos —quiso saber Dorian. Era la primera vez que le hablaba en un tono normal desde hacía semanas.

Celaena los miró por encima del hombro y esbozó una sonrisa maliciosa.

—Se la robé al señor de Xandria —Chaol abrió los ojos como platos y Dorian ladeó la cabeza. Tenían un aspecto tan cómico que Celaena se echó a reír—. Juro por el Wyrd que no miento.

Retrocedió y empujó a Chaol hacia la cuadra. El caballo husmeó los dedos del capitán. Luego, hombre y animal se miraron a los ojos. Dorian seguía observándola con incredulidad. Cuando Celaena se dio cuenta, el príncipe se giró hacia Chaol.

—¿Es demasiado pronto para preguntarte cómo vas a celebrar tu cumpleaños?

Celaena se cruzó de brazos.

—Tenemos planes —replicó antes de que el capitán pudiera contestar. No había sido su intención hablar con brusquedad, pero, bueno, llevaba semanas planeando la velada.

Chaol se volvió para mirarla.

—¿Ah, sí?

Celaena le dedicó una sonrisa letal.

—Ya lo creo que sí. Puede que yo no sea un pura sangre asterión, pero...

Los ojos de Dorian lanzaban rayos y centellas.

—Vaya, espero que se diviertan —los interrumpió.

Rápidamente, Chaol devolvió la atención al caballo mientras Celaena y Dorian se desafiaban con la mirada. Las expresiones que tiempo atrás habían cautivado a la muchacha se habían esfumado del semblante del príncipe. Y una parte de ella, la que había pasado largas noches ansiando ver aquel hermoso rostro, lo lamentó. Cada vez le costaba más mirar a Dorian a los ojos.

Tras desearles a ambos buenas noches y felicitar a Chaol por su nuevo regalo, Celaena abandonó los establos. No se atrevió a volver a la feria, donde el bullicio sugería que Hollin ya había destapado las jaulas. En cambio, subió a toda prisa las escaleras que conducían a su habitación. Entretanto, intentaba borrar de su mente la imagen de aquellos dientes de hierro y la advertencia sobre su destino, tan semejante a los comentarios que le hizo Mort el día del eclipse...

Llevada por su intuición, o quizá porque Celaena era una desconsiderada incapaz de seguir el consejo de una amiga, quiso volver al sepulcro. A solas. A lo mejor Nehemia se equivocaba al decir que el amuleto carecía de importancia. Además, estaba harta de esperar a que su amiga encontrara tiempo para resolver el acertijo.

Volvería una última vez y no se lo contaría a Nehemia. Porque el orificio de la pared tenía forma de ojo, y el hueco del iris ausente encajaría a la perfección con el amuleto que llevaba al cuello.

CAPÍTULO 20

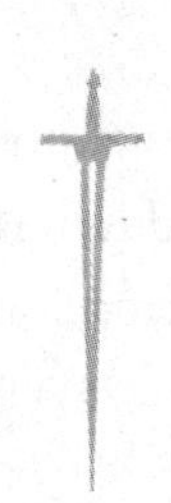

—Mort —dijo Celaena, y el llamador en forma de calavera abrió un ojo.

—Es de mala educación despertar a alguien en pleno sueño —respondió este, somnoliento.

—¿Habrías preferido que te golpeara la cara? —Mort la fulminó con la mirada—. Tengo que preguntarte una cosa —aferró el amuleto—. Este colgante... ¿posee verdadero poder?

—Ya lo creo que sí.

—Pero tiene mil años de antigüedad.

—¿Y? —bostezó Mort—. Es mágico. Las cosas mágicas no envejecen igual que el resto de los objetos.

—¿Pero para qué sirve?

—Te protege, tal como te dijo Elena. Te cuida del mal, aunque tú hagas todo lo posible por meterte en líos.

Celaena abrió la puerta.

—Creo que ya sé para qué sirve.

Puede que fuera mera coincidencia, pero el acertijo estaba formulado con palabras muy específicas. A lo mejor Davis buscaba lo mismo que Elena le había ordenado averiguar: el origen del poder del rey. Tal vez aquel fuera el primer paso para descubrirlo.

—Yo creo que te equivocas —replicó Mort mientras Celaena cruzaba la entrada—. Solo te lo advierto.

Ella no hizo caso. Caminó directamente hacia el hueco de la pared y se puso de puntitas para mirar a través de él. El muro del otro lado seguía tan liso como la primera vez. Celaena se desabrochó la cadena, puso el amuleto en el ojo con mucho cuidado y...

Encajaba. Más o menos. Con un nudo en la garganta, la asesina se acercó al orificio y miró a través de las delicadas bandas de oro.

Nada. El muro no se alteró, como tampoco la gigantesca marca del Wyrd. Puso el amuleto boca abajo, pero no percibió ningún cambio. Lo colocó al derecho y al revés, de lado y en diagonal... pero nada. La misma pared de piedra, iluminada por el rayo de luna que entraba por algún conducto de ventilación. Celaena empujó la piedra, la palpó buscando una puerta, algún resorte secreto.

—¡Pero si es el Ojo de Elena! "Solo mediante el ojo se puede ver la verdad". ¡No hay ningún otro ojo!

—Podrías arrancarte uno de los tuyos para ver si encaja —se burló Mort desde el umbral.

—¿Por qué no funciona? ¿Tengo que recitar algún conjuro?

Echó un vistazo al sarcófago de la reina. A lo mejor el hechizo se activaba pronunciando unas palabras, un encantamiento oculto allí mismo, en sus narices. ¿No era así como funcionaban ese tipo de cosas? Celaena volvió a encajar el amuleto en la piedra.

—Ay —gritó a la nada, probando a recitar las palabras grabadas a los pies de Elena—. ¡La grieta del tiempo!

Nada cambió.

Mort se moría de risa. Celaena arrancó el amuleto de la pared.

—Oh, cómo detesto todo esto. Odio esta estúpida tumba y esos malditos acertijos y misterios.

Perfecto. Nehemia tenía razón y el amuleto era un callejón sin salida. Y ella, Celaena, era una amiga horrible y retorcida por mostrarse tan desconfiada e impaciente.

—Te dije que no funcionaría.

—Y, entonces, ¿cómo funciona? Ese acertijo hace referencia a algo que está en esta tumba, detrás de esa pared. ¿No?

—Sí, así es. Pero aún no has formulado las preguntas adecuadas.

—¡Te he hecho montones de preguntas! ¡Y tú te callas como un muerto!

—Vuelve otro... —empezó a decir Mort, pero Celaena ya subía furiosa las escaleras.

Celaena aguardaba en el borde abandonado del barranco y el viento del norte le alborotaba el cabello. Ya había soñado otras veces lo mismo, siempre en aquel escenario, siempre en aquella época del año. A su espalda descendía una ladera rocosa y baldía, y ante ella se extendía un abismo tan largo que desaparecía en el horizonte estrellado. Al otro lado del barranco crecía un bosque oscuro y frondoso, rebosante de vida, y entre la hierba un ciervo blanco la contemplaba con sus ojos ancestrales. Sus enormes astas, una gloriosa corona de marfil, relucían a la luz de la luna, tal como ella recordaba. En una noche como esa, de camino a Endovier, lo había visto entre los barrotes de la carreta: el destello de un mundo a punto de ser reducido a cenizas.

Se miraron en silencio.

Celaena se acercó medio paso al precipicio, pero se detuvo cuando algunas piedras sueltas cayeron al vacío. La oscuridad de aquel barranco era infinita. No tenía principio ni fin. Se diría que respiraba, que latía con susurros de recuerdos perdidos, de rostros olvidados. Por momentos se sentía como si la negrura le devolviera la mirada. Y el rostro que la miraba al otro lado era el suyo.

Al fondo de la oscuridad, creía oír el murmullo de un río casi congelado, crecido con las nieves de las montañas de Staghorn. Un destello blanco, el rumor de unos cascos sobre la tierra blanda, y Celaena separó la vista del barranco. El ciervo se había acercado y ahora la observaba con la cabeza ladeada, como si la invitara a saltar.

Pero el barranco le pareció aún más profundo, como las fauces de una enorme bestia dispuesta a devorar el mundo.

Celaena no saltó, y el ciervo dio media vuelta. Con pasos casi inaudibles, desapareció entre los frondosos árboles de aquel bosque intemporal.

Celaena despertó envuelta en oscuridad. Del fuego solo quedaban cenizas y la luna ya se había ocultado.

Se quedó mirando el techo y las escasas sombras que proyectaban las lejanas luces de la ciudad. Siempre soñaba lo mismo, siempre esa noche del año.

Como si fuera a olvidar el día que todo cuanto amaba le fue arrebatado, la noche que despertó empapada en una sangre que no era la suya.

Se levantó. Al instante, Ligera bajó de la cama de un salto. Celaena dio unos cuantos pasos, pero se detuvo en el centro de la habitación, como si no pudiera dejar de ver el negro e infinito barranco que la incitaba a saltar. Ligera le olisqueó las piernas desnudas y la joven se agachó para acariciar la cabeza del animal.

Se quedaron allí un momento, mirando aquella negrura sin fin.

Celaena salió del castillo mucho antes de que rompiera el alba.

Al ver que Celaena no acudía a los cuarteles a primera hora de la mañana, Chaol decidió concederle diez minutos de margen antes de ir a buscarla a su habitación. Por más que hiciera un frío de los mil demonios, eso no era excusa para faltar al entrenamiento. Además, Chaol se moría por escuchar la historia de cómo le había robado una yegua asterión al señor de Xandria. Sonriendo solo de pensarlo, el capitán meneó la cabeza de lado a lado. Solamente Celaena era tan osada como para hacer algo así.

Su sonrisa se desvaneció cuando llegó a los aposentos de la joven y encontró a Nehemia sentada a la mesa de la antecámara, tomando una taza de té. Cuando Chaol entró, la princesa leía un libro de los muchos que tenía enfrente. El capitán de la guardia hizo una reverencia. Nehemia se limitó a decir:

—No está aquí.

La puerta de la alcoba se encontraba abierta de par en par. Chaol comprobó que la cama estaba vacía y ordenada. Celaena la había tendido antes de partir.

—¿Dónde está?

La expresión de Nehemia se suavizó cuando le tendió la nota que su amiga había dejado entre los libros.

—Se ha tomado el día libre —explicó, echando un vistazo al pergamino al mismo tiempo. Lo devolvió a su lugar—. Si me preguntas, diría que se encuentra tan lejos de la ciudad como el caballo haya podido llevarla tras varias horas de viaje.

—¿Por qué?

Nehemia sonrió tristemente.

—Porque hoy se cumplen diez años de la muerte de sus padres.

CAPÍTULO 21

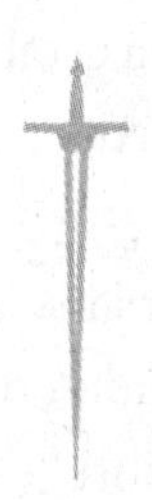

A Chaol se le hizo un nudo en la garganta. Recordaba lo furiosa que se había puesto la joven cuando, en el transcurso del duelo, Caín se había burlado del brutal asesinato de sus padres. Según Caín, aquel día Celaena había despertado bañada de sangre. Nunca le había contado nada más, y el capitán no se había atrevido a preguntar. Chaol sabía que Celaena era joven cuando sucedió, pero al parecer solo tenía ocho años. Ocho.

Hacía diez se habían producido revueltas en Terrasen, y todo aquel que había desafiado a las fuerzas invasoras de Adarlan había muerto degollado. Familias enteras fueron sacadas a rastras de sus hogares para luego morir asesinadas. A Chaol se le encogió el estómago. ¿Qué otros horrores habría presenciado ella aquel día?

El capitán de la guardia se pasó una mano por la cara.

—¿Habla de sus padres en la nota?

Tenía la esperanza de conseguir algo de información, cualquier cosa que le ayudara a entender la clase de mujer que se encontraría cuando Celaena volviera, con qué clase de recuerdos tendría que lidiar.

—No —repuso Nehemia—. No dice nada. Pero yo sé cosas.

La princesa miró a Chaol con calculada serenidad, un gesto que el capitán ya conocía: Nehemia estaba a la defensiva. ¿Qué clase de secretos le guardaba a su amiga? ¿Y qué secretos ocultaba la propia Nehemia, tan importantes como para que el rey quisiera vigilarla? El hecho de ignorarlo, de desconocer lo que sabía el rey, lo sacaba de quicio. Y los misterios no terminaban ahí: ¿quién amenazaba la vida de la princesa? Chaol había redoblado la vigilancia, pero de momento nada hacía pensar que alguien quisiera hacerle daño a Nehemia.

—¿Cómo te enteraste? —preguntó.

—Algunas cosas se oyen con los oídos. Otras, con el corazón.

La mirada de la princesa era tan intensa que Chaol desvió los ojos.

—¿Cuándo va a volver?

Nehemia devolvió la vista al libro que tenía enfrente. Estaba escrito con extraños símbolos, unas marcas que Chaol juraría haber visto anteriormente.

—Dice que no estará de vuelta hasta después de medianoche. Deduzco que no quiere pasar ni una hora de luz en esta ciudad; en particular, no en el castillo.

En el hogar de los hombres que habían asesinado salvajemente a su familia.

Aquella mañana, Chaol entrenó solo. Corrió por los brumosos terrenos hasta caer rendido.

En las nubladas colinas que se erguían al fondo de Rifthold, Celaena caminaba por el bosque, un rastro de oscuridad que zigzagueaba entre los árboles. Llevaba andando desde antes de la salida del sol, dejando que Ligera correteara a su antojo. Aquel día, incluso el bosque guardaba silencio.

Bien. No era momento de celebrar la vida. El día pertenecía al viento hueco que susurraba entre las ramas, al murmullo del río casi congelado, al crujido de la nieve bajo sus botas.

El mismo día del año anterior, Celaena había sabido lo que tenía que hacer. Había previsto cada paso con una claridad tan calculada que cuando llegó el momento, no tuvo ni que pensarlo. En cierta ocasión, les dijo a Dorian y a Chaol que en las minas de sal de Endovier había renunciado, pero no era verdad. *Renunciar* implicaba un sentimiento demasiado humano, nada que ver con la rabia fría y desesperada que se había apoderado de ella cuando había despertado del sueño del ciervo y el barranco.

Encontró un gran peñasco enclavado en un terreno desigual y se dejó caer en la lisa y helada superficie. Pronto, Ligera se sentó junto a ella. Rodeando al perro con los brazos, Celaena miró el bosque silencioso y recordó lo sucedido el día que había perdido la razón allá en Endovier.

Celaena jadeó entre dientes cuando arrancó el pico del vientre del capataz. El hombre perdía sangre a borbotones y se aferraba las entrañas mirando a los esclavos con expresión suplicante. Sin embargo, una mirada de Celaena, un destello de aquellos ojos que habían traspasado el límite de la razón, bastó para mantener a los esclavos a raya.

Ella se limitó a sonreír mientras hundía el pico en la cara del vigilante. La sangre del hombre le salpicó las piernas.

Los esclavos aún guardaban las distancias cuando levantó la herramienta sobre los grilletes que la unían a los demás. No se ofreció a liberarlos y ellos no lo pidieron; sabían que sería inútil.

La última mujer de la fila de encadenados estaba inconsciente. Le brotaba sangre de la espalda, reventada a golpes de látigo con punta de hierro. Moriría al día siguiente si no le trataban las heridas. Y aunque lo hicieran, moriría de todos modos de la infección. Allí, en Endovier, se divertían así.

Celaena dejó a la mujer donde estaba. Tenía trabajo que hacer y cuatro capataces pagarían por sus acciones antes de que hubiera terminado.

Con el pico a rastras, se alejó sigilosamente del pozo de la mina. Los dos vigilantes cuidando el final del túnel murieron antes de comprender lo que estaba pasando. La sangre empapó los harapos y los brazos desnudos de la asesina, que se limpió la cara antes de bajar corriendo a la cámara donde trabajaban los cuatro capataces.

Tenía sus rostros grabados en la memoria desde que los había visto arrastrar a una joven de Eyllwe a un rincón oculto detrás de los cuarteles. Había memorizado hasta la última de sus facciones cuando abusaron de la chica para degollarla después sin piedad.

Celaena podría haber tomado las espadas de los guardias muertos, pero a aquellos cuatro hombres les reservaba el pico. Quería que conocieran el sentimiento que reinaba en Endovier.

Llegó a la entrada de cierta sección de las minas. Los dos primeros capataces murieron cuando les clavó el pico en el cuello, agitando con destreza el arma. Los esclavos gritaban y se pegaban a las paredes mientras Celaena atacaba a ciegas.

Cuando llegó junto a los otros dos guardias, dejó que la vieran e incluso que sacaran las espadas. Sabía que no era el pico lo que tanto los asustaba, sino sus ojos. La mirada en la que leían que llevaban varios meses engañados, que cortarle el pelo y azotarla no había bastado, que los había engañado haciéndoles olvidar que la asesina de Adarlan estaba entre ellos.

Celaena, en cambio, tenía muy presente el dolor y también las humillaciones que habían infligido a los presos, incluida aquella joven de Eyllwe, que elevaba sus súplicas a unos dioses que hacían oídos sordos.

Los hombres murieron deprisa, demasiado quizá, pero Celaena tenía pendiente una última misión antes de que su propia vida llegara a su fin. Se ocultó en la boca del túnel principal. Los necios de los guardias salieron corriendo de los distintos túneles para capturarla.

Ella surgió de repente, agitando el pico a su alrededor. Otros dos guardias cayeron. Celaena aventó el pico y les arrebató las espadas. Los esclavos no la vitorearon cuando vieron caer a sus opresores. Se limitaron a observarla en silencio, sin comprender lo que estaba sucediendo. Celaena no se proponía escapar.

La luz de la superficie la deslumbró, pero estaba lista. Sabía que, cuando saliera, los ojos serían su punto débil. Por eso había esperado al atardecer, cuando el sol brillaba con menos fuerza. Hubiera debido elegir el ocaso, pero a esa hora abundaban los guardias, así como los esclavos, que podrían resultar heridos en el enfrentamiento. En plena tarde, cuando el sol adormecía a todo el mundo, los vigilantes relajaban la vigilancia antes de la inspección de la noche.

Los tres guardias parados en la entrada de las minas no adivinaron lo que estaba pasando allí abajo. La gente siempre gritaba en Endovier. Y todo el mundo gritaba igual cuando moría. Con los tres centinelas no fue distinto. Celaena echó a correr como alma que lleva el diablo hacia la muerte que ya le daba la bienvenida. Corrió en dirección al enorme muro de piedra que se levantaba al fondo de las instalaciones.

Las flechas silbaban junto a ella mientras avanzaba en zigzag. No debían matarla. Así lo había ordenado el rey. Como mucho, alguna que otra herida en el hombro o en la pierna. Pero aquella carnicería, demasiado brutal como para ignorarla, los había obligado a reconsiderar la orden.

Los centinelas acudían corriendo por todas partes, y sus espadas entonaron una canción de acero y furia cuando Celaena se abrió paso entre ellas. El silencio cayó sobre Endovier.

Tenía un corte en la pierna. Era profundo, pero no le había afectado al tendón. Querían que Celaena siguiera trabajando. Pero no trabajaría, nunca más, no para ellos. Cuando el número de bajas fuera lo bastante elevado, no tendrían más remedio que apuntarle a la garganta. Sin embargo, justo cuando estaba a punto de alcanzar el muro, la lluvia de flechas cesó.

Se echó a reír cuando la rodearon cuarenta guardias, y se rio aún más cuando alguien ordenó que trajeran cadenas.

Siguió riendo cuando atacó una última vez: un intento final de alcanzar el perímetro. Cuatro más cayeron a su paso.

Aún se estaba riendo cuando el mundo se tornó negro mientras arañaba el suelo rocoso... a pocos centímetros del muro.

Cuando la puerta de la antecámara de Celaena se abrió despacio, Chaol se levantó de la silla. Casi todas las luces estaban ya apagadas y reinaba la oscuridad en el pasillo. Los habitantes del castillo dormían profundamente. Hacía un momento, el reloj de la torre había tocado la medianoche, pero Chaol supo que no era el agotamiento lo que abatía a Celaena cuando la vio entrar acompañada de Ligera. Tenía ojeras, el rostro demacrado y los labios pálidos.

Moviendo la cola, el perro corrió hacia el capitán. Lo lamió unas cuantas veces antes de trotar hacia el dormitorio y dejarlos solos.

Celaena lo miró una vez. Había cansancio y desaliento en sus ojos color turquesa cercados de oro. Desabrochándose la capa, la joven pasó junto a Chaol para dirigirse a la alcoba.

Él la siguió sin decir nada, aunque solo fuera porque la expresión de Celaena no reflejaba el más mínimo rastro de reproche o advertencia, solo ausencia, un vacío absoluto. A juzgar por su semblante, le habría dado lo mismo que el mismísimo rey de Adarlan la estuviera esperando en sus aposentos.

La joven se quitó la capa y las botas con descuido. Chaol miró a otro lado cuando Celaena se desabrochó la túnica y se dirigió al vestidor. Instantes después, volvió a salir vestida con un camisón mucho más modesto que sus habituales prendas de encaje. Ligera ya había saltado a la cama y la esperaba tendida en las almohadas.

Chaol tragó saliva. Debería haber respetado su intimidad en lugar de esperarla en sus aposentos. Si ella hubiera querido encontrarlo allí, le habría dejado una nota.

Celaena se detuvo ante el moribundo fuego y revolvió las brasas con el atizador antes de añadir dos troncos. Su mirada se perdió en las llamas. Seguía de espaldas a Chaol cuando rompió el silencio.

—Si te estás preguntando qué deberías decirme, no te preocupes. No hay nada que puedas decir ni hacer.

—Entonces deja que te haga compañía.

Si Celaena comprendió entonces que Chaol había descubierto el motivo de su apatía, no se molestó en preguntar cómo se había enterado.

—No quiero compañía.

—Querer y necesitar son dos cosas distintas.

Seguramente era Nehemia quien debería estar allí. La princesa también era hija de un reino conquistado. Pero Chaol no quería que Celaena buscara consuelo en Nehemia. Y a pesar de la lealtad que el capitán le juraba al rey, no le daría la espalda a la asesina. No aquel día.

—¿Y te vas a quedar aquí toda la noche?

Celaena miró fugazmente la silla que se interponía entre ambos.

—He dormido en sitios peores.

—Me parece que los "sitios peores" en los que yo he dormido son mucho más horribles.

Una vez más, Chaol sintió un vacío en el estómago. Celaena, sin embargo, miró la mesa de la antecámara por la puerta abierta y enarcó las cejas.

—¿Eso es... pastel de chocolate?

—Creí que necesitarías un trozo.

—¿Necesitaría, no querría?

Una muestra de sonrisa bailó en los labios de la chica, y Chaol estuvo a punto de suspirar de alivio al decir:

—En tu caso, diría que el pastel de chocolate es, definitivamente, una necesidad.

Celaena se alejó de la chimenea para acercarse a Chaol. Se detuvo a una mínima distancia y alzó la vista hacia él. Su rostro había recuperado algo de color.

Chaol sintió que debía retirarse, dejar espacio entre ambos. En cambio, pasó la mano por la cintura de Celaena y, estrechándola con fuerza, enredó los dedos en su cabello. El corazón le latía tan desenfrenadamente que ella forzosamente tenía que notarlo. Transcurrido un segundo, los brazos de Celaena lo rodearon también. Cuando ella le hundió los dedos en su espalda, Chaol comprendió que la joven quería aquel contacto.

Ahuyentó el pensamiento, aunque la sedosa textura del cabello contra sus dedos encendía su deseo de enterrar la cara en él, y el aroma de Celaena, empapado de noche y niebla, llamaba la nariz de Chaol contra su delicado cuello. Podía consolarla más allá de las meras palabras, si acaso ella necesitaba distraerse... Alejó aquel pensamiento también, empujándolo tan adentro de sí que estuvo a punto de atragantarse con él.

Los dedos de Celaena descendían por su espalda y se le clavaban en sus músculos con una especie de fiera posesividad. Si ella seguía tocándolo así, perdería el control por completo.

Entonces, Celaena retrocedió, lo justo para volver a mirarlo, pero aún tan cerca como para respirar su aliento. Chaol se sorprendió a sí mismo calculando la distancia que separaba los labios de ambos, pasando la mirada de la boca a los ojos de ella, deteniendo la mano que jugueteaba con la melena.

El deseo rugía en el interior del capitán, derrumbaba cada una de las defensas que trataba de levantar, borraba todos los límites que se había jurado respetar.

Y entonces, con una voz tan queda que apenas era un murmullo, ella dijo:

—No sé si debería sentirme avergonzada de querer estar contigo en un día como este o agradecida por todo lo sucedido, ya que por horrible que haya sido, me haya conducido hasta ti.

Aquellas palabras tomaron a Chaol tan desprevenido que la soltó. Se separó de ella y luego retrocedió un paso. Debía vencer muchos obstáculos para llegar hasta Celaena, pero la joven también mantenía su propia lucha interior, quizá más feroz de lo que él había imaginado jamás.

No tenía respuesta para lo que Celaena acababa de decir. Sin embargo, ella no le dio tiempo para pensar en las palabras adecuadas, porque se dirigió hacia el pastel de chocolate de la antecámara, se dejó caer en la silla y empezó a devorarlo.

CAPÍTULO 22

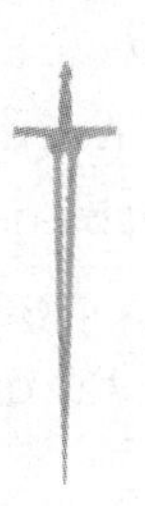

El silencio de la biblioteca envolvía a Dorian como un manto, tan solo interrumpido por el susurro de las páginas. El príncipe llevaba un rato hojeando extensos árboles genealógicos, documentos e historias familiares. Seguro que no era el único. Si de verdad tenía poderes mágicos, ¿qué pasaba con Hollin? En el caso de Dorian, los poderes no se habían manifestado hasta hacía pocos días. Tal vez Hollin tardara otros nueve años en descubrirlos por él mismo. Para entonces, con algo de suerte, Dorian habría aprendido a dominarlos y le enseñaría a hacer lo mismo. Puede que no sintiera mucho cariño por su hermano, pero no quería que muriera. Sobre todo, no quería que sufriera la clase de muerte que su padre ordenaría si descubría lo que llevaban en la sangre: decapitación, desmembramiento y combustión. Una aniquilación completa.

No era de extrañar que el pueblo de las hadas hubiera abandonado el continente. Eran seres sabios y poderosos, pero Adarlan poseía fuerza militar y un pueblo enardecido, ávido de cualquier solución que los liberara del hambre y la pobreza que arrasaban el reino desde hacía décadas. No solo los ejércitos habían ahuyentado a las hadas, no, también gente que convivía con ellas en una tregua inestable, así como mortales dotados de poderes mágicos desde hacía generaciones. ¿Cómo iban a reaccionar todas esas personas si descubrían que el heredero al trono poseía esos mismos poderes?

Dorian pasó el dedo por el árbol genealógico de su madre. Estaba salpicado de Havilliards a lo largo de todo el recorrido. La vinculación entre ambas familias había sido tan estrecha durante los últimos siglos que numerosos reyes procedían de la unión.

Sin embargo, llevaba allí tres horas y en ninguno de aquellos maltrechos libros se hacía mención a la magia como característica familiar. De hecho, la ausencia de poderes se remontaba a varios siglos. Varias personas dotadas habían entrado a formar parte de la estirpe por matrimonio, pero el poder no se había manifestado en ninguno de sus descendientes, fueran cuales fueran las capacidades de sus padres. ¿Había que atribuirlo al azar o a la voluntad divina?

Dorian cerró el libro y regresó a las estanterías. Buscó en la sección que contenía los documentos genealógicos y sacó el libro más viejo que pudo encontrar, el que contenía documentos referidos a la fundación del mismísimo reino de Adarlan.

Allí, en lo alto del árbol familiar, se encontraba Gavin Havilliard, el príncipe mortal que había declarado la guerra al caballero oscuro Erawan en las profundidades de las montañas de Ruhnn. La guerra fue larga y cruel. Al final, solo un tercio de los hombres que habían cabalgado junto a Gavin había salido con vida del corazón de aquellas montañas. Gavin, sin embargo, sobrevivió a la guerra junto a su esposa, la princesa Elena, la hija mitad hada de Brannon, el primer rey de Terrasen. Fue el propio Brannon quien le entregó a Gavin el territorio de Adarlan como regalo de bodas, una recompensa por los sacrificios que el príncipe y la princesa habían hecho en el campo de batalla. Desde entonces, ningún miembro del pueblo de las hadas había entrado a formar parte del linaje. Dorian repasó toda la descendencia. Solo encontró familias olvidadas desde hacía mucho tiempo, cuyos territorios recibían ahora nombres distintos.

Dorian suspiró, dejó el libro a un lado y siguió revisando las estanterías. Si Elena había dotado a su descendencia con su poder, a lo mejor las respuestas se encontraban en otra parte...

Le sorprendió encontrar el libro teniendo en cuenta que su padre había destruido a aquella casa noble hacía diez años. Pese a todo, allí estaba: la historia del linaje Galathynius, empezando por el propio Brannon, el rey inmortal. Frunciendo las cejas, Dorian hojeó las páginas. Sabía que aquella estirpe poseía magia, pero no hasta tal punto...

Era la mayor concentración de magia que pudiera existir. Un linaje tan poderoso que los otros reinos habían vivido sumidos en el terror de que algún día los señores de Terrasen reclamaran sus tierras.

Nunca lo habían hecho.

Por invencibles que fueran, jamás habían traspasado sus propias fronteras, ni siquiera cuando las guerras habían llegado a sus puertas. Y cuando los reyes extranjeros los habían amenazado, habían reaccionado con rapidez y firmeza. Pero siempre habían respetado las fronteras. Habían elegido la paz.

Como mi padre debería haber hecho.

Pese a tanto poder, la familia Galathynius había caído, y sus nobles con ellos. En el libro que Dorian tenía en las manos, nadie se había molestado en indicar las casas que su padre había exterminado ni cuántos supervivientes habían sido enviados al exilio. Privado de la audacia y de los conocimientos necesarios para hacerlo él mismo, el príncipe cerró el libro, arrugando la cara al pensar en todos aquellos nombres que jamás conocería. ¿Qué clase de trono estaba destinado a heredar?

Si la heredera de Terrasen, Aelin Galathynius, hubiera sobrevivido, ¿habría sido su amiga, su aliada? ¿Su esposa, tal vez?

Había llegado a conocerla poco antes de que Terrasen se convirtiera en un crematorio. Guardaba un recuerdo borroso, pero se acordaba de que era una niña precoz e insolente (cuando Dorian le había derramado un poco de té en el vestido, Aelin le había pedido al bruto de su primo que le diera una lección). El príncipe se frotó el cuello. El destino había querido que aquel primo acabara por convertirse en Aedion Ashryver, el mejor general del rey de Adarlan y el guerrero más feroz del Norte. Dorian había coincidido con Aedion unas cuantas veces en el transcurso de los años, y cada uno de los encuentros con aquel general joven y altivo había despertado sus ganas de asesinarlo.

Y con razón.

Estremeciéndose, Dorian devolvió el libro a su lugar y se quedó mirando la estantería, como si supiera que albergaba las respuestas. Por desgracia, ya había comprobado que no contenía nada de utilidad.

Cuando llegue la hora, te ayudaré.

¿Acaso Nehemia presentía lo que Dorian guardaba en su interior? La princesa se había comportado de un modo muy extraño el día del duelo, dibujando aquellos símbolos en el aire y desmayándose después. Y luego una marca luminosa había aparecido en la frente de Celaena...

Un reloj dio la hora en alguna parte de la biblioteca y Dorian miró hacia el pasillo. Debería irse. Era el cumpleaños de Chaol y como mínimo tendría que felicitar a su amigo antes de que Celaena lo acaparase. Por supuesto, no lo habían invitado. Y Chaol tampoco le había insinuado que los acompañara. ¿Qué habría planeado la chica, exactamente?

La temperatura de la biblioteca descendió de repente, y Dorian notó una corriente de aire frío procedente de un corredor distante.

Le daba igual. Hablaba en serio cuando le juró a Nehemia que había olvidado a Celaena. Y quizá debería haberle dicho a Chaol que se podía quedar con ella. No porque le hubiera pertenecido nunca, ni porque Celaena hubiera insinuado jamás que Dorian le perteneciera.

Podía renunciar a ella. Tenía que renunciar a ella. Renunciaría. Renunciaría. Renun...

Los libros salieron disparados de las estanterías, montones de volúmenes que volaban hacia Dorian mientras él tropezaba hacia el fondo del pasillo. El príncipe se protegió la cara y, cuando cesó el revoloteo de cuero y pergamino, se apoyó en la pared de piedra y contempló boquiabierto el desorden.

La mitad de los libros de la sección habían abandonado los estantes, como arrastrados por una fuerza invisible, y estaban desparramados a sus pies.

Dorian corrió hacia ellos y devolvió los volúmenes a los estantes sin ningún orden, a toda prisa, antes de que los hoscos bibliotecarios reales acudieran buscando averiguar el origen del escándalo. Tardó unos minutos en colocarlos, y durante el tiempo que invirtió en ello, el corazón le latía tan enloquecido que temió marearse.

Le temblaban las manos, y no solo de miedo. No, notaba que la fuerza le corría aún por las venas, suplicándole que la desatara, que la dejara manifestarse.

Dorian colocó el último libro en el estante y echó a correr.

No podía contárselo a nadie. No podía confiar en nadie.

Cuando llegó al salón principal de la biblioteca, redujo el paso y fingió apatía. Incluso se las ingenió para sonreírle al achacoso bibliotecario, que se inclinó a su paso. Dorian le dedicó un saludo amistoso antes de dirigirse a toda prisa hacia las puertas de roble.

No podía confiar en nadie.

Aquella bruja de la feria... no lo había reconocido. Sin embargo, realmente debía de tener un don, había dado en el clavo respecto a Chaol. Era arriesgado, pero quizá Baba Piernasdoradas tuviera las respuestas que Dorian buscaba.

Celaena no estaba nerviosa. No tenía nada, absolutamente nada que temer. Solo era una cena. Una cena que llevaba semanas preparando, cada vez que tenía un rato libre. Una cena a solas. Con Chaol. Y después de lo sucedido la noche anterior...

Exhaló un tembloroso suspiro y se miró una última vez al espejo. Llevaba un vestido azul muy claro, casi blanco, con un bordado de cristal que le daba a la tela un brillo parecido al de la superficie del mar. Puede que se hubiera excedido un poco, pero le había pedido a Chaol que se arreglara, y esperaba que el atuendo del capitán la hiciera sentir un poco menos nerviosa.

Celaena resopló. Dioses del cielo, no se sentía nerviosa, ¿verdad? Era absurdo, en serio. Solo era una cena. Ligera pasaría la noche con Nehemia y... y si no se marchaba ya mismo, Celaena llegaría tarde.

Resuelta a no agobiarse ni un minuto más, Celaena tomó la capa de armiño del vestidor, donde Philippa la había dejado.

Cuando llegó al vestíbulo principal, descubrió que Chaol ya la aguardaba junto a la entrada. Pese a la gran distancia que los separaba, Celaena advirtió, según bajaba las escaleras, que el capitán tenía los ojos fijos en ella. Como era de esperar, Chaol iba de negro, pero como mínimo había prescindido del uniforme. La túnica y las calzas que había elegido le sentaban de maravilla y hasta se diría que se había pasado un peine por el corto cabello.

El capitán aguardaba a Celaena con un semblante inescrutable. Por fin, la chica se detuvo ante él, sintiendo en el rostro el frío de la corriente que se colaba por las puertas abiertas. Aquella mañana, Celaena no se había levantado para salir a correr y él no había ido a buscarla.

—Feliz cumpleaños —le deseó ella antes de que Chaol hiciera algún comentario sobre el vestido.

Posando la mirada en el rostro de Celaena, el capitán esbozó una media sonrisa que borró la expresión anterior, cerrada e inexplicable.

—Supongo que no me vas a decir a dónde vamos.

Ella sonrió y todo su nerviosismo se esfumó de golpe.

—A un lugar donde ningún capitán de la guardia querría ser visto —inclinó la cabeza hacia el carruaje que aguardaba a las puertas del castillo. Bien. Había amenazado con despellejar vivos al chofer y al lacayo si llegaban tarde—. ¿Vamos?

Mientras recorrían la ciudad, sentados en lados opuestos del carruaje, charlaron de todo menos de lo sucedido la noche anterior: de la feria, de Ligera, de las rabietas diarias de Hollin... Incluso se preguntaron cuándo llegaría por fin la primavera. Al llegar a su destino, una vieja farmacia, Chaol enarcó las cejas.

—Espera y verás —dijo Celaena, y lo condujo al interior de una tienda cálida y bien iluminada.

Los propietarios sonrieron y les indicaron por señas que subieran la estrecha escalera de piedra. Chaol no pronunció palabra mientras ascendían tramos y más tramos, dejando atrás el segundo piso y luego el tercero, hasta llegar a un puerta situada en la planta superior. El descanso de la escalera era tan estrecho que Chaol rozaba las faldas del vestido de Celaena. Cuando ella se volvió a mirarlo, con una mano en la manija, le dedicó una pequeña sonrisa.

—No es un caballo asterión, pero...

Celaena abrió la puerta y se hizo a un lado para ceder el paso al capitán.

Chaol entró, estupefacto.

La joven había pasado horas y horas arreglándolo todo. A la luz del día, el lugar era precioso, pero por la noche... Por la noche resultaba exactamente como ella había imaginado.

El tejado de la farmacia era un invernadero rebosante de flores, plantas y árboles frutales decorados con coronas de luces. Parecía un jardín sacado de una antigua leyenda. Reinaba un ambiente cálido y dulce, y junto a las ventanas, con vistas al río Avery, los aguardaba una pequeña mesa montada para dos.

Girando sobre sí mismo, Chaol admiraba la escena.

—Es el jardín del hada... de la canción de Rena Goldsmith —dijo con voz queda. Sus ojos dorados brillaban de la emoción.

Celaena tragó saliva.

—Ya sé que no es gran cosa, pero...

—Nadie había hecho nunca algo así por mí —Chaol negó con la cabeza, sobrecogido, sin apartar la vista del invernadero—. Nadie.

—Solo es una cena —repuso Celaena, que se frotó el cuello y caminó hacia la mesa, porque el capitán despertaba en ella un deseo tan intenso que necesitaba poner algún tipo de barrera entre los dos.

Chaol la siguió y al instante aparecieron dos criados para retirarles las sillas. Celaena sonrió cuando el capitán rozó instintivamente el puño de la espada, pero, al comprender que aquello no era ninguna emboscada, esbozó a su vez una sonrisa tímida y se sentó.

Los criados les sirvieron vino espumoso y luego fueron a buscar la comida que llevaban todo el día preparando en la cocina de la farmacia. Celaena había contratado a una cocinera de Willows (a un precio tan desorbitado que de buena gana le habría dado un golpe). Pese a todo, había valido la pena. Alzó la copa de vino.

—Que cumplas muchos más —dijo.

Había preparado un pequeño discurso, pero ahora que tenía a Chaol delante, mirándola con los ojos tan relucientes como la noche... olvidó lo que iba a decir.

Levantando la copa a su vez, el capitán bebió.

—Antes de que se me olvide: gracias. Esto es... —volvió a mirar el resplandeciente invernadero, luego el río que fluía allá abajo, al otro lado de las paredes de cristal—. Esto es... —sacudió la cabeza una vez más y dejó la copa sobre la mesa. A Celaena se le encogió el corazón al darse cuenta de que los ojos de Chaol brillaban con un fulgor plateado. El capitán parpadeó para ahuyentarlo y la miró con una leve sonrisa—. Nadie me había preparado una fiesta de cumpleaños desde que era pequeño.

Ella tosió para aligerar el peso que le oprimía el corazón.

—Tanto como una fiesta...

—Deja de restarle importancia. Es el mejor regalo que me han hecho en mucho tiempo.

Celaena se cruzó de brazos y se acomodó en la silla mientras los criados traían el primer plato: estofado de jabalí.

—Dorian te regaló un pura sangre asterión.

Chaol miraba su plato con las cejas enarcadas.

—Pero Dorian no sabe cuál es mi estofado favorito, ¿verdad? —Alzó la vista y ella se mordió el labio—. ¿Cuánto tiempo te costó averiguarlo?

De repente, Celaena se interesó mucho en su propio guiso.

—No te des tanta importancia. He obligado al cocinero jefe del castillo a que me revelara tus platos preferidos.

Chaol resopló.

—Puede que seas la asesina de Adarlan, pero ni siquiera tú podrías obligar a Meghra a revelarte nada. Si lo hubieras intentado, estarías aquí sentada con los dos ojos morados y la nariz rota.

Ella sonrió y tomó un bocado de jabalí.

—Bueno, te crees muy reservado, misterioso y todo eso, capitán, pero cuando una aprende a mirarte bien, eres como un libro abierto. Cada vez que nos sirven estofado de jabalí, devoras todo el plato antes de que yo pueda probarlo siquiera.

Echando la cabeza hacia atrás, Chaol se rio a carcajadas. Una oleada de calor recorrió a Celaena.

—Y yo que creía que se me daba bien disimular mis debilidades...

Ella esbozó una sonrisa maliciosa.

—Espera a ver los otros platillos.

Cuando hubieron devorado hasta las migajas del pastel de chocolate con avellanas y apurado hasta la última gota del vino espumoso, los criados lo retiraron todo y se despidieron. Ahora, Celaena se encontraba en un pequeño balcón situado al otro extremo del tejado, donde una capa de nieve cubría las exuberantes plantas. Observando la desembocadura del Avery, aquel lugar distante donde el río se reunía con el mar, se ajustó la capa. Chaol estaba a su lado, apoyado en la barandilla de hierro.

—Parece que ya se anuncia la primavera —comentó cuando una brisa suave los envolvió.

—Gracias a los dioses. Si sigue nevando, me volveré loca.

El perfil de Chaol se empalmaba contra las luces del invernadero. Celaena había querido darle una sorpresa —expresar con aquel gesto lo mucho que lo apreciaba—, pero aquella reacción... ¿Cuánto tiempo hacía que no se sentía querido? Al margen de la joven que lo había abandonado, el asunto de sus padres, quienes lo habían repudiado solo porque consideraban el puesto de guardia indigno de un hijo suyo, parecía afectarle mucho. ¿Eran conscientes sus padres de que en todo el castillo, en todo el reino, no había nadie más noble y leal? ¿Sabían que el hijo al que habían rechazado se había convertido en la clase de hombre que cualquier rey o reina soñaría para su corte? ¿La clase de hombre cuya existencia, después de la muerte de Sam y de todo lo que había pasado, ella había creído imposible?

El rey había la amenazado con matar a Chaol si ella desobedecía sus órdenes. Considerando la situación en que la asesina había puesto al capitán, y lo mucho que deseaba salirse con la suya, no solo por ella sino por los dos...

—Tengo que decirte una cosa —anunció con voz baja. La sangre le rugió en las venas, sobre todo cuando Chaol se volvió a mirarla con una sonrisa—. Pero antes debes prometerme que no te pondrás furioso.

La sonrisa del capitán se esfumó.

—¿Por qué será que acabo de tener un mal presentimiento?

—Prométemelo.

Celaena se aferró a la barandilla. El frío del metal le traspasó la piel de las manos.

Él la miró con recelo. Luego dijo:

—Lo intentaré.

Con eso bastaría. Como una maldita cobarde, desvió la vista hacia el mar distante.

—No he matado a ninguno de los hombres que el rey me ha ordenado asesinar —silencio. Celaena no se atrevía a mirarlo—. He fingido sus muertes y los he ayudado a abandonar sus hogares. Después de hacerles la oferta, les pido que me entreguen sus cosas más personales. Los miembros cortados proceden de sanatorios. La única persona a la que realmente he matado hasta el momento ha sido a Davis, y ni siquiera era un objetivo oficial. Cuando transcurra un mes y Archer haya arreglado sus asuntos, fingiré su muerte. Archer se marchará en el primer barco que zarpe de Rifthold.

Celaena sentía una opresión tan grande en el pecho que apenas podía respirar. Miró de reojo a Chaol.

El capitán, pálido como un muerto, retrocedió un paso y negó con la cabeza.

—Estás loca.

CAPÍTULO 23

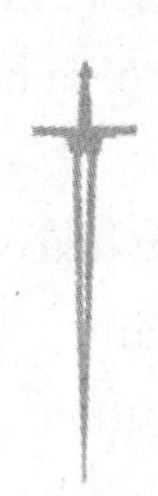

Debía de haber oído mal. Porque era imposible que Celaena fuera tan temeraria, tan necia, loca, idealista y valiente.

—¿Acaso perdiste la cabeza? —la frase de Chaol se convirtió en un grito de rabia y miedo, emociones tan intensas que no le dejaban pensar—. ¡Te matará! Te matará si lo descubre.

Celaena dio un paso hacia él y el espectacular vestido centelleó como miles de estrellas.

—No lo descubrirá.

—Solo es cuestión de tiempo —repuso el capitán entre dientes—. Tiene espías por todas partes.

—¿Y prefieres que mate a hombres inocentes?

—¡Esos hombres son traidores a la corona!

—¡Traidores! —escupió Celaena con una carcajada amarga—. Traidores. ¿Por qué? ¿Porque se niegan a arrastrarse a los pies de un conquistador? ¿Por esconder a esclavos que intentan regresar a sus hogares? ¿Por atreverse a soñar con un mundo mucho mejor que este lugar olvidado por los dioses? —La asesina sacudió la cabeza de lado a lado y un mechón suelto le cayó sobre la cara—. Me niego a ser su carnicera.

Ni Chaol lo deseaba. Desde el mismo instante en que la habían nombrado campeona, la idea de que tuviera que cumplir los mandatos del rey lo tenía horrorizado. Pero aquello...

—Hiciste un juramento.

—¿Y los juramentos que hizo él a los reyes extranjeros antes de que sus ejércitos arrasaran con sus reinos? ¿No ha roto él todas las promesas que pronunció al ascender al trono, una tras otra?

—Te matará, Celaena —Chaol la agarró por los hombros y la zarandeó—. Te matará, y querrá que yo sea el verdugo para castigarme por ser tu amigo.

Aquel era el miedo que lo paralizaba, el terror que no lo dejaba vivir, el horror que le había impedido cruzar la barrera durante todos aquellos meses.

—Archer me ha proporcionado información...

—Archer me importa un comino. Dudo mucho que ese cretino presuntuoso pueda darte ninguna información mínimamente útil.

—El movimiento secreto de Terrasen existe realmente —replicó Celaena con una calma enloquecedora—. Podría utilizar la información para comprar mi libertad, o quizá para reducir el plazo de mi contrato. De ese modo, cuando el rey averigüe la verdad, estaré muy lejos de aquí.

Chaol gruñó.

—Te mandaría azotar solo por tener el descaro de proponerle algo así —en aquel momento, cayó en la cuenta de lo que Celaena acababa de decir. *Estaré muy lejos de aquí.* Muy lejos. Se sintió como si lo hubieran golpeado en la cara—. ¿Adónde irás?

—A cualquier parte —respondió ella—. Lo más lejos posible.

Chaol apenas podía respirar, pero consiguió preguntar:

—¿Y qué harás?

Celaena se encogió de hombros. De repente, ambos se dieron cuenta de que Chaol la tenía aferrada por los hombros. La soltó, pero sus dedos la buscaban, como si quisieran impedir su marcha.

—Vivir mi vida, supongo. Vivir a mi manera, por una vez. Aprender a ser una chica normal.

—¿Muy lejos?

Un destello brilló en los ojos azules y dorados de la chica.

—Viajaré hasta encontrar un lugar donde nunca hayan oído hablar de Adarlan. Si acaso existe.

Y nunca volvería.

Y como era tan joven, tan inteligente, divertida y maravillosa, allá donde fuera encontraría un hombre que se enamoraría de ella y que la haría su esposa. La idea lo horrorizaba. El dolor, la rabia, el terror a que estuviera con otro se habían apoderado de él sigilosamente. Cada mirada de sus ojos, cada palabra que salía por sus labios... Chaol ni siquiera sabía cuándo había empezado.

—Entonces buscaremos ese lugar —declaró con voz queda.

—¿Qué? —Celaena frunció el ceño.

—Iré contigo.

Y aunque lo afirmó, ambos sabían que aquellas palabras implicaban una pregunta. Chaol procuró no pensar en lo que Celaena había confesado el día anterior: lo mucho que le avergonzaba abrazarlo siendo él hijo de Adarlan y ella hija de Terrasen.

—¿Y qué pasa con tu lealtad al rey como capitán de la guardia?

—Tal vez mis deberes no son los que yo pensaba.

El soberano le ocultaba cosas. En la corte abundaban los secretos y Chaol se preguntaba si no lo estarían usando como una marioneta, si no formaría parte de ese espejismo cuya realidad oculta empezaba a entrever...

—Amas a tu país —afirmó ella—. No puedo dejar que renuncies a todo.

El capitán advirtió un reflejo de dolor y esperanza en los ojos de Celaena. Antes de saber siquiera lo que estaba haciendo, Chaol le rodeó la cintura con una mano y le agarró el hombro con la otra, reduciendo así la distancia que los separaba.

—Sería el hombre más tonto del mundo si te dejara marchar sola.

En aquel momento, las lágrimas inundaron los ojos de Celaena y su boca se convirtió en una línea fina y temblorosa.

Chaol se separó un poco, pero no la soltó.

—¿Por qué lloras?

—Porque —susurró ella con voz temblorosa— tú me ayudas a comprender cómo debería ser el mundo, lo que puede llegar a ser.

Jamás había existido ninguna frontera entre ambos, solo estúpido orgullo y miedo infundado. Desde el mismo instante en que Chaol la había sacado de aquella mina de Endovier, desde el momento en que Celaena había posado sus ojos, aún vivos y fieros tras un año de infierno, en él, Chaol había iniciado el camino que conducía a aquel mismo instante, el camino que lo llevaba hasta ella.

Así que le limpió las lágrimas, le levantó la barbilla y la besó.

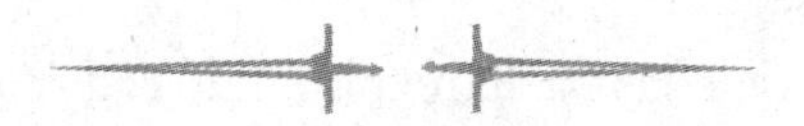

El beso la deslumbró.

Fue como llegar a casa, como nacer o encontrar de repente la mitad de sí misma que creía perdida.

Los labios de Chaol eran cálidos y suaves... aún indecisos. Al cabo de un momento, él se apartó lo justo para mirarla a los ojos. Celaena temblaba, ansiosa por acariciarle toda la piel al mismo tiempo, deseosa de que él le palpara el cuerpo entero. Chaol iba a renunciar a todo por ella.

Le rodeó el cuello con los brazos y buscó su boca. El resto del mundo se esfumó cuando se besaron por segunda vez.

Celaena no sabía cuánto tiempo llevaban en aquel tejado, entrelazados, explorándose con la boca y con las manos. Solo sabía que en algún momento gimió desesperada y lo arrastró por el invernadero, luego escaleras abajo, hasta el carruaje que los aguardaba en el exterior. De camino a casa, las caricias de Chaol en el cuello y en la oreja le hicieron olvidar su propio nombre. A la entrada del castillo, recuperaron la compostura y guardaron una distancia adecuada mientras se dirigían a la alcoba de Celaena, aunque ella sentía tal vida y fuego en la piel que solo por un milagro llegaron hasta la puerta y no atacó al capitán en un armario cualquiera.

Una vez en la habitación de Celaena, a la puerta del dormitorio, Chaol la obligó a detenerse un momento.

—¿Estás segura?

Ella le acarició la mejilla, explorando cada curva y cada peca, que de repente le parecían sus tesoros más preciados. Ya había esperado una vez, con Sam, hasta que fue demasiado tarde. Pero ahora no albergaba duda alguna, ni rastro de miedo o de inseguridad, como si cada instante que había pasado junto a Chaol no hubiera sido sino el paso de una danza que culminaba en aquel umbral.

—Jamás, en toda mi vida, he estado tan segura de nada —afirmó ella.

Los ojos del capitán ardían con un ansia infinita. Arrastrándolo hacia el dormitorio, Celaena volvió a besarlo. Chaol se dejó llevar, sin romper el beso ni siquiera cuando cerró la puerta de una patada.

Ya solo estaban ellos dos, piel contra piel, y cuando alcanzaron ese instante en que nada se interpone entre los cuerpos, Celaena besó a Chaol con toda su alma y le entregó cuanto tenía.

Cuando Celaena despertó, el alba se filtraba ya en la alcoba. Chaol la abrazaba con fuerza, igual que había hecho durante toda la noche, como si temiera que la joven se escabullera mientras él dormía. Celaena sonrió para sí y hundió la nariz en el cuello del capitán para aspirar su aroma. Él se movió levemente; estaba despierto.

Chaol jugueteó con el cabello de ella.

—Ni en sueños pienso dejar esta cama para salir a correr —murmuró. Celaena se rio en silencio. Ahora Chaol le acariciaba la espalda, sin detenerse al llegar a las cicatrices. La noche anterior le había besado las marcas, el cuerpo entero. Ella sonrió sin levantar la cabeza—. ¿Cómo estás?

Como si estuviera en todas partes y en ninguna al mismo tiempo. Como si llevara toda la vida medio ciega y de repente empezara a ver con claridad. Como si pudiera quedarse allí para siempre, sin necesitar nada más.

—Cansada —reconoció. El semblante de Chaol se ensombreció—. Pero feliz.

Celaena estuvo a punto de quejarse cuando él la soltó para apoyarse en el codo y mirarla a los ojos.

—¿Pero estás bien?

Ella puso los ojos en blanco.

—Estoy segura de que "cansada pero feliz" es una respuesta absolutamente apropiada después de una primera vez.

También estaba segura de que tendría que pedirle a Philippa un tónico anticonceptivo en cuanto se levantara. Porque, dioses del cielo, un hijo... Resopló.

—¿Qué pasa?

Celaena negó con la cabeza, sonriendo.

—Nada.

Le pasó a Chaol los dedos por el pelo. De repente la asaltó un pensamiento y su sonrisa se desvaneció.

—¿Te vas a meter en un lío por culpa de esto?

Los músculos del pecho de Chaol se expandieron cuando él inhaló profundamente. Ladeó la cabeza hasta apoyarla en el hombro de ella.

—No lo sé. Puede que al rey no le importe. Es posible que me despida. Quizá algo peor. No sabría decirte; es muy impredecible.

Celaena se mordió el labio y acarició los anchos hombros del capitán. Ansiaba tocarlo así desde hacía tanto tiempo... aún más del que pensaba.

—Lo mantendremos en secreto. De todas formas, pasamos juntos tanto tiempo que nadie notará la diferencia.

Chaol volvió a incorporarse para mirarla a los ojos.

—No quiero que pienses que accedo a guardar el secreto porque me avergüence de ti en ningún aspecto.

—¿Quién ha dicho algo sobre avergonzarse? —Celaena señaló con un gesto su cuerpo desnudo, cubierto por la manta—. En serio, me sorprende que no andes ya por ahí pavoneándote frente a todo el mundo. Yo lo haría si me hubiera acostado conmigo.

—¿Acaso tu amor propio no conoce límites?

—Ninguno en absoluto —Chaol se inclinó para mordisquearle la oreja y Celaena dobló los dedos de los pies—. No se lo podemos decir a Dorian —añadió con voz queda—. Seguro que se lo imaginará, pero... no creo que debamos decírselo enseguida.

Chaol dejó de mordisquearla.

—Ya lo sé —pero se echó hacia atrás y se encogió por dentro mientras volvía a escudriñarla—. ¿Aún...?

—No. Desde hace mucho —Chaol demostró tanto alivio que Celaena volvió a besarlo—. Pero si se enterara, nos enfrentaríamos a una nueva complicación.

No había modo de predecir cómo reaccionaría, considerando lo tensas que eran últimamente las relaciones entre el príncipe y ella. Además, Dorian y Chaol eran muy unidos, y Celaena no quería estropear su amistad.

—Y bien —dijo él, pellizcándole la nariz—, ¿cuánto tiempo hacía que tenías ganas de...?

—Me parece que eso no es asunto suyo, capitán Westfall. Y no pienso responder si tú no me lo dices antes.

Chaol volvió a pellizcarle la nariz y ella le dio un manotazo. El capitán le atrapó la mano y se la sostuvo para ver de cerca el anillo de amatista, la sortija que ella nunca se quitaba, ni siquiera cuando se bañaba.

—En el baile de Yulemas. Puede que antes. Tal vez en Samhuinn, cuando te di este anillo. Pero fue en Yulemas cuando me di cuenta de lo mucho que me desagradaba la idea de que estuvieras con... otras personas —le besó la punta de los dedos—. Te toca.

—No te lo voy a decir —replicó Celaena. Porque no tenía ni idea. Aún estaba intentando averiguar cuándo había sucedido exactamente. Tenía la sensación de que siempre le había gustado Chaol, desde el principio, incluso antes de conocerlo. Él estuvo a punto de protestar, pero Celaena lo obligó a subirse encima de ella—. Basta de pláticas. Puede que esté cansada, pero hay muchas cosas que podemos hacer si no vamos a salir a correr.

Chaol la miró con una sonrisa tan seductora que Celaena gritó cuando la arrastró bajó las mantas.

CAPÍTULO 24

Dorian caminaba junto a las tiendas negras de la feria, preguntándose por enésima vez si no estaría cometiendo el mayor error de su vida. El día anterior se había acobardado, pero tras otra noche de insomnio decidió hablar con la vieja bruja y afrontar después las consecuencias. Se volvería loco si por culpa de su imprudencia acababa en el tajo del verdugo, pero no se le ocurría ningún otro modo de averiguar si poseía los poderes malditos. No tenía otra opción.

Encontró a Baba Piernasdoradas sentada en los peldaños de su enorme carreta. Tenía un plato despostillado sobre las rodillas, del que iba tomando piezas de pollo asado, y a sus pies había un montón de huesos roídos.

La bruja alzó hacia él sus ojos amarillentos. Cuando mordió una pata de pollo, los dientes de hierro destellaron a la luz del mediodía.

—Es la hora de comer. La feria está cerrada.

Dorian se abstuvo de replicar. Para obtener las respuestas que buscaba, debía asegurarse de dos cosas: de que la bruja estuviera de buenas y de que no supiera quién era él.

—Esperaba que tuvieras un momento para contestar unas preguntas.

La pata de pollo se partió en dos. La bruja aspiró el contenido del hueso con repugnantes sorbos, pero Dorian aguantó el asco.

—Los clientes que tienen preguntas a estas horas pagan el doble.

El príncipe se sacó del bolsillo las cuatro monedas de oro que había llevado consigo.

—Espero que esto baste para pagar la respuesta a todas mis preguntas... y tu discreción.

Ella tiró medio hueso al montón y procedió a sorber la otra mitad.

—Apuesto a que te limpias el trasero con oro.

—No sería muy agradable.

Baba Piernasdoradas rio entre dientes.

—Muy bien, señorito. Oigamos tus preguntas.

Dorian se inclinó para depositar el oro en el peldaño que ocupaba la bruja, aunque guardando distancia con la deforme criatura. Despedía un hedor atroz, como a moho y a sangre podrida. Sin embargo, volvió a incorporarse sin inmutarse siquiera. El oro desapareció en una mano retorcida.

El príncipe miró a su alrededor. Había comerciantes aquí y allá, todos sentados como podían para comer. Advirtió que ninguno había buscado asiento cerca de la carreta negra. Ni siquiera miraban en su dirección.

—¿De verdad eres una bruja?

La vieja agarró un ala de pollo.

Crac. Crunch.

—La benjamina del Reino de las Brujas.

—De ser eso cierto, tendrías quinientos años.

Ella le sonrió.

—Es maravilloso que me conserve tan joven, ¿verdad?

—Entonces es verdad. Las brujas poseen la longevidad de las hadas.

Ella tiró otro hueso al pie de la escalerilla de madera.

—De las hadas o de los valg. Nunca hemos sabido de cuáles.

Los valg. Dorian conocía ese nombre.

—Los demonios que robaban hadas para criarlas, los que crearon a las brujas, ¿verdad?

Y, si no recordaba mal, las hermosas brujas Crochan habían heredado los rasgos de las hadas. En cambio, los tres clanes de las brujas Dientes de Hierro se asemejaban a la raza de demonios que había invadido Erilea en la noche de los tiempos.

—¿Y por qué a un señorito tan guapo como tú le interesan esas historias tan oscuras?

Arrancó la piel de la pechuga y se la tragó. Expresó su satisfacción con un chasquido de sus atrofiados labios.

—En algo tenemos que entretenernos cuando no nos estamos limpiando el trasero con oro. ¿Por qué no aprender un poco de historia?

—Ya veo —dijo la bruja—. ¿Y qué? ¿Te vas a pasar aquí todo el día mientras me cocino al sol o me vas a preguntar lo que quieres saber?

—¿De verdad ha desaparecido la magia?

La bruja ni siquiera alzó la vista del plato.

—La magia tal como tú la entiendes desapareció, sí. Pero hay otros poderes más antiguos que siguen vivos.

—¿Qué clase de poderes?

—Poderes que no son asunto de los señoritos como tú. Siguiente pregunta.

Dorian fingió sentirse herido y la bruja puso los ojos en blanco. El príncipe estaba deseando salir corriendo, pero si quería llegar al fondo del asunto, tendría que alargar el teatro el mayor tiempo posible.

—¿Es posible que una persona tenga poderes mágicos?

—Jovencito, he recorrido este continente de costa a costa, he subido montañas y me he internado en lugares tan tenebrosos que ni los hombres más valientes se atreverían a entrar. No queda ni rastro de magia por ninguna parte. Ni siquiera las hadas que han sobrevivido pueden utilizar ya sus poderes. Algunas siguen atrapadas en sus formas animales, pobres desgraciadas. Y saben a animal —se rio con un graznido tan espeluznante que a Dorian se le erizó el vello de la nuca—. Así que no. No hay excepción que valga.

Dorian no perdió su expresión herida.

—¿Y si alguien se descubriera en posesión de poderes mágicos...?

—Sería un maldito idiota y estaría pidiendo a gritos que lo ahorcaran.

El príncipe ya lo sabía. No era eso lo que estaba preguntando.

—Pero si de verdad los tuviera... hipotéticamente hablando. ¿Cómo explicarías algo así?

La bruja dejó de comer y ladeó la cabeza. Su cabello plateado, brillante como nieve recién caída, contrastaba con su tez oscura.

—No sabemos cómo ni por qué desapareció la magia. He oído rumores según los cuales, de vez en cuando, aparecen poderes en otros continentes, pero no aquí. Así pues, la pregunta correcta sería: ¿por qué la magia desapareció aquí y no por toda Erilea? ¿Qué crímenes cometimos, tan horrendos como para que los dioses nos maldijesen con semejante castigo? ¿Por qué nos arrebataron lo que ellos mismos nos habían concedido? —Arrojó las costillas del pollo al montón—. Hipotéticamente hablando, si alguien tuviese poderes mágicos y quisiera conocer la causa, le recomendaría que averiguase por qué la magia desapareció en primer lugar. Tal vez así descubriría el origen de la excepción a la regla —se chupó la grasa de los dedos—. Extrañas preguntas, sobre todo si las formula un habitante del castillo de cristal. Muy, muy extrañas.

Él sonrió con desgana.

—Más extraño es que la benjamina del Reino de las Brujas haya caído tan bajo como para ganarse la vida haciendo trucos de feria.

—Los dioses que maldijeron estas tierras hace diez años habían condenado a las brujas mucho antes.

Tal vez las nubes ocultaran el sol, pero Dorian creyó advertir que una sombra se asomaba de los ojos de la bruja, tan oscura que se preguntó si no sería aún más vieja de lo que decía. Quizá eso de que era "la benjamina" fuera mentira. Una invención creada para esconder un violento pasado de horrendos crímenes durante las guerras ancestrales.

Contra su voluntad, se sorprendió a sí mismo apelando a aquella fuerza antigua que dormitaba en su interior, y se preguntó si la magia no lo estaría protegiendo de Piernasdoradas igual que lo había protegido de la ventana rota. La idea lo intranquilizó.

—¿Alguna otra pregunta? —lo interpeló ella mientras se chupaba las uñas de hierro.

—No. Gracias por tu tiempo.

—Bah —escupió ella, y despidió a Dorian con un gesto de la mano.

El príncipe se alejó. Apenas había llegado a la siguiente tienda cuando el reflejo del sol en una cabeza dorada le llamó la atención. De inmediato reconoció a Roland, que caminaba hacia él. Acababa de despedirse de la despampanante rubia que el día anterior tocaba el laúd. ¿Lo habría seguido incluso allí? Dorian frunció el ceño, pero saludó con un gesto a su primo, que había comenzado a caminar a su lado.

—¿Qué? ¿Preguntando por tu futuro?

Dorian se encogió de hombros.

—Estaba aburrido.

Roland volvió la vista hacia atrás, a la zona donde estaba la carreta de Baba Piernasdoradas.

—Esa mujer me hiela la sangre en las venas.

Dorian resopló.

—Creo que es uno de sus talentos.

Roland lo miró de reojo.

—¿Te dijo algo interesante?

—Las típicas bobadas. Que pronto encontraré a mi verdadero amor, que me aguarda un destino glorioso, que seré más rico de lo que puedo imaginar. No creo que supiera con quién estaba hablando —observó al señor de Meah—. ¿Y qué hacías tú aquí?

—Te vi salir y pensé que a lo mejor querías compañía. Pero al descubrir adónde ibas preferí mantenerme alejado.

O bien, Roland lo estaba espiando, o bien, decía la verdad; Dorian no lo sabía. Sin embargo, se había esforzado por ser amable con su primo a lo largo de los últimos días. Y en todas y cada una de las reuniones del consejo, Roland había apoyado sin vacilar cada una de las propuestas de Dorian. Había sido fantástico comprobar lo mucho que aquella actitud molestaba a su padre y a Perrington.

Así que Dorian no presionó a su primo. Cuando volvió la vista hacia Baba Piernasdoradas, tuvo la sensación de que la vieja bruja le estaba sonriendo.

Celaena llevaba varios días espiando a sus objetivos. Al amparo de la oscuridad, se había ocultado entre las sombras de los muelles sin dar crédito a lo que estaba viendo. Todos los hombres de la lista, todos aquellos a los que había espiado y que, supuestamente, estaban al corriente de los planes del rey, se iban. Al ver que uno de ellos se montaba a escondidas en un carruaje sin marcas, lo había seguido. Una vez en el puerto, el hombre había embarcado en una nave que partiría a medianoche. Y luego, para desaliento de la asesina, habían aparecido otros tres. Igual que el primero, habían sido conducidos a toda prisa a los muelles, acompañados de sus familias.

Todos aquellos hombres, toda la información que estaba reuniendo, sencillamente...

—Lo siento —dijo una voz conocida a su espalda. Cuando se dio media vuelta, Celaena descubrió que Archer se acercaba. ¿Cómo se las había arreglado para no hacer ningún ruido? Ni siquiera lo había oído aproximarse—. Tenía que advertirles —dijo el hombre, sin apartar la vista del barco que se disponía a partir—. No habría podido vivir con el peso de sus muertes sobre mi conciencia. Tienen hijos. ¿Qué habría sido de ellos si hubieras entregado a sus padres al rey?

Celaena susurró, enfadada:

—¿Tú organizaste esto?

—No —repuso él con suavidad. Los gritos de los marineros que desataban maromas y preparaban remos ahogaban sus palabras—. Un miembro de la organización lo hizo. Mencioné que esas vidas podían estar en peligro y lo preparó todo para que sus hombres abandonaran Rifthold en el primer barco.

La asesina se llevó una mano a la daga.

—Parte de este trato depende de la información que me proporciones.

—Lo sé. Lo siento.

—¿Preferirías que fingiera tu muerte ahora mismo y embarcar con esos hombres?

A lo mejor Celaena encontraba otro modo de convencer al rey de que la liberara en un plazo más breve.

—No. Esto no volverá a pasar.

Celaena lo dudaba mucho, pero se apoyó de espaldas al muro del edificio y se cruzó de brazos. Observó a Archer, que seguía con los ojos fijos en el barco. Al cabo de un momento, el hombre se volvió a mirarla.

—Di algo.

—No tengo nada que decir. Estoy demasiado ocupada decidiendo si no sería mejor matarte y ofrecerle tu cadáver al rey.

No bromeaba. Después de la maravillosa noche que había pasado con Chaol, empezaba a preguntarse si no sería mejor optar por lo más simple. Cualquier cosa con tal de impedir que el capitán se viera implicado en un desastre en potencia.

—Lo siento —repitió Archer, pero Celaena desdeñó el comentario con un gesto de la mano y se quedó mirando los preparativos del barco.

Era increíble que hubieran organizado la fuga en tan poco tiempo. A lo mejor no todos eran tan necios como Davis.

—La persona a la que le mencionaste esto —prosiguió al cabo de un momento—, ¿es el líder del grupo?

—Eso creo —repuso Archer en voz baja—. Como mínimo, ocupa un puesto lo bastante alto como para organizar una fuga en cuanto le insinué el problema al que se enfrentaban sus hombres.

Celaena se quedó pensativa. ¿Y si Davis había sido una excepción? Seguramente Archer tenía razón. Era muy posible que esos hombres solo pretendieran entronar a un gobernante que favoreciera más a sus intereses. Pero fueran cuales fueran sus motivaciones financieras y políticas, cuando las vidas de personas inocentes corrían peligro, se movilizaban al instante para ponerlas a salvo. Pocos súbditos del imperio se atrevían a hacer algo así, y aún eran menos los que lo conseguían.

—Quiero más nombres y más información para mañana por la noche —le ordenó Celaena, que ya se disponía a abandonar los muelles para volver al castillo—. En caso contrario, arrojaré tu cabeza a los pies del rey y dejaré que sea él quien decida si quiere que la tire a las cloacas o que la clave en la reja de entrada.

Sin esperar la respuesta de Archer, Celaena se sumió en las sombras y la niebla.

Regresó al castillo con calma para poder meditar lo que había visto. Nadie era del todo bueno o definitivamente malvado (exceptuando al rey, por supuesto). Y por más que aquellos hombres fueran corruptos en cierto sentido, también salvaban vidas de personas inocentes.

Era imposible que estuvieran en contacto con Aelin Galathynius, como afirmaban. Ahora bien, ¿y si de verdad se estaba formando un ejército en nombre de la heredera? ¿Y si a lo largo de la última década algunos miembros de la poderosa corte de Terrasen se las habían ingeniado para permanecer ocultos en alguna parte? Gracias al rey de Adarlan, Terrasen ya no contaba con un verdadero ejército, tan solo con grupos aislados y esparcidos por todo el reino. En cambio, aquellos hombres tenían recursos. Y Nehemia había dicho que si alguna vez Terrasen volvía a alzarse, supondría una auténtica amenaza para Adarlan.

Así que, con suerte, Celaena no tendría que hacer nada. A lo mejor no se veía forzada a poner en riesgo su vida ni la de Chaol. Y quizá, solo quizá, aquellas personas, fueran cuales fueran sus intereses, encontraran el modo de detener al rey... y de paso de liberar a Erilea.

Una sonrisa desganada se extendió despacio por el rostro de Celaena, que creció aún más cuando, al entrar en el brillante castillo de cristal, encontró al capitán de la guardia esperándola.

Habían pasado cuatro días del cumpleaños de Chaol y, desde entonces, el capitán había pasado todas las noches con Celaena. Y todas las tardes y las mañanas. Cada momento que podían arrancar a sus respectivas obligaciones. Por desgracia, no podía zafarse de aquella reunión con sus guardias de confianza, pero mientras escuchaba los informes, sus pensamientos volaban hacia ella sin que pudiera evitarlo.

Chaol apenas había respirado aquella primera vez. Se había movido con suma cautela para no hacerle daño. A su vez, ella se había encogido y Chaol había visto lágrimas en sus ojos, pero cuando le había preguntado si debía parar, Celaena se había limitado a besarlo. Sin cesar. Chaol se había pasado toda la noche abrazado a ella y se había atrevido a imaginar que así sería su vida a partir de entonces.

Y cada noche recorría con los dedos las cicatrices de su espalda, jurándose una y otra vez que algún día volvería a Endovier y derribaría aquel lugar piedra a piedra.

—¿Capitán?

Chaol parpadeó al comprender que le habían formulado una pregunta.

—Repite la pregunta —ordenó, haciendo esfuerzos para no sonrojarse.

—¿Debemos aumentar la vigilancia en la feria?

Diablos, ni siquiera sabía por qué le preguntaban eso. ¿Se había producido algún incidente? Si los interrogaba, sabrían que no estaba prestando atención.

Se libró de hacer el ridículo cuando alguien llamó a la puerta de la pequeña sala de los cuarteles. Después se asomó una cabeza rubia.

Le bastó verla para olvidarse del resto del mundo. Todos los presentes se giraron hacia la puerta. Mirando la sonrisa de Celaena, Chaol tuvo que ahogar el impulso de pegarles a esos hombres en las bocas por contemplarla tan embobados. Pero eran sus subordinados, se dijo. Y ella era hermosa, además de letal. Claro que la miraban, y también se admiraban al verla.

—Capitán —dijo ella, sin cruzar el umbral. Un rubor parecido al que exhibía cuando estaban en el lecho encendía sus ojos y sus mejillas. Celaena torció la cabeza hacia el pasillo—. El rey le llama.

De no haber sido por el brillo travieso de los ojos de la joven, Chaol se habría puesto frenético y habría temido lo peor.

El capitán se levantó e inclinó la cabeza a modo de despedida.

—Decidan entre ustedes lo que debe hacerse respecto a la feria e infórmenme más tarde —dijo y abandonó el cuarto a toda prisa.

Chaol mantuvo las distancias hasta que se internaron en un pasillo vacío. Entonces se acercó a ella, ansioso por tocarla.

—Philippa y los criados han salido hasta la hora de la cena —anunció ella con voz ronca.

Chaol apretó los dientes, tal era el efecto que le producía la voz de Celaena, como si alguien le recorriera la espalda con un dedo invisible.

—Tengo reuniones durante todo el día —consiguió decir el capitán. Era verdad—. Me esperan otra vez dentro de veinte minutos.

Y considerando lo que tardarían en llegar a los aposentos de Celaena, se retrasaría si la seguía.

Ella se detuvo y lo miró, encaprichada. Pero entonces los ojos de Chaol se posaron en una pequeña puerta situada a poca distancia. Un armario de escobas. Celaena siguió la mirada y una sonrisa se extendió despacio por su cara antes de avanzar en su dirección. Pero Chaol la detuvo para advertirle:

—Tendrás que ser muy silenciosa.

Abriendo la puerta, Celaena empujó al capitán al interior.

—Presiento que voy a tener que decirte lo mismo dentro de un momento —ronroneó con un brillo travieso en los ojos.

A Chaol le rugía la sangre en las venas cuando la siguió al armario y atrancó la puerta por dentro con una escoba.

—¿En un armario de escobas? —preguntó Nehemia, que sonreía como un diablillo—. ¿De verdad?

Tirada en la cama de Nehemia, Celaena se metió una pasa cubierta de chocolate en la boca.

—Te lo juro por mi vida.

Nehemia se dejó caer en la cama también. Ligera saltó a su lado y, pendiente de la princesa, prácticamente se sentó sobre la cara de Celaena.

La dueña empujó al perro a un lado con suavidad. Una inmensa sonrisa iluminaba su cara.

—Si hubiera sabido antes la diversión que me estaba perdiendo...

Y, dioses del cielo, Chaol era algo... bueno, se sonrojaba solo de pensar en lo mucho que disfrutaba con él ahora que su cuerpo se había adaptado. El solo roce de sus dedos en la piel la transformaba en una bestia salvaje.

—Yo te lo podría haber dicho —dijo Nehemia, estirando el brazo por encima de Celaena para alcanzar el chocolate de la mesilla—. Aunque creo que la pregunta correcta sería: ¿quién iba a decir que el reservado capitán de la guardia podía ser tan apasionado? —tendida junto a Celaena, sonreía a su vez—. Me alegro por ti, amiga mía.

Celaena la miró, radiante.

—Creo... creo que yo también me alegro por mí.

Y era verdad. Por primera vez en muchos años, era realmente feliz. El sentimiento arropaba cada uno de sus pensamientos, como un brote de esperanza que aumentaba con cada aliento. Temía prestarle demasiada atención, por si pudiera desaparecer. Tal vez el mundo nunca llegaría a ser perfecto y quizá algunas cosas no se arreglarían jamás, pero a lo mejor aún tenía posibilidades de encontrar cierta dosis de paz y libertad.

Notó el cambio de actitud en Nehemia antes de que la princesa dijera algo, como si una corriente de aire hubiera enfriado la habitación. Celaena se volvió a mirarla. La princesa tenía la mirada clavada en el techo.

—¿Qué pasa?

Nehemia se pasó una mano por la cara y exhaló un sonoro suspiro.

—El rey me ha pedido que hable con las fuerzas rebeldes, para convencerlas de que retrocedan. En caso contrario, habrá una matanza.

—¿Ha amenazado con hacer eso?

—No con esas palabras exactas, pero lo dio a entender. A finales de este mes, enviará a Perrington a la vivienda que el duque tiene en Morath. No tengo la menor duda de que lo envía a la frontera sur para que supervise las cosas allí. Perrington es su mano derecha, y si él juzga que hay que ocuparse de los rebeldes, se sentirá libre para emplear los medios que crea necesarios.

Celaena se sentó con las piernas dobladas debajo del cuerpo.

—¿Y vas a volver a Eyllwe?

Nehemia negó con la cabeza.

—No lo sé. Debo estar aquí. Tengo... Tengo cosas que hacer. En este castillo y en esta ciudad. Pero no puedo dejar que vuelvan a exterminar a mi pueblo.

—¿Y no pueden tus padres o tus hermanos mediar con los rebeldes?

—Mis hermanos son muy jóvenes y les falta preparación. En cuanto a mis padres, ya tienen bastantes problemas en Banjalí —la princesa se sentó. Ligera se tendió entre las dos y apoyó la cabeza en el regazo de Nehemia... dándole unas cuantas patadas a Celaena al moverse—. Desde niña, soy consciente del peso que recae sobre mis hombros. Cuando el rey invadió Eyllwe hace años, supe que algún día tendría que tomar decisiones terribles. —Se llevó una mano a la frente—, pero nunca imaginé que sería tan difícil. No puedo estar en dos lugares al mismo tiempo.

A Celaena se le encogió el corazón y puso su mano en la espalda de Nehemia. Ahora entendía por qué la princesa tardaba tanto en descifrar el acertijo. Se ruborizó, avergonzada.

—¿Qué voy a hacer, Elentiya, si el rey asesina a otras quinientas personas? ¿Qué voy a hacer si decide aplicar un castigo ejemplar ejecutando a todos los presos de Calaculla? ¿Cómo voy a darles la espalda?

Celaena no supo qué responder. Se había pasado toda la semana pensando en Chaol. Nehemia había dedicado el mismo tiempo a sopesar el destino de su reino. Y Celaena poseía montones de pistas, indicios que podrían ayudar a Nehemia en su causa contra el rey. Además, estaba la orden de Elena, que prácticamente había ignorado.

Nehemia le tomó la mano.

—Prométemelo —dijo. Sus ojos oscuros brillaban con emoción—. Prométeme que me ayudarás a liberar Eyllwe del yugo del rey.

La sangre se heló en las venas de Celaena.

—¿Liberar Eyllwe?

—Prométeme que harás lo posible por devolverle a mi padre su corona, que harás lo posible por conseguir que mi pueblo sea liberado de Endovier y Calaculla.

—Solo soy una asesina —Celaena apartó la mano—. Y el rey del que hablas, Nehemia... —se levantó de la cama, intentando que se le apaciguara el pulso—. Eso que me pides es una locura.

—No hay otro modo. Eyllwe debe ser liberado. Y con tu ayuda, podríamos reunir una multitud para...

—No —Nehemia la miró fijamente, pero Celaena negó con la cabeza—. No —repitió—. Ni en sueños te ayudaría a reclutar un ejército contra él. Eyllwe ha sufrido mucho por culpa del rey, pero apenas eres consciente de la barbarie que ha desatado por doquier. Si te le enfrentas, te hará pedazos. No pienso formar parte de eso.

—¿Y de qué vas a formar parte, Celaena? —empujando a Ligera, Nehemia se levantó—. ¿Qué vas a defender? ¿O solo te vas a defender a ti misma?

Celaena tenía un nudo en la garganta, pero se forzó a hablar de todos modos.

—No tienes ni idea de la clase de cosas que te puede hacer, Nehemia. De lo que puede hacerle a tu gente.

—¡Asesinó a quinientos rebeldes y a sus familias!

—¡Y destruyó todo mi reino! Sueñas con que la corte de Terrasen recupere el honor y el poder, pero no comprendes lo que implica el hecho de que el rey tuviera la capacidad de destruirla. Era la corte más fuerte de todo el continente... la corte más fuerte de cualquier continente del mundo, ¡y a pesar de todo acabó con ella!

—Contaba con el factor sorpresa —replicó Nehemia.

—Y ahora posee un ejército de millones. No se puede hacer nada.

—¿Y cuándo vas a tomar una postura, Celaena? ¿Cuándo dejarás de huir y afrontarás lo que tienes frente a tus narices? Si Endovier y la súplica de mi pueblo no te conmueven, ¿qué lo hará?

—Solo soy una persona.

—La persona que escogió la reina Elena. La persona en cuya frente apareció una marca sagrada el día del duelo. La persona que, contra toda probabilidad, sigue respirando. Nuestros caminos se han cruzado por alguna razón. Si tú no estás bendecida por los dioses, ¿quién lo está?

—Esto es absurdo. Es una locura.

—¿Una locura? ¿Es una locura luchar por el bien, por personas que no pueden defenderse? ¿Crees que los ejércitos son la mayor amenaza que existe sobre nosotros? —el tono de Nehemia se suavizó—. Cosas mucho más oscuras se levantan en el horizonte. Mis sueños están plagados de sombras y alas, alas inmensas que planean entre pasos de montañas. Y ninguno de los espías que enviamos a las montañas del Colmillo Blanco, ninguno de los exploradores que mandamos al abismo Ferian ha regresado. ¿Sabes lo que dice la gente de los valles?

Dicen que se oye un batir de alas en los vientos que soplan desde el abismo.

—No entiendo nada de lo que dices.

Sin embargo, la propia Celaena había visto a aquel ser junto a la puerta de la biblioteca.

Nehemia se acercó rápidamente hacia ella y la tomó por las muñecas.

—Claro que lo entiendes. No me digas que al mirarlo no te das cuenta del inmenso y oscuro poder que lo envuelve. ¿Cómo es posible que un solo hombre haya conquistado gran parte del continente en tan poco tiempo? ¿Únicamente por la magnitud de sus ejércitos? ¿Y cómo es posible que Terrasen cayera en un instante, si todos sus súbditos eran grandes guerreros entrenados desde hacía generaciones? ¿Cómo explicas que la corte más poderosa del mundo fuera borrada del mapa de la noche a la mañana?

—Estás cansada y alterada —dijo Celaena con toda la calma que fue capaz de reunir. Intentaba no pensar en lo mucho que las palabras de Nehemia le recordaban a las de Elena. Se zafó de las manos de la princesa—. Será mejor que hablemos de esto en algún otro momento.

—¡No quiero hablar en otro momento!

Ligera gimió y se interpuso entre las dos.

—Si no atacamos ahora —prosiguió Nehemia—, eso que se está fraguando, sea lo que sea, se volverá más poderoso. Y cualquier esperanza que aún nos quede se habrá esfumado.

—No hay esperanza —insistió Celaena—. Oponerse a él es una causa perdida. Ahora y siempre —eso era un hecho, una realidad que la asesina había tardado en comprender. Si Nehemia y Elena tenían razón acerca del misterioso origen del poder del rey, ¿cómo podrían llegar a derrocarlo?—. Y no tomaré parte en tus planes, cualesquiera que sean. No contribuiré a que te maten, ni a que te lleves por delante la vida de más personas inocentes.

—No participarás porque no te importa nadie salvo tú misma.

—¿Y qué si es así? —Celaena abrió los brazos—. ¿Qué pasa si quiero vivir en paz el resto de mi vida?

—Nunca habrá paz... No mientras él ocupe el trono. Cuando dijiste que no habías matado a ningún hombre de la lista del rey, creí que por fin habías tomado partido por nuestra causa. Creí que, cuando llegara el momento, podría contar contigo para que me ayudaras a planear una ofensiva. No comprendí que solo lo hacías para tener la conciencia tranquila.

Furiosa, Celaena se dirigió a la puerta.

Nehemia chasqueó la lengua con desdén.

—No me di cuenta de que en realidad eres una cobarde.

La asesina la miró por encima del hombro.

—Repite eso.

Nehemia no se intimidó.

—Eres una cobarde y nada más que una cobarde.

Celaena cerró los puños.

—Cuando tu gente esté tendida destripada a tu alrededor —dijo entre dientes—, no vengas a llorarme.

Sin darle a la princesa la oportunidad de replicar, la asesina abandonó la habitación con Ligera pegada a los talones.

CAPÍTULO 25

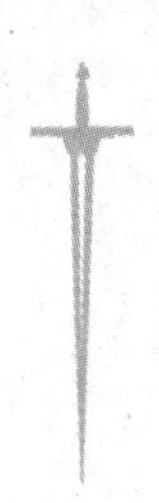

—Uno de los dos debe desmoronarse —le dijo la reina a la princesa—. Solo entonces comenzará todo.

—Ya lo sé —repuso la princesa con suavidad—, pero el príncipe no está listo. Tendrá que ser ella.

—Entonces, ¿comprendes lo que te estoy pidiendo?

La princesa alzó la vista hacia el rayo de luna que caía en el sepulcro. Cuando volvió a mirar a la antigua reina, sus ojos brillaban apenados.

—Sí.

—Pues haz lo que tengas que hacer.

La princesa asintió y abandonó la tumba. Se detuvo en el umbral para mirar por encima del hombro una silueta recortada contra la oscuridad.

—No lo entenderá. Y cuando traspase el límite, no habrá forma de hacerla volver.

—Encontrará el camino de vuelta. Siempre lo hace.

A la princesa se le saltaban las lágrimas, pero parpadeó para ahuyentarlas.

—Por el bien de todos, espero que tengas razón.

CAPÍTULO 26

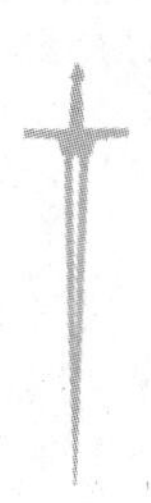

Chaol odiaba ir de cacería. Varios de los señores apenas sabían sostener un arco y mucho menos moverse con sigilo. Era terrible presenciar sus esfuerzos, y también ver a los pobres perros abriéndose paso entre la maleza para seguir el rastro de un ciervo que, de todos modos, no iban a cazar. Con el fin de acabar cuanto antes, Chaol solía matar disimuladamente unos cuantos ejemplares y después fingía que las había cazado Lord tal o Lord cual. Aquel día, sin embargo, tanto el rey como su hijo, así como Roland y Perrington, formaban parte de la partida de caza, de modo que el capitán no podría hacer ninguna incursión furtiva.

Cada vez que se acercaba a los señores lo bastante para oír sus risas, habladurías e inocentes confabulaciones, se preguntaba si también él habría acabado así de no haber escogido otro camino. Llevaba años sin ver a su hermano pequeño; ¿habría permitido el padre de Chaol que Terrin se convirtiera en uno de esos idiotas? ¿O se habría encargado de que recibiera entrenamiento para llegar a ser un gran guerrero, como habían hecho todos los señores de Anielle en los siglos posteriores al saqueo que en su día sufrió la ciudad del Lago de Plata a manos de los bárbaros montañeses?

El asterión de Chaol, que seguía de cerca al rey, despertaba numerosas miradas de admiración y envidia por parte de los participantes de la cacería. El capitán se dio el lujo de preguntarse —apenas por un instante— qué pensaría su padre de Celaena. La madre de Chaol era una mujer amable y callada, cuyo rostro, tras tantos años sin verla, se había tornado vago en la memoria del capitán. Eso sí, recordaba muy bien su voz melodiosa y su risa suave, así como los arrullos que le cantaba cuando estaba enfermo. Aunque el matrimonio de sus padres había sido concertado, estaba seguro de que su padre habría escogido en cualquier caso a una mujer como su madre: sumisa. De modo que alguien como Celaena... Se estremeció solo de imaginar a su padre y a Celaena en la misma habitación. Se encogió de hombros y luego sonrió, porque la lucha de temperamentos habría sido legendaria.

—Pareces distraído, capitán —le dijo el rey, que surgió en aquel momento de entre los árboles.

Vaya porte. Por alguna razón, el tamaño del soberano siempre sorprendía a Chaol desprevenido.

Cabalgaba flanqueado por dos de los guardias de Chaol. Uno era Ress, que parecía más nervioso que orgulloso de haber sido escogido para proteger al rey aquel día, aunque hacía lo posible por disimularlo. Debido a ello, Chaol había escogido también a Dannan, el otro guardia, un hombre mayor, experimentado y dotado de una paciencia casi legendaria. Chaol inclinó la cabeza ante el soberano y luego le dirigió a Ress un breve asentimiento para mostrarle su aprobación. El joven guardia se irguió en la silla, pero siguió alerta, concentrado en el entorno, en los señores que cabalgaban cerca, y en los sonidos de los perros y las flechas.

El rey acercó su caballo negro al de Chaol y adoptó un paso cómodo. Ress y Dannan los seguían a una distancia respetuosa, pero lo bastante cerca para interceptar cualquier posible amenaza.

—¿Qué va a ser de mis pobres señores ahora que no te tienen para matarles a las presas?

Chaol disimuló una sonrisa. Al parecer no había sido tan discreto como creía.

—Mis disculpas, Alteza.

En lomos de su caballo de guerra, el rey tenía todo el aspecto del conquistador que era. Chaol se alteró al percibir las sombras de su mirada. No le extrañaba que tantos gobernantes extranjeros le hubieran ofrecido sus coronas en lugar de lidiar batalla.

—Mañana por la noche tengo previsto interrogar a la princesa de Eyllwe en la sala del consejo —dijo el rey en un tono de voz tan bajo que nadie más que Chaol alcanzó a oírlo. El soberano dio la vuelta al caballo para seguir a la jauría de perros que corrían entre los bosques húmedos por el deshielo—. Quiero a seis hombres vigilando el exterior. Asegúrate de que no haya complicaciones ni interrupciones.

La expresión de su rostro dio a entender a qué tipo de complicación se refería exactamente: Celaena.

El capitán sabía que no era apropiado hacer preguntas, pero se arriesgó de todos modos.

—¿Debería advertir a mis hombres de algo en concreto?

—No —replicó el rey a la vez que encajaba una flecha en el arco y le disparaba al faisán que acababa de surgir de entre la maleza. Un disparo limpio: directo al ojo—. Eso es todo.

El monarca silbó para llamar a sus perros y partió en busca de la presa que acababa de derribar, seguido de Ress y Dannan.

Chaol detuvo el caballo y se quedó mirando al descomunal hombre que cabalgaba entre los arbustos.

—¿Qué te dijo? —preguntó Dorian, que apareció en ese momento a su lado.

El capitán negó con la cabeza.

—Nada.

Dorian sacó una flecha de la funda que cargaba en la espalda.

—Llevo varios días sin verte.

—He estado ocupado —ocupado con el trabajo y con Celaena—. Yo tampoco te he visto por ahí.

Hizo esfuerzos por mirar a Dorian a los ojos.

Con una mueca en los labios y el semblante inescrutable, Dorian repuso:

—Yo también he estado ocupado —el príncipe heredero obligó a su caballo a dar media vuelta, pero lo retuvo un momento—. Chaol —dijo por encima del hombro. Tenía una expresión sombría, la mirada gélida—, trátala bien.

—Dorian —empezó a decir el capitán, pero el príncipe ya se alejaba para reunirse con Roland.

Súbitamente solo en el bosque encharcado, Chaol se quedó mirando a su amigo, que ya se perdía a lo lejos.

Chaol no compartió con Celaena lo que le había dicho el rey, aunque el esfuerzo de guardar silencio le provocaba un dolor casi físico. El soberano no le haría daño a Nehemia, siendo ella una figura pública y particularmente apreciada. No después de haber advertido a Chaol sobre la amenaza anónima que existía sobre la princesa. No obstante, el capitán intuía que las palabras que se iban a pronunciar aquella noche en la sala del consejo no iban a ser agradables.

El hecho de que Celaena estuviera o no informada no cambiaría nada, se dijo Chaol mientras yacía en su propia cama, abrazado a ella. Aunque Celaena lo supiera, o incluso si se lo informara a Nehemia, eso no impediría que se celebrara la reunión ni tampoco suprimiría la amenaza. No, decírselo solo empeoraría las cosas para todos los implicados.

Chaol suspiró y desenredó las piernas del cuerpo de Celaena para sentarse y recoger los pantalones del suelo. Ella se quejó, pero no se movió. Era un milagro, comprendió el capitán, que se sintiera tan segura como para dormir como una niña a su lado.

Se detuvo un momento para besarle la cabeza con suavidad. Luego, recogió el resto de las prendas, que estaban esparcidas por la habitación, y se vistió, aunque apenas pasaban unos minutos de las tres de la madrugada.

Tal vez fuera una prueba, pensó Chaol mientras abandonaba la alcoba sin hacer ruido. Era posible que el rey quisiera averiguar a quién era leal su capitán en realidad; si aún podía confiar en él. Y si descubría que Celaena y Nehemia estaban al corriente del interrogatorio del día siguiente, deduciría quién las había informado.

Solo necesitaba un poco de aire fresco, sentir la brisa salada del Avery en el rostro. Hablaba en serio cuando le dijo a Celaena que algún día abandonaría Rifthold con ella. Y antes moriría que revelar el secreto de que la asesina: en realidad, no estaba matando a nadie.

Chaol llegó a los oscuros y silenciosos jardines y comenzó a caminar entre los setos. Mataría a cualquiera que intentase hacer daño a Celaena, y si alguna vez el rey le ordenaba acabar con ella, se clavaría la espada en el corazón antes que obedecerle. Su alma estaba unida a ella por un vínculo inquebrantable. Rio entre dientes al imaginar la cara que pondría su padre si algún día recibía la noticia de que Chaol había tomado a la asesina de Adarlan por esposa.

El pensamiento lo hizo frenarse en seco. Celaena solo tenía dieciocho años. A veces lo olvidaba, pasaba por alto que le llevaba unos años. Y si le pedía matrimonio enseguida...

—Dioses del cielo —murmuró, negando con la cabeza. Faltaba muchísimo para aquello.

Pese a todo, no podía evitar fantasear sobre ello: un porvenir prometedor, construir una vida en común, llamarla esposa y oírse llamar esposo, criar a una prole de niños que sin duda serían demasiado listos y dotados para su propio bien (y para la cordura de Chaol).

Aún estaba imaginando aquel futuro inconcebiblemente hermoso cuando alguien lo agarró por detrás y le apretó algo frío y hediondo contra la nariz y la boca.

El mundo se tiñó de negro.

CAPÍTULO 27

Chaol no estaba en la cama cuando Celaena despertó, y dio gracias a los dioses, pues estaba demasiado agotada como para salir a correr. El otro lado de la cama estaba frío, por lo que dedujo que él se había levantado hacía horas, seguramente a cumplir sus deberes como capitán de la guardia.

Se quedó un rato tumbada, soñando despierta con el momento en que pudieran disfrutar de días y días juntos, sin interrupciones. Cuando su estómago gruñó, consideró que había llegado la hora de levantarse. Se había acostumbrado a dejar algo de ropa en la habitación de Chaol, así que se bañó y se vistió antes de regresar a sus propios aposentos.

A la hora del desayuno, le llegó una lista de nombres de parte de Archer —codificados, tal como le había pedido—, que incluía más hombres a los que espiar. Esperaba que el cortesano no volviera a delatarla. Nehemia no apareció para la lección matutina de marcas del Wyrd, cosa que tampoco la sorprendió.

No tenía demasiadas ganas de charlar con su amiga, y si la princesa era tan necia como para encabezar una rebelión... Prefería mantenerse alejada de Nehemia hasta que recuperara la cordura. La ausencia de la princesa frustraba sus esperanzas de encontrar el modo de usar las marcas del Wyrd para abrir la puerta secreta de la biblioteca, pero eso también podía esperar... al menos hasta que se hubieran reconciliado.

Después de pasarse el día en Rifthold siguiendo a los hombres de la lista de Archer, Celaena volvió al castillo, deseosa de contarle a Chaol todo lo que había averiguado. El capitán, sin embargo, no apareció a la hora de la cena. No era raro que estuviera ocupado, así que cenó sola y luego se acurrucó a leer en el sillón de su habitación.

Además, seguro que Chaol necesitaba un descanso, pues bien sabía el Wyrd que a lo largo de la última semana apenas había pegado ojo, por fortuna para Celaena.

Cuando el reloj dio las diez y Chaol seguía sin aparecer, decidió ir a buscarlo. A lo mejor la estaba esperando en su alcoba. Quizá se hubiera quedado dormido.

De todos modos, Celaena recorrió deprisa los pasillos y las escaleras, más preocupada a cada paso. Chaol era el capitán de la guardia. Había demostrado estar a la altura de la asesina en los entrenamientos diarios. La había superado en su primer combate amistoso. Ahora bien, Sam también la igualaba en muchos aspectos y, sin embargo, Rourke Farran lo había capturado y torturado. A pesar de sus muchas facultades, había sido víctima de la muerte más brutal que Celaena había presenciado jamás. Y si Chaol...

Echó a correr.

Casi todo el mundo admiraba a Chaol, igual que a Sam. Y si habían capturado a Sam, no había sido porque quisieran acabar con él.

No, lo habían cazado para atraparla a ella.

Llegó a los aposentos de Chaol, elevando plegarias para que sus miedos fueran infundados, rezando para encontrarlo durmiendo en su cama y poder acurrucarse a su lado, hacerle el amor y abrazarlo durante toda la noche.

Pero en cuanto abrió la puerta del dormitorio, vio una nota sellada dirigida a ella sobre la mesa que había junto a la puerta. La habían clavado en la espada del capitán, que no estaba allí por la mañana, de tal modo que los criados la tomaran por una misiva del propio Chaol para Celaena y no sospecharan nada raro. Rompió el sello rojo y desplegó el pergamino.

TENEMOS AL CAPITÁN. CUANDO TE CANSES DE SEGUIRNOS,
VEN A REUNIRTE CON NOSOTROS.

Incluía la dirección de un almacén situado
en los arrabales de la ciudad.

DEBES ACUDIR SOLA O EL CAPITÁN MORIRÁ ANTES
DE QUE HAYAS PISADO EL EDIFICIO.
SI MAÑANA POR LA MAÑANA AÚN NO HAS VENIDO,
DEJAREMOS SUS RESTOS A ORILLAS DEL AVERY.

Se quedó mirando la carta.

Todos y cada uno de los muros de contención que había erigido tras el ataque de furia de Endovier cedieron.

Una rabia helada e imparable la arrasó, llevándoselo todo consigo salvo el plan que cobraba forma en su mente con implacable claridad. "La calma asesina", la había llamado una vez Arobynn Hamel. Ni siquiera él se había dado cuenta de hasta qué punto la invadía la calma cuando estaba fuera de sus casillas.

Si querían a la asesina de Adarlan, la tendrían.

Y que el Wyrd los ayudara cuando Celaena llegara.

Chaol no sabía por qué lo habían encadenado. Solo era consciente de la sed y de un horrible dolor de cabeza, y también de que no podría liberarse de los grilletes que lo sujetaban al muro de piedra. Cada vez que tiraba de las cadenas, aquellos tipos amenazaban con golpearlo. Ya lo habían apaleado lo suficiente como para saber que no bromeaban.

Ni siquiera sabía quiénes eran. Todos llevaban largas túnicas oscuras y capuchas que ocultaban sus rostros enmascarados. Algunos iban armados hasta los dientes. Hablaban en murmullos y su nerviosismo crecía conforme avanzaba el día.

Por lo que sabía, tenía el labio partido y unos cuantos moretones en la cara y en las costillas. No le habían preguntado nada antes de que dos hombres se le echaran encima, aunque también era cierto que, al despertar y descubrir dónde estaba, Chaol no se había mostrado demasiado dispuesto a cooperar. Celaena habría admirado la creatividad que el capitán había demostrado al maldecirlos antes, durante y después de la paliza inicial.

A lo largo de aquellas horas, solo se había movido una vez para acudir al baño en el rincón. Cuando Chaol había preguntado a sus captores si podía ir a una cámara de baño, se habían limitado a mirarlo sin contestar. Y no habían dejado de observarlo durante todo el proceso, con las manos en las empuñaduras de sus espadas. Chaol había estado a punto de carcajearse cínicamente.

Estaban esperando algo, comprendió el capitán con lúcida claridad, según el día cedía el paso a la noche. El hecho de que aún no lo hubiesen matado sugería que aguardaban algún tipo de rescate.

Probablemente estuviera en manos de los rebeldes, que pretendían chantajear al rey con su secuestro. Había oído hablar de nobles que habían sido secuestrados con ese propósito, y también al propio rey responder a los rebeldes que por él podían matar al señor o a la dama en cuestión, pues jamás cedería a las exigencias de unos asquerosos traidores.

Chaol evitó considerar esa posibilidad, e incluso empezó a ahorrar fuerzas para combatir en el momento clave.

Algunos de los secuestradores discutían en atropellados susurros, pero otros los hacían callar y les pedían que esperaran. Chaol fingía dormir cuando comenzó otra de aquellas discusiones. Cuchicheaban sobre si deberían liberarlo sin más. En aquel momento...

—Le hemos dado de plazo hasta el alba. Ella acudirá.

Ella.

Jamás en su vida había oído una palabra tan terrible.

Porque quién sino "ella" podía acudir en su búsqueda. Contra quién sino contra "ella" podían utilizar a Chaol.

—Si le hacen daño —los amenazó el capitán, con la voz ronca tras todo un día sin agua— los haré pedazos con mis propias manos.

Había unas treinta personas presentes, todas armadas. Las treinta se volvieron a mirarlo.

El capitán hizo un gesto de rabia, a pesar del dolor.

—Si la tocan siquiera, los destriparé.

Uno de los captores, alto, con dos espadas cruzadas a la espalda, se acercó. Aunque no le veía el rostro, Chaol lo reconoció por las armas. Era uno de los hombres que lo habían golpeado. El tipo se detuvo a pocos pasos, donde los pies del capitán no pudieran alcanzarlo.

—Pues buena suerte —dijo. Por el timbre de su voz, podría tener veinte o cuarenta años—. Harías mejor en rezarle a tus dioses, sean los que sean, para que tu pequeña asesina coopere.

Chaol gruñó y tiró de las cadenas.

—¿Qué quieren de ella?

El guerrero (era un guerrero, Chaol lo adivinó por su manera de moverse) ladeó la cabeza.

—Nada que te importe, capitán. Y será mejor que mantengas la boca cerrada cuando ella llegue o te cortaré tu asquerosa lengua monárquica.

Otra pista. El hombre odiaba a los partidarios del rey. Por lo tanto esa gente...

¿Sabía Archer lo peligroso que era aquel grupo rebelde? Cuando lo liberaran, mataría al cortesano por haber dejado que Celaena se mezclara con ellos y luego se aseguraría de que el rey y su guardia secreta capturaran a todos aquellos bastardos.

Chaol estiró los grilletes y el hombre negó con la cabeza.

—Vuelve a hacer eso y te dejaré inconsciente otra vez. Para ser capitán de la guardia real, te has dejado capturar muy fácilmente.

Chaol lo fulminó con la mirada.

—Solo los cobardes capturan hombres a traición.

—¿Los cobardes? ¿O los pragmáticos?

No era un guerrero inculto, entonces. Si era capaz de usar ese tipo de vocabulario, debía tener estudios.

—Más bien los brutos —replicó Chaol—. Me parece que no te das cuenta de con quién te estás metiendo.

El hombre chasqueó la lengua con menosprecio.

—Si tan hábil fueras, no serías un simple capitán de la guardia.

Chaol soltó una carcajada ronca.

—No hablaba de mí.

—Solo es una chica.

Aunque se le revolvían las entrañas solo de imaginarla allí, con toda aquella gente, y aunque no dejaba de pensar en modos de escapar con vida de aquel lugar junto con Celaena, sonrió.

—Espera y verás.

CAPÍTULO 28

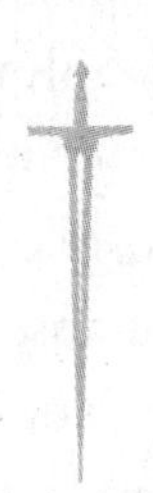

Cegada por la rabia, Celaena solo era consciente de tres cosas: que le habían arrebatado a Chaol, que se consideraba a sí misma un arma forjada para matar y que, si el capitán estaba herido, ninguno de los captores saldría de aquel almacén andando.

Recorrió la ciudad con el paso veloz y sigiloso de un depredador, avanzando en silencio por las calles adoquinadas. Le habían ordenado que acudiera sola, y así lo haría, pero no habían mencionado que fuera desarmada.

Así que llevaba consigo todas las armas que podía transportar, incluida la espada de Chaol, que se había colgado junto a la hoja de su propia espada con las empuñaduras a la altura del hombro para poder alcanzarlas con facilidad. Del cuello hacia abajo, era un arsenal andante.

Al aproximarse a los arrabales, oculta tras la capa oscura y una gruesa capucha, escaló la pared de un ruinoso edificio para acceder al tejado.

Tampoco le habían ordenado que usara la puerta para entrar.

Sus botas de suela flexible se adherían con facilidad a las decrépitas tejas de color verde esmeralda, y Celaena cruzó el tejado en silencio, escuchando, observando, sintiendo la noche que la rodeaba. Los ruidos que solían animar los barrios bajos la rodearon a medida que se aproximaba al enorme almacén de dos plantas: huérfanos medio salvajes que se llamaban a gritos, el orín de los borrachos que orinaban contra las paredes, las prostitutas tentando a sus posibles clientes...

No obstante, reinaba un absoluto silencio en torno al almacén de madera, una burbuja de quietud provocada sin duda por los guardias que vigilaban la entrada, cuya presencia ahuyentaba a los vecinos del arrabal.

Los tejados cercanos eran llanos y lisos; el hueco entre los edificios, fácil de saltar.

Le daba igual lo que aquel grupo quisiera de ella. No le importaba la clase de información que pretendieran arrancarle. Habían cometido el peor error de su vida al capturar a Chaol. Y también el último.

Llegó al tejado del edificio que se alzaba frente al almacén. Antes de alcanzar el borde, se acuclilló para asomarse a mirar.

Tres hombres encapuchados patrullaban el callejón. Al otro lado de la calle, vio las puertas del edificio. La luz que se filtraba por las grietas le reveló que, como mínimo, había cuatro hombres esperando en el exterior. Ninguno de ellos miraba hacia arriba. Brutos.

El almacén era una nave cristalina de tres plantas de altura. Celaena alcanzaba a ver el suelo a través de la ventana del segundo piso. Un entrepiso rodeaba la nave a la altura de la segunda planta. A partir de allí, unas escaleras conducían al tercer nivel y luego al tejado; una posible vía de escape, si no conseguía llegar a la puerta. Divisó a diez hombres armados hasta los dientes y a seis arqueros apostados a lo largo del entrepiso, todos apuntando a la puerta.

Y allí, encadenado a la pared de madera, estaba Chaol.

Chaol, sangrando y con la cara amoratada, con las ropas sucias y desgarradas, la cabeza colgando entre los hombros.

El frío que le helaba las entrañas invadió las venas de Celaena.

Podía escalar el edificio hasta el tejado y luego bajar desde el tercer piso, pero de hacerlo así perdería un tiempo precioso. Además, nadie miraba en dirección a la ventana abierta.

Alzó la cara a la luna, esbozando una sonrisa maléfica. Por algo la conocían como la asesina de Adarlan. Las entradas espectaculares eran su especialidad.

Celaena se alejó unos cuantos pasos del borde, midiendo a su vez desde qué distancia y a qué velocidad tendría que echar a correr para saltar al edificio de enfrente. La ventana parecía lo bastante amplia como para no tener que preocuparse por si rompía algún cristal o si las espadas tropezaban con el marco, y la barandilla del entrepiso la detendría si acaso salía con demasiado impulso.

No era la primera vez que brincaba tanta distancia de un salto. Pero en aquella otra ocasión, la noche en que su mundo se había hecho añicos, Sam ya llevaba varios días muerto, y ella había entrado por la ventana de la mansión de Rourke Farran con el único propósito de vengarse.

Esta vez, no fallaría.

Los guardias ni siquiera miraban hacia arriba cuando Celaena voló a través de la abertura. Y cuando aterrizó en el entrepiso rodando hasta quedar en cuclillas, ya había lanzado dos dagas.

Chaol vio un destello de acero contra la luna justo antes de que Celaena entrara por la ventana del segundo piso y aterrizara dentro. Sin darles tiempo a reaccionar, lanzó dos dagas a los arqueros que tenía más cerca. Cuando los hombres cayeron, ella ya se levantaba. Dos nuevas dagas derribaron a los siguientes arqueros. Chaol no sabía ni adónde mirar cuando la asesina cruzó el barandal de un salto. Aterrizó en la planta baja justo cuando varias flechas golpeaban el barandal.

Todo el mundo gritaba y algunos hombres corrían hacia la puerta o se refugiaban detrás de las columnas, mientras que otros se precipitaban hacia ella levantando las armas. Sobrecogido, Chaol vio a Celaena sacar dos espadas —incluida la del propio capitán— y abalanzarse sobre ellos.

No tenían ninguna posibilidad.

Los dos arqueros restantes no se atrevieron a disparar a la maraña de cuerpos por miedo a herir a alguno de los suyos. Otra estratagema de la asesina, adivinó Chaol. Con las muñecas ya en carne viva, el capitán de la guardia tironeaba de las cadenas con todas sus fuerzas. Si pudiera liberarse, seguro que juntos...

Celaena era un remolino de acero y sangre. Viéndola segar vidas como quien corta tallos de trigo, Chaol comprendió por qué la asesina había estado tan cerca de tocar el muro de Endovier en el pasado. Y por fin —después de varios meses— pudo ver en acción al depredador letal que había esperado encontrar allá en las minas. Sus ojos carecían de humanidad, de cualquier sentimiento remotamente parecido a la compasión. La imagen le heló el corazón.

El agresivo guardia se había quedado allí cerca, con las espadas preparadas, esperándola.

Uno de los encapuchados, algo alejado del resto, empezó a gritar:

—¡Ya basta! ¡Ya basta!

Pero Celaena no oía nada, y mientras Chaol hacía esfuerzos por arrancar las cadenas de la pared, la asesina se abrió paso dejando un montón de cuerpos gimientes tras de sí. El tormento de Chaol tuvo la decencia de quedarse donde estaba mientras la asesina avanzaba inexorable hacia él.

—¡No disparen! —ordenaba el otro encapuchado a los arqueros—. ¡No disparen!

Celaena se detuvo ante el guardia y lo señaló con una espada ensangrentada.

—Apártate o te cortaré en pedazos.

El muy necio resopló con desprecio y levantó un poco más la espada.

—A ver si puedes.

La asesina sonrió, pero el encapuchado, que tenía voz de anciano, corría ya hacia ellos con los brazos abiertos para mostrar que iba desarmado.

—¡Ya basta! ¡Baja la espada! —le ordenó al guardia.

Este vaciló, pero Celaena mantuvo su posición. El anciano dio un paso hacia ella.

—¡Basta! ¡Ya tenemos bastantes enemigos ahí afuera!

Celaena se volvió despacio hacia él, con la cara salpicada de sangre y los ojos en llamas.

—No, no los tienen —dijo—. Porque ahora yo estoy aquí.

Una sangre que no era la suya le manchaba la ropa, las manos, el cuello, pero a Celaena le daba igual. Solo tenía ojos para los arqueros que le apuntaban desde el piso superior y para el enemigo que se interponía entre Chaol y ella. Entre su capitán y ella.

—Por favor —insistió el encapuchado. Se descubrió la cara y reveló un semblante acorde con su voz de anciano. Pelo blanco casi rapado, profundos surcos alrededor de la boca y unos ojos grises, muy claros, abiertos de par en par con expresión de súplica—. Tal vez nos excedimos, pero...

Celaena lo apuntó con la espada y el guardia enmascarado que custodiaba a Chaol se irguió con ademán amenazador.

—Me tiene sin cuidado quiénes sean ni lo que quieran. Él se va conmigo.

—Por favor, escucha —insistió el anciano con suavidad.

La asesina notaba la rabia y la agresividad que emanaban del guardia encapuchado, advertía la fuerza, el ansia con que aferraba las empuñaduras de sus espadas gemelas. Ella tampoco estaba lista para poner fin a la matanza. No estaba dispuesta a rendirse.

Así que sabía muy bien lo que hacía cuando se volvió a mirar al guardia y le sonrió con desgana.

El guardia se abalanzó sobre ella. Cuando Celaena detuvo el acero, más hombres corrieron hacia ellos levantando sus armas. Y, de repente, no se escuchó nada salvo el entrechocar del metal y los gritos de los heridos que caían por doquier, mientras Celaena se alzaba triunfante, saboreando el sonido que producían su sangre y sus huesos.

Alguien gritaba su nombre. Una voz conocida, que no era la de Chaol. Cuando se volvió a mirar, vio el destello de una punta de acero que volaba hacia ella, un mechón de pelo rubio y luego...

Archer cayó al suelo con una flecha clavada en el hombro. En dos movimientos, la asesina soltó la espada y se sacó de la bota una daga para lanzársela al arquero. Cuando se giró, Archer se había levantado. Con los brazos extendidos, se interponía entre Celaena y el grupo de hombres, como protegiéndolos.

—Esto es un malentendido —jadeó. La sangre de la herida le caía por la túnica negra. Una túnica. Igual a la que llevaban los desconocidos.

Archer formaba parte del grupo. Su amigo le había tendido una trampa.

Una rabia pura e implacable, una ira que mezcló los acontecimientos de la noche de su captura con los del presente, que fundió el rostro de Chaol con el de Sam, se apoderó de ella. Celaena buscó la daga que tenía en el cinturón.

—Por favor —dijo Archer dando un paso hacia ella. Cuando la punta de la flecha se desplazó en su carne, se contuvo—. Deja que te explique.

Al ver la sangre que le empapaba la ropa, la angustia, el miedo y la desesperación que reflejaban los ojos del hombre, la rabia de Celaena se contuvo.

—Desátalo —dijo con una calma mortal—. Ahora.

Archer le sostuvo la mirada.

—Escúchame primero.

—Desencadénalo ahora.

Con un gesto de la barbilla, Archer dio la orden al guardia que tan tontamente había provocado la última pelea. Cojeando, pero aún de una pieza y en posesión de sus dos armas, el encapuchado le quitó los grilletes al capitán de la guardia.

Chaol se puso en pie. Celaena advirtió que, aunque se tambaleaba y hacía esfuerzos por no gemir, se las arreglaba igualmente para mirar con desprecio al guardia que tenía enfrente, con una promesa de venganza brillando en sus ojos. El guardia retrocedió un paso antes de volver a sacar las espadas.

—Te concedo una frase para que me convenzas de que no los mate a todos —le dijo Celaena al cortesano. Chaol se paró junto a ella—. Una sola frase.

Pasando la mirada de Chaol a Celaena, Archer negó con la cabeza. Su expresión no era de rabia ni de súplica, sino de tristeza.

—Llevo seis meses liderando a estos hombres junto con Nehemia.

El semblante de Chaol se endureció, pero Celaena le sostuvo la mirada. Su cara bastó para convencer a Archer de que había pasado la prueba. Volvió la cabeza hacia los hombres que los rodeaban.

—Déjenos —ordenó con una autoridad que Celaena jamás había percibido en su voz.

Los guardias obedecieron, y aquellos que seguían en pie arrastraron a sus compañeros heridos. La asesina no se atrevió a calcular cuántos habían muerto.

El anciano que se había destapado el rostro la miraba con una mezcla de asombro y temor respetuoso. Celaena se preguntó qué clase de monstruo estaría contemplando el hombre en aquel momento. Al sentirse observado, el anciano la saludó con una inclinación de cabeza y se marchó, llevándose consigo al guardia impulsivo y bravucón.

Una vez a solas, Celaena volvió a apuntar a Archer con la espada. Dejando a Chaol atrás, dio un paso hacia él. El capitán de la guardia volvió a colocarse a su lado.

Archer procedió a explicarse:

—Nehemia y yo lideramos juntos este movimiento. Ella se unió a nosotros para ayudarnos con la logística. Pretendía crear un grupo que se desplazara a Terrasen con el fin de reunir fuerzas contra el rey y también descubrir qué planes tiene el monarca para Erilea.

Chaol se estremeció, pero Celaena controló su propia expresión de sorpresa.

—Eso es imposible.

Archer resopló con impaciencia.

—¿Ah, sí? ¿Y entonces por qué la princesa está tan ocupada todo el tiempo? ¿Sabes adónde va por las noches?

Aquella rabia helada volvió a crecer, pausando su percepción del tiempo.

Y entonces, Celaena recordó que Nehemia la había convencido de que no indagase la respuesta al acertijo que había encontrado en la oficina de Davis y de que nunca parecía encontrar tiempo para resolverlo, a pesar de su promesa. Recordó que una noche Dorian había acudido a los aposentos de Celaena porque Nehemia había salido y no la encontraba por ninguna parte del castillo, que, durante su última conversación, la princesa había mencionado que ciertas ocupaciones la retenían en Rifthold, asuntos tan importantes para ella como Eyllwe...

—Aquí —respondió Archer por ella—. Aquí acude aquí cada noche a proporcionarnos la información que tú le confías.

—¿Forma parte de este grupo? —preguntó Celaena como confusa—. ¿Y dónde está?

Archer sacó su espada y apuntó a Chaol.

—Pregúntale a él.

Un horrible retortijón retorció las entrañas de la asesina.

—¿De qué está hablando? —le preguntó a Chaol.

El capitán miraba fijamente a Archer.

—No lo sé.

—Cerdo mentiroso —replicó el cortesano. Miró a Chaol con una expresión tan rabiosa que, por una vez, perdió todo su atractivo—. Mis fuentes me han dicho que hace una semana el rey te habló de una amenaza para la vida de Nehemia. ¿No pensabas decírselo a nadie? —se volvió hacia Celaena—. Lo capturamos porque le ordenaron someter a Nehemia a un interrogatorio. Queríamos saber qué tipo de preguntas le habían mandado formular. Y también pretendíamos demostrarte la clase de hombre que es en realidad.

—No es verdad —escupió Chaol—. Todo son viles mentiras. Nadie me ha hecho ni una sola pregunta, asqueroso saco de inmundicia —miró Celaena suplicante. Ella trataba de asimilar todas aquellas palabras, cada una más horrible que la anterior—. Sabía que existía una amenaza anónima sobre la vida de Nehemia, sí, pero me dijeron que sería el rey quien la interrogaría. No yo.

—Ya lo sabemos —admitió Archer—. Lo comprendimos momentos antes de que llegaras, Celaena. Nos dimos cuenta de que el capitán no era la persona en cuestión. Pero eso no cambia lo que va a suceder esta noche, ¿verdad, capitán?

Chaol no respondió... y a Celaena no le importó, porque estaba abandonando su cuerpo. Poco a poco, como una marea que se aleja de la orilla.

—Hace un momento envié a unos cuantos hombres al castillo —prosiguió Archer—. A lo mejor aún pueden hacer algo por ella.

—¿Dónde está Nehemia? —se oyó preguntar Celaena con unos labios que no eran los suyos.

—Eso es lo que han ido a comprobar mis espías. Nehemia ha insistido en quedarse en el castillo para averiguar qué clase de preguntas querían formularle, para descubrir hasta qué punto sospechaban y qué sabían exactamente...

—¿Dónde está Nehemia?

Pero Archer se limitó a negar con un movimiento de cabeza. Las lágrimas brillaban en sus ojos.

—No la van a interrogar, Celaena. Y para cuando mis hombres lleguen allí, temo que sea demasiado tarde.

Demasiado tarde.

Celaena se volvió a mirar a Chaol. El capitán tenía el semblante pálido y desencajado.

Archer volvió a negar con un gesto.

—Lo siento.

CAPÍTULO 29

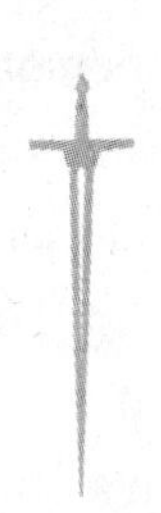

Celaena corrió tan veloz como pudo por las calles de la capital, dejando caer la capa y las armas más pesadas por el camino, cualquier cosa con tal de ganar velocidad y poder llegar al castillo antes de que Nehemia... Antes de que Nehemia...

Un reloj dio la hora en alguna parte de la ciudad; entre campanada y campanada, toda una eternidad.

Era tan tarde que las calles estaban casi desiertas, pero los pocos transeúntes se apartaban al paso de Celaena, que seguía corriendo con los pulmones a punto de estallar. Ahuyentó el dolor, ordenó a sus piernas que siguieran avanzando y rogó a los dioses que quisieran escucharla que le concedieran velocidad y fuerza. ¿De quién se había valido el rey si no era de de Chaol?, ¿de quién?

¿Y si hubiera sido el rey en persona? Le daba igual. Los destruiría a todos. Y aquella amenaza anónima contra Nehemia... También se encargaría de eso.

El castillo de cristal se alzó ante ella con sus torres transparentes iluminadas por una luz pálida y verdosa.

Otra vez, no. Otra vez, no, se decía a sí misma a cada paso, a cada latido de su corazón. *Por favor.*

No podía entrar por la puerta principal. Los centinelas la detendrían o provocarían un alboroto que le haría perder un tiempo precioso. Había un muro de piedra muy alto alrededor de uno de los jardines, estaba más cerca que la puerta principal y apenas tenía vigilancia.

Le había parecido oír unos cascos resonando tras ella, pero no le importaba absolutamente nada más que salvar la distancia que la separaba de Nehemia. Se acercó al muro de piedra y, con el corazón desbocado, e hizo una carrera para tomar impulso y saltar.

Buscando dónde sostenerse con las manos y los pies, y hundiendo las uñas con tanta fuerza que se le rompieron, se prendió lo más silenciosamente que pudo. Escaló el muro y saltó al otro lado antes de que los guardias tuvieran tiempo siquiera de mirar en su dirección.

Aterrizó a cuatro patas en el camino de grava del jardín. Una parte de su mente registró dolor en las palmas, pero Celaena ya estaba corriendo otra vez, desesperada por alcanzar las puertas de cristal. Algunos cúmulos de nieve aislados brillaban a la luz de la luna con un resplandor azul. Primero iría al dormitorio de Nehemia. Llegaría allí y la encerraría para ponerla a salvo, y luego se ocuparía del bastardo que quería hacerle daño.

Los hombres de Archer podían irse al infierno. Se los quitaría de encima en un abrir y cerrar de ojos. Quienquiera que hubieran enviado a lastimar a Nehemia se las tendría que ver con ella. Lo despedazaría poco a poco hasta acabar con él. Arrojaría sus restos a los pies del rey.

Abrió una puerta. Había escogido aquella en concreto porque conocía a los guardias, que estarían haraganeando por allí. No esperaba encontrar a Dorian charlando con ellos. Sus ojos pasaron como un destello azul cuando Celaena se alejó corriendo.

Oía gritos a su espalda, pero no se detuvo. No podía detenerse. *Otra vez, no. Nunca más.*

Llegó a las escaleras y empezó a subirlas, de dos en dos, de tres en tres, con las piernas temblando. Solo un poco más. Los aposentos de Nehemia estaban en el primer piso, dos pasillos más allá. No fallaría. Los dioses se lo debían. El Wyrd se lo debía. No le fallaría a Nehemia. No después de las cosas tan horribles que se habían dicho.

Celaena llegó a lo alto de la escalera. Los gritos a su espalda aumentaron de volumen. La gente la llamaba, pero nada la detendría.

Dobló la última esquina, casi llorando de alivio al ver la puerta de madera que tan bien conocía. Estaba cerrada, no parecía que hubieran forzado la entrada.

Sacó las dos dagas que le quedaban y se preparó para instruir rápidamente a Nehemia acerca de cómo y dónde debía esconderse. Cuando llegaran los agresores, la princesa solo tendría que guardar silencio. Celaena se encargaría del resto. Y lo disfrutaría.

Embistió la puerta.

El mundo se redujo a un tambor que latía fuera del tiempo.

Celaena contempló la alcoba. Había sangre por todas partes.

Frente a la cama, los guardaespaldas de Nehemia yacían horriblemente degollados, con los órganos internos desparramados por el suelo.

Y en la cama...

En la cama...

Los gritos se acercaban, llegaban ya a la habitación, pero las palabras sonaban amortiguadas, como se oyen los sonidos de la superficie desde debajo del agua.

Plantada en el centro de la gélida habitación, Celaena miraba la cama y el cuerpo despedazado que yacía sobre el colchón.

Nehemia estaba muerta.

SEGUNDA PARTE
La flecha de la reina

CAPÍTULO 30

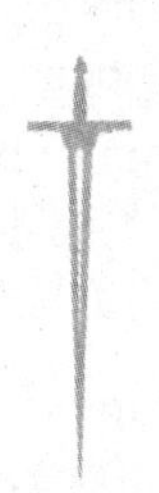

Celaena se quedó mirando el cuerpo.

Una cáscara vacía, mutilada con saña, tan seccionada que la sangre había ennegrecido la cama.

Varias personas entraron corriendo tras ella, y Celaena percibió un tufo agrio cuando alguien vomitó a su lado.

Se quedó donde estaba mientras los otros se dispersaban a su alrededor para inspeccionar los tres cuerpos que se enfriaban en la habitación. Aquel tambor atemporal —su corazón— resonaba en sus oídos con tanta fuerza que silenciaba cualquier otro sonido.

Nehemia se había ido. Aquella alma vibrante, fiera y amorosa, la princesa a la que llamaban la Luz de Eyllwe, la mujer que fuera ejemplo de esperanza... Sin más, como una pequeña llama, se había extinguido.

Celaena no había estado a su lado cuando más la necesitaba.

Nehemia se había ido.

Alguien murmuró su nombre, pero no la tocó.

Vislumbró unos ojos color azules, que le impedían ver la cama con el cuerpo mutilado. El príncipe Dorian. Las lágrimas surcaban sus mejillas. Celaena tendió la mano para tocarlas.

Eran cálidas al tacto, a diferencia de sus propios dedos, fríos y ajenos. Celaena tenía las uñas sucias, ensangrentadas, resquebrajadas; horribles en contraste con la mejilla blanca y suave del príncipe.

Aquella voz volvió a llamarla por detrás.

—Celaena.

Ellos tenían la culpa.

Los dedos ensangrentados de Celaena resbalaron por la cara de Dorian hasta su cuello. Él se limitó a mirarla, súbitamente inmóvil.

—Celaena —volvió a decir aquella voz conocida. Una advertencia.

Ellos tenían la culpa. La habían traicionado. Y habían traicionado a Nehemia. Se la habían llevado. Rozó con las uñas la garganta desnuda de Dorian.

—Celaena —dijo la voz.

La asesina se dio la vuelta despacio.

Chaol la miraba fijamente, sin despegar la mano de la espada. El arma que ella había llevado al almacén, el arma que había dejado allá. Archer había dicho que Chaol estaba al corriente de lo que iban a hacer.

Lo sabía.

Perdió la cabeza y se abalanzó contra él.

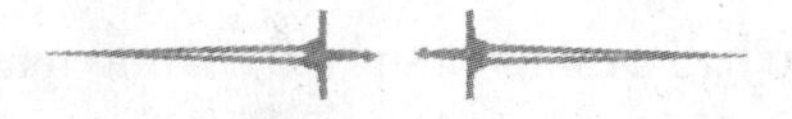

Cuando Celaena lo embistió, buscándole la cara con la mano, Chaol solo tuvo tiempo de sacar la espada.

La asesina lo estampó contra la pared y Chaol sintió un fuerte ardor cuando cuatro uñas le arañaron la cara.

Celaena se llevó la mano a la cintura, pero él le aferró la muñeca. La sangre corría por la mejilla del capitán y le caía por el cuello.

Los guardias gritaron y se apresuraron hacia ellos, pero Chaol retorció el brazo de la asesina y le trabó la pierna para tirarla al suelo.

—Quédense donde están —les dijo a sus hombres, pero lo pagó caro.

Encajada debajo de Chaol, Celaena le golpeó la mandíbula con tanta fuerza que le hizo ver las estrellas.

Y luego empezó a gruñir, literalmente, como un animal salvaje, una bestia que quería rasgarle el cuello. El capitán retrocedió y volvió a empujarla contra el suelo.

—Para.

Pero la Celaena que Chaol conocía había desaparecido. La muchacha que había soñado volver su esposa, la chica con la que llevaba una semana compartiendo cama, se había esfumado por completo. Solo quedaba una fiera, que conservaba en las manos y en la ropa las huellas de sangre de sus víctimas. Celaena dobló la rodilla y golpeó a Chaol entre las piernas. Incapaz de resistir el dolor, el capitán la soltó, y la asesina aprovechó para saltarle encima, desenfundando la daga que ansiaba clavarle en el pecho...

Chaol volvió a tomarle la muñeca y se la apretó con todas sus fuerzas mientras la hoja planeaba por encima de su corazón. El cuerpo de Celaena, que trataba de salvar la escasa distancia que separaba su mano del pecho del capitán, temblaba del esfuerzo. Intentó alcanzar la otra daga, pero Chaol le sujetó esa muñeca también.

—Basta —jadeó el hombre, aún sin aliento por el golpe en la entrepierna, intentando pensar más allá del insoportable dolor—. Celaena, basta.

—Capitán —se atrevió a intervenir uno de sus hombres.

—Quédense donde están —volvió a gritar él.

Celaena empujó la daga con todo su peso y ganó un dedo de distancia. Chaol apenas podía contenerla. Iba a matarlo. Realmente iba a matarlo.

Se forzó a mirarla a los ojos, a mirar aquel semblante tan desencajado de rabia que no pudo encontrar en él a la persona que conocía.

—Celaena —repitió mientras le apretaba las muñecas con todas sus fuerzas, con la esperanza de que el dolor le hiciera reaccionar. Ella no cedió ni un poco—. Celaena, soy tu amigo.

Ella lo miró fijamente, jadeando entre dientes, respirando cada vez más rápidamente antes de rugir un grito que llenó el cuarto, la sangre y el mundo de Chaol:

—¡Nunca serás mi amigo! ¡Siempre serás mi enemigo!

Infundió a la última palabra un odio tan profundo que Chaol se sintió como si le hubieran golpeado en el estómago. Atacando otra vez, Celaena consiguió liberar por fin la mano que sostenía la daga. La hoja bajó.

Y se detuvo. La habitación se enfrió de repente y la mano de Celaena se paralizó en el sitio, como congelada en el aire. Gritando, la asesina miró a otro lado, pero Chaol no vio a quién iba dirigido el grito. Por una milésima de segundo, el capitán tuvo la sensación de que una fuerza invisible oponía resistencia a Celaena, pero un instante después Ress apareció tras ella. Concentrada en su pulso invisible, la asesina no advirtió la presencia del guardia, que le golpeó la cabeza con la empuñadura de su espada.

Cuando Celaena cayó sobre él, una parte de Chaol se hundió con ella.

CAPÍTULO 31

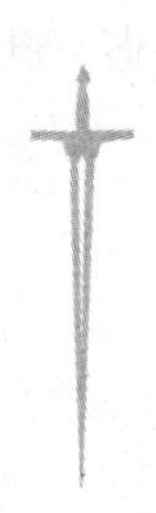

Dorian sabía que Chaol no tenía elección, ningún otro modo de resolver la situación, cuando su amigo sacó a Celaena de aquel cuarto ensangrentado para bajarla por una escalera de servicio a las profundidades de las mazmorras. Procuró no mirar la expresión sorprendida y desquiciada de Kaltain cuando Chaol tendió a Celaena en la celda. Ni cuando cerró la puerta.

—Le dejaré mi capa —dijo Dorian, y se dispuso a desabrochársela.

—No —replicó Chaol con voz queda.

Aún le sangraba el rostro. Tenía cuatro marcas en las mejillas. Cuatro arañazos. Dioses del cielo.

—No me fío. Es mejor que no tenga nada salvo el heno.

Chaol ya se había encargado de retirarle el resto de las armas —incluidos seis pasadores de aspecto letal— y había comprobado que no llevara nada oculto en las botas o en la túnica.

Kaltain miraba a Celaena con una pequeña sonrisa.

—No la toques, no le hables y no la mires —le dijo Chaol, como si una fila de gruesos barrotes no separara a las dos muchachas.

La cortesana se limitó a resoplar y se acurrucó de lado. Chaol instruyó a los vigilantes sobre las raciones de agua y comida, así como sobre la frecuencia con que debían relevar la guardia. Luego abandonó la mazmorra como el viento.

Dorian lo siguió en silencio. No sabía por dónde empezar. El dolor lo barría a oleadas a medida que iba comprendiendo que Nehemia había muerto. El terror y la angustia que le inspiraban lo que había visto en aquel dormitorio se mezclaban con el horror y el alivio de saber que, de algún modo, había utilizado su poder para detener la mano de Celaena antes de que apuñalara a Chaol, y que nadie salvo ella se había dado cuenta.

Y cuando la asesina le había gritado... había visto en sus ojos algo tan salvaje que se estremecía solo de recordarlo.

Habían subido la mitad de la escalera de caracol que comunicaba las mazmorras con el castillo cuando Chaol se dejó caer de repente en un escalón y enterró la cabeza en las manos.

—¿Qué he hecho? —susurró.

Y por más que las cosas se hubieran enfriado entre los dos, Dorian no pudo dejar allí a su amigo. No esa noche. No cuando él mismo también ansiaba compañía.

—Cuéntame qué ha pasado —dijo el príncipe en voz baja mientras se sentaba en el peldaño junto a Chaol y clavaba la mirada en la penumbra de la escalera.

Y Chaol lo hizo.

Dorian escuchó el relato del secuestro. Supo así que un grupo rebelde se había valido del capitán para ganarse la confianza de Celaena, y que la asesina había irrumpido en el almacén matando como si nada. Se enteró de que, hacía una semana, el rey le había informado a Chaol de que existía una amenaza anónima sobre la vida de Nehemia y le había pedido que la tuviera vigilada. Descubrió que el rey se proponía interrogar a la princesa aquella misma noche y que le había pedido al capitán de la guardia que mantuviera alejada a Celaena del asunto. Y que luego Archer —el hombre al que Celaena debía asesinar— les había revelado que aquella noche no iban a interrogar a Nehemia, sino a matarla. Al saberlo, Celaena había corrido como el viento hasta el castillo solo para descubrir que ya no podía salvar a su amiga.

Sin duda Chaol se había callado algunos detalles, pero el príncipe se hacía una idea de lo sucedido.

El capitán estaba temblando, lo cual era horrible en sí mismo, otro cimiento que se hacía añicos a los pies de Dorian.

—Nunca he visto a nadie moverse como ella —musitó Chaol—. Nunca he visto a nadie correr tan deprisa. Dorian, fue algo... —Chaol negó con la cabeza—. He encontrado un caballo a los pocos segundos de que se marchara y aun así no pude alcanzarla. ¿Cómo es posible?

En otro momento, Dorian lo habría atribuido a una percepción engañosa del tiempo debido al miedo y al dolor, pero él mismo había sentido la magia correr por sus venas hacía solo un momento.

—Jamás imaginé que pudiera pasar algo así —se lamentó Chaol, apoyando la frente en las rodillas—. Si tu padre...

—No ha sido mi padre —le aseguró Dorian—. Cené con mis padres esta noche —acababa de cenar cuando Celaena había pasado a su lado, corriendo como una flecha y con la cara desencajada. Aquella expresión había inducido al príncipe a echar a correr tras ella, seguido de los guardias, hasta que se habían topado con Chaol en los pasillos—. Mi padre dijo que hablaría con Nehemia más tarde. A juzgar por lo que hemos visto, todo sucedió hace varias horas.

—Pero si tu padre no deseaba su muerte, ¿entonces quién? Doblé las patrullas para que no se nos escapara la menor señal de amenaza. Escogí a los hombres yo mismo. Quienquiera que lo haya hecho, ha burlado la vigilancia como si nada. Quienquiera que lo haya hecho...

Dorian intentó no imaginar la escena del asesinato. Uno de los guardias de Chaol había vomitado allí mismo al ver el sangriento escenario. Y Celaena se había quedado plantada, mirando a Nehemia, como ausente.

—Quienquiera que lo haya hecho, se ha ensañado profundamente —concluyó Chaol.

Sin poder evitarlo, Dorian volvió a evocar la escena, la imagen de aquellos cuerpos metódica y cuidadosamente mutilados.

—¿Y eso qué significa?

Era más fácil seguir hablando que considerar realmente lo sucedido. La expresión de Celaena cuando lo había mirado sin verlo, su gesto cuando le había enjugado las lágrimas con un dedo y luego le había pasado las uñas por el cuello, como si buscara el latido de la sangre. Y cuando se había abalanzado sobre Chaol...

—¿Cuánto tiempo la vas a dejar ahí? —preguntó Dorian, señalando con un gesto el final de las escaleras.

Celaena había atacado al capitán de la guardia frente a sus hombres. Y no solo atacado, sino algo mucho peor.

—El que haga falta —respondió Chaol en voz baja.

—¿El que haga falta para qué?

—Para que renuncie al propósito de matarnos.

Celaena supo dónde estaba antes incluso de despertar. Y le dio igual. Había vivido la misma historia una y otra vez.

La noche de su captura también había perdido la cabeza y había estado a punto de matar a su presa más codiciada antes de que la dejaran inconsciente. Más tarde, había despertado en una lúgubre mazmorra. Celaena abrió los ojos y sonrió amargamente. Siempre la misma historia, la misma pérdida irreparable.

Le habían dejado un plato con pan y queso tierno en el suelo, junto con una taza metálica llena de agua. Celaena se sentó y se palpó el chichón que latía a un lado de su cabeza. Le dolía horrores.

—Siempre he sabido que acabarías aquí —le dijo Kaltain desde la celda contigua—. ¿Su Alteza Real también se ha cansado de ti?

Celaena empujó la bandeja y se sentó de espaldas al muro de piedra, detrás del montón de heno.

—Más bien soy yo quien se cansó de ellos —replicó.

—¿Has matado a alguien que se lo mereciera particularmente?

Celaena gruñó y cerró los ojos para mantener alejado el terrible dolor de cabeza.

—Casi.

Aún notaba la viscosidad de la sangre en las manos y también bajo las uñas. La sangre de Chaol. Esperaba que los cuatro arañazos le ardieran como demonios. No quería volver a verlo nunca. Si lo veía, lo mataría. Él había sabido que el rey se proponía interrogar a Nehemia. Era consciente de que el rey —el monstruo más cruel y sanguinario del mundo— quería *interrogar* a su amiga. Y no le había dicho nada. No la había prevenido.

La muerte, sin embargo, no había sido obra del rey. No. Había captado lo suficiente en los pocos minutos que había pasado en el dormitorio como para saber que aquellos crímenes no llevaban la marca del rey. Chaol, de todos modos, sabía que alguien había amenazado la vida de Nehemia, era consciente de que querían hacerle daño, y no le había dicho nada.

Su estúpido sentido del honor y su lealtad incondicional al rey le habían impedido pensar siquiera que Celaena podría haber hecho algo para evitar la muerte de su amiga.

No quedaba nada de ella. Después de perder a Sam y de que la enviaran a Endovier, había logrado recomponerse en la desolación de las minas. Y cuando había llegado al castillo, había sido tan boba como para creer que Chaol había colocado la pieza final en su lugar. Tan necia como para pensar, tan solo por un instante, que a lo mejor conseguía ser feliz.

No obstante, la muerte era su don además de su maldición. Y la muerte había sido una buena amiga a lo largo de todos aquellos años.

—Han matado a Nehemia —susurró a la oscuridad.

Necesitaba que alguien, quien fuera, oyera que esa alma radiante se había extinguido. Quería que se supiera que Nehemia había estado allí, en la tierra, para dar ejemplo de bondad, valor y belleza.

Kaltain guardó silencio unos instantes. Luego, como si agradeciera la confidencia compartiendo otra desdicha, dijo en voz baja:

—El duque Perrington partirá hacia Morath dentro de cinco días, y me llevará con él. El rey me dijo que o me caso con él o me pudriré aquí el resto de mi vida.

Celaena se volvió para mirarla. Kaltain estaba sentada contra la pared, con las manos en las rodillas. La encontró aún más sucia que la última vez que la vio, hacía varias semanas. Todavía se cubría con la capa de Celaena. La asesina le preguntó:

—Traicionaste al duque. ¿Por qué se quiere casar contigo?

Kaltain rio en voz baja.

—¿Quién es capaz de entender sus juegos y los propósitos que los mueven? —se frotó la cara con las manos sucias—. Las migrañas han empeorado —musitó—. Y esas alas... nunca dejan de batir.

Mis sueños están plagados de sombras y alas, había dicho Nehemia. Y también Kaltain.

—¿Qué relación tiene una cosa con la otra? —preguntó Celaena en tono brusco .

Kaltain parpadeó y enarcó las cejas, como si no tuviera la menor idea de lo que acababa de decir.

—¿Cuánto tiempo te van a dejar aquí? —preguntó.

¿Por tratar de asesinar al capitán de la guardia? Puede que para siempre. Le daba igual. Que la ejecutaran. Que pusieran fin a su vida también.

Nehemia había sido la gran esperanza de un reino, de muchos reinos. La corte que la princesa soñaba nunca se haría realidad. Eyllwe jamás sería libre. Celaena no tendría ocasión de pedirle perdón por todo lo que le había dicho. Tendría que cargar con el peso de las últimas palabras que Nehemia le había dirigido. Tendría que vivir con la idea que la princesa se había llevado de ella.

No eres más que una cobarde.

—Si alguna vez te dejan salir —le dijo Kaltain con la mirada perdida en las tinieblas de la prisión—, asegúrate de que sean castigados. Del primero al último.

La asesina escuchó su propia respiración y notó la sangre de Chaol bajo las uñas. También percibió la sangre de los hombres que había despedazado y la frialdad del dormitorio de Nehemia, escenario de la última matanza.

—Lo serán —juró Celaena a la oscuridad.

No quedaba nada de ella, salvo eso.

Ojalá nunca la hubieran sacado de Endovier. Ojalá hubiera muerto allí.

Su propio cuerpo le pareció ajeno cuando atrajo hacia sí la bandeja de comida, arrastrando el metal contra las piedras húmedas. Ni siquiera tenía hambre.

—Agregan sedante en el agua —le dijo Kaltain cuando Celaena tomó la taza—. También en la mía.

—Bien —repuso Celaena, y se la bebió toda.

Pasaron tres días. Y todas las comidas que le servían contenían sedante.

Celaena miraba el abismo que ahora plagaba sus sueños, tanto despierta como dormida. El bosque del otro lado había desaparecido, y ya no veía al ciervo, solo un terreno baldío por todas partes, rocas que se derrumbaban y un fuerte viento que susurraba lo mismo una y otra vez.

No eres más que una cobarde.

Así que Celaena se bebía el agua mezclada con sedante cada vez que se la ofrecían y se hundía en el olvido.

—Hace una hora que se ha bebido el agua —le dijo Ress a Chaol la mañana del cuarto día.

El capitán de la guardia asintió. Celaena yacía en el suelo, inconsciente, demacrada.

—¿Ha comido algo?

—Un par de bocados. No ha intentado escapar. Y tampoco nos ha dirigido la palabra.

Chaol abrió la puerta de la celda. Ress y los otros guardias lo observaban en tensión.

Sin embargo, Chaol no podía pasar ni un momento más sin verla. Kaltain, que dormía en la celda contigua, no se movió cuando el capitán entró en la de Celaena.

Se arrodilló junto a ella. Hedía a sangre seca y tenía las ropas acartonadas. A Chaol se le hizo un nudo en la garganta.

En el castillo reinaba el caos en aquellos días. Sus hombres seguían inspeccionando el edificio y la ciudad entera en busca de los asesinos de Nehemia. El rey había requerido su presencia en varias ocasiones para que le explicara lo sucedido: su propio secuestro y las extrañas circunstancias que habían rodeado el asesinato de la princesa pese a la exhaustiva vigilancia. Le sorprendía que el monarca no lo hubiera despedido... o algo peor.

Lo más desagradable de todo era saber que el rey se felicitaba por lo sucedido. Se había librado de un problema sin ensuciarse las manos. Al monarca solo le preocupaba cómo gestionar los tumultos que sin duda se desatarían en Eyllwe. No había lamentado ni por un instante la muerte de Nehemia, ni había mostrado la menor sombra de remordimiento. Chaol había tenido que recurrir a todo su autocontrol para no estrangular al soberano.

Sin embargo, algo más que su destino dependía de su sumisión y buena conducta. Cuando Chaol había explicado la situación de Celaena al rey, este apenas se había mostrado sorprendido. Sencillamente, le había pedido que la tuviera controlada.

Mantenla a raya.

Chaol tomó en brazos a Celaena, pugnando por no gruñir del esfuerzo, y la sacó de la celda. Jamás se perdonaría a sí mismo por haberla arrojado a aquella mazmorra infecta, aunque no tuviera más remedio. Se había negado incluso a dormir en su propia cama, en el lecho que aún conservaba el aroma de Celaena. Al tenderse aquella primera noche y recordar dónde estaba durmiendo ella, había optado por la silla. Lo mínimo que podía hacer era devolverla a sus aposentos.

Pero no sabía cómo mantenerla a raya, ni tampoco cómo reparar lo que se había roto dentro de ella, pero también entre ambos.

Sus hombres lo escoltaron cuando la llevó al dormitorio.

La muerte de Nehemia pesaba sobre su conciencia, siguiéndolo a cada paso. Hacía días que no se atrevía a mirarse al espejo. Aunque no hubiera sido el rey quien había ordenado la muerte de la princesa, si Chaol hubiera advertido a Celaena de la vaga amenaza, ella, cuando menos, habría estado alerta. Y si le hubiera avisado a Nehemia, los hombres de la princesa habrían sido también más cuidadosos. A veces, la realidad de su decisión le pesaba tanto que apenas podía respirar.

Y también estaba aquella otra realidad, la realidad que llevaba en brazos cuando Ress abrió la puerta de los aposentos de Celaena. Philippa ya los estaba esperando y le hacía señas para que la llevara a la cámara de baño. Chaol ni siquiera había pensado que sería necesario bañar a Celaena antes de meterla en la cama.

No pudo mirar a la criada a los ojos cuando la transportó hasta la cámara de baño, porque sabía lo que vería. Lo había comprendido en cuanto Celaena lo miró en el dormitorio de Nehemia: la había perdido.

Celaena nunca, ni en un millón de vidas, volvería a dejarlo entrar.

CAPÍTULO 32

Celaena despertó en su propia cama y comprendió de inmediato que se habían acabado los sedantes en el agua. También habían terminado las conversaciones matutinas con Nehemia y las lecciones de marcas del Wyrd. Jamás volvería a tener una amiga como ella.

Supo, sin necesidad de mirarse, que la habían limpiado. Parpadeando para adaptarse a la claridad que inundaba el dormitorio (después de varios días en la oscuridad de la mazmorra, la luz le provocó dolor de cabeza) y descubrió que Ligera dormía acurrucada junto a ella. La perrita se despabiló para lamerle el brazo varias veces antes de volver a dormirse con el hocico hundido contra el cuerpo de Celaena. Se preguntó si Ligera también notaría la pérdida. A menudo se había cuestionado si el animal no querría a la princesa más que a ella.

No eres más que una cobarde.

No podía culpar a Ligera. Sin contar a la corrupta corte de aquel reino podrido, el resto del mundo amaba a Nehemia. Era muy difícil no quererla. Celaena había adorado a la princesa desde el momento en que había posado los ojos en ella, como si fueran almas gemelas que se hubieran encontrado al fin. Una amiga del alma. Y se había marchado para siempre.

Celaena se llevó una mano al pecho. Qué absurdo —cuán inútil e ilógico— era que su corazón siguiera latiendo y el de Nehemia no.

Notó el Ojo de Elena cálido al tacto, como si el amuleto quisiera consolarla. Celaena dejó caer la mano en el colchón.

Ni siquiera intentó levantarse de la cama aquel día, después de que Philippa la obligara a comer algo y le mencionara que se había perdido el funeral de Nehemia. Celaena había estado demasiado ocupada tragando sedantes y ahuyentando su pena en las mazmorras como para estar presente cuando habían sepultado a su amiga en la fría tierra, tan lejos de los cálidos suelos de Eyllwe.

No eres más que una cobarde.

Así que no se levantó de la cama aquel día. Ni tampoco al siguiente.

Ni al siguiente.

Ni al otro.

CAPÍTULO 33

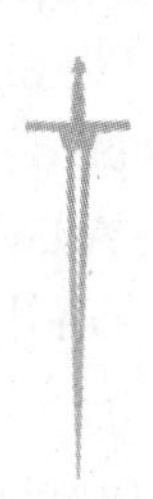

El calor era asfixiante en las minas de Calaculla, y la esclava no quería ni imaginar lo mucho que empeoraría cuando brillara el sol de primavera.

Llevaba seis meses en las minas, más tiempo del que nadie había sobrevivido, según le habían dicho. Su madre, su abuela y su hermano pequeño no habían durado ni un mes. Su padre ni siquiera había llegado a Calaculla. Los carniceros de Adarlan lo cortaron en pedazos, al igual que a otros rebeldes del pueblo. El resto de los habitantes habían sido agrupados para ser trasladados a las minas.

Llevaba sola cinco meses y medio. Sola, aunque rodeada de miles de personas. No recordaba la última vez que había visto el cielo de Eyllwe o la hierba agitada por la fresca brisa.

Pero volvería a verlos, tanto el cielo como los campos. Sabía que volvería a verlos, porque aquel día se había quedado despierta cuando se suponía que debía dormir, y había oído, a través de las grietas de la pared, la conversación de su padre con sus compañeros rebeldes. Mientras hacían planes para hundir el imperio de Adarlan, hablaban de la princesa Nehemia, que se encontraba en la capital en aquel momento, trabajando para liberarlos.

Si se esforzaba, si conseguía seguir respirando, aguantaría hasta que Nehemia lograra su objetivo. Esperaría, y luego enterraría a sus muertos. Y cuando el infierno llegase a su fin, se uniría al primer grupo de rebeldes que encontrara. Cada vez que ejecutara a un súbdito de Adarlan, recitaría los nombres de sus muertos, para que la oyeran desde el Más Allá y supieran que no los habían olvidado.

Casi sin aliento como consecuencia de la sed y del calor, clavó el pico en el implacable muro de piedra. El vigilante descansaba contra una pared cercana, tomando agua de su cantimplora y esperando el momento en que alguno de los prisioneros cayera al suelo para usar el látigo.

La esclava mantuvo la cabeza baja. Siguió trabajando, siguió respirando.

Lo conseguiría.

No supo cuánto tiempo había transcurrido, pero advirtió que algo corría por las minas como un movimiento de tierra. Una onda de silencio seguida de lamentos.

La vio venir y crecer, la sintió acercarse a ella con cada mirada inquisitiva, con cada murmullo.

Y entonces escuchó las palabras que lo cambiaron todo.

La princesa Nehemia ha muerto. Ha sido asesinada en Adarlan.

Las palabras prosiguieron su avance antes de que ella tuviera tiempo de asimilarlas.

Escuchó un roce de piel contra la roca. El vigilante solo toleraría una breve interrupción antes de empezar a azotarlos.

Nehemia ha muerto.

Se quedó mirando el pico que tenía en las manos.

Se dio media vuelta, despacio, para mirar al vigilante, el rostro visible de Adarlan. Él torció la muñeca, listo para golpearla.

La esclava notó el calor de las lágrimas antes de darse cuenta de que rodaban por la mugre acumulada en sus mejillas a lo largo de seis meses.

Basta.

La palabra surgió de sus entrañas, un grito tan desgarrado que ella misma tembló.

En silencio, empezó a recitar los nombres de sus muertos. Y mientras el vigilante levantaba el látigo, añadió su propio nombre al final de la lista y le hundió el pico en el vientre.

CAPÍTULO 34

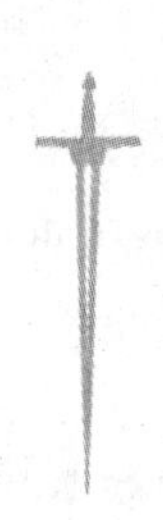

—¿Algún cambio?

—Se ha levantado de la cama.

—¿Y?

Plantado en el luminoso vestíbulo de los pisos superiores del castillo, el rostro por lo general alegre de Ress exhibía una expresión lúgubre.

—Ahora está sentada en una silla delante del fuego. Igual que ayer: se levanta de la cama, se sienta en esa silla durante todo el día y vuelve a acostarse al ocaso.

—¿Sigue sin hablar?

Ress negó con la cabeza y bajó la voz para evitar ser oído por un cortesano que pasaba por allí.

—Philippa dice que se queda todo el tiempo sentada mirando el fuego. No habla. Apenas toca la comida.

La expresión del guardia se volvió cautelosa cuando su mirada se posó en los arañazos que atravesaban la mejilla del capitán. Dos habían cerrado ya y no le dejarían marca, pero uno de ellos, largo y sorprendentemente profundo, seguía tierno. Chaol se preguntaba si le quedaría una cicatriz. Se la merecía.

—Probablemente sea inapropiado decirlo, pero...

—Pues no lo digas —le espetó Chaol.

Sabía exactamente las palabras que Ress quería pronunciar, las mismas que le había dirigido Philippa y todos aquellos que tanto lo compadecían: "Deberías hablar con ella".

No sabía cómo se había extendido tan deprisa el rumor de que Celaena había intentado matarlo, pero por lo visto todos estaban al corriente de lo que implicaba aquella ruptura. Chaol pensaba que habían sido discretos y sabía que Philippa no era chismosa. Quizá llevaba escrito en la cara lo que sentía por Celaena. Y también el sentimiento que le inspiraba ahora a la asesina. Reprimió el impulso de tocarse las cicatrices de la cara.

—Que los guardias sigan apostados a su puerta y bajo las ventanas —le ordenó a Ress. Iba de camino a otra reunión, a otro encuentro de gritos sobre cómo debían gestionar los disturbios de Eyllwe tras la muerte de la princesa—. Si sale, no la detengas, pero intenta entretenerla un poco.

Lo bastante como para que le informaran que Celaena por fin había abandonado sus aposentos. Si alguien tenía que interceptarla, si alguien debía hablar con ella sobre lo que le había pasado a Nehemia, era él. Hasta entonces, le daría el espacio que necesitaba, aunque lo destrozaba no poder acercarse. Celaena había llegado a formar parte de su vida —desde las carreras matutinas hasta las comidas y los besos que se robaban cuando nadie miraba—, y ahora, sin ella, se sentía vacío. Sin embargo, aún no sabía cómo volvería a mirarla a los ojos.

Siempre serás mi enemigo.

Lo había dicho muy en serio.

Ress asintió.

—Tienes mi palabra.

El joven guardia lo saludó y Chaol se dirigió a la sala del consejo. Habría más reuniones aquel día, montones de ellas, pues el debate sobre cómo afrontar la muerte de Nehemia seguía encendido. Y aunque Chaol odiaba admitirlo, tenía otras preocupaciones aparte del inconsolable duelo de Celaena.

El rey había convocado en Rifthold a los señores y recaudadores del Sur, incluido el padre de Chaol.

A Dorian no solía molestarle la presencia de los hombres de Chaol. Sin embargo, sí le fastidiaba que un grupo de guardias atentos a cualquier posible amenaza lo siguiera a todas partes, día y noche. La muerte de Nehemia había demostrado que el castillo no era impenetrable. La madre y el hermano de Dorian estaban secuestrados en sus aposentos, y el resto de la nobleza había partido, o bien, permanecía oculta.

Todos salvo Roland. Aunque la madre de Roland había regresado a Meah al día siguiente del asesinato de la princesa, él se había quedado, argumentando que Dorian necesitaba su apoyo más que nunca. Y tenía razón. En las reuniones del consejo, más y más multitudinarias conforme iban llegando los señores del sur, Roland respaldaba cada una de las opiniones y objeciones de Dorian. Juntos, se oponían a que Adarlan enviara más tropas a Eyllwe en caso de revuelta, y Roland había apoyado la propuesta de Dorian de que el imperio se disculpara públicamente ante los padres de Nehemia por la muerte de la princesa.

El rey había estallado en cólera al oír la sugerencia de su hijo, pero Dorian de todas formas había enviado un mensaje a los soberanos expresándoles sus más sentidas condolencias. Por lo que a él respectaba, su padre podía irse al demonio.

Comprendió que esa actitud suya empezaba a suponer un problema. Sentado en su alcoba de la torre, hojeaba los documentos que debía leer antes de la reunión del día siguiente con los señores del Sur. Durante muchos años había evitado cualquier enfrentamiento con su padre, pero ¿qué clase de hombre sería si se limitaba a obedecer ciegamente?

Un hombre listo, le susurraba una parte de sí mismo, aquella que temblaba cada vez que pensaba en su poder ancestral.

Afortunadamente, los cuatro guardias no insistían en acompañarlo también en el interior de su habitación. Su torre privada era tan alta que nadie podía escalar hasta el balcón y solo contaba con una escalera de acceso. Era fácil de defender. Por otra parte, podía convertirse en una ratonera.

Dorian se quedó mirando la pluma de cristal en su escritorio. La noche que murió Nehemia, no había tenido intención de detener la mano en pleno movimiento de Celaena. Solo había pensado que la mujer que una vez amó estaba a punto de matar a su viejo amigo por culpa de un malentendido. La joven estaba demasiado lejos de él y Dorian no había podido frenar la muñeca que empuñaba el arma, pero... tuvo la sensación de que un brazo fantasma surgió de su cuerpo para alcanzar la mano de la asesina. Sintió la costra de sangre en la piel de Celaena, como si verdaderamente la estuviera tocando.

Pero lo había hecho sin pensar. Había actuado por instinto, movido por la desesperación y la necesidad.

Tendría que aprender a controlar aquel poder, fuera cual fuera. Si llegaba a dominarlo, podría evitar que se manifestara en momentos inoportunos. En mitad de esas malditas reuniones, por ejemplo. A veces, en pleno concilio, Dorian se enfurecía por momentos. Entonces notaba la vibración de la magia en su interior.

El príncipe lanzó un fuerte suspiro, se concentró en la pluma y le ordenó que se moviera. Había detenido a Celaena en el momento del golpe y lanzado por los aires todos los libros de una estantería... seguro que sería capaz de mover una pluma.

El objeto siguió donde estaba.

Después de mirar la pluma hasta casi quedarse bizco, Dorian gruñó y, tapándose los ojos con la mano, se acomodó en la silla.

A lo mejor se había vuelto loco. Puede que todo fueran alucinaciones.

Nehemia le había prometido que estaría allí cuando necesitase su ayuda... cuando el poder que dormitaba en su interior se manifestara... y ella ahora estaba bajo tierra. ¿Acaso el asesino, al matar a Nehemia, había acabado también con todas sus esperanzas de encontrar respuestas?

Celaena había accedido a sentarse un rato cada día solo porque Philippa se había quejado de lo sucias que estaban las sábanas. La habría mandado al infierno, pero entonces recordó que Chaol había compartido la cama con ella y de repente quiso que las remplazaran. Quería borrar cualquier rastro de él.

Cuando cayó la noche, se sentó ante el fuego, con la mirada fija en las relucientes llamas, cuyo fulgor se hacía más intenso según la oscuridad se apoderaba del mundo.

El tiempo se dilataba y se contraía a su alrededor. Algunos días transcurrían en una hora, otros duraban toda una eternidad. Se había dado un baño e incluso se había lavado el pelo. Philippa se había quedado allí todo el tiempo para asegurarse de que no se ahogara voluntariamente.

Celaena pasó un dedo por el brazo de la silla. No tenía la menor intención de suicidarse, no hasta que hubiera terminado lo que se proponía.

Las sombras se tornaron más densas y las brasas parecían palpitar ante sus ojos, respirar con ella, latir al ritmo de su corazón.

A lo largo de aquellos días de sueño y silencio, había comprendido una cosa: el asesino había accedido al castillo desde afuera.

Puede que lo hubiera contratado el mismo que había amenazado la vida de Nehemia en un principio, pero puede que no. Sin embargo, la muerte de la princesa no había sido obra del rey.

Celaena se aferró a los brazos de la butaca, hundiendo las uñas en la madera pulida. El autor del crimen tampoco era uno de los asesinos de Arobynn. Conocía el estilo del hombre y no era tan espantoso. Repasó mentalmente el aspecto del dormitorio; lo tenía grabado en la memoria, hasta el último detalle.

Solo sabía de un asesino capaz de hacer algo tan monstruoso. Tumba.

Cuando se enfrentó a Tumba en el torneo por el título de campeona del rey, había investigado sobre él. Sabía qué hacía con sus víctimas.

Celaena gruñó con rabia.

Tumba conocía el palacio, se había entrenado allí, igual que ella. Y sabía muy bien a quién estaba asesinando y mutilando, así como el efecto que esa muerte causaría en Celaena.

Un fuego ancestral ardió en sus entrañas y se extendió por su cuerpo para arrastrarla a un abismo sin fin.

Celaena Sardothien se levantó de la silla.

CAPÍTULO 35

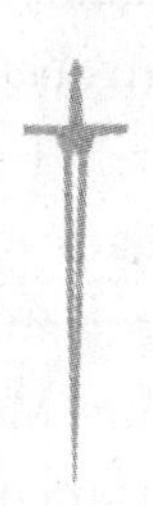

Ninguna antorcha alumbraría la expedición de aquella noche, ningún cuerno de marfil anunciaría el inicio de la cacería. Celaena se puso su túnica más oscura y guardó una máscara negra en el bolsillo de la capa. Los guardias habían retirado todas las armas de su habitación, incluidos los filosos pasadores. Sabía, sin necesidad de comprobarlo, que la puerta y las ventanas estarían vigiladas. Bien. El tipo de cacería que se disponía a emprender no partía de la puerta principal.

Celaena miró a su alrededor y observó a Ligera, que se refugió bajo la cama cuando la asesina abrió la puerta secreta. La perra seguía gimiendo cuando Celaena entró en el pasadizo.

No le hacía falta luz para encontrar el camino hasta la tumba. Conocía la ruta de memoria, cada paso, cada hueco.

Su capa rozaba contra las escaleras de piedra... Celaena se internó en las profundidades de la tierra.

La guerra había comenzado. Que temblaran aquellos que habían desencadenado el terror.

La luz de la luna se filtraba hasta la puerta abierta de la tumba e iluminaba el oscuro rostro de Mort.

—Siento lo de tu amiga —dijo la aldaba en un tono sorprendentemente apenado cuando Celaena se acercó.

Ella no respondió. Ni siquiera se preguntó cómo se había enterado Mort. Continuó avanzando, cruzó la puerta y pasó entre los sarcófagos hasta llegar al tesoro que se amontonaba al fondo.

Dagas, cuchillos de caza... Tomó todo aquello que pudo colgar en su cinturón o encajarse en las botas. Agarró un puñado de oro y joyas y se lo guardó en el bolsillo.

—¿Qué haces? —preguntó Mort desde la entrada.

Celaena se acercó al soporte que sujetaba la espada Damaris, el arma de Gavin, primer rey de Adarlan. El hueco puño de oro brillaba a la luz de la luna cuando la asesina lo sujetó y se guardó a la espalda.

—Es una espada sagrada —murmuró Mort enfadado, como si tuviera ojos en la espalda.

Mostrando una sonrisa torva, Celaena se dirigió hacia la puerta. Mientras caminaba, se puso la capucha sobre la cabeza.

—Adondequiera que vayas —siguió diciendo Mort—, sea lo que sea que te propongas, estás deshonrando esa espada al emplearla para tus fines. ¿No temes provocar la ira de los dioses?

Celaena se limitó a reír en silencio. Saboreando cada paso, cada movimiento que la acercaba a su presa, volvió a subir las escaleras.

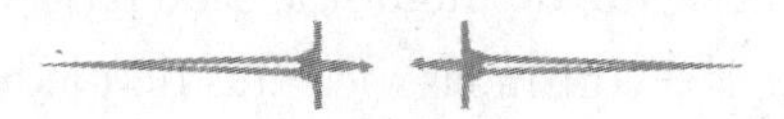

Disfrutó el dolor que le atravesó los brazos cuando levantó la rejilla de la alcantarilla e hizo girar la antigua rueda para que el agua pestilente de la fosa fluyera libremente hasta el riachuelo del exterior. Arrojó una pequeña piedra al río, más allá de la galería, por si había guardias.

Ningún sonido, ni el roce de una armadura, ni el susurro de una advertencia.

Un asesino había matado a Nehemia. Un asesino con tendencia a lo grotesco y un claro deseo de notoriedad. Para encontrar a Tumba, solo tendría que hacer unas cuantas preguntas.

Ató una cadena a la palanca, comprobó su resistencia y se aseguró de llevar la espada Damaris bien prendida a la espalda. Trepada a las piedras del castillo, rodeó el muro por el lado. No se molestó en mirar hacia el palacio cuando se deslizó hacia la orilla del río y se dejó caer sobre la tierra helada.

Luego se perdió en la noche.

Al amparo de la oscuridad, Celaena avanzó sigilosamente por las calles de Rifthold. Ningún roce, ningún ruido delataba su paso por los callejones en penumbra.

Solo un lugar albergaba las respuestas que buscaba.

En los arrabales, las aguas residuales y los charcos de excrementos señalaban la presencia de ventanas en lo alto, y las calles adoquinadas mostraban grietas y baches tras varios inviernos particularmente duros. Los edificios se inclinaban peligrosamente, algunos tan decrépitos que hasta los ciudadanos más pobres los habían abandonado. Borrachos, prostitutas y todos aquellos que buscaban distraerse de sus desdichadas vidas, inundaban las tabernas de casi todas las calles.

Le daba igual que la vieran. Nadie la molestaría aquella noche.

Recorría las calles con el revuelo de su capa y una expresión vacía bajo la máscara de obsidiana. Los Sótanos estaban a pocas cuadras de allí.

Las enguantadas manos de Celaena se tensaron. En cuanto averiguara dónde se escondía Tumba, lo despellejaría vivo. Le haría algo aún peor, en realidad.

Se detuvo ante una pequeña puerta de hierro situada en un tranquilo callejón. Unos matones a sueldo vigilaban la entrada, Les mostró la moneda de plata exigida como pago por la entrada y le abrieron la puerta. En aquella guarida subterránea se reunían los asesinos, los depravados y todos los malditos de Adarlan. La inmundicia acudía a aquella madriguera a intercambiar historias y hacer tratos. Allí y solo allí encontraría el rastro del asesino de Nehemia.

Estaba claro que Tumba habría recibido una magnífica retribución por sus servicios, y Celaena no dudaba que estaría gastando el dinero sucio a manos llenas, un derroche que no pasaría inadvertido. No se habría marchado de Rifthold. Oh, no. Querría que todo el mundo supiera quién había matado a la princesa, que la gente empezara a conocerlo como el nuevo asesino de Adarlan. Y también querría que Celaena lo supiera.

Mientras bajaba las escaleras que conducían a los Sótanos, el tufo a cerveza y sudor la golpeó con fuerza. Llevaba mucho tiempo sin pisar un tugurio como aquel.

La sala principal estaba estratégicamente iluminada: una lámpara de araña colgaba en el centro, pero apenas proyectaba luz a los rincones, con el fin de respetar la intimidad de aquellos que la buscaban. Todas las risas cesaron cuando Celaena avanzó entre las mesas. Cientos de ojos inyectados de sangre seguían cada uno de sus pasos.

La asesina desconocía la identidad del nuevo señor del crimen y director del local, y tampoco le importaba. No estaba allí para saldar cuentas con él, no esa noche. No quiso mirar hacia los fosos de lucha del otro extremo del lugar, donde la muchedumbre, ajena a todo lo demás, animaba a los anónimos contendientes.

Ya había estado antes en Los Sótanos. De hecho, los frecuentaba durante la época anterior a su captura. Por lo que parecía, tras la muerte de Ioan Jayne y Rourke Farran, el local había cambiado de manos sin perder ni un poco de su depravación original.

Celaena se encaminó directamente a la barra. El tabernero no la reconoció, pero ella tampoco lo esperaba; se había cuidado mucho de proteger su identidad a lo largo de aquellos años.

El pálido mesero había perdido buena parte de su escasa cabellera durante el último año y medio. El hombre intentó averiguar quién se ocultaba tras la capucha, pero la máscara le impidió ver los rasgos de Celaena.

—¿Quiere algo de beber? —le preguntó el tabernero, secándose el sudor de la frente. Todo el bar la observaba disimulada o directamente.

—No —contestó ella con una voz hueca y distorsionada bajo la máscara.

El tabernero se aferró al borde del mostrador.

—Has vuelto —dijo con voz queda, y más cabezas se volvieron a mirar—. Lograste escapar.

La había reconocido. Celaena se preguntó si los nuevos propietarios le guardarían rencor por la muerte de Ioan Jayne; y a cuántos hombres tendría que liquidar a su paso si le pedían rendir cuentas allí mismo, en ese momento. Aquella noche ya se proponía quebrantar demasiadas reglas como para añadir otro peligro a la lista.

Celaena se apoyó en la barra y cruzó los tobillos. El tabernero volvió a enjugarse la frente y le sirvió un coñac.

—La casa invita —dijo, empujando la bebida hacia ella.

Celaena tomó el vaso, pero no lo bebió. El hombre se humedeció los labios y preguntó:

—¿Cómo... cómo escapaste?

La gente curioseaba sin levantarse de las sillas, tratando de oír lo que decían. Que corrieran rumores, que lo pensaran dos veces antes de cruzarse en su camino. Esperaba que Arobynn los escuchara también. Esperaba que oyera los rumores y se mantuviera muy alejado de ella.

—Muy pronto lo sabrás —repuso Celaena—. Pero ahora te necesito.

El hombre enarcó las cejas.

—¿A mí?

—Vine a preguntar por un hombre —la voz de la asesina sonaba extraña, chirriante—. Un hombre que hace poco se ganó una gran suma de dinero por el asesinato de la princesa de Eyllwe. Se hace llamar Tumba. Necesito saber dónde está.

—Yo no sé nada —el tabernero palideció aún más.

Celaena metió la mano en su bolsillo y sacó un reluciente puñado de joyas y viejas monedas. Todos los ojos estaban fijos en ella.

—Déjame repetirte la pregunta, tabernero.

El asesino conocido por el nombre de Tumba echó a correr.

No sabía cuánto tiempo llevaba ella siguiéndolo. Hacía una semana que había matado a la princesa. Una semana y nadie lo había mirado dos veces. Creía que se había librado de las consecuencias, incluso se preguntaba si no debería haber sido más creativo, o haber dejado algún tipo de nota . Pero todo acababa de cambiar.

Estaba bebiendo en un rincón de su taberna favorita cuando el atestado local enmudeció de repente. Se había vuelto a mirarla y ella había pronunciado su nombre en voz alta, "Tumba", de manera más espectral que humana. El nombre aún resonaba en la estancia cuando el asesino abandonó el local por una puerta trasera. No oía los pasos de la asesina, pero sabía que estaba allí, camuflada entre sombras y niebla.

Tomó callejones secundarios, saltó muros, zigzagueó por los arrabales. Cualquier cosa con tal de desconcertarla, de agotarla. La confrontaría en una calle desierta. Allí sacaría las armas que llevaba sujetas a la piel y la haría pagar por haberlo humillado el día del torneo, por haberse burlado de él, haberle roto la nariz y tirado su pañuelo al pecho.

Zorra arrogante y estúpida.

Se tambaleó al doblar una esquina, casi sin aliento. Solo llevaba tres dagas consigo, pero las usaría bien. Cuando Celaena entró en la taberna, reparó de inmediato en la enorme espada que le colgaba de la espalda y también en la colección de hojas letales que se veían en su cinturón. Por más armada que fuera, se vengaría de ella.

Tumba corría por un callejón cuando se dio cuenta de que no había salida al otro lado. El muro del fondo era demasiado alto para saltarlo. Entonces, sería allí mismo. Muy pronto la asesina le suplicaría piedad mientras él la cortaba en trozos pequeños, muy pequeños. Mientras sacaba una daga, Tumba sonrió y dio la vuelta para recibirla.

Una niebla azul flotó hasta el callejón y una rata corrió cerca de él. El silencio era absoluto, quebrantado tan solo por las distantes carcajadas. A lo mejor la había perdido. El rey y sus secuaces habían cometido el mayor error de sus vidas al nombrarla campeona. Eso le había dicho su cliente cuando lo contrató.

Aguardó un momento, sin separar la vista de la boca de la calle, y luego se tomó un instante para respirar, sorprendido al descubrir que estaba algo decepcionado.

La campeona del rey, vaya cuento. No le había costado nada despistarla. Y ahora volvería a casa y dentro de unos días recibiría otra oferta. Y luego otra. Y otra. Su cliente le había prometido que le lloverían los encargos. Arobynn Hamel maldeciría el día que se negó a admitirlo en la hermandad de los asesinos por la crueldad de sus métodos.

Tumba rio y giró la daga que tenía en la mano. Entonces la vio.

Llegó entre la niebla, entre una grieta de oscuridad. No corría, se limitaba a caminar con un bamboleo petulante. Tumba echó un vistazo a los edificios que lo rodeaban. La piedra parecía resbaladiza y no había ventanas.

Paso a paso, se acercaba. Tumba iba a disfrutarlo. La haría sufrir tanto como a la princesa.

Sonriendo, Tumba retrocedió hacia el fondo del callejón. Solo se detuvo cuando golpeó con la espalda el muro de piedra. Un espacio más angosto le daría ventaja. Y en aquel pasaje olvidado, se tomaría su tiempo para hacerle todo lo que quisiera.

Ella seguía aproximándose. El acero que Celaena llevaba en la espalda zumbó cuando lo sacó de su funda. La luz de la luna se reflejó en la larga hoja. Seguramente era un regalo de su amado principito.

Tumba sacó su segunda daga de la bota. Aquello no era un frívolo torneo organizado por la nobleza. Allí valía todo.

Sin pronunciar palabra, Tumba corrió hacia ella apuntando ambas dagas hacia su cabeza.

Celaena lo esquivó con asombrosa facilidad. Tumba volvió a atacar, pero ella se agachó rápida como un rayo y le cortó las espinillas con la espada.

Tumba cayó contra el húmedo suelo antes de siquiera notar el daño. El mundo se tiñó de negro, de gris y luego de rojo cuando un horrible dolor lo atravesó. Sin soltar la daga, intentó retroceder hacia la pared, pero las piernas no le respondían, y solo sus brazos se esforzaban en vano por arrastrarlo entre la porquería.

—Zorra —dijo entre dientes—. Zorra.

La sangre manaba a borbotones de sus piernas cuando alcanzó la pared. Le había cortado el hueso. No podría caminar. Se las pagaría a pesar de todo. Encontraría el modo.

Ella se detuvo a pocos metros de distancia y enfundó la espada. Acto seguido, sacó una daga larga y enjoyada.

Tumba la insultó con la palabra más repugnante que encontró.

Celaena soltó una risita y, rápida como una cobra, le clavó un brazo a la pared con la brillante daga.

Un dolor insoportable le recorrió la muñeca derecha y luego la izquierda, cuando una segunda arma la traspasó también. Tumba gritó —un horrible chillido— al saberse crucificado a la pared.

La sangre fluía, casi negra a la luz de la luna. Tumba se forcejeaba sin dejar de insultar a la asesina. Se desangraría si no conseguía arrancar los brazos del muro.

En un silencio sobrenatural, Celaena se acuclilló junto a él y, con otro cuchillo, lo obligó a levantar la barbilla. Tumba jadeó cuando ella acercó su cara. Nadie lo miraba desde el fondo de la capucha, nadie de este mundo al menos. Celaena no tenía rostro.

—¿Quién te contrató? —preguntó la asesina con una voz de ultratumba.

—¿Para qué? —preguntó él casi sollozando. A lo mejor podía fingir inocencia. La haría entrar en razón. Convencería a esa zorra arrogante de que no tenía nada que ver con...

Celaena desplazó la daga para presionarla aún más contra el cuello.

—Para asesinar a la princesa Nehemia.

—N-n-nadie. No sé de qué hablas.

Y entonces, sin respirar siquiera, la asesina se sacó otra daga de la nada y se la hundió en el muslo tan profundamente que cuando la hoja golpeó contra los adoquines, Tumba sintió la vibración en la pierna. Un grito se quebró en su garganta cuando al revolverse agrandó las heridas de sus muñecas.

—¿Quién te contrató? —volvió a preguntar Celaena. Tranquila, muy tranquila.

—Oro —gimió Tumba—. Tengo oro.

Ella sacó otro cuchillo y se lo hundió en la segunda pierna, que quedó prendida a la piedra. Tumba volvió a gritar. Suplicaba a unos dioses que no acudirían en su ayuda.

—¿Quién te contrató?

—¡No sé de qué hablas!

En una milésima de segundo, Celaena le arrancó las dagas de los muslos. Tumba estuvo a punto de orinarse encima a causa del dolor y del alivio.

—Gracias —lloriqueó, pensando al mismo tiempo cómo la castigaría. Ella se sentó sobre los talones y lo miró fijamente—. Gracias.

Pero ella sacó otro cuchillo, una daga reluciente con el filo serrado, y lo empuñó junto a la mano de aquel despojo humano.

—Escoge un dedo —dijo. Él tembló y negó con la cabeza—. Escoge un dedo.

—P-por favor —Tumba notó un líquido caliente en los pantalones.

—Entonces, que sea el pulgar.

—N-no. ¡Ha... hablaré! —Celaena, de todos modos, puso la hoja contra la base de su pulgar—. ¡Detente! ¡Te lo diré todo!

CAPÍTULO 36

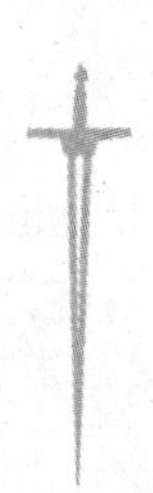

Dorian estaba a punto de perder los nervios tras varias horas de intenso debate cuando las puertas de la sala se abrieron de par en par y, con el revuelo de su capa, entró Celaena como una ráfaga. Los veinte hombres sentados a la mesa enmudecieron a la vez, incluido el rey, cuyos ojos se posaron al instante en la mano de la asesina. Chaol, que estaba parado junto a la puerta, ya se dirigía hacia ella, pero también se detuvo en seco al ver lo que Celaena llevaba consigo.

Una cabeza.

El hombre había muerto en pleno grito y Dorian tuvo la sensación de haber visto antes aquellos rasgos grotescos y el pelo escaso y oscuro que Celaena sujetaba. No podía estar seguro, la cabeza se columpiaba salvajemente bajo los dedos enguantados.

Chaol se llevó la mano a la cintura, pálido como un muerto. Los hombres del capitán también sacaron sus armas, pero no se movieron. Y no lo harían a menos que Chaol o el rey lo ordenaran.

—¿Qué es eso? —quiso saber el soberano.

Los señores allí presentes contemplaban la escena boquiabiertos.

Celaena, en cambio, sonreía ampliamente cuando posó sus ojos en uno de los ministros y se dirigió hacia él.

Y nadie, ni siquiera el padre de Dorian, se atrevió a reclamar cuando la asesina plantó la cabeza sobre los papeles del ministro.

—Creo que esto te pertenece —dijo, y la soltó. La cabeza cayó de lado. Después Celaena palmeó (literalmente) el hombro del ministro antes de rodear la mesa y dejarse caer en una silla que había en un extremo de la sala.

—Explícate —gruñó el rey.

Celaena se cruzó de brazos y le sonrió al ministro, a quien se le había puesto el rostro verde mientras miraba fijamente el macabro obsequio.

—Esta noche tuve una pequeña charla con Tumba sobre la princesa Nehemia —declaró ella. Tumba, el asesino del torneo... y el campeón del ministro Mullison—. Le envía saludos, ministro. Y también esto. —Arrojó algo a la mesa: una pequeña pulsera de oro con flores de loto grabadas. El tipo de joya que usaba Nehemia—. Un consejo, ministro, de profesional a profesional borre sus huellas, contrate a asesinos que no conozca personalmente y, sobre todo, no lo haga poco después de haber discutido públicamente con su objetivo.

Mullison miraba al rey con expresión suplicante.

—Yo no lo hice —Se apartó, asqueado—. No sé de qué está hablando. Yo nunca haría algo así.

—Pues no es eso lo que me dijo Tumba —ronroneó ella.

Dorian la miraba fijamente. Aquella Celaena no tenía nada que ver con la fiera salvaje que había aparecido la noche de la muerte de Nehemia. La criatura que ahora tenía enfrente parecía estar equilibrándose al borde de un abismo... Que el Wyrd los ayudara a todos.

Chaol ya estaba junto a Celaena, agarrándola por el codo.

—¿Qué demonios crees que estás haciendo?

La asesina alzó la vista hacia él y le sonrió con dulzura.

—Tu trabajo, por lo que parece.

Apartándose de Chaol, Celaena se levantó y volvió a rodear la mesa. Al llegar a la altura del rey, extrajo un pergamino de entre los pliegues de su capa y lo dejó caer ante él. La impertinencia de aquel gesto le habría costado un viaje a las mazmorras en otras circunstancias, pero el rey guardó silencio.

Sin despegarse de Celaena y aún con la mano en la cintura, Chaol la miraba consternado. Dorian elevó plegarias para que no pelearan de nuevo. Otra vez no, al menos no allí. Si la magia se manifestaba y su padre lo notaba... Dorian ni siquiera quería pensar en sus poderes estando en aquella sala, rodeado de tantos enemigos en potencia y sentado junto a la persona que ordenaría su ejecución.

El padre de Dorian tomó el pergamino. Desde donde estaba, el príncipe vislumbró una lista de nombres. Quince, como mínimo.

—Antes de la desdichada muerte de la princesa —continuó Celaena—, eliminé a unos cuantos traidores a la corona. Mi objetivo (sin duda el rey sabía que se refería a Archer) me condujo hasta ellos.

El príncipe no podía seguir mirándola ni un minuto más. Esa no podía ser toda la verdad. Celaena no había ido a aquel almacén para ejecutar a nadie, sino para salvar a Chaol. ¿Por qué mentía ahora? ¿Por qué fingía que los había exterminado? ¿A qué estaba jugando?

Dorian levantó la vista frente a él. El ministro Mullison seguía temblando, horrorizado. No le hubiera sorprendido que vomitara allí mismo. ¿Habría sido Mullison el autor de la amenaza anónima contra la vida de Nehemia?

Después de un momento, el rey separó los ojos de la lista para mirar a Celaena.

—Bien hecho, campeona. Bien hecho, ya lo creo que sí.

Celaena y el rey se sonrieron, y aquel gesto de complicidad fue lo más terrorífico que Dorian había presenciado en su vida.

—Dile a mi tesorero que te doble la paga este mes —ordenó el monarca.

Dorian tenía el estómago revuelto, no solo por la cabeza y la ropa cubierta de sangre seca, sino porque, por más que se esforzara, no conseguía encontrar en aquel rostro ninguna huella de la chica a la que amó alguna vez. Y, a juzgar por la expresión de Chaol, su amigo se sentía igual.

Haciendo un ademán con la mano, Celaena hizo una rebuscada reverencia. Luego miró a Chaol con una sonrisa desprovista de afecto y salió de la estancia velozmente.

Silencio.

Dorian devolvió su atención al ministro Mullison, que se limitó a susurrar:

—Por favor.

El rey ordenó a Chaol que lo encerrara en las mazmorras.

Celaena no había terminado, ni mucho menos. A lo mejor el derramamiento de sangre había concluido, pero tenía otra visita que hacer antes de regresar a su dormitorio y quitarse de encima el hedor de la sangre de Tumba.

Archer estaba descansando cuando la asesina llegó a su casa. El mayordomo no se atrevió a detenerla cuando subió la alfombrada escalinata de la entrada, recorrió como una tormenta el elegante pasillo y abrió de par en par las puertas que solo podían ser del dormitorio del cortesano.

Archer se incorporó de un salto y luego se encogió, cuando ella le posó la mano en el hombro vendado. Una vez asimilada la situación, Archer se fijó en las dagas que Celaena llevaba en el cinturón. Se quedó quieto, muy quieto.

—Lo siento —dijo.

Plantada a los pies de la cama, Celaena lo miró de arriba abajo, incluidos su cara demacrada y su hombro vendado.

—Tú lo sientes, Chaol lo siente, todo el maldito mundo lo siente. Dime qué se proponen tú y tu resistencia. Dime qué sabes acerca de los planes del rey.

—No quería mentirte —se explicó Archer en tono amable—, pero tenía que asegurarme de poder confiar en ti antes de contarte la verdad. Nehemia (Celaena hizo esfuerzos por no encogerse al oír el nombre) nos dijo que eras de fiar, pero yo debía asegurarme. Y necesitaba que tú también confiaras en mí.

—¿Y secuestraste a Chaol para ganarte mi confianza?

—Lo secuestramos porque pensábamos que el rey y él se proponían hacerle daño a la princesa. Quería que acudieras al almacén para que oyeras de boca del propio Chaol que estaba al tanto de la amenaza a la vida de Nehemia y que no te había dicho nada. Quería que comprendieras que él es el enemigo. Si hubiera sabido que te ibas a enfurecer así, jamás lo habría hecho.

Celaena negó con la cabeza.

—La lista que me entregaste ayer de los hombres del almacén... ¿De verdad están muertos?

—Tú los mataste, sí.

La invadió un fuerte sentimiento de culpa.

—Lo siento también, por la parte que me toca.

Y era verdad. Había memorizado los nombres e intentado recordar sus rostros. Sus muertes pesarían siempre sobre su conciencia. Ni siquiera olvidaría jamás la muerte de Tumba, ni el sufrimiento que le había propiciado en el callejón.

—Le entregué la lista al rey. De ese modo, te dejará en paz unos días. Cinco como máximo.

Archer asintió y volvió a dejarse caer contra los almohadones.

—¿De verdad Nehemia colaboraba con ustedes?

—Ese era el motivo de su estancia en Rifthold. Ayudarnos a organizar la resistencia en el Norte. Y proporcionarnos información directa sobre el castillo —como Celaena siempre había sospechado—. Su pérdida... —Archer cerró los ojos—. No tenemos a nadie que pueda remplazarla.

La joven tragó saliva.

—Pero tú sí que podrías —prosiguió el hombre, mirándola a los ojos—. Sé que eres de Terrasen. Una parte de ti sabe que Terrasen debe ser liberado.

No eres más que una cobarde.

Celaena permaneció impasible.

—Sé nuestros ojos y nuestros oídos en el castillo —le susurró Archer—. Ayúdanos. Ayúdanos y encontraremos la manera de salvar el mundo. De salvarte a ti. No sabemos qué planea el rey, solo que ha encontrado una fuente de poder ajena a la magia, y que es probable que esté usando ese poder para crear sus propias monstruosidades. Pero no sabemos con qué fin. Eso era lo que Nehemia intentaba descubrir... la información que podría salvarnos a todos.

Meditaría todo aquello más tarde. Mucho más tarde. En aquel momento se quedó mirando a Archer y luego observó sus propias ropas manchadas de sangre coagulada.

—Encontré al hombre que mató a Nehemia.

Archer abrió los ojos sorprendido.

—¿Y?

Celaena se dio media vuelta para abandonar la habitación.

—Y la deuda está saldada. El ministro Mullison lo contrató para quitarse una espinita. Al parecer, la princesa lo había puesto en evidencia demasiadas veces en las reuniones del consejo. Mullison está ahora en las mazmorras, aguardando el juicio.

Y ella estaría presente durante cada minuto del juicio y de la posterior ejecución.

Cuando Celaena agarró la manija de la puerta para abrirla, Archer soltó un suspiro.

La asesina lo miró por encima del hombro. Vio miedo y tristeza en su semblante.

—Te interpusiste en el camino de la flecha para salvarme —dijo en voz baja, mirando el vendaje.

—Era lo menos que podía hacer después del desastre que había provocado.

Ella se mordió el labio y abrió la puerta.

—Dentro de cinco días terminará el plazo. Prepárense tú y tus aliados para partir.

—Pero...

—Pero nada —lo interrumpió—. Tienes suerte de que no te degüelle aquí mismo por haberme tendido una trampa. Con flecha o sin flecha, y al margen de mi relación con Chaol, me mentiste. Y secuestraste a mi amigo. De no haber sido por eso, por ti, yo habría estado en el castillo aquella noche —lo hizo callar con la mirada—. Ya terminé contigo. No quiero tu información, yo no voy a darte información y no me importa lo que te pase una vez que hayas abandonado la ciudad, siempre y cuando no vuelva a verte nunca.

Dio un paso hacia el pasillo.

—¿Celaena?

Ella lo miró por encima del hombro.

—Lo siento. Sé lo mucho que significabas para ella... y ella para ti.

El pesar que había luchado por mantener a raya desde que salió a buscar a Tumba, la alcanzó de repente. Celaena encorvó la espalda. Estaba agotada. Ahora que Tumba estaba muerto, ahora que el ministro Mullison estaba encerrado, ahora que no quedaba nadie a quien mutilar y castigar... se sentía vacía.

—Cinco días. Volveré dentro de cinco días. Si no estás listo para abandonar Rifthold, no me molestaré en fingir tu muerte. Te mataré antes de que sepas siquiera que estoy aquí.

Con expresión ausente y la espalda enfundada, Chaol soportaba el escrutinio de su padre. La habitación era soleada y poco ruidosa, agradable incluso, pero Chaol se quedó plantado en el umbral. Era la primera vez que veía a su padre desde hacía diez años.

El señor de Anielle tenía más o menos el mismo aspecto que siempre: el pelo un poco más gris, pero conservaba su rudo atractivo, mucho más parecido a Chaol de lo que a este le habría gustado.

—El desayuno se está enfriando —dijo el padre, agitando su manaza en dirección a la mesa y a la silla vacía del otro lado. Sus primeras palabras desde que había visto a Chaol.

Apretando los dientes con fuerza, el capitán de la guardia cruzó el iluminado vestíbulo y se sentó en la silla. Su padre se sirvió de una jarra de jugo y dijo sin mirarlo:

—Al menos llenas el uniforme. Gracias a la sangre de tu madre, tu hermano es débil y delgaducho.

El tono empleado por su padre al escupir las palabras "la sangre de tu madre" lo enfureció, pero Chaol hizo un esfuerzo por servirse una taza de té y a untar mantequilla en un pan tostado.

—¿Piensas decir algo o te vas a quedar ahí callado?

—¿Y qué quieres que te diga?

El padre esbozó una sutil sonrisa.

—Un hijo educado preguntaría por el resto de la familia.

—Hace diez años que no soy tu hijo. No veo por qué debería empezar ahora a comportarme como tal.

El padre lanzó una mirada fugaz a la espada de Chaol, examinándola, juzgándola, valorándola. El capitán de la guardia contuvo el impulso de marcharse. Había cometido un error al aceptar la invitación del señor de Anielle. Debería haber quemado la nota que había recibido la noche anterior. Sin embargo, después de que Chaol se asegurara de que el ministro Mullison había sido encerrado, el rey lo había reprendido de tal forma por haber permitido que Celaena dejara en ridículo a la guardia, que no había podido pensar con claridad.

Y Celaena... No tenía ni idea de cómo había escapado de sus aposentos. Ni idea. Los guardias estaban en sus puestos y no habían informado de ningún ruido sospechoso. Las ventanas no se habían abierto ni tampoco la puerta principal. Y cuando le preguntó a Philippa, esta le dijo que la puerta del dormitorio había permanecido cerrada toda la noche.

Celaena volvía a guardar secretos. Le había mentido al rey sobre los asesinatos que había cometido en el almacén. Y otros misterios la rodeaban también, misterios que debería descifrar si sobrevivía a la amenaza de la asesina. Sus hombres le habían descrito el aspecto del cuerpo que apareció en aquel callejón...

—Cuéntame qué has hecho.

—¿Qué quieres saber? —preguntó Chaol con indiferencia, sin tocar la comida ni la bebida.

Su padre se acomodó en la silla, un gesto que en otro tiempo lo hacía sudar. Por lo general, significaba que el hombre se disponía a prestarle toda su atención, que lo iba a enjuiciar y a castigar por cualquier debilidad, por el más mínimo error. Ahora, sin embargo, Chaol era un hombre que solo rendía cuentas ante su rey.

—¿Estás contento de ocupar el cargo por el que sacrificaste tu herencia?

—Sí.

—Supongo que debería darte las gracias por haberme visto obligado a desplazarme a Rifthold. Y si Eyllwe se rebela, todos tendremos que agradecerte eso también.

Haciendo esfuerzos por controlarse, Chaol mordió un pan tostado sin apartar la mirada.

Algo parecido a orgullo se asomó a los ojos del padre, que dio un bocado a su propio pan antes de decir:

—¿Estás con alguna mujer, por lo menos?

El capitán de la guardia controló su tono.

—No.

—Nunca has sabido mentir.

Mirando por la ventana, Chaol posó la vista en el despejado día, primera señal de la primavera.

—Espero, por tu bien, que al menos sea noble.

—¿Por mi bien?

—Puede que desprecies tu linaje, pero sigues siendo un Westfall. Nosotros no nos casamos con criadas comunes.

Chaol resopló y negó con la cabeza.

—Me casaré con quien me plazca, tanto si es una criada común como una princesa o una esclava. En cualquier caso, no es asunto tuyo.

El padre del capitán entrelazó las manos sobre la mesa. Tras un largo silencio, dijo con voz queda:

—Tu madre te extraña. Quiere que vuelvas a casa.

Chaol se quedó sin aliento, pero su expresión no se inmutó cuando preguntó con voz firme:

—¿Y tú, padre?

El hombre lo miró a los ojos, como si intentara leerle el pensamiento.

—Si Eyllwe se levanta en represalia y nos enfrentamos a una guerra, Anielle necesitará a un heredero fuerte.

—Has educado a Terrin para que herede el título algún día. Estoy seguro de que lo hará de maravilla.

—Terrin es un hombre de letras, no un guerrero. Así nació. Si Eyllwe se rebela, hay muchas probabilidades de que los bárbaros de Fang los secunden. Anielle será su primer objetivo. Llevan años soñando con su venganza.

Chaol se preguntó hasta qué punto todo aquello minaba el orgullo de su padre. La verdad es que una parte de él quería verlo sufrir.

Por otro lado, estaba harto del sufrimiento y del odio. Y apenas le quedaban fuerzas para luchar ahora que Celaena le había dejado bien claro que comería carbón al rojo vivo antes que volver a mirarlo con cariño. Ahora, Celaena se había... ido. Así que se limitó a decir:

—Mi sitio está aquí. Mi vida está aquí.

—Tu gente te necesita. Te va a necesitar. ¿Vas a ser tan egoísta como para darles la espalda?

—¿Igual que me la dio mi padre?

El padre de Chaol volvió a sonreír, un gesto frío y cruel.

—Deshonraste a tu familia cuando renunciaste a tu título. Me deshonraste. Pero te has convertido en un hombre de provecho a lo largo de estos años, te has ganado la confianza del príncipe heredero. Y cuando Dorian sea rey, te recompensará por ello, ¿no es así? Podría convertir Anielle en un ducado y concederte una extensión de tierra capaz de rivalizar con los territorios de Perrington en Morath.

—¿Qué quieres en realidad, padre? ¿Proteger a tu gente o utilizar mi amistad con Dorian en provecho propio?

—¿Me encerrarías en las mazmorras si te dijera que ambas cosas? Por lo que he oído, ese es el castigo que aplicas últimamente a las personas que se atreven a desafiarte —y Chaol supo, por el brillo de sus ojos, que su padre estaba al corriente—.

Tal vez, si lo hicieras, tu mujer y yo podríamos negociar las condiciones.

—Si quieres que vuelva a Anielle, no estás logrando convencerme.

—¿Acaso tengo que convencerte? No supiste proteger a la princesa, y por culpa de tu error podría estallar una guerra. Ahora, la asesina que te calentaba la cama solo quiere ver tus entrañas esparcidas por el suelo. ¿Qué te queda aquí, salvo vergüenza?

Chaol dio un fuerte manotazo en la mesa, haciendo tintinear los platos.

—¡Ya basta!

No quería que su padre supiera nada de Celaena, ni sobre su propio corazón partido. No dejaba que los criados le cambiaran las sábanas de la cama porque aún conservaban el aroma de Celaena, porque quería soñar cada noche que la joven dormía entre sus brazos.

—He trabajado duro durante diez años para ganarme esta posición. Si consideras débil a Terrin, envíamelo y lo entrenaré. A lo mejor así aprende a comportarse como un hombre.

Haciendo tintinear los platos otra vez, Chaol se levantó. Cinco minutos. Había aguantado cinco minutos.

Se detuvo en el umbral y se volvió a mirar a su padre. El hombre le sonreía con desgana, sin dejar de escudriñarlo, calculando aún cómo podía utilizarlo.

—Habla con ella, atrévete a mirarla siquiera —le advirtió Chaol—, y por más que seas mi padre, haré que desees no haber pisado jamás este castillo.

Y aunque no quiso quedarse a oír la respuesta del hombre, se marchó con la desagradable sensación de que había caído por completo en la trampa que su padre le había tendido.

CAPÍTULO 37

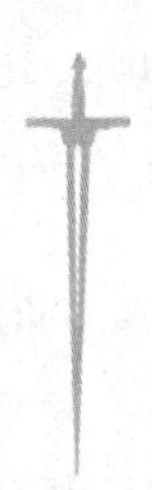

No había nadie más allí que pudiera encargarse de esa tarea, no mientras los soldados y los embajadores de Eyllwe no hubieran llegado al castillo para retirar el cuerpo de Nehemia de la parcela real donde yacía enterrado. Cuando Celaena abrió la puerta de aquella habitación que hedía a muerte y dolor, vio que alguien había retirado los restos de sangre y vísceras. El colchón ya no estaba. Celaena se detuvo en el umbral con la mirada fija en la base de la cama. Tal vez debería dejar que las personas que estaban de camino para trasladar los restos mortales de Nehemia a Eyllwe se ocuparan de sus pertenencias.

Pero, ¿serían amigos de la princesa? La idea de que unos extraños tocaran las cosas de Nehemia, de que las empacaran como unos objetos cualesquiera, la enloquecía de rabia y pesar, casi tanto como había enloquecido aquella tarde cuando entró en su propio vestidor y arrancó hasta el último vestido de las perchas, cada zapato, túnica, cinta y capa, para arrojarlos al pasillo.

Había quemado los vestidos que más le recordaban a Nehemia, los que se había puesto durante las clases, a la hora de comer, en sus paseos por los alrededores del castillo. Solo cuando entró Philippa para preguntarle de dónde salía aquel humo, Celaena se detuvo y permitió que la criada salvara unos cuantos vestidos para donarlos. Sin embargo, la sirvienta no había llegado a tiempo para impedirle que destruyera el vestido que Celaena usó la noche del cumpleaños de Chaol. Fue el primero que quemó.

Y cuando hubo vaciado el vestidor, le entregó una bolsa de oro a Philippa con el encargo de comprar ropa nueva. La sirvienta la había mirado con tristeza —otro gesto que Celaena detestaba— y se había marchado.

Tardó una hora en empacar cuidadosamente las ropas y joyas de Nehemia. Procuró no aferrarse demasiado a los recuerdos que cada objeto le despertaba, ni concentrarse en el aroma a flor de loto que desprendía todo.

Cuando hubo cerrado todos los baúles, se dirigió al escritorio de Nehemia, que seguía repleto de libros y papeles, como si la princesa acabara de salir y pudiera regresar en cualquier momento. Al estirarse para tomar el primer papel, sus ojos se posaron en el arco de cicatrices que aún conservaba en la mano derecha: las marcas de la dentadura del Ridderak.

Los papeles estaban llenos de garabatos escritos en lengua eyllwe y... de marcas del Wyrd.

Montones de marcas del Wyrd, algunas dispuestas en largas líneas, otras en forma de símbolos como los que Nehemia trazó bajo la cama de Celaena muchos meses atrás. ¿Cómo era posible que los espías del rey no se los hubieran llevado? ¿O acaso ni siquiera se habían molestado en inspeccionar su alcoba? Empezó a amontonar los papeles. A lo mejor aún podía descubrir unas cuantas cosas sobre las marcas, aunque Nehemia estuviera...

Muerta, se obligó a pensar. *Nehemia está muerta.*

Celaena volvió a mirarse las cicatrices de la mano y estaba a punto de alejarse del escritorio cuando vio un libro, medio enterrado bajo una torre de papeles, que le resultó familiar.

El libro de la oficina de Davis.

El ejemplar era más viejo y estaba más estropeado, pero se trataba del mismo título. Y en la guarda descubrió una frase en Wyrd, tan básica que incluso Celaena supo interpretarla.

No confíes...

El último símbolo, sin embargo, le pareció un misterio. Lucía como un Guiverno, el sello real. Por supuesto que no debía confiar en el rey de Adarlan.

Hojeó el libro, buscando más información.

Nada.

Miró la guarda trasera. En esta, Nehemia había escrito:

Solo mediante el ojo se puede ver la verdad.

Lo había garabateado a toda prisa en lengua común, en eyllwe y en otros idiomas que Celaena no reconoció. Nehemia había traducido la frase a varias lenguas... como si quisiera averiguar si el acertijo tenía más sentido en otros idiomas. El mismo libro, el mismo acertijo, idéntica inscripción en la guarda trasera.

"La típica bobada de un noble aburrido", había dicho Nehemia.

Pero Nehemia... Nehemia y Archer dirigían el grupo al que Davis había pertenecido. Nehemia conocía a Davis, lo conocía y había mentido al respecto, había mentido también sobre el acertijo y...

Nehemia se lo había prometido. Le había prometido que no habría más secretos entre ambas. Se prometió y mintió. Se lo prometió y la engañó.

Ahogó un grito mientras buscaba algún otro trozo de papel en el escritorio, en la habitación. Nada.

¿Qué otras mentiras le había dicho Nehemia?

Solo mediante el ojo...

Celaena tocó su amuleto. Nehemia conocía la existencia de la tumba. Si había estado pasándole información al grupo y había animado a Celaena a mirar por el ojo excavado en la pared... sin duda la princesa lo habría hecho también. Sin embargo, después del duelo, le había devuelto el Ojo de Elena a Celaena. Si Nehemia lo hubiera necesitado, se lo habría quedado. Y Archer no había mencionado nada de todo el asunto.

A menos que el acertijo no hiciera referencia a ese ojo en concreto.

Porque...

—Por el Wyrd —murmuró Celaena, y salió corriendo del dormitorio.

Mort gruñó cuando vio que Celaena se acercaba a la puerta del sepulcro.

—¿Vienes a deshonrar algún otro objeto sagrado?

Cargada con un morral lleno de papeles y libros que se había llevado de su propio cuarto, Celaena saludó a la aldaba con unas palmaditas en la cabeza. Los dientes de bronce repicaron cuando Mort intentó morderle la mano.

La luz de la luna iluminaba el interior del sepulcro. Y allí, al otro lado de la tumba, relucía un segundo ojo, dorado y majestuoso.

Damaris. Era Damaris, la espada de la verdad. Gavin no veía nada sino la verdad.

Solo mediante el ojo se puede ver la verdad.

—¿Tan ciega estoy? —Celaena dejó caer el morral de cuero al suelo y esparció los libros y papeles por las viejas losas.

—¡Eso parece! —se burló Mort.

El pomo en forma de ojo tenía el tamaño exacto.

Celaena retiró la espada de su soporte y la desenvainó. Tuvo la sensación de que las marcas del Wyrd grabadas en la hoja se agitaban como agua. Corrió otra vez hacia la pared.

—Por si no te has dado cuenta —le gritó Mort—, se supone que debes poner el ojo contra el agujero y mirar a través de él.

—Ya lo sé —replicó Celaena.

Y así, sin atreverse a respirar, Celaena levantó el pomo hacia el orificio hasta que ambos ojos quedaron perfectamente alineados. Luego se puso de puntitas para mirar... y gimió.

Era un poema.

Un largo poema. Celaena sacó el pergamino y el carboncillo que llevaba en su bolsillo y copió las palabras, corriendo de un lado a otro, mirando por pocos segundos por el ojo para leer, memorizar, comprobar y luego escribir. Solo cuando terminó leyó la poesía en voz alta:

"*Por los Valg fueron robadas*
de un oscuro portal del Wyrd;

talladas de negra obsidiana
y de la piedra maldita.

Lloroso, ocultó la prima
en la tiara de su amada,
allá en su morada postrera
entre la noche estrellada.

La segunda fue escondida
en la montaña de fuego
para los hombres prohibida
aunque habitara sus sueños.

Dónde yace la tercera
jamás será revelado.
Ni ruego ni encargo ni oro
conducirán a su hallazgo".

Celaena negó con la cabeza. Más frases absurdas. Además, "Wyrd" y "maldita" no rimaban. Por no hablar de la ruptura de la rima de la última estrofa.

—Puesto que ya sabías que la espada se podía usar para leer el poema —le dijo a Mort—, ¿por qué no me ahorras molestias y me dices a qué diablos se refiere?

Mort levantó la nariz.

—Yo diría que describe la ubicación de tres objetos muy poderosos.

Celaena volvió a leer el poema.

—¿Y por qué tres? Parece como si el segundo estuviera escondido en... ¿un volcán? Y el primero y el tercero... —apretó los dientes—. La puerta del Wyrd. ¿Para qué sirve este acertijo? ¿Y por qué está ahí?

—¡Esa es la pregunta del milenio! —se carcajeó Mort mientras Celaena se dirigía hacia los papeles y los libros que había desparramado al otro lado del sepulcro—. Será mejor que limpies ese desorden o le pediré a los dioses que envíen a una horrible bestia contra ti.

—Llegas tarde, Caín se te adelantó hace meses —Celaena devolvió a Damaris a su soporte—. Lástima que el Ridderak no te arrancara de la puerta cuando la reventó —la asaltó un pensamiento y se quedó mirando la pared de enfrente, en la que estuvo a punto de ser despedazada—. ¿Quién retiró el cadáver del Ridderak?

—La princesa Nehemia, por supuesto.

Celaena giró el cuerpo para asomarse.

—¿Nehemia?

Mort se atragantó y maldijo su lengua colgante.

—Nehemia estuvo... ¿Nehemia estuvo aquí? Pero si fui yo la que le enseñó el sepulcro... —el rostro de Mort relucía a la luz de la vela que Celaena había puesto junto a la puerta—. ¿Me estás diciendo que Nehemia vino aquí después del ataque del Ridderak? ¿Que ya conocía este sitio? ¿Y me lo dices ahora?

Mort cerró los ojos.

—No era asunto mío.

Otro engaño. Otro misterio.

—Supongo que si Caín pudo bajar aquí, deben existir otras entradas —dedujo Celaena.

—A mí no me preguntes dónde están —repuso Mort, leyéndole el pensamiento—. Yo nunca me he movido de aquí.

La asesina tuvo la sensación de que también aquello era mentira. Mort siempre hablaba como si conociera perfectamente el plano del sepulcro y se daba cuenta cuando ella tocaba algo que no debía.

—¿Y entonces para qué sirves? ¿Brannon te creó únicamente para fastidiar?

—Tenía un gran sentido del humor.

La idea de que Mort hubiera conocido realmente al antiguo rey de las hadas le producía escalofríos.

—Pensaba que te había dotado de poderes. ¿Solo sabes decir bobadas y esperar a que yo descifre el acertijo?

—Por supuesto que no. Además, ¿acaso no es el viaje más importante que el destino?

—No —escupió ella. Lanzando un montón de insultos dignos de una arrabalera, Celaena se metió el papel en el bolsillo. Tendría que estudiar el acertijo a conciencia.

Si Nehemia, antes de morir, estaba en búsqueda de aquellas cosas, tan importantes que mintió para proteger el secreto, en ese caso, por más que fuera verdad que Archer y sus amigos tenían buenas intenciones, no confiaba en que fueran capaces de tener en su poder objetos tan poderosos como los que mencionaba el acertijo. Y si acaso ya los estaban buscando, entonces era mejor que Celaena los encontrara primero. Nehemia no había deducido que la adivinanza se refiriera a Damaris, pero a lo mejor sí sabía de qué clase de objetos se trataba. Tal vez estuviera intentando descifrar el acertijo del ojo porque quería encontrarlos antes que el rey. ¿Los planes del rey guardarían relación con esos misteriosos objetos?

Celaena tomó la vela y salió de la cámara de inmediato.

—¿Por fin sientes curiosidad?

—Aún no —respondió Celaena al pasar junto a Mort.

Cuando hubiera averiguado qué eran aquellas cosas, buscaría la manera de encontrarlas. Aunque los únicos volcanes de los que había oído hablar estaban en la península Desierta, y ni en sueños le permitiría el rey emprender sola un viaje tan largo.

—Ojalá pudiera desprenderme de esta puerta —suspiró Mort—. Me muero de envidia al pensar en la cantidad de líos en los que te vas a meter mientras intentas resolver ese acertijo.

Tenía razón. Y mientras Celaena subía la escalera de caracol, se le ocurrió que Mort pudiera acompañarla. En ese caso, al menos tendría a alguien con quien comentar la situación. Si finalmente decidía ir en busca de esos objetos, fueran lo que fuesen, nadie podría acompañarla. Nadie estaba al corriente de la verdad.

La verdad.

Celaena resopló. ¿Y cuál era la verdad? ¿Que ya no tenía a nadie con quien hablar? ¿Que Nehemia le había mentido descaradamente acerca de muchísimas cosas? ¿Que posiblemente el rey estuviera buscando una formidable fuente de poder? ¿Que tal vez ya la hubiera encontrado? Archer había hablado de una fuente de poder ajena a la magia, ¿acaso se refería a esas cosas? Seguro que Nehemia lo sabía...

Redujo el paso. La vela languidecía por la brisa húmeda que soplaba en la escalera. Dejándose caer en un peldaño, Celaena se abrazó las rodillas.

—¿Qué otras cosas me ocultabas, Nehemia? —susurró a la oscuridad.

No le hizo falta volverse a mirar quién le hacía compañía cuando vio, por el rabillo del ojo, un resplandor palpitante y plateado.

—Pensaba que estabas demasiado agotada para hablar conmigo —le dijo Celaena a la primera reina de Adarlan.

—Solo me puedo quedar un momento —repuso Elena. La seda de su vestido crujió cuando se sentó unos peldaños más arriba. A Celaena le pareció un gesto impropio de una reina.

Juntas, se quedaron mirando las tinieblas de la escalera. Solo la respiración de Celaena quebraba el silencio. Claro, Elena no necesitaba respirar; no emitía sonido alguno, a menos que quisiera hacerlo.

Celaena se abrazó las rodillas.

—¿Cómo fue? —preguntó en voz baja.

—Indoloro —repuso la reina con idéntica suavidad—. Indoloro y fácil.

—¿Tuviste miedo?

—Era muy vieja, y estaba acompañada de mis hijos, y de sus hijos, y de los hijos de estos. No tenía nada que temer cuando llegó el momento.

—¿Adónde fuiste?

Una risa breve.

—Sabes que no te lo puedo decir.

A Celaena le temblaban los labios.

—Ella no murió de vieja en una cama.

—No, es verdad. Pero cuando su espíritu abandonó su cuerpo, no sintió más dolor, ni miedo. Ahora está a salvo.

Celaena asintió. Volvió a oír aquel frufrú, y Elena, ahora un peldaño por encima de ella, le rodeó los hombros con el brazo. No se dio cuenta del frío que tenía hasta que se refugió en la calidez de la reina.

Elena no dijo nada cuando Celaena, por fin, se tapó la cara con las manos y se echó a llorar.

Le quedaba una última cosa por hacer. Quizá la más dura desde la muerte de Nehemia.

La luna que brillaba en lo alto bañaba el mundo con su luz plateada. Aunque no la reconocieron de inmediato, el vigilante nocturno del mausoleo real no la detuvo cuando cruzó las rejas de hierro que se levantaban al fondo de un jardín. Nehemia, sin embargo, no sería sepultada en el mausoleo blanco. El interior del edificio estaba reservado para la familia real.

Celaena caminó junto al mausoleo con la sensación de que los guivernos tallados en los muros la miraban al pasar.

Las pocas personas que seguían allí a aquellas horas inoportunas desviaron la vista cuando se acercó. No los culpaba. El vestido negro y el sencillo velo a juego expresaban a la perfección su terrible dolor y mantenían a todo el mundo distanciado. A mucha distancia. Como si la tristeza fuera contagiosa.

Sin embargo, no le importaba lo que pensaran los demás. El luto no era por ellos. Rodeó la parte trasera del mausoleo y observó las hileras de tumbas que poblaban el jardín por detrás del edificio. La luna iluminaba las blancas y gastadas lápidas. Todo tipo de estatuas, desde dioses dolientes hasta doncellas bailando, custodiaban los lugares de descanso de los nobles, algunas tan realistas que parecían personas transformadas en piedra.

No había nevado desde el asesinato de Nehemia, así que no le costó mucho ubicar la tumba por la tierra recién removida.

No había flores, ni siquiera una lápida. Solo tierra fresca y una espada clavada, uno de los sables de los guardias caídos de

Nehemia. Al parecer, nadie se había molestado en proporcionar nada más, dado que estaba previsto retirar su cuerpo para que lo trasladaran a Eyllwe.

Celaena se quedó mirando la tierra oscura y revuelta. Un viento glacial le agitó el velo.

Le dolía el pecho, pero se había propuesto tener aquel último gesto, rendir un tributo póstumo a su amiga.

Celaena levanto la cara hacia el cielo, cerró los ojos y empezó a cantar.

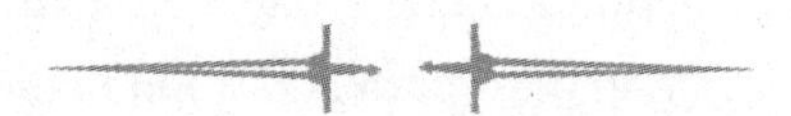

Chaol trataba de convencerse de que solo seguía a Celaena para asegurarse de que no se hiciera daño a sí misma o lastimara a otras personas, pero cuando la vio acercarse al mausoleo real, fue tras ella por otras razones.

La noche lo ayudaba a pasar desapercibido, pero la luna brillaba tanto que prefirió quedarse atrás, lo bastante alejado como para que ella no lo viera ni lo oyera acercarse. Entonces vio dónde se había detenido y comprendió que no tenía derecho a estar allí. Estaba a punto de dar media vuelta cuando Celaena volvió el rostro a la luna y cantó.

No cantaba en ninguna lengua que él conociera. No era el idioma común, ni la lengua eyllwe, ni los idiomas de Fenharrow o Melisande o de algún otro lugar del continente.

Aquella era una lengua antigua, cada palabra empapada de rabia, poder y angustia.

No tenía una voz hermosa, y muchas de las palabras surgían quebradas, como sollozos, las vocales se alargaban por el dolor, las consonantes se endurecían por la ira. Se golpeaba el pecho al compás de la melodía, un gesto cargado de gracia salvaje, acorde con su túnica y su velo negros. Chaol sentía su vello erizarse mientras el lamento se desplegaba desde los labios de Celaena, un canto fúnebre tan antiguo que competía con las mismas piedras del castillo.

Y entonces la canción terminó, tan brutal y repentinamente como fue la muerte de Nehemia.

Celaena permaneció donde estaba unos instantes, silenciosa e inmóvil.

Chaol estaba a punto de marcharse cuando ella volteó hacia él.

La delgada diadema de su cabeza brilló a la luz de la luna. Sujetaba un velo tan oscuro que solo él la había reconocido.

Una brisa los azotó, la misma que hacía gemir las ramas de los árboles y agitaba a un lado el velo y la falda de ella.

—Celaena —suplicó Chaol.

Ella no hizo nada y solo esa inmovilidad le indicó que lo había oído. Y que no quería hablar con él.

De todos modos, ¿qué podía decir para salvar el abismo que se había abierto entre ambos? Le había ocultado información. Aunque Chaol no fuera directamente responsable de la muerte de Nehemia, si alguna de las dos hubiera estado prevenida, podrían haberse protegido mejor. El sentimiento de pérdida que la consumía, la quietud con que lo miraba... todo era culpa de Chaol.

Así que se alejó, con el lamento de Celaena aún resonando en la noche, transportado por el viento como los repiqueteos de campanas lejanas.

CAPÍTULO 38

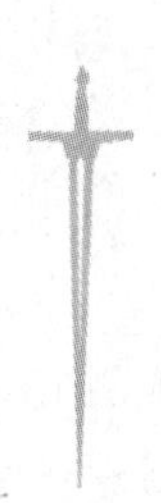

En el parque de costumbre, Celaena contemplaba el alba fría y gris con un largo palo entre los dedos. Ligera descansaba a su lado, azotando con la cola los tallos de hierba seca que se asomaban entre los últimos restos de nieve. Sin embargo, la perrita no gemía ni ladraba para que le tiraran el palo.

No, Ligera solo estaba allí sentada, mirando el palacio que se postraba a lo lejos. Esperando a alguien que nunca llegaría.

Celaena contempló el campo encharcado y escuchó el sonido de las hojas. Nadie había tratado de detenerla cuando abandonó sus aposentos la noche anterior, ni tampoco esa mañana. Aunque los guardias se habían marchado, cada vez que ella salía de su habitación, Ress se las arreglaba para toparse "casualmente" con ella.

Le daba lo mismo que mantuviera informado a Chaol de sus movimientos. Ni siquiera le importaba que el capitán la hubiera estado espiando junto a la tumba de Nehemia. Que pensara lo que quisiera sobre la canción.

Controlándose, arrojó el palo lo más lejos posible, tanto que la rama se perdió en el nublado cielo matutino. No la oyó aterrizar.

Ligera interrogó a Celaena con sus ojos dorados. Celaena acarició la cálida cabeza del animal, sus largas orejas, su alargado hocico. Pero la pregunta no desapareció.

Celaena dijo:

—Nunca volveremos a verla.

La perrita siguió esperando.

Dorian se había pasado la mitad de la noche en la biblioteca, mirando en resquicios olvidados, inspeccionando cada rincón oscuro, cada recoveco oculto, en busca de algún libro de magia. No encontró ninguno. Tampoco le sorprendió, pero teniendo en cuenta la cantidad de libros que había en la biblioteca, la cantidad de sinuosos pasajes que tenía, sintió un poco de decepción al no encontrar nada de utilidad.

Ni siquiera sabía qué haría con el libro cuando diera con él. No se lo podía llevar a sus aposentos, puesto que había muchas probabilidades de que los criados lo encontraran. Seguramente tendría que devolverlo a su escondrijo y acudir a consultarlo siempre que tuviera la oportunidad.

Estaba inspeccionando una estantería encajada en un nicho de piedra cuando oyó unos pasos. De inmediato, tal como lo tenía planeado, sacó el libro que llevaba guardado en la chaqueta y, apoyado contra la pared, lo abrió en una página cualquiera.

—¿No es un poco tarde para estar aquí leyendo? —preguntó una voz femenina. Hablaba en un tono tan normal, tan propio de la chica que conocía, que Dorian estuvo a punto de soltar el libro.

Celaena lo observaba a pocos metros de distancia, con los brazos cruzados. Escuchó un correteo y acto seguido Dorian tuvo que apoyarse contra el muro porque Ligera, moviendo la cola, saltó hacia él para lamerlo.

—¡Dioses, eres enorme! —le dijo el príncipe a la perra. Ligera le lamió la mejilla una última vez y salió corriendo por el pasillo. Arqueando las cejas, Dorian la observó—. Estoy seguro de que, sea lo que sea lo que se propone, a los bibliotecarios no les va a hacer ninguna gracia.

—Le he enseñado que solo puede comerse libros de poesía y de matemáticas.

Celaena estaba pálida y seria, pero en sus ojos brillaba una chispa de humor. Llevaba una túnica azul marino que Dorian no conocía, cuyos bordados dorados brillaban a la pálida luz. De hecho, toda su ropa parecía nueva.

El silencio se instaló entre ambos y Dorian cambió de postura, incómodo. ¿Qué podía decirle? La última vez que la había tenido tan cerca, Celaena le había pasado las uñas por el cuello. El incidente aún le provocaba pesadillas.

—¿Puedo ayudarte en algo? —le preguntó. *Actúa con normalidad, no te compliques la vida,* se dijo.

—¿Príncipe heredero y bibliotecario real?

—Bibliotecario real no oficial —la corrigió él—. Un título que me he ganado a pulso tras muchos años ocultándome aquí para huir de reuniones aburridas, de mi madre y... bueno, de todo lo demás.

—Y yo que te hacía escondido en tu pequeña torre...

Dorian rio con suavidad, pero el sonido borró la expresión risueña de los ojos de Celaena, como si la alegría irritara la herida provocada por la muerte de Nehemia. *No te compliques la vida,* se recordó.

—¿Y bien? ¿Quieres que te ayude a buscar algún libro? Si eso que llevas en la mano es una lista de títulos, podríamos buscar en el catálogo.

—No —rehusó ella, doblando los papeles por la mitad—. No, no busco ningún libro. Solo estaba dando una vuelta.

Claro, y Dorian únicamente estaba leyendo en el rincón más oscuro de la biblioteca.

No obstante, prefirió no presionarla, aunque solo fuera para que Celaena no le hiciera preguntas a su vez. ¿Recordaría ella lo que había pasado cuando había atacado a Chaol? Dorian esperaba que no.

Se oyó un grito ahogado en alguna parte de la biblioteca, seguido de maldiciones y de aquel correteo sobre la piedra que tan bien conocían. Acto seguido, apareció Ligera huyendo a toda velocidad con un pergamino en la boca.

—¡Animal del demonio! —gritaba un hombre—. ¡Ven aquí ahora mismo!

Ligera pasó junto a ellos como una estrella fugáz dorada.

Instantes después, el pequeño bibliotecario llegó cojeando y les preguntó si habían visto al perro. Celaena negó con la cabeza y respondió que había oído algo al otro extremo de la sala. Y luego le pidió al bibliotecario que bajara la voz porque aquello era una biblioteca.

Dorian frunció el ceño cuando el hombre resopló y se alejó a toda prisa, ahora maldiciendo en voz más baja.

En cuanto el bibliotecario se marchó, Dorian vio a Celaena con las cejas muy arqueadas.

—Ese pergamino podría ser invaluable.

Y Celaena sonrió. Con inseguridad al principio, pero luego agitó la cabeza y su sonrisa se ensanchó hasta dejar sus dientes a la vista.

Solo cuando lo miró a los ojos, el príncipe reparó en que la estaba observando atentamente, tratando de discernir la diferencia entre aquella sonrisa y la que había esbozado ante el rey el día que dejó la cabeza de Tumba sobre la mesa del consejo.

Como si le leyera el pensamiento, Celaena dijo:

—Te ruego que me disculpes por mi reciente comportamiento. Yo... no era yo misma.

O quizá era una parte de sí misma que normalmente mantenía oculta, pensó Dorian. No obstante, dijo:

—Lo comprendo.

Y a juzgar por cómo se suavizó la expresión de Celaena, supo que no hacía falta decir nada más.

Chaol no se escondía de su padre, no se escondía de Celaena y no se escondía de sus propios hombres, que últimamente sentían la absurda necesidad de cuidar de él.

Pese a todo, la biblioteca le ofrecía el refugio y la intimidad que buscaba. Y puede que también alguna que otra respuesta.

El bibliotecario en jefe no estaba en su pequeño despacho, empotrado en uno de los gruesos muros de la biblioteca, así que Chaol le preguntó a un aprendiz. El joven, desconcertado, señaló una zona, le dio algunas indicaciones vagas y le deseó buena suerte.

Siguiendo las instrucciones del aprendiz, Chaol subió un empinado tramo de escaleras de mármol y recorrió el pasillo del descanso. Estaba a punto de doblar una esquina cuando los oyó.

En realidad, alcanzó a oír primero la carrera de Ligera y se asomó por el barandal justo a tiempo para ver a Celaena y a Dorian dirigiéndose juntos a la puerta de la entrada. Parecían cómodos, separados por una distancia adecuada, pero... ella le hablaba. Caminaba con la espalda relajada, a un paso relajado. Nada que ver con la tenebrosa mujer que había visto la noche anterior.

¿Qué hacían aquellos dos allí... juntos?

No era asunto suyo. Y, la verdad, se alegraba de que Celaena estuviera charlando tranquilamente y no quemando ropa o despedazando asesinos en callejones solitarios. Sin embargo, el hecho de que fuera Dorian quien la acompañara le encogió el corazón.

Pero al menos hablaba.

Así que Chaol se apartó rápidamente del barandal y se internó en la biblioteca, haciendo esfuerzos por alejar la imagen de su mente. Encontró a Harlan Sensel, el bibliotecario en jefe, resoplando y jadeando por uno de los pasillos principales de la biblioteca al mismo tiempo que agitaba un puñado de papeles rotos que llevaba en la mano.

Sensel estaba tan ocupado escupiendo maldiciones que apenas reparó en Chaol cuando este le salió al paso. El anciano tuvo que esforzarse para ver bien al capitán de la guardia. Cuando lo reconoció, frunció el ceño.

—Bien, me alegro de que esté aquí —dijo Sensel, y siguió andando—. Higgins debe de haberle mandado llamar.

Chaol no tenía ni idea de a qué demonios se refería el bibliotecario.

—¿Necesita mi ayuda para algo en particular?

—¿Algo en particular? —Sensel sacudió los trozos de papel—. ¡Hay bestias feroces corriendo sueltas por mi biblioteca! ¿Quién dejo entrar a esa... criatura? ¡Exijo que se me paguen los daños!

Chaol tuvo el presentimiento de que Celaena estaba implicada en todo aquello. Solo esperaba que ella y Ligera ya hubieran abandonado la biblioteca cuando Sensel llegara a su despacho.

—¿Qué tipo de pergamino fue dañado? Me ocuparé de que sea remplazado.—¡Remplazarlo! —gruñó Sensel—. ¿Cómo van a remplazar esto?

—¿Qué es exactamente?

—¡Una carta! ¡Una carta de un íntimo amigo mío!

Chaol se tragó el enfado.

—Si es una carta, no creo que el propietario de la criatura pueda ofrecerte ninguna retribución. Aunque a lo mejor está dispuesto a donar algunos libros a...

—¡Enciérrelos en las mazmorras! ¡Mi biblioteca se ha convertido en poco más que un circo! ¿Sabía que hay un encapuchado que se pasa las noches acechando entre las estanterías? ¡Seguramente fueron ellos los que liberaron a esa bestia salvaje en la biblioteca! Tiene que capturarlos y...

—Las mazmorras están llenas —mintió Chaol—, pero veré qué puedo hacer.

Mientras Sensel seguía despotricando sobre la agotadora persecución que había hecho para recuperar la carta, Chaol se preguntaba si no sería mejor salir de ahí.

Sin embargo, tenía preguntas que formularle al anciano, y cuando llegaron a la escalera, convencido de que Celaena, Ligera y Dorian ya se habían marchado, dijo:

—Tengo una consulta que hacerle, señor.

El bibliotecario se hinchó de orgullo, y Chaol hizo lo posible por fingir indiferencia.

—Si quisiera buscar cantos fúnebres de otros reinos, ya sabe, canciones de muerte... ¿Cuál sería el mejor lugar para empezar?

Sensel lo miró desconcertado y dijo:

—Qué tema tan horrible.

Chaol se encogió de hombros y se arriesgó.

—Uno de mis hombres procede de Terrasen y su madre murió hace poco. Me gustaría honrarlo aprendiendo una de sus canciones.

—¿Para eso le paga el rey... para cantarle serenatas a sus hombres?

Chaol estuvo a punto de carcajearse solo de imaginarse a sí mismo cantándole a sus hombres, pero volvió a encogerse de hombros.

—¿Existe algún libro que hable de esas canciones?

Había transcurrido todo un día, pero no podía quitarse aquella canción de la cabeza, no podía evitar el escalofrío que le erizaba el vello de la nuca cuando las palabras resonaban en su mente. Y luego estaba aquella otra frase, la declaración que lo había cambiado todo: "Siempre serás mi enemigo".

Celaena ocultaba algo, un secreto tan celosamente guardado que tan solo el horror y la devastadora pérdida de aquella noche habían logrado derribar sus defensas. Cuanto más averiguara sobre ella, más posibilidades tendría de estar preparado cuando el secreto saliera a la luz.

—Mmm... —murmuró el pequeño bibliotecario mientras descendía por la escalinata principal—. Bueno, casi ninguna de esas canciones se guarda por escrito. ¿Y por qué iban a estarlo?

—Es muy probable que los estudiosos de Terrasen registraran algunas. En su día, Orynth tenía la mayor biblioteca de Erilea —replicó Chaol.

—Ya lo creo que sí —dijo el pequeño bibliotecario con un amago de tristeza—, pero no creo que nadie se molestara en escribir sus cantos fúnebres. Al menos, no del modo que lo habríamos hecho aquí.

—¿Y qué me dice de otras lenguas? Mi guardia de Terrasen mencionó algo sobre una canción de muerte que escuchó en cierta ocasión, entonada en otra lengua, aunque nunca supo cuál era.

El bibliotecario se acarició la barba plateada.

—¿En otra lengua? Todos los habitantes de Terrasen hablan la lengua común. Nadie ha hablado otra lengua desde hace mil años.

Se estaban acercando al despacho y Chaol sabía que, cuando llegaran, el muy miserable se reservaría cualquier cosa hasta que hiciera pagar su crimen a Ligera. El capitán lo presionó un poco más.

—Entonces, ¿no existen salmos en Terrasen que se canten en una lengua distinta?

—No —respondió Sensel, arrastrando un poco la palabra mientras meditaba su respuesta—. Pero una vez oí decir que en la corte de Terrasen, cuando un noble moría, entonaban cantos fúnebres en la lengua de las hadas.

A Chaol se le heló la sangre en las venas. Estuvo a punto de tambalearse, pero se las arregló para seguir avanzando y preguntar:

—¿Y sería posible que alguien que no perteneciera a la nobleza conociera esas canciones?

—Oh, no —repuso Sensel, que escuchaba solo a medias, preocupado por lo que fuera que le rondase por la cabeza—. Esos cantos pertenecían exclusivamente a la corte, solo los nobles las aprendían y tenían derecho a cantarlas. Se transmitían y se entonaban en secreto, y enterraban a sus muertos a la luz de la luna, para que nadie más los oyera. Como mínimo, eso afirman los rumores. Reconozco que hace diez años el tema me inspiraba cierta curiosidad morbosa, pero cuando la matanza terminó, no quedó nadie en aquellas casas nobles para cantarlas.

Nadie salvo...

Siempre serás mi enemigo.

—Gracias —dijo Chaol.

Dio media vuelta rápidamente y se dirigió a la salida. Sensel lo llamó, exigiéndole que encontrara al perro y lo castigara, pero el capitán no se molestó en contestar.

¿A qué casa pertenecía Celaena? Sus padres no solo habían sido asesinados, sino que formaban parte de la nobleza que el rey había ejecutado.

Los habían despedazado.

Se había despertado en la cama de sus padres... después de que los mataran. Y luego debió huir hasta encontrar un lugar en el que la hija de un noble de Terrasen pudiera esconderse: la guarida de los asesinos. Había aprendido la única habilidad que podía mantenerla con vida. Para huir de la muerte, se había convertido en la muerte misma.

Fuera cual fuera el territorio en el que sus padres hubieran gobernado, si alguna vez Celaena recuperaba el título perdido, y si Terrasen resurgía de sus cenizas...

Entonces Celaena se convertiría en una piedra angular, potencialmente capaz de alzarse contra Adarlan. Y eso convertía a Celaena en algo más que una enemiga, la convertía en la mayor amenaza a la que el rey se había enfrentado jamás.

CAPÍTULO 39

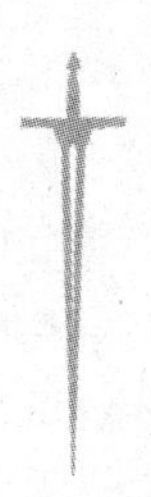

En el tejado de una bonita casa de la ciudad y acuclillada entre las sombras de una chimenea, Celaena observaba la vivienda contigua. A lo largo de la última media hora, no había parado de entrar gente, todos encapuchados, aparentando no ser más que clientes muertos de frío, ansiosos por escapar de la gélida noche.

Hablaba en serio cuando le había dicho a Archer que no quería saber nada de él ni de su movimiento. Y, sinceramente, una parte de ella se preguntaba si no sería más inteligente matarlos a todos y arrojar sus cabezas a los pies del rey. Sin embargo, Nehemia había formado parte de aquel grupo. Y por más que la princesa hubiera fingido no saber nada de esas personas... seguían siendo su gente. Y no mintió cuando le dijo a Archer que le había comprado unos días más. Después de que Celaena delatara al consejero Mullison, el rey no había dudado en concederle más tiempo para acabar con el cortesano.

Una ráfaga de nieve revoloteó ante ella y le ocultó la casa de Archer. Cualquier otro habría tomado la reunión por una fiesta que el cortesano había organizado para sus clientes. Celaena solo reconoció algunas de las caras —y cuerpos— que se apresuraban a subir las escaleras, personas que aún no habían abandonado el reino o que habían sobrevivido a la noche en que todo se fue al infierno.

Había muchos más, sin embargo, cuyos nombres desconocía. Reconoció al guardia que se había interpuesto entre Chaol y ella en el almacén, el bravucón. No por las facciones, que aquella noche llevaba ocultas, sino por la manera de moverse y por las espadas gemelas que llevaba sujetas a la espalda. Iba encapuchado, pero bajo la capucha se veía una cabellera negra y lacia, larga hasta los hombros, y la tez bronceada de un hombre joven.

El tipo se detuvo en el último escalón para dar instrucciones en voz baja a los hombres que lo rodeaban. Con un asentimiento, sus compañeros se perdieron en la noche.

Celaena consideró la idea de seguir a uno de aquellos tipos. Pero había acudido para vigilar a Archer, para saber qué tramaba. Tenía previsto espiarlo hasta el momento en que se subiera al barco y zarpara. Y cuando el cortesano se hubiera marchado, una vez que la asesina le hubiera llevado al rey el falso cadáver... no tenía ni idea de lo que haría.

Se acurrucó aún más detrás de la chimenea de ladrillos al ver que uno de los guardias escudriñaba los tejados en busca de alguna señal amenazadora antes de proseguir su camino, a vigilar el otro extremo de la calle, supuso Celaena.

Se trasladó al tejado de la casa de enfrente para ver mejor la fachada de Archer. Permaneció arrodillada entre las sombras unas cuantas horas, hasta que los asistentes empezaron a marcharse, uno a uno, haciéndose pasar por invitados borrachos. Los contó, anotó qué dirección tomaban y quién iba con quién, pero el joven de las espadas gemelas no salió.

Habría acabado por pensar que el tipo era un cliente de Archer, su amante incluso, de no haber sido porque los guardias del desconocido regresaron y entraron en la casa.

Cuando la puerta principal se abrió, salió a un joven alto, de hombros anchos, que discutía con Archer en el recibidor. Estaba de espaldas a la puerta, pero se había retirado la capucha, de tal modo que Celaena pudo confirmar su impresión de que tenía el pelo largo e iba armado hasta los dientes. No vio nada más. De inmediato, los guardias se colocaron a ambos lados del hombre, lo que le impidió a Celaena mirarlo más de cerca antes de que la puerta volviera a cerrarse.

No era muy cuidadoso... ni discreto.

Momentos después, el joven salió como un rayo, nuevamente encapuchado y escoltado por sus hombres. Archer se quedó en el umbral, con el semblante visiblemente pálido y los brazos cruzados. El joven se detuvo al final de las escaleras y se dio media vuelta para obsequiarle a Archer con un gesto de lo más vulgar.

A pesar de la distancia, Celaena vio la sonrisa que esbozaba el cortesano en respuesta. No había en ella nada de amabilidad.

La asesina habría dado cualquier cosa por oír las palabras que habían intercambiado, por saber de qué trataba todo aquello. Unos días antes, habría seguido al joven desconocido para averiguar las respuestas. Pero eso era antes. Ahora... no le interesaban demasiado.

Es difícil interesarse en nada, comprendió mientras echaba a andar hacia el castillo, *cuando has perdido a todos los que te importan.*

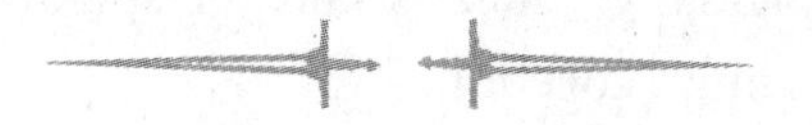

Celaena no sabía qué demonios hacía frente a aquella puerta. Aunque los guardias parados al pie de la torre la habían dejado pasar tras revisarla cuidadosamente para comprobar que no iba armada, no dudó ni por un momento de que informarían a Chaol de inmediato.

Se preguntó si el capitán se atrevería a detenerla. Si se atrevería a dirigirle la palabra siquiera. La noche anterior, pese a la distancia que los separaba en aquel cementerio iluminado por la luna, había visto las marcas aún tiernas en su mejilla. No sabía si le provocaban satisfacción o sentimiento de culpa.

Por alguna razón, la más mínima interacción con los demás la dejaba agotada. ¿Cómo se sentiría después de la velada de esa noche?

Celaena suspiró y llamó a la puerta de madera. Llegaba cinco minutos tarde, el tiempo que había dedicado a meditar si de verdad quería aceptar la oferta de Dorian de cenar con él en sus aposentos. Había estado a punto de quedarse a cenar en Rifthold.

Al principio, nadie respondió a su llamada, así que se dio media vuelta, evitando mirar a los guardias apostados en el descanso. De todos modos, había sido una tontería acudir.

Estaba ya en el primer peldaño de la escalera de caracol cuando la puerta se abrió.

—¿Sabes?, creo que es la primera vez que visitas mi pequeña torre —dijo Dorian.

Todavía con el pie en el aire, Celaena se recompuso antes de mirar al príncipe heredero por encima del hombro.

—Esperaba más grandeza y lujo —respondió al regresar a la puerta—. Es muy acogedora.

Dorian le cedió el paso y asintió en dirección a los guardias.

—No hay de qué preocuparse —les dijo cuando Celaena se dispuso a entrar en los aposentos del príncipe.

Ella esperaba encontrar riquezas y esplendor, pero la torre de Dorian era... bueno, la palabra "acogedora" describía bien su primera impresión. La alcoba estaba también un poco desordenada. Vio un tapiz descolorido, una chimenea manchada de hollín, una cama mediana a un costado un escritorio atestado de papeles junto a la ventana y... libros. Montones, montañas, torres y columnas de libros. Cubrían todas las superficies disponibles y hasta el último espacio libre de las paredes.

—Creo que necesitas un bibliotecario personal —musitó Celaena, y Dorian rio.

Ella no se había dado cuenta de lo mucho que añoraba aquel sonido. No solo la risa de Dorian, sino también la suya. Cualquier risa, en realidad. Aunque no le parecía bien reírse después de todo lo sucedido, la extrañaba.

—Si fuera por mis criados, estarían todos en la biblioteca. Tardan mucho en quitarles el polvo.

El príncipe se agachó para recoger algo de ropa que había dejado tirada en el suelo.

—A juzgar por el desorden, me sorprende que tengas criados.

Dorian volvió a reír mientras llevaba el montón de ropa hacia una puerta. La abrió lo justo para dejar entrever un vestidor casi tan grande como el de Celaena, pero no alcanzó a percibir nada más, porque el príncipe arrojó las prendas al interior y volvió a cerrarla. Al otro lado de la habitación había otra puerta, que debía de conducir a la cámara de baño.

—Generalmente les digo que se vayan —repuso Dorian.

—¿Por qué?

Celaena se acercó al deslucido diván rojo que estaba frente a la chimenea y apartó los libros que se amontonaban sobre el asiento.

—Porque yo sé dónde está todo. Todos los libros, los papeles... Y en cuanto empiezan a limpiar, a ordenar y a guardar, ya no puedo encontrar nada.

Dorian alisó la colcha de la cama en la que, a juzgar por las arrugas, había estado tendido hasta la llamada de Celaena.

—¿Nadie te ayuda a vestirte? Pensaba que como mínimo Roland se comportaría como tu devoto siervo.

Dorian resopló a la vez que ahuecaba las almohadas.

—Lo ha intentado. Gracias a Dios, últimamente sufre unas migrañas terribles y me deja en paz —Celaena se alegró de saberlo... más o menos. La última vez que se había fijado en él, el señor de Meah parecía llevarse muy bien con Dorian. Se diría que hasta eran amigos—. Y —prosiguió el príncipe— la mayor preocupación de mi madre, aparte de mi negativa a buscar novia, es mi negativa a dejarme vestir por señores que intentan congraciarse conmigo.

Qué sorpresa. Dorian iba siempre tan bien vestido que Celaena creía que alguien le escogía la ropa.

El príncipe se acercó a la puerta para pedir a los guardias que les trajeran la cena.

—¿Vino? —preguntó desde la ventana, en cuya repisa guardaba una botella y algunos vasos.

Ella negó con la cabeza, preguntándose dónde cenarían. El escritorio estaba saturado, y la mesa baja que había junto a la chimenea parecía una biblioteca en miniatura.

—Lo siento —se disculpó el príncipe, avergonzado—. Quería arreglar esto antes de que llegaras, pero me puse a leer y se me hizo tarde.

Ella asintió, y se hizo un silencio entre ambos, solo interrumpido por los ruidos que hacía Dorian al cambiar los libros de sitio.

—Y bien —preguntó él con suavidad—, ¿puedo preguntarte por qué decidiste acompañarme esta noche? Me dejaste muy claro que no querías pasar más tiempo conmigo... y pensaba que tenías trabajo que hacer.

En realidad, Celaena se había mostrado de lo más desagradable con él. Sin embargo, Dorian le había hecho la pregunta de espaldas, como si el comentario careciera de importancia.

Y ella no supo por qué pronunciaba esas palabras, pero dijo la verdad de todos modos.

—Porque no tenía otro sitio a dónde ir.

Quedarse a solas en sus aposentos solo empeoraba el sufrimiento, acudir a la tumba de la princesa la llenaba de frustración y pensar en Chaol le dolía tanto que no podía respirar. Cada mañana, paseaba a Ligera ella sola y luego corría un rato por el parque. Hasta las chicas que solían esperar al capitán por los jardines habían dejado de acudir.

Dorian asintió, mirándola con una dulzura que le rompió el corazón.

—Pues aquí siempre serás bien recibida.

Aunque la cena transcurrió en silencio, el ambiente tampoco fue difícil. Sin embargo, Dorian advertía el cambio que se había dado en ella: la vacilación y la consideración que acompañaban sus palabras, la pena infinita que invadía sus ojos cuando creía que no la miraba. Le hablaba, eso sí, y respondía a todas sus preguntas.

Porque no tenía otro sitio adonde ir.

No era un insulto, no en aquel tono. Y ahora Celaena dormitaba en el diván de Dorian. El reloj acababa de dar las dos y el príncipe se preguntó qué impedía a la joven volver a su habitación. Era obvio que no quería estar sola... y quizá necesitaba mantenerse alejada de los lugares que le recordaban a Nehemia.

El cuerpo de Celaena era un mapa; lo había visto con sus propios ojos. Pese a todo, las nuevas cicatrices serían aún más profundas: el dolor de haber perdido a Nehemia y la ruptura con Chaol, un sufrimiento distinto pero igual de amargo.

Una parte de él, la más horrible, se alegraba de que hubiera terminado con el capitán. Se odió a sí mismo por ello.

—Tiene que haber algo más aquí —le decía Celaena a Mort a la tarde siguiente, mientras inspeccionaba el sepulcro. La víspera había leído el acertijo hasta que le dolieron los ojos, pero seguía sin conocer la identidad de aquellos objetos, dónde estaban escondidos o por qué los habían ocultado tan concienzudamente en la tumba—. Algún tipo de pista. Algo que relacione el acertijo con el movimiento rebelde, con Nehemia, con Elena y con todo lo demás —caminaba entre los dos sarcófagos. El rayo de sol que caía en el interior iluminaba el polvo suspendido en el aire—. Lo tengo delante de las narices, lo sé.

—Me temo que no puedo ayudarte —se lamentó Mort—. Si quieres una respuesta rápida, deberías buscar un adivino o un oráculo.

Celaena redujo el paso.

—¿Crees que si se lo digo a un clarividente descubrirá un significado que a mí se me escapa?

—Quizá. Pero, por lo que yo sé, cuando la magia se desvaneció, los clarividentes también perdieron su don.

—Sí, pero tú sigues ahí.

—¿Y?

Celaena miró el techo como si pudiera ver a través de la piedra.

—Pues que quizá otros seres antiguos también conserven sus dones.

—Sea lo que sea lo que te propones, te garantizo que no es buena idea.

Celaena sonrió cínicamente.

—Estoy segura de que tienes razón.

CAPÍTULO 40

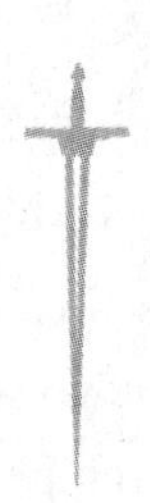

Plantada ante las carretas, Celaena observaba el ajetreo de los feriantes mientras desmontaban las tiendas. Era el momento perfecto.

Se pasó la mano por la melena suelta y se atusó la túnica marrón. Un atuendo elegante habría llamado demasiado la atención. Y aunque solo fuera durante una hora, le encantó saborear el anonimato, el placer de mezclarse con aquellas personas que llevaban el polvo de un centenar de reinos prendido a la ropa. Disfrutar de aquella clase de libertad, ver el mundo por etapas, recorrer todas y cada una de las carreteras... A Celaena se le encogió el corazón.

La gente pasaba junto a ella sin mirarla dos veces cuando se dirigía a la carreta negra. Tal vez fuera una tontería, pero ¿qué perdía por preguntar? Si Piernasdoradas de verdad era una bruja, a lo mejor poseía el don de la clarividencia. Quizá ella supiera descifrar el acertijo de la tumba.

Cuando llegó a la caravana, no encontró a ningún otro cliente por allí, gracias a los dioses. Sentada en lo alto de las escaleritas, Baba Piernasdoradas fumaba una larga pipa de hueso cuyo extremo recordaba a una boca en pleno grito. Encantador.

—¿Vienes a mirarte en los espejos? —le preguntó la bruja, echando humo por los labios marchitos—. ¿Cansada de huir de tu destino, por fin?

—Tengo algunas preguntas que hacerte.

La bruja la olisqueó. Celaena reprimió el impulso de retroceder.

—Desde luego, apestas a preguntas... y a las montañas de Staghorn. ¿Eres de Terrasen? ¿Cómo te llamas?

La asesina hundió las manos en los bolsillos.

—Lillian Gordaina.

La bruja escupió al suelo.

—¿Cuál es tu verdadero nombre, Lillian? —Celaena se crispó. Piernasdoradas lanzó una carcajada ronca—. Ven —gruñó—. ¿Quieres que te diga tu futuro? Puedo decirte con quién te casarás, cuántos hijos tendrás, cuándo morirás...

—Si de verdad eres tan buena en lo tuyo como dices, ya sabes que todo eso no me interesa. Lo que me gustaría es hablar contigo —dijo Celaena, mostrando las tres monedas de oro que llevaba en la mano.

—Miseria y compañía —le contestó la anciana, dando otra larga fumada a la pipa—. ¿Eso es todo lo que valen mis dones, según tú?

Aquello iba a ser una pérdida de tiempo. Y de dinero. Y de dignidad.

Celaena se dio media vuelta molesta, metiéndose las manos en los bolsillos de la oscura capa.

—Espera —la llamó Piernasdoradas.

Celaena siguió andando.

—El príncipe me dio cuatro monedas.

La asesina se detuvo y miró por encima del hombro a la vieja bruja. Una garra fría le estrujó el corazón.

Piernasdoradas le sonrió.

—Él también me hizo unas cuantas preguntas interesantes. Creyó que no lo había reconocido, pero huelo la sangre Havilliard a un kilómetro de distancia. Siete piezas de oro y contestaré a tus preguntas... y te revelaré las suyas.

¿Estaba dispuesta a venderle a ella —a cualquiera— las preguntas de Dorian? Aquella calma que tan bien conocía la invadió.

—¿Y cómo sé yo que no me mientes?

Los dientes de hierro de Piernasdoradas destellaron a la luz de las antorchas.

—Mi negocio se iría al demonio si me ganara fama de mentirosa. ¿Te sentirías más cómoda si te lo jurara por uno de tus misericordiosos dioses? ¿O quizá por uno de los míos?

Mirando la carreta negra, Celaena se hizo una trenza a la espalda. Una puerta, ninguna salida trasera ni señales de puertas secretas. Ningún otro acceso y mucha visibilidad en caso de que entrara alguien. Comprobó las armas que llevaba consigo: dos dagas largas, un cuchillo en la bota y tres de los letales pasadores de Philippa. Más que suficiente.

—Que sean seis monedas —dijo Celaena con suavidad— y no te denunciaré a la guardia por ofrecerte a vender los secretos del príncipe.

—¿Y quién te dice a ti que la guardia no estaría interesada en conocerlos? Te sorprendería la cantidad de gente que hay en este reino interesada en conocer los verdaderos intereses del príncipe.

Celaena plantó seis monedas de oro en el escalón, junto a la minúscula bruja.

—Tres por mis preguntas —dijo la asesina, acercando el rostro al de Piernasdoradas tanto como se atrevió. El aliento de la mujer olía a carroña y a humo estancado—. Y tres más por guardar silencio respecto al príncipe.

Los ojos de la bruja brillaron y sus uñas de hierro tintinearon cuando tendió la mano para recibir las monedas.

—Entra en la carreta.

La puerta de la caravana se abrió sin hacer ruido. El interior era una extensión de oscuridad salpicada por algunos charcos de luz vacilante. Piernasdoradas apagó la pipa de hueso.

Celaena estaba deseando que llegara ese momento: el instante de entrar en la carreta y evitar así que alguien la viera con la bruja.

Apoyando una mano en la rodilla, la anciana se levantó con un gemido.

—¿Te importaría decirme ahora tu nombre?

Una corriente fría surgió del interior del vehículo y recorrió la nuca de Celaena. Trucos de feria.

—Yo haré las preguntas —dijo la asesina mientras subía a toda prisa los peldaños que conducían a la caravana.

La luz bailarina de unos cuantos cabos de vela se reflejaba en hileras e hileras de espejos. Los había de todas las formas y tamaños, unos apoyados en las paredes, otros recostados entre sí, algunos poco más que fragmentos sujetos a los marcos.

Y el resto del espacio, hasta el último hueco libre, estaba atestado de papeles y rollos, frascos llenos de hierbas o líquidos, escobas... Basura.

En la penumbra, la carreta se extendía a lo ancho y a lo largo mucho más de lo que parecía físicamente posible. Un camino serpenteaba hacia la oscuridad entre todos aquellos espejos, una senda que Piernasdoradas ya estaba recorriendo, como si hubiera algún sitio adonde ir en aquel extraño lugar.

Esto no puede ser real, debe de ser una ilusión creada por los espejos.

Celaena miró hacia atrás justo a tiempo de ver cómo la puerta se cerraba sola. Antes de que el eco del golpe se extinguiera, la asesina ya había sacado una daga. Frente a ella, Piernasdoradas rio entre dientes y levantó la vela que llevaba en la mano. El portavelas parecía un cráneo clavado sobre una especie de hueso más grande.

Trucos baratos y *farsas de feria,* se decía Celaena una y otra vez, mientras su aliento se condensaba al contacto con el aire gélido del lugar. Nada de aquello era real. Pero Piernasdoradas —y el conocimiento que ofrecía— sí lo era.

—Ven, niña. Siéntate conmigo donde podamos hablar.

Celaena pasó con cuidado sobre un espejo caído. Entretanto, pasaba la mirada de la oscilante vela de calavera a la puerta, y de ahí a las posibles salidas (ninguna, por lo que parecía, aunque quizá hubiera una trampilla en el suelo), todo ello sin perder de vista a la anciana.

La bruja se movía con una rapidez sorprendente, advirtió, y se apresuró para alcanzarla. Mientras cruzaba el bosque de espejos, veía su propia imagen reflejada mil veces. En una luna parecía chata y gorda, en otra alta y de una delgadez imposible. En una tercera se veía cabeza abajo y en otra más caminando de lado. Tanto reflejo le estaba provocando dolor de cabeza.

—Te quedaste pasmada, ¿eh? —se burló Piernasdoradas.

Celaena no respondió al comentario, pero guardó el cuchillo mientras seguía a la mujer hasta una pequeña sala situada frente una vieja estufa de leña. No había motivos para sacar las armas; necesitaba que Piernasdoradas cooperara.

La sala estaba en un pequeño círculo despejado de basura y espejos, poco más que una alfombra y unas cuantas sillas que prestaban cierta comodidad al espacio. Piernasdoradas se dirigió hacia la estufa y eligió unos cuantos troncos del pequeño montón apilado junto al borde. Celaena se quedó a la orilla de la gastada alfombra roja, mirando cómo Piernasdoradas abría la rejilla de hierro, arrojaba la madera y volvía a cerrar la puerta. Al cabo de unos instantes, el fuego se avivó y multiplicó el brillo de los espejos que las rodeaban.

—Las piedras de esta estufa —comentó la bruja mientras palpaba el irregular muro de losas oscuras como quien acaricia una mascota— proceden de las ruinas de la capital de Crochan. Los listones de la carreta, de las paredes de sus escuelas sagradas. De ahí que sea algo... inusual.

Celaena guardó silencio. Habría considerado el comentario parte de la representación de una bruja de feria de no haber comprobado su veracidad con sus propios ojos.

—Y bien —dijo Piernasdoradas, que se puso en pie, ignorando los viejos muebles que las rodeaban—. Preguntas.

Aunque el ambiente de la carreta era helado, la estufa lo calentó al instante, tanto como para que Celaena se sintiera incómoda de llevar tanta ropa encima. Hacía tiempo, una cálida noche en el Desierto Rojo, le habían contado lo que una de aquellas brujas Dientes de Hierro le había hecho a una niña. Y lo que había quedado de ella.

Huesos limpios. Nada más.

Celaena volvió a mirar la estufa. Luego alineó el cuerpo con la puerta. Al otro lado de la sala, más espejos aguardaban en penumbra, pero allí la oscuridad era tan insondable que ni la luz del fuego los iluminaba.

Piernasdoradas se inclinó hacia la rejilla y se frotó las nudosas manos ante la hoguera. El reflejo de las llamas bailoteó en sus uñas de hierro.

—Pregunta, niña.

¿Qué respuestas necesitaba Dorian con tanta urgencia? ¿De verdad había entrado en aquel lugar extraño y asfixiante? Al menos, había sobrevivido. Aunque solo fuera porque Piernasdoradas quería utilizar la información que le había proporcionado, fuera la que fuera. Tonto, más que tonto.

¿Acaso ella era más lista?

Tal vez aquella fuera su única oportunidad de descubrir lo que quería saber, a pesar del riesgo, a pesar de lo complicadas y desastrosas que fueran las consecuencias.

—Encontré un acertijo, y mis amigos llevan semanas discutiendo la solución. Incluso hemos hecho una apuesta al respecto —dijo, mostrándose lo más vaga posible—. A ver si tú la sabes, ya que eres tan lista y sabelotodo. Te daré una moneda más si adivinas la respuesta.

—Niña imprudente. ¿Por qué malgastas mi tiempo con tonterías?

Piernasdoradas miraba ahora hacia los espejos, como si viera algo en ellos que Celaena no se daba cuenta.

O *como si estuviera aburrida.*

Un poco más relajada, la asesina se sacó el poema del bolsillo y lo leyó en voz alta.

Cuando hubo terminado, la bruja se volvió a mirarla despacio para decirle con voz ronca:

—¿Dónde hallaste eso?

Celaena se encogió de hombros.

—Dame la solución y te lo diré. ¿Qué clase de objetos describe el acertijo?

—Llaves del Wyrd —musitó Piernasdoradas con los ojos brillantes—. Describe las tres llaves que abren la puerta del Wyrd.

Un escalofrío recorrió la espalda de Celaena, que, fingiéndose más audaz de lo que se sentía, dijo:

—¿Y qué son? Esas llaves, esa puerta. Por lo que yo sé, me podrías estar mintiendo. No quiero hacer el ridículo.

—Esa información no es ningún pasatiempo para entretener a los mortales.

Más oro brilló en la palma de la mano de la chica.

—Dime cuál es el precio.

La anciana la miró de arriba abajo antes de sorberse la nariz.

—No tiene precio —dijo—, pero el oro servirá de momento.

Celaena colocó siete monedas de oro más en la piedra de la chimenea. El calor de las llamas le chamuscó la piel. ¿Cómo era posible que un fuego tan escaso la hiciera sudar a mares?

—Una vez que lo sepas, no habrá vuelta atrás —advirtió la bruja. Y por el brillo que despedían sus ojos, la asesina supo que ni por un momento se había tragado su mentira sobre la apuesta.

Celaena dio un paso al frente.

—Dímelo.

Piernasdoradas volvió la vista hacia otro espejo.

—El Wyrd gobierna y forja los cimientos de este mundo. No solo de Erilea, sino de la vida por completo. Hay mundos a los que no tenemos acceso, mundos que se asientan unos encima de otros, ajenos a su mutua existencia. Ahora mismo, podrías estar en el fondo del océano de algún otro mundo. El Wyrd mantiene separados todos esos reinos —absorta en su relato, Piernasdoradas echó a andar, tambaleándose por la sala—. Pero existen portales en el Wyrd, zonas negras que permiten pasar de un mundo a otro. Y algunas de esas puertas conducen a Erilea. Todo tipo de seres las han cruzado a lo largo de millones de años. Seres bondadosos, pero también criaturas muertas y nauseabundas que se arrastran al interior de nuestro mundo cuando los dioses no se percatan.

Piernasdoradas desapareció detrás de un espejo, pero Celaena seguía oyendo su paso tambaleante.

—Hace mucho tiempo, sin embargo, antes de que los humanos infestaran este mundo miserable, otra clase de mal se coló por esos umbrales: los Valg. Demonios de otro reino decididos a conquistar Erilea, respaldados por un ejército incontable. En Wendlyn, lucharon contra el pueblo de las hadas. Y por más que lo intentaron, los hijos inmortales no pudieron vencerlos.

Entonces, las hadas descubrieron que los Valg habían hecho algo imperdonable. Con ayuda de su magia negra, habían robado un trozo de puerta del Wyrd y la habían dividido en tres partes: las tres llaves. Una llave por cada uno de sus reinos. Usando las tres a la vez, los reyes Valg podían abrir la puerta del Wyrd a voluntad, manipular su poder para fortalecerse y ceder el paso a filas y filas de soldados. Las hadas tenían que detener aquel horror.

Celaena miraba el fuego, los espejos, la oscuridad de la carreta que la rodeaba. El calor era asfixiante.

—Así que un pequeño grupo de hadas decidió robar las llaves a los reyes Valg —siguió narrando Piernasdoradas. Su voz sonaba ahora más cerca—. Era una misión suicida. Muchos de aquellos necios jamás regresaron.

No obstante, los hijos de las hadas consiguieron las llaves del Wyrd y la reina hada Maeve envió a los Valg de vuelta a su reino. Ahora bien, a pesar de toda su sabiduría, Maeve no descubrió cómo devolver las llaves a la puerta. Y ninguna forja, ningún acero, ninguna herramienta podía destruirlas. Así que la reina de las hadas, creyendo que nadie debía poseer aquel poder, se las entregó a Brannon Galathynius, primer rey de Terrasen, para que las escondiera en este continente. De ese modo, la puerta del Wyrd permanecería cerrada por siempre y nadie podría hacer uso de su poder.

Se hizo un silencio. La propia Piernasdoradas había aminorado su paso desigual.

—Entonces el acertijo es... ¿una especie de mapa para encontrar las llaves? —preguntó Celaena, que temblaba solo de pensar en la clase de poder que perseguían Nehemia y los demás. Y lo que era peor, la clase de poder que posiblemente perseguía el rey.

—Sí.

Celaena se humedeció los labios.

—¿Y qué se podría hacer con las llaves del Wyrd?

—El poseedor de las tres llaves controlaría la puerta rota del Wyrd... y toda Erilea. Sería capaz de abrir y cerrar esa puerta a voluntad. Podría conquistar otros mundos o dejar entrar a todo tipo de seres para que se unieran a su causa. Pero una sola llave bastaría para otorgar un poder peligrosísimo al propietario. No el suficiente para abrir la puerta, pero sí para convertirlo en una gran amenaza. Verás, las llaves son poder en estado puro, un poder tal que, aunque solo se poseyera una de ellas, el propietario podría modelarlo a su antojo. Tentador, ¿no crees?

Las palabras resonaban en el interior de Celaena, donde se mezclaban con la orden de Elena de encontrar y destruir la fuente del mal. Del mal. Un mal que se había manifestado hacía diez años, cuando todo un continente había quedado de repente a merced de un solo hombre, en manos de un rey que, de algún modo, se había vuelto invencible.

Una fuente de poder ajeno a la magia.

—No es posible.

Piernasdoradas soltó una risita.

Celaena seguía negando con la cabeza. El corazón le latía tan desenfrenadamente que apenas podía respirar.

—¿El rey posee alguna llave? ¿Por eso conquistó el continente con tanta facilidad?

Pero si ya tenía lo que quería, ¿qué otros planes tramaba?

—Es posible —respondió Piernasdoradas—. Si yo tuviera que apostar el oro que he ganado con el sudor de mi frente, diría que por lo menos tiene una.

Celaena escudriñó la oscuridad, los espejos, pero solo consiguió ver versiones de sí misma. No oía nada salvo el chispear del fuego y su propia respiración agitada. Piernasdoradas se había detenido.

—¿Hay algo más? —preguntó la joven.

La bruja no respondió.

—¿Cómo? ¿Tomas mi dinero y sales corriendo? —Celaena avanzó despacio por el camino que serpenteaba entre los espejos hacia la puerta, que ahora le parecía inalcanzable—. ¿Qué pasa si tengo más preguntas?

El reflejo de sus propios movimientos en los espejos la ponía muy nerviosa, pero, alerta y concentrada, se recordó a sí misma lo que tenía que hacer. Sacó las dos dagas.

—¿Crees que el acero puede herirme? —dijo una voz que rebotó de espejo en espejo hasta que pareció surgir de todas partes y de ninguna.

—Y yo que creía que la estábamos pasando de maravilla... —repuso Celaena, dando otro paso.

—Bah. ¿Quién la pasa de maravilla cuando tu invitada planea matarte?

Celaena sonrió.

—¿No es por eso por lo que avanzas hacia la puerta? —prosiguió Piernasdoradas—. ¿No para escapar, sino para asegurarte de que no esquive tus infames dagas?

—Dime a quién más le has vendido el secreto del príncipe y te dejaré ir.

Hacía un rato, había estado a punto de marcharse, pero la mención del príncipe por parte de la bruja la había detenido en seco. Ahora no tenía más remedio que cumplir con su deber. Con su deber de proteger a Dorian. Eso era lo que había comprendido la noche anterior. Sí que le quedaba alguien: un amigo. Y haría cualquier cosa, lo que fuera necesario, por mantenerlo a salvo.

—¿Y si te digo que no se lo he dicho a nadie?

—No te creería.

Celaena al fin vislumbró la puerta. No veía a la bruja por ninguna parte. Se detuvo, más o menos en el centro de la carreta. Sería más fácil atraparla allí. Más rápido y limpio.

—Lástima —respondió Piernasdoradas, y Celaena se alineó con la voz lejana. Tenía que haber alguna salida oculta... ¿pero dónde? Si la bruja escapaba, si le contaba a alguien lo que Dorian había preguntado (fuera lo que fuera), y si compartía con alguien lo que Celaena le había dicho...

Sus propios reflejos vibraban y cambiaban a su alrededor. Rápido, limpio. Luego se marcharía.

—¿Cómo se siente el cazador —susurró Piernasdoradas con rabia— cuando se convierte en presa?

Por el rabillo del ojo, la asesina vio la figura encorvada, que sostenía una cadena en sus manos deformadas. La primera daga ya volaba cuando Celaena se giró de un salto hacia la bruja para derribarla, para tirarla al suelo y poder...

Un espejo se rompió donde había creído ver a Piernasdoradas.

Celaena oyó un golpe metálico a su espalda, seguido de una ronca carcajada.

Pese a toda su preparación, la asesina no tuvo tiempo de agacharse antes de que una cadena se estrellara contra su cabeza y la tirara de frente al suelo.

CAPÍTULO 41

Desde un balcón, Chaol y Dorian observaban a los feriantes, que ya habían empezado a desmontar las tiendas. Al día siguiente la feria se marcharía, y Chaol podría encargar a sus hombres misiones más importantes. Como asegurarse de que ningún otro asesino entrara en el castillo.

Pese a todo, el problema más apremiante del capitán seguía siendo Celaena. A última hora de la noche, después de que el bibliotecario en jefe se retirara, Chaol había regresado a la biblioteca y había examinado los árboles genealógicos. Alguien los había desordenado todos, así que había tardado un poco en encontrar el que buscaba, pero por fin había dado con la lista de las casas nobles de Terrasen.

No había ninguna apellidada Sardothien, pero tampoco le sorprendió. Una parte de él siempre había sabido que Celaena usaba un nombre falso. De modo que había hecho una lista —que le pesaba mucho en el bolsillo del pantalón— de todas las casas nobles de las que pudiera proceder, casas donde hubiera niños en la época de la conquista de Terrasen. Por lo menos, seis familias habían sobrevivido... pero ¿y si la de Celaena había sido aniquilada por completo? Cuando acabó de escribir los nombres, en realidad Chaol no estaba más cerca de saber quién era Celaena que al principio.

—Y bien, ¿me trajiste aquí para preguntarme algo o solo para matarme de frío? —le espetó Dorian.

Chaol arqueó una ceja y Dorian lo animó con una pequeña sonrisa.

—¿Cómo está? —preguntó el capitán. Ya se había enterado de que Dorian y Celaena habían cenado juntos... y de que ella se había quedado en la habitación del príncipe hasta altas horas de la madrugada. ¿Lo había hecho con algún propósito? ¿Había sido una maniobra pensada para humillarlo, para hacerlo sufrir incluso aún más?

—Tratando de superarlo —repuso Dorian—. Tratando de superarlo lo mejor que puede. Y como sé que eres demasiado orgulloso para preguntar, te diré que no, no te ha mencionado. Ni creo que lo haga.

Chaol inhaló profundamente. ¿Cómo convencer a Dorian de que se mantuviese alejado de ella? No porque estuviera celoso, sino porque Celaena suponía una amenaza tan grande que Dorian no podía siquiera imaginarla. Solo podía alertarlo recurriendo a la verdad, pero...

—Tu padre tiene mucha curiosidad respecto a ti —dijo Dorian—. Tras las reuniones del consejo, siempre me pregunta por su hijo. Creo que quiere que vuelvas a Anielle.

—Ya lo sé.

—¿Te vas a marchar con él?

—¿Quieres que lo haga?

—No me corresponde a mí decidirlo.

Chaol apretó los dientes. Desde luego, no pensaba ir a ninguna parte, no mientras Celaena anduviera por allí. Y no solo por ser ella quien era en realidad.

—No siento ningún interés en convertirme en señor de Anielle.

—Muchos hombres matarían por la clase de poder que ese título representa.

—Yo nunca lo he querido.

—No —Dorian apoyó las manos en el barandal del balcón—. No, tú nunca has querido nada salvo el cargo que ahora tienes y a Celaena.

Chaol abrió la boca, a punto de formular mil objeciones.

—¿Crees que estoy ciego? —preguntó Dorian. Sus ojos azules brillaban congelados—. ¿Por qué crees que me acerqué a ella en el baile de Yulemas? No porque quisiera bailar con ella, sino porque vi cómo se miraban. Desde entonces me di cuenta de lo que sentías.

—Lo sabías y aun así la sacaste a bailar.

El capitán de la guardia apretó los puños.

—Ella es muy capaz de tomar sus propias decisiones. Y así lo hizo. —Dorian esbozó una sonrisa amarga—. Respecto a ti y a mí.

Chaol tomó aire para contener la ira que amenazaba con desbordarse.

—Si sientes eso por ella, ¿por qué permites que siga encadenada a tu padre? ¿Por qué no buscas un modo de liberarla de su contrato? ¿Acaso temes que si la dejas libre nunca más se acerque a ti?

—Ten cuidado con lo que dices —le advirtió Dorian con suavidad.

Pero así eran las cosas. Aunque no podía imaginar un mundo sin Celaena, Chaol era muy consciente de que tenía que sacarla del castillo. Aunque no sabía si por el bien de Adarlan o por el de la joven.

—Mi padre tiene tan mal genio que sería capaz de castigarme, o de castigarla a ella, solo por plantear el tema. Estoy de acuerdo contigo, de verdad que sí: no está bien obligarla a permanecer aquí. De todos modos, deberías tener cuidado con lo que dices —el príncipe heredero de Adarlan miró a Chaol de arriba abajo—, y tener en cuenta a quién debes lealtad.

Tiempo atrás, Chaol se habría defendido. Hacía unos días, posiblemente habría objetado que su lealtad a la corona estaba más allá de toda duda. Sin embargo, en aquellos momentos, tanto su lealtad como su obediencia dejaban mucho que desear.

Y lo habían destruido todo.

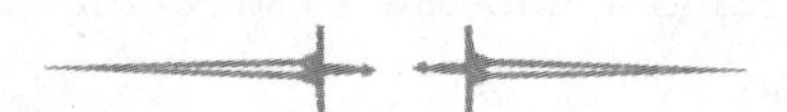

Celaena sabía que solo llevaba inconsciente unos segundos, pero habían bastado para que Piernasdoradas le agarrara los brazos por la espalda y le atara las muñecas con la cadena. Le dolía la cabeza y notaba el goteo de la sangre que le resbalaba por el cuello hasta la túnica. Nada grave; había sufrido heridas peores. Por desgracia, la bruja le había quitado las armas. Incluso las que llevaba en el pelo y ocultas en la ropa y las botas. Qué lista.

Así que no dejó que Piernasdoradas advirtiera, ni por un segundo, que estaba consciente. Sin previo aviso, se dio impulso con los hombros y le estampó la cabeza con todas sus fuerzas.

Sonó un crujido de huesos rotos. Piernasdoradas aulló, pero Celaena ya se había retorcido para meter las piernas debajo del cuerpo de la bruja. Rápida como una cobra, la bruja intentó agarrar el otro extremo de la cadena. La asesina pisó el segmento de cadena que las separaba y estampó el otro pie contra la cara de Piernasdoradas.

La mujer salió volando, como si no fuera más que polvo y viento, hasta estrellarse en las sombras que albergaban los espejos.

Maldiciendo entre dientes, Celaena notó la mordedura del frío hierro en las muñecas. Pero había aprendido a escapar de peores situaciones. Arobynn la ataba de la cabeza a los pies y la dejaba allí hasta que conseguía soltarse, aunque tuviera que pasar dos días tirada en el suelo entre su propia porquería o se dislocara los hombros tratando de liberarse. Así pues, no fue difícil liberarse de las cadenas en solo segundos.

Se sacó un pañuelo del bolsillo y lo utilizó para empuñar un fragmento alargado de espejo. Empuñándolo como si fuera un cuchillo, Celaena buscó en las sombras en las que se había sumido Piernasdoradas. Nada. Solo un rastro de sangre oscura.

—¿Sabes a cuántas jóvenes he atrapado en el interior de esta carreta en los últimos quinientos años? —La voz de la bruja Dientes de Hierro resonaba en todas partes y en ninguna—. ¿A cuántas brujas Crochan he destruido? Y también hubo guerreros, hermosos y bien dotados. Sabían a hierba de verano y agua fresca.

Muy bien. Piernasdoradas era una auténtica bruja Dientes de Hierro, ¿y qué? *Eso no cambia nada,* se dijo Celaena. Nada, salvo que tendría que encontrar un arma mejor.

Inspeccionó el vehículo en busca de la anciana, de sus propias dagas, de cualquier cosa que pudiera usar contra la bruja. Desplazó la mirada a los estantes de la pared más cercana. Libros, bolas de cristal, papeles, bichos muertos guardados en frascos.

Si hubiera parpadeado, Celaena no la habría visto. Estaba sucísima, pero aún despedía un brillo tenue a la luz distante de la estufa. Apoyada en la pared, sobre un montón de madera, había un hacha de una sola hoja.

Celaena la tomó sonriendo apenas. La imagen de Piernasdoradas bailoteaba por todas partes, miles de reflejos que calculaban, observaban, aguardaban.

Celaena estampó el hacha contra el más próximo. Y luego contra el siguiente. Y el de más allá.

La única forma de matar a una bruja era cortarle la cabeza, un amigo se lo había dicho una vez.

Zigzagueó entre los espejos rompiéndolos al pasar. Los reflejos de la bruja se fueron desvaneciendo uno a uno hasta que la verdadera Piernasdoradas apareció en el estrecho pasillo que separaba a Celaena de la chimenea. La bruja sostenía la cadena.

Celaena levantó el hacha por encima del hombro.

—Te doy una última oportunidad —dijo—. Si aceptas no decir ni una palabra a nadie sobre Dorian y sobre mí, te dejaré marchar.

—Noto el sabor de tus mentiras —respondió Piernasdoradas. Correteando como una araña, más deprisa de lo que Celaena habría creído posible, se abalanzó contra ella, volando la cadena por encima de la cabeza.

La asesina esquivó el primer golpe. Oyó el segundo antes de verlo y, aunque falló, la cadena rompió un espejo y el cristal estalló a su alrededor. Celaena no tuvo más remedio que protegerse los ojos. Por una milésima de segundo, perdió de vista a su objetivo.

Fue suficiente.

La cadena se enrolló alrededor de su tobillo, dolorosa e implacablemente. La bruja tiró de ella.

El mundo se inclinó cuando la bruja la tiró. Piernasdoradas corrió hacia ella, pero Celaena, sin soltar el hacha, rodó entre fragmentos de cristal hasta notar el áspero tejido de la alfombra en la cara.

Sintió un tirón seco en la pierna y de inmediato oyó un nuevo latigazo. Cuando el metal le golpeó el antebrazo con fuerza, Celaena soltó el hacha. Se volvió de espaldas, todavía atada a la infernal cadena, y descubrió que los dientes de Piernasdoradas se abalanzaban sobre ella. Veloz como el rayo, la bruja empujó a Celaena contra la alfombra.

Piernasdoradas la agarró por el hombro y la asesina notó el calor de la sangre cuando la bruja le clavó las uñas en la piel.

—No te muevas, niña estúpida —cuchicheó la anciana mientras intentaba alcanzar el extremo de la cadena .

Celaena gimió cuando alargó el brazo por encima de la áspera alfombra para tomar el metal, que estaba a pocos dedos de su alcance. El brazo y el tobillo le dolían terriblemente. Si pudiera alcanzar el hacha... Chasqueando los dientes, Piernasdoradas se aventó al cuello de la chica.

La asesina se giró y, esquivando apenas aquellos dientes de hierro, alcanzó el hacha por fin. La arrastró tan deprisa que golpeó la cabeza de la anciana con el extremo.

Piernasdoradas se derrumbó. Celaena se echó hacia atrás y levantó el arma.

A cuatro patas, Piernasdoradas escupía sangre oscura —sangre azul— en la vieja alfombra. Sus ojos eran dos carbones al rojo vivo.

—Me encargaré de que desees no haber nacido. Ni tú ni tu príncipe.

Dicho eso, la bruja salió disparada, tan deprisa que Celaena habría jurado que volaba.

Pero no llegó muy lejos. Solo hasta los pies de la chica.

Celaena dejó caer el hacha con todas sus fuerzas. Un chorro de sangre azul salpicó cuanto la rodeaba.

Cuando la cabeza de la bruja dejó de rodar, el marchito rostro exhibía una sonrisa.

Silencio. Incluso el fuego, tan intenso que Celaena volvía a sudar tanto, pareció calmarse. Celaena tragó saliva. Una vez. Dos.

Dorian no podía enterarse. Aunque ardía en deseos de echarle en cara lo que sucedía por andar haciendo preguntas que Piernasdoradas había considerado tan valiosas como para venderlas al mejor postor, no debía enterarse de lo que acababa de suceder pasar en la carreta. Ni él ni nadie.

Cuando reunió fuerzas para contemplar la matanza, descubrió que la sangre azul oscuro le había arruinado las botas y los pantalones. Más ropa que incinerar. Se quedó mirando el cuerpo y la alfombra empapada. El asesinato no había sido precisamente rápido, pero aún podía ser limpio. Un desaparecido siempre era preferible a un cadáver decapitado.

Celaena alzó la vista hacia la enorme rejilla de la estufa.

CAPÍTULO 42

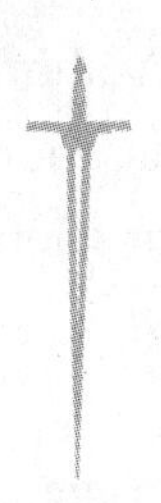

Mort ahogó una risita cuando Celaena llegó tambaleándose hasta la puerta del sepulcro.

—Así que ahora te has convertido en cazadora de brujas, ¿eh? Otro bonito título que añadir a tu lista.

—¿Cómo lo sabes? —preguntó ella mientras dejaba la vela en el suelo.

Ya había quemado las ensangrentadas prendas, que al arder habían despedido un tufo espantoso: a carne podrida, el mismo que emanaba de la bruja. Ligera había gruñido en dirección a la chimenea y, empujándole las piernas, había intentado llevarse de allí a su dueña.

—Ah, percibo el hedor —repuso Mort—. Apestas a su ira y su maldad.

Celaena se retiró el cuello de la túnica para mostrar los pequeños cortes que tenía donde Piernasdoradas había clavado las uñas en su piel, justo encima de la clavícula. Se las había desinfectado, pero tenía la sensación de que dejarían marca, un collar de cicatrices.

—¿Qué piensas de esto?

Mort hizo un gesto de dolor.

—Hace que me alegre de ser de bronce.

—¿Son peligrosas?

—Mataste a una bruja. Y ahora llevas la marca de una bruja. No son como las heridas normales —Mort entornó los ojos—. Supongo que eres consciente de que acabas de meterte en un lío tremendo.

Celaena gimió.

—Piernasdoradas era una jefa. Una reina de su clan —prosiguió Mort—. Cuando destruyeron a la familia Crochan, se unieron a las Pico Negro y a las Sangre Azul para formar la alianza Dientes de Hierro. Aún respetan aquel juramento.

—Pero pensaba que todas las brujas habían desaparecido, que se las había llevado el viento.

—¿Desaparecido? Las Crochan y sus seguidoras llevan varias generaciones escondidas. Sin embargo, los clanes de la alianza Dientes de Hierro siguen viajando de acá para allá, como hacía Baba, si bien muchas más viven en tenebrosas ruinas, a imagen y semejanza de su propia maldad. Ahora bien, sospecho que cuando las Piernasdoradas descubran que su jefa ha muerto, convocarán a las Pico Negro y a las Sangre Azul y le exigirán cuentas al rey. Tendrás suerte si no vienen a buscarte en sus escobas y te llevan consigo.

Celaena hizo una mueca.

—Espero que te equivoques.

Mort enarcó sutilmente las cejas.

—Yo también.

La asesina pasó una hora en el sepulcro, leyendo el acertijo de la pared y meditando las palabras de la bruja. Llaves, puertas... todo era tan raro, tan incomprensible y terrorífico...

Y si aquellas llaves estaban a favor del rey, aunque fuera solo una...

Celaena se estremeció.

Cuando comprobó que por más que mirara el poema no conseguiría descifrarlo, Celaena caminó pesadamente hacia sus aposentos para dormir una siesta. La necesitaba.

Al menos, había averiguado el posible origen del poder del rey. Sin embargo, quedaban otros enigmas por descifrar. Entre ellos, la pregunta más preocupante: ¿Qué planeaba hacer el rey con las llaves... que no hubiera hecho ya?

Tenía la sensación de que prefería no saberlo.

A lo mejor las catacumbas de la biblioteca albergaban la respuesta a aquella horrible pregunta. La biblioteca contenía un volumen que tal vez la ayudara a llegar a una solución, un libro que posiblemente incluyera el hechizo de apertura que estaba buscando. Y sabía que *Los muertos vivientes* aparecería en cuanto empezara a buscarlo.

A medio camino de su habitación, toda esperanza de dormir un rato se desvaneció cuando Celaena dio media vuelta para ir a buscar la espada Damaris y cualquier otra arma que pudiera llevar consigo.

No debería estar allí. Se estaban complicando las cosas. Otra pelea con Celaena provocaría una revolución en el castillo. Y si la chica volvía a atacarlo, si decidía acabar con él, Chaol estaba convencido de que no se lo impediría.

Ni siquiera sabía cómo empezar, pero algo debía decirle, aunque solo fuera para romper de una vez por todas el silencio y la tensión que no lo dejaban dormir y le impedían concentrarse en su trabajo.

Celaena no estaba en su alcoba, pero Chaol entró de todos modos y deambuló hasta el escritorio. Estaba tan desordenado como el de Dorian, lleno de libros y papeles. Habría salido de allí de no haber visto unos extraños símbolos escritos aquí y allá, signos muy parecidos a la marca que había brillado en la frente de Celaena el día del torneo. La había olvidado en los meses transcurridos. ¿Estaría aquella marca... conectada de algún modo con su pasado?

Mirando por encima del hombro, atento por si Philippa o Celaena aparecían, hojeó los documentos. Solo eran notas: dibujos de símbolos y palabras subrayadas al azar. *A lo mejor no son sino garabatos,* se dijo esperanzado.

Ya se disponía a marcharse cuando un documento medio enterrado entre un montón de libros le llamó la atención. Estaba escrito en una caligrafía muy cuidada y lo firmaban varias personas.

Extrayéndolo con cuidado, Chaol tomó el papel y lo leyó.

El mundo se hundió a sus pies.

Era el testamento de Celaena. Fechado dos días antes de la muerte de Nehemia.

Y se lo dejaba todo —hasta la última moneda de cobre— a él.

Mientras examinaba la suma y la lista de bienes, incluido el apartamento de los arrabales y todos los objetos que contenía, se le hizo un nudo en la garganta. Celaena le legaba todo cuanto poseía con una única condición: que no se olvidase de Philippa.

—No voy a cambiarlo.

Chaol se giró a toda prisa y la vio apoyada en el marco de la puerta con los brazos cruzados. Aunque el gesto era ya familiar: Celaena exhibía una expresión fría, indiferente. El capitán soltó el papel.

De repente, la lista de casas nobles que llevaba en el bolsillo pesaba como una losa. ¿Y si se había precipitado en sus conclusiones? ¿Y si la canción no era un canto fúnebre de Terrasen? A lo mejor Celaena, sencillamente, había cantado en una lengua que Chaol desconocía.

Ella lo observaba con una mirada felina.

—Sería demasiado complicado cambiarlo ahora —siguió diciendo Celaena.

Llevaba un arma antigua, hermosa, prendida del cinturón, junto con unas cuantas dagas que Chaol nunca había visto. ¿De dónde las había sacado?

Las palabras luchaban por abrirse paso en la garganta del capitán, tanto que fue incapaz de decir nada. Todo ese dinero... Y se lo había dejado a él. Se lo había heredado como consecuencia de los sentimientos que le inspiraba. Incluso Dorian se había dado cuenta desde el principio.

—Ahora, como mínimo —prosiguió ella, que se separó del marco y desvió la mirada—, cuando el rey te despida por hacer un trabajo tan deplorable, tendrás lo suficiente para vivir.

Chaol no podía respirar. No solo lo había hecho por generosidad. También porque sabía que, si alguna vez perdía su puesto, tendría que volver a Anielle, recurrir al dinero de su padre y que eso lo destrozaría.

Ahora bien, Chaol solo podría tocar aquel capital tras la muerte de Celaena. Únicamente si estaba oficialmente muerta, y no como desertora a la corona. Si a su muerte la consideraban una traidora, todos sus bienes pasarían a manos del rey.

Y para morir en un acto de traición, ella tendría que hacer lo que Chaol más temía: aliarse con aquella organización secreta, encontrar a Aelin Galathynius y volver a Terrasen. Aquel testamento parecía indicar que no tenía intención de hacer nada semejante. No planeaba reclamar su título perdido y no representaba ninguna amenaza para Adarlan o para Dorian. Una vez más, Chaol se había equivocado.

—Sal de mis aposentos —le ordenó Celaena desde el recibidor, antes de dirigirse rápidamente a la sala y cerrar la puerta tras ella.

Chaol no había llorado tras la muerte de Nehemia, ni después de encerrar a Celaena en las mazmorras, ni siquiera cuando la asesina había regresado con la cabeza de Tumba, tan distinta a la muchacha que había llegado a amar con toda su alma.

Sin embargo, cuando abandonó aquellas habitaciones, dejando atrás el maldito testamento, no tuvo tiempo de llegar a su dormitorio. El capitán se metió en el primer armario de escobas que encontró y rompió en sollozos.

CAPÍTULO 43

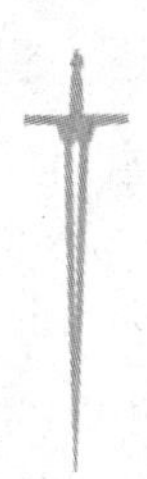

Cuando Chaol se marchó a toda prisa, Celaena ya estaba en la sala, mirando el piano. Llevaba semanas sin tocar.

Al principio, había dejado de lado el piano porque no tenía tiempo de practicar. Porque Archer, la tumba y Chaol se llevaban hasta el último minuto del día. Luego Nehemia había muerto... y no había vuelto a entrar en aquella sala ni una vez. No quería mirar el instrumento ni oír música, ni volver a tocar en su vida.

Alejando el encuentro con Chaol de su pensamiento, Celaena abrió despacio la tapa del piano y acarició las teclas de marfil.

Pero no pudo pulsarlas, se sintió incapaz de arrancarles un solo acorde. Nehemia debería estar allí, para ayudarla con Piernasdoradas y con el acertijo, para decirle qué hacer con Chaol, para sonreír mientras Celaena tocaba una pieza particularmente exquisita.

Nehemia se había ido... y el mundo seguía adelante sin ella.

Cuando Sam había muerto, Celaena se lo había guardado en el corazón, lo había arropado allí junto con otros seres queridos que también se habían marchado, cuyos nombres conservaba tan en secreto que a veces llegaba a olvidarlos. Pero Nehemia... Nehemia no cabía ahí. Se sentía como si ya no quedara sitio en su corazón, como si lo tuviera saturado de todas aquellas vidas que habían llegado a su fin antes de tiempo.

No podía encerrar allí a Nehemia, no mientras la cama manchada de sangre y las horribles palabras que habían intercambiado la persiguieran a cada paso y empañaran cada aliento.

Así que Celaena se limitó a toquetear el piano. Pasando los dedos sobre las teclas una y otra vez, dejó que el sonido la devorara.

Una hora después, Celaena contemplaba las escaleras que partían del final de la recóndita sala donde se conservaban los documentos más antiguos. En alguna parte de la biblioteca, un reloj dio la hora. Las imágenes de las hadas y las flores, iluminadas por las llamas, bailaban en las paredes de la escalera que bajaba en espiral hasta perderse en profundidades inexploradas. Había encontrado *Los muertos vivientes* casi de inmediato, aventado sobre una mesa entre dos estanterías. Como si la estuviera esperando. Y solo tardó unos minutos en localizar el hechizo que servía para abrir cualquier puerta. Lo memorizó rápidamente y lo practicó unas cuantas veces en un armario cerrado con llave.

Le costó mucho no gritar la primera vez que oyó el chasquido del cerrojo al abrirse. Y la segunda.

No le extrañaba que Nehemia y su familia hubieran mantenido aquel poder en secreto. Y tampoco que el rey de Adarlan quisiera controlarlo.

Con la mirada puesta en las profundidades de la escalera, Celaena tocó la Damaris y luego las dos dagas que llevaba colgadas del cinturón. Todo iba bien. No tenía motivos para ponerse nerviosa. ¿Qué mal podía acecharla en un lugar tan apacible como una biblioteca?

Seguro que el rey tenía sitios mejores donde ocultar sus oscuros asuntos. En el mejor de los casos, Celaena encontraría alguna pista que la ayudara a averiguar si el monarca poseía alguna llave del Wyrd y dónde la ocultaba. En el peor... se toparía con el encapuchado que rondaba la biblioteca desde hacía varias semanas. Seguro que los ojos brillantes que había observado la última vez pertenecían a algún roedor, nada más. Y si se equivocaba, bueno fuera lo que fuera que hubiera allí, si había sido capaz de vencer a un Ridderak, podía enfrentarse a cualquier cosa, ¿o no?

Claro que sí. Celaena empezó a bajar. Al llegar al descanso, se detuvo.

Nada. No sintió terror ni tuvo malos presentimientos. Nada en absoluto.

Dio otro paso, luego otro más y por fin, conteniendo el aliento, siguió bajando hasta perder de vista la parte alta de la escalera. Habría jurado que los grabados de la pared se movían, que los fieros y hermosos rostros de las hadas se volvían a mirarla en su descenso.

Solo oía sus propios pasos y el murmuro de la antorcha al arder. Un escalofrío le recorrió la espalda. Cuando apreció la oscuridad del descanso inferior, se detuvo un momento.

Instantes después, llegó a la puerta de hierro. Sin pararse a reconsiderar el plan, Celaena sacó un pedazo de gis y dibujó dos marcas del Wyrd en la hoja, susurrando el conjuro al mismo tiempo. Las palabras le agarrotaron la lengua, pero cuando acabó de pronunciarlas oyó el chasquido sordo de algún mecanismo interno.

Maldijo entre dientes. El conjuro había funcionado. No quería pensar en lo que eso implicaba, cómo era posible que funcionara con una puerta de hierro, el único elemento supuestamente inmune a la magia, sobre todo porque sabía la cantidad de hechizos horribles que contenía *Los muertos vivientes*: conjuros para invocar demonios, para despertar a los muertos, para torturar a otros hasta que suplicaran su propia muerte.

Celaena abrió la puerta con un firme jalón y se encogió cuando la hoja chirrió contra el suelo de losa gris. Un frío soplo de aire estancado le revolvió el cabello. Sacó la espada Damaris.

Después de comprobar —dos veces— que la puerta no se podía cerrar desde dentro, cruzó el umbral.

La antorcha reveló un angosto camino de unos diez escalones, que conducía a otro pasadizo largo y estrecho. Las telarañas y el polvo abundaban por doquier, pero no fue el aspecto descuidado del pasillo lo que la hizo detenerse en seco.

Fueron las puertas, las decenas de puertas de hierro que rodeaban el pasadizo. Todas tan simples como la que acababa de atravesar, todas exentas de la menor pista sobre lo que pudiera haber al otro lado. Al fondo del corredor, una nueva puerta de hierro brillaba a la tenue luz de la antorcha.

¿Qué lugar era aquel?

Descendió los peldaños. Silencio absoluto. Como si el mismo aire contuviese el aliento.

Mantuvo la antorcha levantada y, sosteniendo a Damaris con la otra mano, se acercó a la primera puerta de hierro. No tenía manija, solo una línea marcada en la superficie. Descubrió dos líneas en la puerta de enfrente. Los números uno y dos. Impares a la izquierda, pares a la derecha. Siguió caminado, prendiendo una antorcha tras otra y apartando las cortinas de telarañas a su paso. Según avanzaba por el pasillo, los números de las puertas iban aumentando.

¿Será esto una especie de mazmorra?

Sin embargo, no se veían manchas de sangre en el suelo, ni restos de huesos o de armas. Ni siquiera olía verdaderamente mal, solo a polvo, a sequedad. Intentó a abrir una de las puertas, pero estaba cerrada con llave. Todas estaban cerradas. Y el instinto le recomendó que no intentara abrirlas.

Notó un latido en la cabeza, como un principio de migraña.

El pasillo continuaba hasta las celdas del fondo, marcadas con los números noventa y ocho y noventa y nueve, respectivamente.

Al frente, una última puerta sin marcas. Dejó la antorcha en un soporte y tiró de la manija. Le pareció mucho menos pesada que la primera, pero también estaba cerrada. Y, a diferencia de las puertas del corredor, se diría que esta última quería ser abierta, como si le estuviera pidiendo que la traspasara. Así que Celaena sacó el gis y trazó en el antiguo metal las marcas mágicas. La hoja cedió sin ruido.

A lo mejor estas eran las mazmorras de Gavin. De la época de Brannon. Eso explicaría las imágenes de los seres mágicos grabadas en la escalera superior. Tal vez el rey usara aquellas celdas para encerrar a los soldados demonio del ejército de Erawan. O a los horribles seres contra los que luchaba Gavin.

Se le secó la boca cuando traspasó el segundo umbral y encendió las primeras antorchas. De nuevo, la luz reveló un pequeño tramo de escaleras que conducía a un corredor. Sin embargo, este giraba a la derecha y parecía mucho más corto. Las sombras no ocultaban nada, solo más y más puertas de hierro cerradas a ambos lados. Reinaba un silencio sepulcral.

Avanzó hasta llegar al portal que señalaba el final del pasillo. Sesenta y seis celdas ahí, todas selladas. Abrió la del fondo con las marcas del Wyrd.

Entró en el tercer pasadizo, que también giraba bruscamente, y descubrió que era aún más corto. Treinta y tres celdas.

El cuarto pasillo torcía a la derecha otra vez y en esta ocasión contó veintidós celdas. El ligero dolor de cabeza se convirtió en una jaqueca, pero estaba muy lejos de su habitación y ya que había llegado hasta allí...

Celaena se detuvo ante la puerta del fondo, la cuarta que iba a cruzar.

Es una espiral. Un laberinto que te interna en las profundidades de la tierra, cada vez más abajo.

Se mordió el labio, pero abrió el portal. Once celdas. Aceleró el paso y alcanzó rápidamente la quinta puerta del fondo. Nueve celdas.

Se acercó a la sexta y se detuvo.

Otro tipo de escalofrío la recorrió cuando se quedó mirando el sexto portal.

¿El centro de la espiral?

Cuando el gis se deslizó sobre la hoja de hierro para dibujar las marcas del Wyrd, una vocecita interior le dijo que se largara de allí. Y aunque quería hacerle caso, abrió la puerta de todos modos.

La antorcha iluminó un pasadizo en ruinas. Parte de las paredes se había derrumbado y las vigas de madera estaban reducidas a astillas. Las telarañas se extendían entre los listones y algunos jirones de tela, encajados entre la roca y las vigas, ondeaban con la leve brisa.

La muerte había visitado aquel lugar. Y no hacía mucho tiempo. Si nadie lo hubiera pisado desde la época de Gavin y Brannon, los paños se habrían reducido a polvo.

Celaena miró las tres celdas alineadas en el corto pasillo. Encontró otra puerta al fondo, cuya hoja colgaba desvencijada de una única bisagra. Al otro lado, reinaba la oscuridad.

No obstante, fue la tercera celda la que le llamó la atención.

Alguien había reventado la puerta de esa celda, cuya superficie estaba abollada y doblada sobre sí misma. Pero no desde fuera.

Celaena levantó la espada antes de mirar en el interior.

Quienquiera que hubiera estado allí, había escapado.

Una rápida inspección desde el umbral no reveló nada salvo huesos. Montones de huesos, la mayoría tan destrozados que era imposible identificarlos.

Devolvió su atención al pasillo. Ningún movimiento.

Con mucha cautela, entró en la celda.

Dos cadenas de hierro colgaban de las paredes, rotas a la altura de los grilletes. Unas marcas blancas surcaban la piedra, infinidad de surcos largos y profundos en grupos de cuatro.

Arañazos.

Se volvió a mirar la hoja rota de la puerta. También estaba llena de marcas.

¿Cómo es posible que *alguien arañe de ese modo el hierro y la piedra?*

Se estremeció y abandonó rápidamente la celda.

Se volvió a mirar el camino por el que había llegado, iluminado por el fulgor de las antorchas que había ido prendiendo. Luego dirigió la vista a las tinieblas que se extendían ante ella.

Estás casi en el centro de la espiral. Mira lo que hay. Comprueba si alberga alguna respuesta. Elena te dijo que buscaras pistas...

Agitó a Damaris unas cuantas veces, solo para relajar la muñeca, por supuesto. Haciendo girar el cuello, penetró en la penumbra.

El pasillo no tenía soportes para antorchas. El séptimo portal solo reveló un breve pasadizo y una puerta abierta: la octava.

Las paredes que conducían al octavo portal estaban dañadas y exhibían también marcas de garras. Su dolor de cabeza se intensificó, pero fue cediendo según se acercaba. Al otro lado de la puerta se alzaba una escalera de caracol, tan larga que Celaena no alcanzaba a ver el final. Un ascenso directo a la oscuridad.

¿Pero adónde?

La escalera apestaba. Llevando a Damaris frente ella, remontó los peldaños con cuidado de no pisar las piedras caídas que se amontonaban en el suelo.

Celaena subió infinidad de escaleras, agradecida de haberse entrenado tan bien. La migraña empeoró, pero cuando llegó a lo más alto olvidó por completo el agotamiento y el dolor.

Alzó la antorcha. La rodeaban lustrosos muros de obsidiana que ascendían vertiginosos, tan altos que no llegaba a ver el techo. Se encontraba en una especie de cámara situada en la punta de una torre.

Enroscadas a las extrañas paredes de piedra, unas líneas verdosas resplandecían a la luz de la antorcha. Había visto antes aquel material. Lo había visto...

En el anillo del rey. En el anillo de Perrington. Y en el de Caín.

Celaena tocó la piedra y sintió una descarga que empeoró aún más su jaqueca, tanto que le dieron ganas de vomitar. El Ojo de Elena emitió un destello azul, pero la luz se extinguió rápidamente, como si la piedra la hubiera absorbido, como si la hubiera devorado.

Tropezó de vuelta a las escaleras.

Dioses del cielo. ¿Qué es esto?

Como si le respondiera, un estruendo resonó en la torre, tan fuerte que Celaena saltó hacia atrás. El ruido resonó un buen rato con un eco metálico.

Alzó la mirada hacia la oscuridad que la envolvía.

—Ya sé dónde estoy —susurró Celaena cuando el sonido se fue extinguiendo.

En la torre del reloj.

CAPÍTULO 44

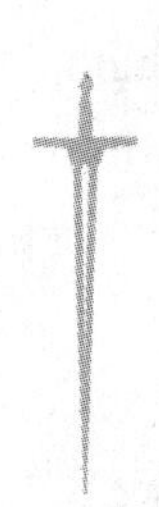

Dorian observaba la extraña escalera de caracol. Celaena había encontrado las legendarias catacumbas ocultas bajo la biblioteca. Claro que sí. Si había alguien en Erilea capaz de encontrar algo así, era Celaena.

Estaba a punto de ir a comer cuando había visto a la asesina entrar muy decidida en la biblioteca con una espada sujeta a la espalda. Dorian jamás se habría entrometido de no haber sido por la trenza. Celaena nunca se trenzaba el pelo salvo cuando se disponía a luchar. Y cuando estaba a punto de meterse en un lío.

No la estaba espiando y tampoco la estaba acechando. Dorian sencillamente sentía curiosidad. La había seguido por antiguas salas y pasadizos, siempre muy por detrás, avanzando en completo silencio tal como Chaol y Brullo le habían enseñado hacía años. La siguió hasta que Celaena, tras mirar con recelo por encima del hombro, se internó en aquella escalera.

Sí, Celaena tramaba algo. Por eso Dorian se había quedado esperando. Un minuto. Cinco minutos. Diez, antes de salir tras ella. Si acaso se topaba con Celaena, fingiría que se trataba de un encuentro accidental.

¿Y qué había allá abajo? Nada excepto basura. Viejos libros y pergaminos tirados por todas partes. Más allá se divisaba una segunda escalera de caracol, iluminada mediante el mismo sistema que la primera.

Un escalofrío le recorrió la espalda. Todo aquello no le gustaba en lo absoluto. ¿Qué hacía Celaena allí abajo?

Como si le respondiera, el poder mágico le gritó que saliera corriendo en dirección opuesta... a buscar ayuda. Sin embargo, la biblioteca principal estaba lejos, y para cuando llegara hasta allí y volviera, tal vez fuera demasiado tarde. Puede que ya fuera demasiado tarde...

Dorian bajó rápidamente la escalera y accedió a un pasadizo apenas iluminado. Al fondo, una puerta entreabierta, con dos marcas de gis trazadas en la hoja. Cuando vio el corredor flanqueado de celdas, se quedó helado. El hierro desprendía un hedor que le revolvió el estómago.

—¿Celaena? —gritó en dirección al pasillo. No recibió respuesta—. ¿Celaena?

Nada.

Tenía que hacerla salir. Fuera lo que fuera aquel lugar, ni él ni ella deberían estar allí. No hacía falta que se lo gritara la magia, ya lo sabía. Tenía que sacarla de aquel lugar.

Dorian bajó por la escalera.

Celaena volaba escaleras abajo para alejarse del reloj lo más rápidamente posible. Aunque habían transcurrido meses desde el duelo con Caín y su encuentro con los muertos, el recuerdo de cómo la aplastaban contra la pared oscura de la torre seguía demasiado fresco en su memoria. Todavía veía mentalmente la sonrisa burlona de los muertos y oía las palabras que Elena había pronunciado en Samhuinn sobre los ochos guardianes de la torre del reloj, de los que debía mantenerse alejada.

Le dolía tanto la cabeza que apenas podía concentrarse en sus propios pasos.

¿Qué escondían allí dentro? Aquello no tenía nada que ver con Gavin ni con Brannon. Era posible que la mazmorra datara de la época de los antiguos reyes, pero aquello —todo aquello— guardaba relación con el rey. Porque él había mandado construir la torre del reloj, la había construido de...

... negra obsidiana
y de la piedra maldita.

Ahora bien, se suponía que las llaves eran pequeñas, no descomunales como aquella torre. No...

Celaena llegó al fondo de las escaleras y se quedó helada al volver a ver el pasaje de la celda destruida.

Las antorchas estaban apagadas. Miró a su espalda, hacia la torre del reloj. Tuvo la sensación de que la oscuridad se expandía, de que tendía sus tentáculos hacia ella. No estaba sola.

Aferrada a su propia antorcha y controlando el ritmo de la respiración, avanzó sigilosa por el estrecho corredor. Nada, ni un mínimo roce, ni la menor señal de que hubiera otra persona en el pasillo, pero...

A mitad de camino se detuvo otra vez. Dejó caer el brazo que sujetaba la antorcha. Había memorizado cada recodo, había contado los pasos para llegar allí. Se sabía el camino de memoria, habría podido encontrarlo con los ojos vendados. Y si no estaba sola, entonces la antorcha parecería un faro. La apagó restregándola contra el tacón. No deseaba convertirse en el blanco de nadie.

Oscuridad absoluta.

Sostuvo a Damaris en alto y dejó que sus ojos se adaptaran a la oscuridad. Sin embargo, la negrura no era completa. Su amuleto despedía un tenue resplandor, una luz que iluminaba apenas las formas, como si las tinieblas fueran demasiado profundas para el Ojo. Se le erizó todo el cuerpo. La única vez que el amuleto se había encendido de ese modo... Palpando la pared con la otra mano, sin atreverse a mirar atrás, se dispuso a emprender el camino de vuelta a la biblioteca.

Oyó un roce de uñas contra la piedra y luego el sonido de una respiración.

No era la suya.

Asomado entre las sombras de la celda, el ser se aferró la capa con las garras. Comida. Por primera vez desde hacía meses. Y ella parecía tan cálida, tan rebosante de vida... Salió sigilosamente y pasó junto a ella, que proseguía su ciega retirada.

En el tiempo transcurrido desde que lo habían dejado allí a su suerte, desde que se habían cansado de jugar con él, había olvidado muchas cosas. Había olvidado su propio nombre, aquel que le habían dado. Sin embargo, había aprendido cosas más útiles, mejores. Sabía cazar, alimentarse y utilizar las marcas para abrir y cerrar puertas. Había prestado atención durante aquellos largos años, los había visto dibujar las marcas.

Y cuando se marcharon, esperó y esperó hasta saber que nunca volverían, hasta que el hombre miró a otra parte y se llevó el resto de sus cosas consigo. Y entonces comenzó a abrir las puertas, una tras otra. Aún conservaba algún vestigio de humanidad, el suficiente para volver a sellar las puertas, para regresar y recomponer las marcas que lo habían mantenido encerrado.

Pese a todo, ella había llegado hasta allí. Conocía las marcas, de modo que debía de estar enterada. Sin duda sabía lo que le habían hecho. Seguro que había tomado parte en ello, en la ruptura, en la demolición y luego en la brutal reconstrucción. Y como había bajado...

Se agazapó en otra sombra y aguardó a que se precipitara contra sus garras.

Celaena se detuvo cuando la respiración cesó. Silencio. La luz azul aumentó su intensidad. Celaena se llevó la mano al pecho... el amuleto resplandecía.

Llevaba semanas acechando a los hombrecillos que vivían arriba, preguntándose qué sabor tendrían. Por desgracia, jamás abandonaban las zonas iluminadas y la luz le lastimaba los sensibles ojos. Siempre había algo que lo obligaba a retroceder a la seguridad de la piedra.

Llevaba demasiado tiempo comiendo ratas y otros bichos parecidos, animales de huesos y sangre escasos. Aquella hembra, sin embargo... Era la tercera vez que la veía. La primera vez, brillaba en su garganta una luz pálida y azul, la misma que ahora. La segunda vez, más que verla, la había olido al otro lado de la puerta de hierro.

Arriba, el fulgor azulado, esa luminiscencia que emanaba poder, había bastado para mantenerlo alejado. Bajo tierra, en cambio, a la sombra de la piedra negra y palpitante, la luz azul era pálida. Allí abajo, apagadas las antorchas que la protegían, nada lo detendría. Y nadie podría oírla.

Por más que su memoria se hubiera convertido en un caos de confusión, no había olvidado lo que le habían hecho en aquel altar de piedra.

Las babosas fauces esbozaron una sonrisa.

El Ojo de Elena resplandecía como una llama. Celaena oyó un siseo que sonó pegado a su oído.

La asesina se dio media vuelta y golpeó antes de ver siquiera la figura encapuchada que la vigilaba. Apenas sintió una piel escuálida y unos dientes despostillados y planos antes de hundirle la espada Damaris en el pecho.

La criatura gritó —un chillido que no parecía de este mundo— cuando el acero rasgó la tela que cubría un pecho deforme y surcado de cicatrices. La zarpa del engendro buscó la cara de Celaena al caer y ella, a la luz del amuleto, avistó unos ojos brillantes. Unos ojos de animal, capaces de ver en la oscuridad.

La persona —el ser— del pasillo. El ser del otro lado de la puerta. Celaena ni siquiera sabía hasta qué punto lo había herido. La sangre le inundaba la nariz y la boca cuando se tambaleaba en dirección a la biblioteca.

A la escasa luz del Ojo de Elena, la asesina saltó sobre las vigas caídas y los trozos de piedra, tropezando con los huesos cada que avanzaba. La criatura que corría tras ella empujaba los obstáculos como quien aparta delgadas cortinas a su paso. Caminaba erguido como un hombre, pero no era un hombre. No, su rostro parecía algo sacado de una pesadilla. Y su fuerza, la facilidad con que rechazaba las vigas caídas como quien retira tallos de trigo...

Las puertas de hierro tenían la función de impedir el paso de aquel monstruo. Y ella las había abierto todas.

Como rayo, subió el primer tramo de escaleras y cruzó el umbral. Cuando torció a la izquierda, el ser la agarró por la espalda. La tela de su túnica se rompió. Celaena chocó contra la pared opuesta y se agachó para esquivar las zarpas del engendro.

La espada Damaris zumbó y la criatura cayó hacia atrás, rugiendo de rabia. Una sangre negra manó de la herida en el abdomen. El corte, por desgracia, no era muy profundo.

Poniéndose en pie, con la espalda ensangrentada, Celaena sacó una daga.

La capucha del engendro cayó hacia atrás y entre los pliegues apareció algo que recordaba a una cara de hombre; recordaba, pero ya no lo era. El ser conservaba algunos mechones de pelo, que surgían del pálido cráneo en hebras sueltas. Y sus labios... Sus labios eran una masa de tejido cicatrizado, como si alguien hubiera obligado a aquel ser a abrir la boca, se la hubiera cosido y hubiera vuelto a desgarrarla.

El ser se llevó una garra al vientre, jadeando entre sus negros y despostillados dientes. No dejaba de mirar a la muchacha... La miraba con tanto odio que Celaena se quedó paralizada. Era una expresión tan humana...

—¿Qué eres? —resolló mientras retrocedía otro paso, escudándose con la espada.

De repente, la criatura empezó a arañarse a sí misma, a desgarrarse las negras ropas, a jalonearse el cabello como si quisiera arrancarlo de raíz. Y sus gritos, la rabia y la desesperación...

Era el ser que Celaena había visto en los pasillos del castillo.

Y eso significaba...

Aquella cosa —aquella persona— sabía emplear las marcas del Wyrd. Y a juzgar por su fuerza sobrenatural, ninguna barrera sería capaz de retenerla.

La criatura echó la cabeza hacia atrás y volvió a posar aquellos ojos bestiales en Celaena, como un depredador que se relame antes de devorar a su presa.

Ella se dio media vuelta y echó a correr como alma que lleva el diablo.

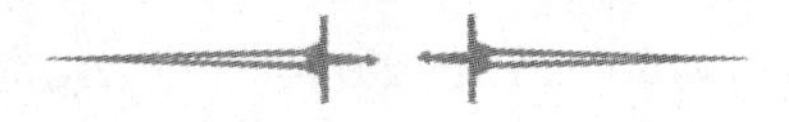

Dorian acababa de traspasar el tercer umbral cuando oyó unos gritos que no parecían humanos. Fuertes golpes resonaban por el pasillo, y con cada choque los bramidos cesaban en seco.

—¿Celaena? —gritó Dorian en dirección al estrépito.

Otro golpe.

Y luego...

—¡Dorian, corre!

El grito que siguió a la orden de Celaena sacudió las paredes. Las antorchas chispearon.

Dorian estaba sacando la espada cuando la asesina, con la cara ensangrentada, apareció volando escaleras arriba y cerró la puerta tras ella. Corrió hacia él llevando una espada en una mano y una daga en la otra. El amuleto que siempre llevaba resplandecía en su pecho como fuego azul.

Celaena llegó a su altura en cuestión de segundos. El portal de hierro se abrió tras ellos y...

Apareció un ser que no era de este mundo. No podía serlo. Recordaba vagamente a un hombre, pero retorcido, desmembrado y reseco, con el hambre y la locura escritos en cada protuberancia del cuerpo. Dioses. Oh, dioses. ¿Qué diablos había despertado Celaena?

Corrieron por el pasadizo. Maldiciendo, Dorian calculó los pasos que faltaban hasta la siguiente puerta. Tardarían tanto en subir las escaleras...

Pero Celaena era rápida. Y aquellos meses de entrenamiento no habían sido en vano. Para infinita humillación de Dorian, cuando llegaron al peldaño inferior, Celaena lo agarró por el cuello de la túnica y medio lo cargó escaleras arriba. Lo arrastró hacia el pasillo que se extendía al otro lado del umbral.

Tras ellos, el engendro gritaba furioso. Dorian se giró justo a tiempo de ver el destello de sus dientes rotos cuando la criatura ascendía ya las escaleras. Rápida como un rayo, Celaena cerró la puerta de hierro en las fauces de la bestia.

Solo una más... Dorian veía mentalmente el descanso que conducía al primer pasillo, luego la escalera de caracol y más allá...

Más allá, ¿qué? ¿Qué pasaría cuando llegaran a la gran biblioteca? ¿Cómo iban a detener a aquella cosa?

Cuando Dorian vio el rictus de puro terror que contraía el semblante de Celaena, supo que ella se preguntaba lo mismo.

Celaena arrastró a Dorian hasta el pasillo y luego regresó a cerrar la puerta de hierro que separaba la guarida del ser del resto de la biblioteca. La empujó con todo su peso y se golpeó cuando la criatura arremetió por el otro lado. Dioses, qué fuerte era. Fuerte, salvaje e implacable.

La asesina flaqueó un instante y el engendro ganó terreno. Al momento, Celaena se dejó caer de espaldas contra la hoja.

Atrapó la mano del monstruo, que chilló y tendió la garra hacia su hombro mientras la atacaba con todas sus fuerzas. La sangre brotaba de su nariz y se mezclaba con la que le surcaba la espalda. La garra se le clavó con más fuerza.

Dorian corrió hacia el portal para unir su peso al de la asesina. Jadeando, la miró boquiabierto.

Tenían que sellar la puerta. Aunque el ser fuera lo bastante inteligente para utilizar las marcas del Wyrd, debían conseguir algo de tiempo. Celaena tenía que hacer algo para que Dorian pudiera escapar. Pronto se quedarían sin fuerzas. Entonces el monstruo reventaría la puerta y los mataría, a ellos y a cualquiera que encontrara a su paso.

Debía de haber un cerrojo en alguna parte, algún modo de guardarlo, de detenerlo aunque solo fuera un momento...

—Empuja —le dijo a Dorian sin aliento.

La puerta cedió un dedo, pero Celaena, clavando las piernas, arremetió con más fuerza. El monstruo volvió a rugir, con tanta intensidad que Celaena temió que le estallaran los oídos. Dorian maldijo con toda su alma.

La asesina se quedó mirando al príncipe, ajena al dolor que le provocaban aquellas garras incrustadas en la piel. El sudor empapaba la frente de Dorian, como si... como si...

El borde metálico de la puerta se calentó, despidió un brillo incandescente y luego soltó chispas...

Aquello era obra de magia. Allí, en aquel mismo instante, una magia estaba actuando para sellar la puerta e impedir el paso a la criatura. Pero no procedía de Celaena.

Dorian entrecerraba los ojos, concentrado, mortalmente pálido.

Celaena estaba en lo cierto: Dorian tenía poderes mágicos. Aquella era la información que Piernasdoradas quería vender al mejor postor, al mismísimo rey si se pactaba. Era una revelación capaz de cambiarlo todo. Capaz de cambiar el mundo.

Dorian tenía poderes mágicos.

Y si no se detenía, acabaría por abrasarse a sí mismo mientras intentaba sellar la puerta de hierro.

El calor estaba asfixiando a Dorian. Se sentía como en un ataúd, sin aire. Sus poderes se estaban sofocando. Él mismo se estaba sofocando.

Celaena maldijo cuando el engendro ganó terreno. Dorian ni siquiera era consciente de lo que estaba haciendo, solo sabía que tenía que cerrar aquella puerta. La propia magia había escogido el método. Más allá del límite de sus fuerzas, el príncipe empujaba con las piernas, con la espalda, hasta con sus propios poderes, con la intención de soldar la puerta. Giraba, calentaba, retorcía...

La magia lo abandonó.

El ser empujó con ímpetu renovado y Dorian salió disparado, pero Celaena se afianzó contra el portal y siguió empujando.

La espada de la asesina yacía a pocos pasos de allí, pero ¿de qué les iba a servir un arma?

No tenían la menor esperanza de escapar con vida.

Cuando los ojos de Celaena se encontraron con los del príncipe, la pregunta se reflejaba en su rostro ensangrentado:

¿Qué he hecho?

El monstruo aún tenía sujetada a Celaena cuando Dorian agarró la espada a toda prisa. La criatura intentó liberarse, y el príncipe, golpeando con fuerza, la hirió en la muñeca. El grito del engendro penetró a Celaena hasta los huesos, y la puerta se cerró por completo. La asesina tropezó, pero se lanzó contra la puerta ante una nueva embestida del monstruo, cuya mano seccionada todavía llevaba prendida al hombro.

—¿Qué diablos es eso? —vociferó Dorian, empujando el hierro a su vez.

—No lo sé —respondió Celaena sin aliento. Puesto que no había ningún sanador cerca, apretó los labios con fuerza y se arrancó la repugnante mano del hombro—. Estaba ahí abajo —resolló. Otra acometida del engendro—. No puedes sellar esa puerta con magia. Tenemos que... tenemos que encontrar otro modo —algo capaz de burlar los hechizos de apertura que conociera el ser, alguna manera de impedirle salir de ahí. Se atragantó con la sangre que le manaba de la nariz y la escupió en el suelo—. Hay un libro... *Los muertos vivientes.* Seguro que contiene la respuesta.

Los ojos de ambos se encontraron. Una cuerda se tendió entre ellos: un momento de confianza y la promesa de compartir mutuamente sus secretos.

—¿Dónde está el libro? —preguntó Dorian.

—En la biblioteca. Te encontrará. Yo entretendré a esa cosa.

Sin pedir más explicaciones, Dorian subió las escaleras velozmente. Recorrió estante tras estante, pasando la mano sobre los títulos, cada vez más deprisa, consciente de que Celaena perdía fuerza por momentos. Estaba a punto de gritar de frustración cuando pasó corriendo junto a una mesa y se topó con un volumen negro sobre la superficie.

Los muertos vivientes.

Celaena tenía razón. ¿Por qué siempre acertaba, a su extraño modo? Tomó el libro y corrió de vuelta a la cámara secreta. Celaena tenía los ojos cerrados y los dientes manchados con su propia sangre de tanto apretar las mandíbulas.

—Toma —dijo Dorian.

Sin necesidad de que Celaena se lo pidiese, el príncipe hizo presión contra la puerta mientras ella se dejaba caer al suelo y tomaba el libro. A Dorian le temblaron las manos cuando Celaena pasó una hoja y luego otra, y otra más. La sangre salpicaba el texto.

—Para amarrar o para contener —leyó en voz alta.

Dorian hizo bizcos cuando intentó, en vano, descifrar los muchos símbolos que contenía la página.

—¿Funcionará? —preguntó.

—Eso espero —jadeó ella, que ya se había puesto manos a la obra, sosteniendo al mismo tiempo el libro abierto—. En cuanto cruce el umbral, el conjuro lo detendrá el tiempo suficiente para matarlo.

Celaena se hundió los dedos en la herida del pecho y el príncipe, anonadado, la vio dibujar la primera marca y luego la segunda, usando su cuerpo machacado como tintero mientras trazaba un signo tras otro alrededor de la puerta.

—Pero para que cruce el umbral —resolló Dorian— tendremos que...

—Abrir la puerta —terminó Celaena por él, asintiendo.

Cuando el príncipe se desplazó para que la asesina pudiera dibujar por encima de la puerta, sus alientos se mezclaron.

Celaena lanzó un largo suspiro cuando terminó de dibujar la última marca. De repente, los símbolos se iluminaron de un intenso azul. Aunque la presión había cesado, Dorian seguía empujando la puerta.

—Apártate —musitó ella, alzando la espada—. Suéltala y colócate detrás de mí.

Al menos no lo insultaba pidiéndole que huyera.

Con un suspiro final, Dorian se apartó.

El ser se abalanzó contra el portal y lo reventó.

Tal como Celaena esperaba, se quedó petrificado en el umbral. Unos ojos inhumanos brillaron con crueldad en el rostro que apareció en el pasillo. El tiempo se detuvo un instante —Dorian habría jurado que en ese lapso Celaena y la criatura se miraron— y el ser se apaciguó, solo un momento. Apenas un momento y luego, acto seguido, Celaena se movilizó.

La espada destelló a la luz de la antorcha y se oyó un chasquido de carne, un crujido de hueso. El monstruo tenía el cuello demasiado grueso para cortarlo de un tajo, así que, sin dar tiempo a Dorian ni de respirar, la asesina golpeó de nuevo.

La cabeza cayó al suelo con un golpe sordo y un chorro de sangre negra brotó del cuello cortado, de aquel cuerpo que seguía paralizado en el umbral.

—Mierda —jadeó Dorian—. Mierda.

Celaena se desplazó de nuevo y abatió la espada contra la cabeza para cortarla en dos, como si aún fuera capaz de morderlos.

Dorian seguía soltando maldición tras maldición cuando Celaena tendió la mano hacia las marcas de sangre que rodeaban la puerta y pasó el dedo por una de ellas.

El cuerpo decapitado se desplomó en cuanto rompió el hechizo.

Apenas había tocado el suelo cuando Celaena le dio el primero de cuatro golpes de espada: tres para cortar en dos el delgado tronco y uno más para traspasar la zona del corazón. Dorian notó un reflujo de bilis cuando ella blandió la espada una quinta vez y abrió la cavidad torácica de la criatura.

Lo que fuera que vio allí dentro la hizo palidecer aún más. Dorian no quiso mirar.

Con horrible eficiencia, dio un puntapié a la cabeza semihumana para enviarla al otro lado del umbral, donde chocó con el cadáver seco. Luego cerró la puerta de hierro y trazó algunas marcas más sobre la hoja, que resplandecieron un momento antes de apagarse del todo.

Celaena se volvió a mirar a Dorian, pero él no podía apartar la vista de la puerta, ahora sellada.

—¿Cuánto tiempo durará el... hechizo? —el príncipe casi se atragantó con sus palabras.

—No lo sé —repuso ella, negando con la cabeza—. Hasta que borre las marcas, supongo.

—No deberíamos contarle esto a nadie —sugirió Dorian con cautela.

Celaena lanzó una carcajada algo salvaje. Contarle aquello a alguien, aunque fuera a Chaol, implicaría tener que responder preguntas delicadas, que podían costarles una excursión al tajo del verdugo.

—Y bien —Celaena escupió sangre en el suelo—, ¿te explicarás tú primero o empiezo yo?

Empezó Celaena, porque Dorian estaba deseando quitarse aquella túnica mugrienta, y le pareció una buena idea escuchar el relato de la chica mientras se cambiaba en su vestidor. Ella se sentó en la cama. Su aspecto no era mucho mejor, así que Dorian la había llevado a su torre por los oscuros pasajes del servicio.

—Bajo la biblioteca se extiende una vieja mazmorra, según parece —dijo Celaena, adoptando el tono más bajo posible.

Vio una franja de piel dorada por la puerta entreabierta del vestidor y miró a otro lado—. Creo... creo que alguien retuvo al ser allí encerrado hasta que este escapó de su celda. Lleva desde entonces viviendo bajo la biblioteca.

No juzgó necesario decirle que atribuía al rey la creación de la criatura. El monarca en persona había ordenado construir la torre del reloj, así que seguramente debía saber dónde desembocaba. Y sabía que la criatura había sido creada por personas porque había visto un corazón humano en su pecho. Celaena habría apostado cualquier cosa a que el rey se había valido de al menos una llave del Wyrd para generar tanto la torre como al monstruo.

—Lo que no entiendo —intervino Dorian desde el vestidor— es cómo pudo ese ser cruzar las puertas de hierro si antes no podía.

—Porque fui una idiota y rompí los hechizos que las protegían cuando las traspasé.

Era mentira... Más o menos. Pero Celaena no quería explicar, no podía explicar por qué la criatura llevaba tanto tiempo libre y nunca había atacado a nadie hasta aquel momento. Por qué se la había encontrado una noche en el pasillo y la había dejado marchar, por qué los bibliotecarios estaban sanos y salvos.

¿Y si el hombre que fuera aquel engendro en otro tiempo... no hubiera desaparecido del todo? Quedaban tantas interrogantes por resolver, tantas preguntas sin respuesta...

—Y el último conjuro que hiciste... el de la puerta. ¿Seguirá activo para siempre?

Dorian apareció vestido con una túnica y unos pantalones limpios, aún descalzo. A Celaena, la visión de sus pies le provocó una extraña sensación de intimidad.

La chica se encogió de hombros, luchando contra la necesidad de frotarse el ensangrentado y mugriento rostro. El príncipe le había ofrecido su baño privado, pero usarlo también le parecía demasiado íntimo.

—El libro dice que es un hechizo de amarre permanente, así que no creo que nadie salvo nosotros pueda cruzar el umbral.

A menos que el rey quiera entrar y utilice una de las llaves del Wyrd.

Pasándose una mano por el pelo, Dorian se sentó en la cama junto a Celaena.

—¿De dónde salió?

—No lo sé —mintió ella. El anillo del rey destellaba en su memoria. Sin embargo, la sortija no podía ser una llave del Wyrd. Piernasdoradas había dicho que eran fragmentos de roca negra no... algo tallado con una forma concreta. Sin embargo, sí podía haber fabricado el anillo a partir de la llave. Ahora entendía por qué Archer y sus secuaces lo codiciaban tanto como querían destruirlo. Si el rey podía usarlo para crear monstruos...

Y si había creado más...

Allí abajo había muchísimas puertas. Más de doscientas, todas cerradas. Y tanto Kaltain como Nehemia habían mencionado alas... alas que plagaban sus sueños, alas que planeaban sobre el abismo Ferian. ¿Qué tramaba el rey en aquel lugar?

—Dilo —la presionó Dorian.

—No lo sé —volvió a mentir Celaena, y se odió a sí misma por ello.

No podía decirle una verdad que haría añicos todo cuanto amaba.

—Ese libro —siguió preguntando el príncipe—. ¿Cómo sabías que nos ayudaría?

—Lo encontré un día en la biblioteca. Tenía la sensación de que me... seguía. Aparecía en mis aposentos sin que yo lo hubiera llevado allí y luego reaparecía en la biblioteca. Contiene toda clase de hechizos.

—Pero no es de magia —concluyó Dorian, palideciendo.

—No del tipo de magia que tú posees. Es un tipo de poder distinto. Ni siquiera sabía si el hechizo funcionaría. Hablando de eso... —dijo Celaena, buscando sus ojos—. Tienes poderes mágicos.

Dorian escudriñó el semblante de la asesina y ella hizo esfuerzos para no desviar la vista.

—¿Qué quieres saber?

—Dime de dónde proceden —musitó ella—. Cuéntame cómo es posible que tú tengas poderes y el resto del mundo no. Quiero saber cómo los descubriste y qué tipo de magia es. Cuéntamelo todo —Dorian empezó a negar con la cabeza, pero Celaena se inclinó hacia él—. Me has visto romper una docena de leyes, como mínimo. ¿Crees que se me ocurriría delatarte a tu padre, sabiendo que tú podrías destruirme con idéntica facilidad?

Dorian suspiró. Al cabo de un momento, explicó:

—Hace unas semanas, yo... estallé. Me enfadé tanto durante una reunión del consejo que me marché y golpeé una pared. Y, no sé cómo, la pared se agrietó y luego la ventana se hizo añicos también. Llevo desde entonces tratando de averiguar de dónde procede y qué clase de poder es exactamente. Y cómo dominarlo. Pero sencillamente... sucede. Como...

—Como cuando lo empleaste para impedir que matara a Chaol.

La nuez de Dorian se desplazó en su cuello cuando el príncipe tragó saliva.

Celaena apartó los ojos para decir:

—Gracias por hacerlo. Si no me hubieras detenido, yo... —no importaba lo sucedido entre Chaol y ella, daba igual lo que ahora sintiera por él. Si aquella noche lo hubiera matado, ya nunca habría podido volver atrás, jamás se habría recuperado. En cierto sentido... en cierto sentido se habría convertido en algo parecido a aquella cosa de la biblioteca. Le entraban ganas de vomitar solo de pensarlo—. Sea cual sea tu poder, salvó más vidas que la de Chaol aquella noche.

Dorian se movió, incómodo.

—Aún tengo que aprender a controlarlo. Si no, podría manifestarse en cualquier parte. Frente a cualquiera. Hasta ahora he tenido suerte, pero no me va a durar eternamente.

—¿Lo sabe alguien más? ¿Chaol? ¿Roland?

—No. A Chaol no le he dicho nada y Roland acaba de partir con el duque Perrington. Van a pasar unos meses en Morath para... supervisar la situación en Eyllwe.

Seguro que todo estaba relacionado: el rey, la magia, el poder de Dorian, las marcas del Wyrd, incluso el engendro. El príncipe rebuscó debajo del colchón y sacó un libro. No era el mejor escondite del mundo, pero tenía su mérito.

—He estado mirando los árboles genealógicos de las familias nobles de Adarlan. La magia no se ha manifestado desde hace generaciones.

Celaena habría podido decirle tantas cosas... Pero si lo hacía, provocaría una lluvia de preguntas, así que se limitó a observar las páginas que él le mostraba, una detrás de otra.

—Espera —dijo.

La asesina vio borroso cuando acercó la mano al libro, como consecuencia de las heridas del hombro. Se fijó en la última página que el príncipe le había mostrado y se le aceleró el pulso cuando se dio cuenta de lo que tenía ante los ojos: una nueva pista de lo que se proponía el rey. Dejó que Dorian siguiera hablando.

—¿Lo ves? —dijo el príncipe, cerrando el libro al mismo tiempo—. No acabo de entender de dónde procede.

La mirada de Dorian aún albergaba recelo. Celaena buscó sus ojos antes de declarar con voz queda.

—Hace diez años, muchos... muchos de mis seres queridos fueron ejecutados por tener poderes mágicos —el dolor y el sentimiento de culpa se asomaron a los ojos de Dorian, pero ella prosiguió—. Así que debes creerme si te digo que no siento el menor deseo de que muera nadie más por esa causa, ni siquiera el hijo del hombre que ordenó aquellas ejecuciones.

—Lo siento —se disculpó Dorian con suavidad—. Entonces, ¿qué hacemos ahora?

—Devorar un banquete, visitar a un sanador y tomar un baño, en ese orden.

Dorian resopló y le dio un rodillazo amistoso.

Celaena se echó hacia el frente y se metió las manos entre las piernas.

—Esperaremos, vigilaremos esa puerta para asegurarnos de que nadie más intente entrar y... decidiremos sobre la marcha.

Dorian tomó la mano de Celaena entre las suyas y miró hacia la ventana.

—Sobre la marcha.

CAPÍTULO 45

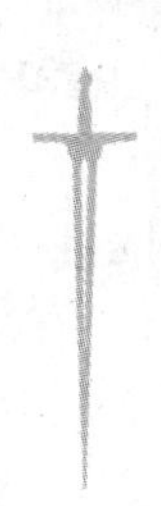

Celaena no se dio un atracón ni tomó un baño y tampoco visitó a un sanador para que curara su hombro.

En cambio, se dirigió a toda prisa hacia las mazmorras, sin volverse a mirar siquiera a los guardias de la entrada. Estaba agotada, pero el miedo le dio fuerzas para bajar las escaleras casi corriendo.

"Se proponen utilizarme", había dicho Kaltain. Y en el libro de Dorian sobre las estirpes nobles de Adarlan, la familia Rompier aparecía como uno de los linajes más cargados de magia, poder que, supuestamente, se había desvanecido hacía dos generaciones.

"A veces creo que no me mandaron llamar", había dicho Kaltain, "para que me casara con Perrington, sino con otro propósito".

Habían mandado llamar a Kaltain por lo mismo que habían reclamado a Caín. Caín, de las montañas del Colmillo Blanco, cuyas tribus habían sido gobernadas por poderosos chamanes durante generaciones.

Tenía la boca seca cuando avanzó dando grandes pasos por el corredor que conducía a la celda de Kaltain. Al llegar, se detuvo y miró entre los barrotes.

Estaba vacía.

No quedaba nada allí salvo la capa de Celaena, tirada sobre el heno revuelto. Como si Kaltain hubiera opuesto resistencia cuando habían ido por ella.

Momentos después, Celaena llegó al cubículo de los guardias y señaló hacia el pasillo.

—¿Dónde está Kaltain?

Mientras lo decía, un eco se abrió paso en su mente, un recuerdo que los sedantes consumidos durante los días que pasó en la mazmorra habían oscurecido.

Los guardias se miraron mutuamente. Luego posaron la vista en las ropas desgarradas y ensangrentadas de la asesina, hasta que uno dijo:

—El duque se la llevó... a Morath. Para hacerla su esposa.

Celaena salió a toda prisa del calabozo y se dirigió hacia sus aposentos.

"Algo se acerca", había susurrado Kaltain, "y yo seré la encargada de recibirlo". "Mis jaquecas empeoran por momentos. El aleteo me está volviendo loca".

Celaena estuvo a punto de tropezar. "Últimamente Roland sufre unas migrañas terribles", le había dicho Dorian hacía unos días. Y ahora Roland, que compartía la sangre de Dorian Havilliard, se había ido a Morath también.

¿Había partido o lo habían llevado a la fuerza? Celaena se llevó la mano al hombro y palpó las heridas abiertas. La criatura se había arañado la cabeza, como si le doliera. Y cuando había reventado la puerta, durante aquellos últimos segundos de vida, la asesina había advertido algo vagamente humano en sus ojos hundidos: una profunda expresión de agradecimiento y alivio por la muerte que la aguardaba.

—¿Quién eras? —susurró, recordando el corazón humano y el cuerpo antropomórfico del ser que habitaba bajo la biblioteca—. ¿Y qué te hicieron?

Por desgracia, Celaena tenía el presentimiento de que ya conocía la respuesta.

Porque aquel, precisamente, era el segundo poder que las llaves del Wyrd poseían, la otra facultad que otorgaban a su propietario: la de dar vida.

"Dicen que se oye un batir de alas en los vientos que soplan en el abismo", había dicho Nehemia. "Ninguno de los exploradores que mandamos al abismo ha regresado".

Por lo visto, el rey se estaba rodeando de seres mucho más peligrosos que los simples mortales. Muchísimo más peligrosos. ¿Pero qué planeaba hacer con ellos, con los engendros, con las personas como Roland y Kaltain?

Tenía que descubrir cuántas llaves del Wyrd poseía el monarca. Y dónde se ocultaban el resto.

A la madrugada siguiente, tras la puesta de sol, Celaena estaba examinando la puerta que conducía a las catacumbas de la biblioteca, atenta al más mínimo sonido.

Nada.

La sangre de las marcas del Wyrd se había secado, pero los trazos oscuros permanecían indelebles bajo la costra, como si se hubieran soldado al metal.

En lo alto sonó el repiqueteo amortiguado del reloj de la torre. Las dos de la mañana. ¿Cómo era posible que nadie supiera que la torre descansaba sobre una antigua mazmorra que el rey utilizaba como cámara secreta?

Celaena fulminó con la mirada la puerta cerrada ante ella. ¿Tal vez porque nadie podía concebir semejante posibilidad?

Sabía que debería irse a dormir, pero llevaba semanas sufriendo insomnio y no tenía sentido seguir haciendo esfuerzos. Por eso había bajado a la biblioteca: para estar ocupada mientras trataba de aclarar sus confusas ideas.

Giró la daga en su mano derecha, la encajó en la ranura e hizo palanca con suavidad, para probar.

La puerta no se desplazó. Guardó silencio otra vez, pendiente de cualquier señal de vida al otro lado del portal. Luego empujó con más fuerza.

Nada.

Celaena probó unas cuantas veces más e incluso apoyó un pie contra la pared para poder hacer más fuerza, pero el portal siguió sellado. Cuando por fin se convenció de que nada cruzaría aquel umbral, ni hacia dentro ni hacia fuera, volvió a respirar tranquila.

Nadie le creería si contaba lo que ocultaba aquella puerta, igual que nadie creería su absurda historia sobre las llaves del Wyrd.

Para encontrar las llaves, primero tendría que resolver el acertijo. Y luego convencer al rey de que la dejara ausentarse unos meses. Años. Tendría que recurrir a cuidadosas maniobras, sobre todo si, como parecía, el rey ya poseía una llave. ¿Pero cuál?

Se oye un batir de alas...

Piernasdoradas había dicho que solo la combinación de las tres podía abrir la puerta del Wyrd, pero que cada una por separado otorgaba a su poseedor un inmenso poder. ¿Qué otros horrores podría crear el rey? Si alguna vez conseguía las tres llaves, ¿qué engendros traería a Erilea? La revuelta cruzaba el continente; la inquietud era palpable. Celaena tenía la sensación de que el rey no iba a esperar mucho más. No, solo era cuestión de tiempo para que lanzara sobre ellos sus horribles engendros y aplastara la resistencia para siempre.

Celaena volvió a mirar la puerta sellada, se le revolvió el estómago. Un charco de sangre medio seca se extendía por la base de la puerta, una sangre tan oscura que cualquiera la habría tomado por petróleo. Se acuclilló y pasó un dedo por el charco. Se olió el dedo. El hedor le provocó ganas de vomitar. Luego frotó el índice y el pulgar entre sí. La sangre era tan aceitosa al tacto como parecía a la vista.

Se levantó y se hurgó el bolsillo en busca de algo con que secarse los dedos. Sacó un fajo de papeles. Más bien eran pedazos sueltos, apuntes que llevaba consigo para examinarlos cuando tuviera un momento. Frunciendo el ceño, revisó los papeles en busca de alguno inservible para usarlo de pañuelo.

Llevaba la factura de unos zapatos, que debía de haberse guardado por la mañana sin darse cuenta. Y también... Celaena lo miró más de cerca. "¡Ay, la grieta del tiempo!", leyó. Lo había garabateado a toda prisa cuando intentaba resolver el acertijo del ojo. Cuando aún pensaba que todo cuanto contenía la tumba constituía un gran secreto, una pista inmensa.

Para lo que le había servido.... Solo era otro callejón sin salida. Maldiciendo entre dientes, lo usó para quitarse la porquería de los dedos. El sepulcro seguía sin revelar nada de interés. ¿Qué relación tenían los árboles del techo y las estrellas del suelo con el acertijo? Las constelaciones la habían guiado hasta el agujero secreto, pero también podrían haber cumplido su función desde el techo. ¿Por qué colocarlo todo al revés?

¿Acaso Brannon había sido tan necio como para ocultar todas las respuestas en un mismo lugar?

Alisó el trozo de papel, ahora manchado con la sangre del engendro.

¡Ay, *la grieta del tiempo!*

Gavin no tenía ninguna inscripción a los pies, solo Elena. Y aquellas palabras carecían de sentido.

Pero, ¿y si su propósito no era revelar un sentido propiamente dicho? ¿Y si solo aparentaban una mínima lógica con el objeto de ocultar el verdadero mensaje y en realidad buscaban transmitir otra cosa?

En el sepulcro, todo estaba al revés, reubicado, como si el orden natural de las cosas se hubiera trastocado. La tumba parecía sugerir que todos los elementos se encontraban revueltos, colocados donde no debían. Así pues, lo que debería estar escondido se hallaba expuesto a simple vista. Sin embargo, como todo lo demás, su significado no saltaba a la vista.

Y sabía de una persona —de un ser— capaz de decirle si tenía razón.

CAPÍTULO 46

—Es un anagrama —jadeó al llegar al sepulcro.

Mort abrió un ojo.

—Más o menos. Sobran un par de letras. Inteligente estrategia, ¿verdad? Esconder el mensaje donde todo el mundo pudiera verlo.

Celaena abrió la puerta lo justo para deslizarse al interior. La luna brillaba radiante. Se quedó sin aliento al comprobar dónde caían sus rayos exactamente. Temblando, se detuvo a los pies del sarcófago y recorrió con los dedos las letras grabadas en la piedra.

—Dime lo que significa.

Él guardó un largo silencio. Cuando Celaena estaba a punto de gritarle, Mort dijo:

—La prima te doy.

Y Celaena no necesitó más confirmación.

La prima. La primera llave del Wyrd. La asesina rodeó el sarcófago con los ojos fijos en el rostro dormido de Elena. Mirando los exquisitos rasgos, susurró:

Lloroso, ocultó la prima

en la tiara de su amada
allá en su morada postrera
entre la noche estrellada.

Acercó unos dedos temblorosos a la joya azul que brillaba en el centro de la corona. ¿De verdad aquella era la primera llave del Wyrd? ¿Qué debía hacer con ella? ¿Destruirla? ¿Dónde podía esconderla de tal modo que nadie llegara a descubrirla nunca? Las preguntas se arremolinaban en su mente, todas tan trascendentes que de buena gana habría regresado corriendo a su habitación.. Sin embargo, se controló y se quedó donde estaba. Ya pensaría en ello más tarde. *No tengo miedo*, se dijo.

La luz de la luna le arrancaba destellos a la joya de la tiara. Con cuidado, Celaena la empujó por un costado. No se movió.

Se acercó más y trató de separarla introduciendo la uña en el mínimo espacio entre la gema y la piedra. La joya de desplazó para revelar un pequeño compartimento. No era mayor que una moneda ni más hondo que un nudillo.

Celaena miró el interior. Los rayos de luna iluminaron un hueco en la piedra gris. Introdujo el dedo en el interior y rascó la superficie con la uña.

Allí no había nada. Ni siquiera una astilla.

Un escalofrío le recorrió la espalda.

—Así que es verdad que la tiene —susurró Celaena—. Encontró la llave antes que yo. Y ha estado utilizando su poder para llevar a cabo sus propósitos.

—Apenas había cumplido los veinte cuando la encontró —intervino Mort con suavidad—. ¡Entrometida juventud! Siempre metiendo las narices donde nadie los llama, leyendo libros que nadie a su edad debería leer. Ni a ninguna edad, de hecho. Aunque —añadió la aldaba— todo eso me recuerda muchísimo a alguien que conozco.

—¿Y no me lo habías dicho hasta ahora?

—En aquel entonces, no sabía lo que era, pensé que sencillamente se había llevado algo. Solo cuando leíste el acertijo empecé a sospecharlo.

Mort tenía suerte de ser de bronce. De lo contrario, le habría estampado la cara contra el suelo.

—¿Y por casualidad no sospecharás también lo que pueda haber hecho con ella? Devolvió la gema a su lugar mientras luchaba por contener el terror que se estaba apoderando de ella.

—¿Cómo quieres que lo sepa? Jamás me dirigió la palabra, aunque reconozco que nunca me rebajé a hablar en su presencia. Volvió a bajar en otra ocasión, después de ascender al trono, pero se limitó a echar un vistazo por ahí y se marchó. Seguro que buscaba las otras dos llaves.

—¿Y cómo averiguó que la primera estaba aquí? —preguntó Celaena a la vez que se apartaba de la figura de mármol.

—Igual que tú, aunque mucho más deprisa. Supongo que es más listo.

—¿Crees que tiene las otras dos? —preguntó Celaena, volviendo la vista hacia el tesoro expuesto en la pared, en particular hacia el soporte de la espada Damaris. ¿Por qué no se había llevado la espada, si era una de las reliquias más importantes de su casa real?

—Si las tuviera, ¿no crees que ya habría acabado con todo?

—Entonces, ¿no crees que tenga en su poder las otras dos llaves? —preguntó Celaena, que había empezado a sudar a pesar del frío.

—Bueno, Brannon me dijo una vez que aquel que poseyera las tres llaves sería capaz de controlar la puerta del Wyrd. De ello deduzco que si el rey actual las hubiera encontrado, habría hecho lo posible por conquistar otros mundos, o por esclavizar a criaturas de otros reinos para apoderarse de lo que queda de este.

—Que el Wyrd nos proteja si algo así llega a suceder.

—¿El Wyrd? —se burló Mort—. Estás apelando a las fuerzas equivocadas. Si el rey controlara el Wyrd, más te valdría ir buscando protección en otra parte. ¿Y no te parece una curiosa coincidencia que la magia dejase de funcionar en cuanto inició su conquista?

Por eso la magia se había desvanecido...

—Utilizó las llaves del Wyrd para impedir el uso de la magia. De cualquier magia —añadió Celaena— salvo la suya.

Y, por ende, la de Dorian.

La asesina maldijo entre dientes. Luego preguntó:

—¿Entonces crees que podría haber encontrado la segunda llave?

—No creo que nadie pudiera borrar la magia de la faz de Erilea con una única llave, pero podría equivocarme. Nadie sabe realmente qué capacidad tienen esos objetos.

Celaena se apretó los ojos con la base de las palmas.

—Oh, dioses. A esto se refería Elena. ¿Y qué se supone que debo hacer ahora? ¿Buscar la tercera? ¿Arrebatarle las otras dos?

Nehemia... Seguro que tú lo sabías, Nehemia. Debías tener un plan. ¿Qué te proponías?

Aquel abismo interior que Celaena tan bien conocía se agrandó aún más. Un dolor hueco que parecía no tener fin, que se extendía hasta el infinito. Si los dioses se molestaran en escucharla, les pediría que cambiaran su vida por la de Nehemia. Sin dudarlo un instante. Porque el mundo no necesitaba a una asesina cobarde, necesitaba a alguien como la princesa.

Por desgracia, no quedaban dioses con los que negociar, nadie a quien ofrecerle su alma a cambio de un instante con Nehemia, de una sola oportunidad de hablar con ella, de oír su voz.

Aunque... a lo mejor no necesitaba a los dioses para hablar con Nehemia.

Caín había invocado al Ridderak, y lo había hecho sin la ayuda de ninguna llave. No, Nehemia había dicho que ciertos hechizos permitían abrir temporalmente un portal, lo justo para ceder el paso a algo o a alguien. Si Caín había sido capaz de hacerlo, y si Celaena había utilizado las marcas para paralizar a la criatura de las catacumbas y sellar una puerta, ¿por qué no usarlas para abrir un portal a otro reino?

Se le encogió el corazón. Si había otros mundos —reinos que albergaban a los muertos, tanto a los atormentados como a los que estaban en paz—, ¿qué le impedía invocar a Nehemia? Podía hacerlo. Fuera cual fuera el precio, solo sería un momento, lo justo para preguntarle a la princesa dónde guardaba las llaves el rey, cómo encontrar la tercera y qué más sabía al respecto.

Podía hacerlo.

Además, necesitaba hablar con ella. Celaena tenía cosas que decirle, verdades que confesar. Quería despedirse de ella, pronunciar aquel último adiós que no había tenido ocasión de expresar.

Celaena volvió a retirar la espada Damaris de su soporte.

—Mort, ¿cuánto tiempo crees que puede permanecer abierto un portal?

—Sea lo que sea lo que estás pensando, sea lo que sea lo que te propones hacer, olvídalo.

La asesina, sin embargo, ya estaba saliendo del sepulcro. Él no lo entendía, no podía entenderlo. Celaena había sufrido pérdidas y más pérdidas, y siempre, en cada una de las ocasiones, la habían privado de la oportunidad de despedirse. Pero no en esta ocasión, no si podía cambiarlo, aunque solo fuera durante unos minutos. Esta vez, sería distinta.

Necesitaría *Los muertos vivientes*, otro par de dagas, algunas velas y espacio, más del que el sepulcro ofrecía. Caín había utilizado una zona considerable para dibujar los símbolos. Había un gran pasaje en el nivel superior de los pasadizos, un largo pasillo y una serie de puertas que nunca se había atrevido a abrir. El corredor era amplio, el techo alto: bastaría para realizar el conjuro.

Sería suficiente para abrir un portal al Más Allá.

Dorian sabía que estaba soñando. Se encontraba en una vieja cámara de piedra, mirando a un fornido guerrero que lucía una corona. La joya le resultaba vagamente familiar, pero era la mirada del hombre la que lo tenía hechizado. El guerrero poseía sus mismos ojos, brillantes, color zafiro. El parecido terminaba ahí. El cabello del hombre era oscuro, largo hasta los hombros, tenía unas facciones angulosas, casi crueles, y le superaba como mínimo por una cabeza. Sus ademanes eran... fuertes.

—Príncipe —le dijo el hombre, cuya corona lanzaba destellos dorados. Su fiero semblante era el de alguien más acostumbrado al aire libre que a los pasillos de mármol—. Debes despertar.

—¿Por qué? —preguntó Dorian en un tono nada principesco.

Unos extraños símbolos de un verde luminiscente brillaban en las piedras grises. Le recordaron a los que Celaena había dibujado en la biblioteca. ¿Qué lugar era aquel?

—Porque alguien está a punto de traspasar una frontera que no debería ser cruzada. Todo el castillo está en peligro, así como la vida de tu amiga —no hablaba con brusquedad, pero Dorian tuvo la sensación de que podía estallar en cualquier momento si lo provocaba. Y eso, a juzgar por la ferocidad, la arrogancia y el desafío que reflejaba su expresión, no parecía difícil.

Dorian preguntó:

—¿A quién te refieres? ¿Quién eres?

—No pierdas tiempo con preguntas inútiles —no, el rey no se andaba con tonterías—. Debes acudir a su habitación. Detrás de un tapiz, encontrarás una puerta. Toma el tercer pasaje a la derecha. Ve ahora mismo, príncipe, o la perderás para siempre.

Por alguna razón inexplicable, cuando Dorian despertó, no dudó ni un instante de que acababa de hablar con Gavin, primer rey de Adarlan. Se vistió a toda prisa, agarró el cinturón con la espada y salió corriendo de su torre.

CAPÍTULO 47

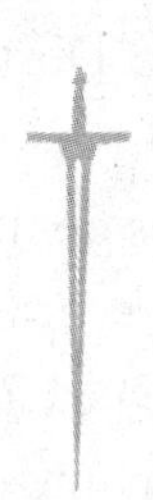

El corte del brazo aún le ardía, pero Celaena no vaciló en volver a hundir el dedo en la herida y, copiando los símbolos del libro con impecable precisión, trazar las marcas del Wyrd en la pared. Las dispuso en forma de arco —de puerta— y la sangre centelleó a la luz de las velas que había llevado consigo.

Tenía que ejecutarlo todo a la perfección. No podía cometer el menor error o no funcionaría. Apretando la herida, se aseguró de que la sangre no coagulara. No todo el mundo podía emplear las marcas; el libro decía que la sangre debía tener magia. Estaba segura de que Caín poseía algún poder. Y seguramente a causa de eso el rey había mandado llamar a Kaltain y también a Roland. Utilizaba las llaves del Wyrd para impedir que la magia operase, pero debía de haber ideado algún sistema para poder utilizar la energía innata de algunas personas. Sin duda las marcas del Wyrd lo ayudaban a acceder a aquel poder.

Celaena dibujó otro símbolo. El arco casi estaba terminado.

El poder de las marcas del Wyrd era capaz de torcer las cosas. Había pervertido a Caín. Pero también le había permitido invocar al Ridderak y hacerse casi indestructible.

Gracias al Wyrd que Caín estaba muerto.

Le quedaba un último símbolo por dibujar, aquel que traería de vuelta a la persona que tan desesperadamente quería reencontrar, aunque solo fuera un momento. Era una marca difícil, un complicado conjunto de lazos y ángulos. Celaena sacó el gis y practicó en el suelo hasta que la dominó. Luego la trazó con sangre en la pared. El nombre de Nehemia escrito con marcas del Wyrd.

Examinó el portal que acababa de dibujar y, sosteniendo el libro con una mano, se puso en pie.

Carraspeó y leyó el conjuro en voz alta.

No conocía aquella lengua. Le molestaba la garganta y se atragantaba constantemente, como si su sistema vocal rechazara los sonidos. Y aunque las palabras le producían miedo, Celaena siguió leyendo casi sin aliento.

Cuando llegó al final, le lloraban los ojos.

No me extraña que este poder cayera en desgracia.

Una luz verdosa encendió los sanguinolentos símbolos, uno tras otro, hasta que el arco completo se convirtió en una gran curva fosforescente. Las piedras que abarcaba se fueron oscureciendo cada vez más hasta ocultarse por completo.

Celaena tuvo la sensación de que la negrura tendía tentáculos hacia ella.

Había funcionado. Dioses benditos, había funcionado.

¿Eso era lo que la aguardaba cuando muriera? ¿A un lugar como ese había ido a parar Nehemia?

—¿Nehemia? —susurró, con la voz ronca del esfuerzo.

Nada. Allí no había nada, solo vacío.

Celaena comprobó el libro. Luego estudió la pared y los símbolos allí escritos. Los había trazado correctamente. Todo estaba bien.

—¿Nehemia? —susurró a la oscuridad infinita.

No recibió respuesta.

A lo mejor tenía que esperar. El libro no especificaba cuánto tiempo tardaba el conjuro en hacer efecto. Era posible que Nehemia tuviera que recorrer aquel reino, fuera el que fuera.

Así que esperó.

Cuanto más contemplaba el vacío infinito, más aumentaba su sensación de que le devolvía la mirada. Igual que en el sueño del barranco.

No eres más que una cobarde.

—Por favor —susurró Celaena a la oscuridad.

De repente, oyó un ladrido a lo lejos y se giró a mirar las escaleras que ascendían al final del pasillo. Instantes después, rápida como el rayo, Ligera bajó saltando por los peldaños y corrió hacia ella.

No, no corría hacia ella, comprendió Celaena al reparar en el movimiento de la cola, en los jadeos, en los ladridos que solo podían ser de alegría. No corría hacia ella, porque...

Celaena se volvió a mirar el portal. Al mismo tiempo, Ligera se detuvo en seco. Y entonces, cuando una figura palpitante surgió justo al otro lado del portal, el mundo se paralizó.

Sin dejar de agitar la cola, Ligera se tendió en el suelo y gimió con suavidad. El contorno del cuerpo era impreciso, como quebrado por el efecto de una especie de resplandor interior. El rostro, en cambio, se perfiló con absoluta nitidez. Y las facciones eran... las de Nehemia.

Celaena cayó de rodillas.

Sintió el calor de las lágrimas antes de darse cuenta que estaba llorando.

—Lo siento —fue lo que pudo decir—. Lo siento.

Pero Nehemia no cruzó el portal. Ligera volvió a gemir.

—No voy a cruzar esta línea —le dijo la princesa al perro con suavidad—. Y tú tampoco —cambió de tono, y Celaena supo que la estaba mirando a ella—. Te creía más lista.

La asesina alzó la mirada. La luz que irradiaba Nehemia no se proyectaba al otro lado del portal, como si de verdad existiera alguna clase de límite, una frontera infranqueable.

—Lo siento —volvió a susurrar Celaena—. Solo quería...

—No hay tiempo para que me digas eso que tanto anhelas expresar. Vine solo para advertirte. No vuelvas a abrir este portal. La próxima vez que lo hagas, no seré yo la que responda a tu llamado. Y no sobrevivirás al encuentro. Nadie tiene derecho a abrir la puerta que conduce a este reino, por muy hondo que sea su pesar.

Celaena no sabía, no pensaba...

Ligera hizo ademán de saltar.

—Adiós, mi querida amiga —le dijo Nehemia al animal. Acto seguido, retrocedió hacia la oscuridad.

Celaena se quedó donde estaba, incapaz de moverse o de pensar. Las palabras que no había pronunciado le quemaban la garganta y amenazaban con ahogarla.

—Elentiya —Nehemia se volvió a mirarla. El vacío se arremolinaba a su alrededor y se la tragaba poco a poco—. Aún no lo entiendes, pero... supe cuál era mi destino y lo asumí. Lo acepté sin dudarlo. Porque era el único modo de alterar el rumbo de los acontecimientos, de que las cosas se pusieran en movimiento. Pero al margen de lo que yo hiciera, Elentiya, quiero que sepas que, en ese mundo de tinieblas que habité a lo largo de los últimos diez años, tú fuiste una de las luces más brillantes. No dejes que se extinga esa luz.

Y antes de que Celaena pudiera responder, la princesa desapareció.

Solo la oscuridad permaneció. Como si Nehemia nunca hubiera estado allí. Como si Celaena lo hubiera imaginado todo.

—Vuelve —susurró—. Por favor... vuelve.

Pero la negrura no se inmutó. Nehemia se había ido.

Celaena oyó unos pasos amortiguados. No procedían del portal, sonaban a su izquierda.

Era Archer, que se detuvo junto a la asesina para mirar frente a él fijamente.

—No es posible —musitó.

CAPÍTULO 48

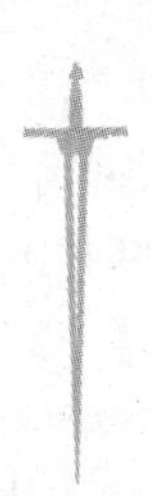

En un suspiro, Celaena se puso en pie, ya empuñando la espada. Ligera le gruñó al cortesano, pero se mantuvo alejada, un paso por detrás de Celaena.

—¿Qué haces tú aquí?

¿Qué hacía el cortesano en aquel lugar? ¿Por dónde había entrado?

—Llevo semanas siguiéndote —le explicó Archer sin perder de vista al perro—. Nehemia me habló de estos pasadizos y me mostró la entrada. He bajado casi cada noche desde que murió.

Celaena echó un vistazo rápido al portal. Si Nehemia le había pedido que no volviera a abrirlo, seguro que tampoco quería que Archer lo viera. Se desplazó hacia la pared y, manteniéndose bien apartada de la negrura, frotó las marcas con la mano para borrarlas.

—¿Qué estás haciendo? —le increpó Archer.

Celaena lo apuntó con la espada mientras seguía frotando con furia. No desaparecían. Fuera cual fuese aquel conjuro, era mucho más potente que al que había recurrido para sellar la puerta de la biblioteca; restregarlas no servía de nada. Si pudiera alcanzar el libro, en el que había marcado el conjuro de clausura... Pero Archer se interponía en su camino. Algo estaba muy mal.

—¡Basta! —gritó Archer mientras vencía sus defensas con tranquila facilidad y la agarraba por la muñeca. Ligera ladró con ferocidad, pero Celaena le indicó con un silbido que se mantuviera al margen.

Se giró hacia Archer, dispuesta a dislocarle el brazo. En aquel momento, resbaló de su túnica y dejó a la vista el interior de la muñeca del cortesano, iluminada por el fulgor verde del portal.

Archer llevaba un tatuaje negro, una especie de serpiente.

Celaena lo conocía. Lo había visto en...

Alzó los ojos al rostro de Archer.

No confíes en...

Había pensado que el dibujo de Nehemia representaba el sello real: una versión algo deformada del Guiverno, pero en realidad plasmaba aquel tatuaje. El tatuaje de Archer.

"No confíes en Archer", pretendía decir la princesa.

Celaena se apartó y sacó una daga. Lo señaló con ambas armas a la vez. ¿Cuánta información le había ocultado Nehemia a Archer y a sus contactos? Si la princesa no confiaba en ellos, ¿por qué les decía todo lo que hacía Celaena?

—Dime cómo hiciste eso —susurró Archer, posando los ojos en la oscuridad del portal—. Por favor. ¿Has encontrado las llaves del Wyrd? ¿Es así como lo lograste?

—¿Qué sabes de las llaves del Wyrd? —le espetó ella.

—¿Dónde están? ¿Dónde las encontraste?

—Yo no tengo esas llaves.

—Sin embargo, hallaste el acertijo —jadeó Archer—. Lo escondí en el despacho de Davis para que lo encontraras. Tardamos cinco años en dar con él... y tú debes de haberlo resuelto. Sabía que tú lo resolverías. Y Nehemia también.

Celaena negaba con la cabeza. El cortesano desconocía la existencia de un segundo acertijo, un poema que describía la ubicación de las llaves.

—El rey posee por lo menos una llave. Pero no sé dónde están las otras dos.

La mirada de Archer se ensombreció.

—Lo sospechábamos. Por eso acudí aquí en un principio. Para averiguar si de verdad las había robado y, de ser así, cuántas tenía a su favor.

Por eso Nehemia no se podía marchar, comprendió Celaena. Por eso había optado por quedarse en vez de volver a Eyllwe. Para luchar por la única cosa más importante que el destino de su país: el destino del mundo. Y de otros mundos también.

—No es necesario que embarque mañana. Se lo contaremos a todo el mundo —musitó Archer—. Revelaremos que las tiene y...

—No. Si hacemos pública la verdad, el rey utilizará las llaves para infligir más sufrimiento del que podemos llegar a imaginar. Además, perderíamos la ventaja que nos proporciona su ignorancia sobre nosotros para encontrar las otras dos.

Archer dio un paso hacia ella. Ligera volvió a gruñir, pero guardó las distancias.

—Entonces descubriremos dónde esconde la llave el rey y buscaremos las demás. Las usaremos para destronarlo y construiremos un mundo a nuestra medida.

Hablaba con frenesí, cada palabra más ardiente que la anterior.

Celaena movió la cabeza de lado a lado.

—Prefiero destruirlas a emplear su poder.

Archer rio entre dientes.

—Eso mismo dijo ella. Que debíamos destruirlas. Devolverlas a la puerta, si descubríamos cómo hacerlo. Sin embargo, ¿para qué las queremos si no podemos usarlas contra él? ¿Si no podemos hacerlo sufrir?

A Celaena se le revolvió el estómago. Archer se estaba guardando cosas: sabía más de lo que daba a entender. Así que inhaló y negó con la cabeza antes de ponerse a caminar de un lado a otro. Archer la observó en silencio... hasta que Celaena se detuvo de golpe, como si acabara de tomar una decisión.

—Él debería padecer lo indecible. Y también las personas que nos han destruido, que nos han convertido en lo que somos: Arobynn, Clarisse... —la asesina se mordió el labio—. Nehemia no podía entenderlo. Nunca lo intentó. Tú... tienes razón. Deberíamos usarlas.

Archer la miraba con recelo. Celaena se acercó a él y ladeó la cabeza, como si estuviera meditando la propuesta del cortesano, como si considerara la idea de estar con él.

Y Archer se lo creyó.

—Por eso ella dejó el movimiento. Lo abandonó una semana antes de morir. Sabíamos que era cuestión de tiempo que nos delatase al rey, que utilizara lo que sabía para matar dos pájaros de un tiro: pedir clemencia para Eyllwe y aniquilarnos. Dijo que prefería someterse a un tirano todopoderoso que a una docena.

Celaena repuso con calma letal:

—Lo habría arruinado todo. También estuvo a punto de hundirme a mí. Me dijo que me mantuviera apartada de las llaves del Wyrd. Trató de impedir que resolviera el acertijo.

—Porque quería la información para ella. Pretendía utilizarla en beneficio propio.

Celaena sonrió, aunque tenía la sensación de que el mundo se desplomaba a su alrededor. Y no habría sabido explicar por qué ni cómo empezó a sospecharlo, pero, si su intuición era cierta, tenía que conseguir que él lo admitiera. Se oyó a sí misma decir:

—Tú y yo nos hemos ganado todo lo que tenemos. Nos lo arrebataron todo y utilizaron esa misma carencia contra nosotros. Otras personas no pueden llegar a concebir lo que nos hemos visto obligados a hacer. Creo... creo que por eso me gustabas tanto cuando era una niña. Sabía, incluso entonces, que tú me comprendías. Tú sabías lo que implica ser criado por alguien como Arobynn o Clarisse y luego vendido al mejor postor. Tú me entendías entonces... —Logró hacer que sus ojos brillaran, para tensar los labios como si tratara de frenar el temblor. Parpadeando con furia, murmuró—: Pero creo que ahora yo te entiendo también.

Tendió la mano como para tomar la de Archer, pero la dejó caer otra vez, adoptando al mismo tiempo una expresión entre tierna y afligida, dulce y amarga a la vez.

—¿Por qué no confiaste en mí? Desde hace semanas estaríamos trabajando juntos. Podríamos haber unido fuerzas para resolver el acertijo. Si yo hubiera sabido lo que Nehemia se proponía, la sarta de mentiras que me estaba contando... Me traicionó. De todas las maneras posibles, Archer. Me mintió descaradamente, me hizo creer que... —Celaena hundió la espalda. Luego dio un paso hacia Archer—. Al final, Nehemia resultó no ser mejor que Arobynn o Clarisse. Archer, deberías haberme dicho todo. Yo sabía que no había sido Mullison, no era lo suficientemente listo. Si hubieras confiado en mí, yo me habría encargado —un riesgo, un salto al vacío—. Por ti... Por nosotros, yo me habría ocupado de ello.

Archer esbozó una sonrisa insegura.

—Ella se quejaba tanto del consejero Mullison que supuse que todos los ojos lo mirarían a él. Y gracias a aquel torneo, todo el mundo conocía su relación con Tumba.

—¿Y Tumba no se dio cuenta de que no eras Mullison? —preguntó Celaena con toda la calma que pudo reunir.

—Te sorprendería la facilidad que tienen las personas para ver solo lo que quieren ver. Una capa, una máscara, un atuendo elegante y no lo dudó ni por un momento.

Oh, dioses. Dioses.

—Entonces, la noche del almacén —prosiguió ella, enarcando una ceja con ademán cómplice—, ¿por qué secuestraste a Chaol en realidad?

—Tenía que alejarte de Nehemia. Y cuando me interpuse en el camino de aquella flecha, supe que confiarías en mí, aunque solo fuera aquella noche. Disculpa si mis métodos fueron algo... bruscos. Gajes del oficio, me temo.

Había confiado en él, había perdido a Nehemia y luego también a Chaol. Archer la había separado de todos sus amigos, justo lo que ella había sospechado de Roland respecto a Dorian.

—Y la amenaza que llegó a oídos del rey antes de que Nehemia muriera, esa amenaza anónima que pendía sobre la vida de la princesa —dijo Celaena, fingiendo una sonrisa—, fue obra tuya, ¿verdad? Para demostrarme quiénes son mis verdaderos amigos, para señalarme en quién debo confiar.

—Fue una apuesta. Igual que estoy apostando ahora. No sabía si el capitán te diría algo. Parece ser que yo tenía razón.

—¿Y por qué yo? Me siento halagada, por supuesto, pero... eres una persona inteligente. ¿Por qué no resolver el acertijo por tu cuenta?

Archer inclinó la cabeza.

—Porque sé quién eres, Celaena. Arobynn me lo dijo una noche, después de enviarte a Endovier —ella ahogó la punzada del dolor genuino que aún le provocaba la traición, para no perder la concentración en la actuación—. Y para que triunfe nuestra causa, te necesitamos. Yo te necesito. Algunos miembros del movimiento empiezan a rebelarse, a cuestionar mi liderazgo. Consideran mis métodos demasiado... radicales —eso explicaba la discusión con aquel joven. Archer dio un paso hacia ella—. Pero tú... Dioses, desde el instante en que te vi a la puerta de Willows, supe que formaríamos un magnífico equipo. Juntos conseguiremos cosas que...

—Lo sé —lo interrumpió Celaena, clavando la mirada en aquellos ojos verdes, tan relucientes a la luz del portal—. Archer, lo sé.

Cuando el hombre vio la daga, ya la tenía clavada.

Sin embargo, era rápido —demasiado— y se apartó tan deprisa que el cuchillo le arañó el hombro en lugar de penetrarle el corazón.

Archer se echó hacia atrás a gran velocidad e intentó arrebatarle la daga con tanto ímpetu que Celaena la soltó, y tuvo que apoyar una mano en el arco del portal para no caer. Su mano ensangrentada tocó las piedras y una luz verdosa brotó bajo sus dedos. Una marca del Wyrd se encendió y volvió a apagarse.

Sin detenerse a comprobar lo sucedido, Celaena se abalanzó sobre Archer con un rugido, al tiempo que dejaba caer a Damaris para tomar dos dagas más. Él sacó su propia arma con idéntica rapidez y empezó a desplazarse lentamente.

—Te voy a descuartizar —cuchicheó Celaena con rabia mientras lo rodeaba.

De repente, el suelo se estremeció y un sonido gutural brotó del vacío. Un gruñido.

Ligera lanzó un gemido de advertencia. Corrió hacia Celaena y le empujó las piernas para llevarla hacia las escaleras.

El vacío, en el que ahora se arremolinaban remolinos de niebla, se abrió, lo suficiente para revelar una tierra rocosa y cenicienta. Acto seguido, un figura surgió de entre la extraña nube.

—¿Nehemia? —susurró Celaena. La princesa había vuelto, había regresado para ayudarla, para explicárselo todo.

Pero no fue Nehemia la que surgió del portal.

Chaol no podía dormir. Tendido en su cama, miraba el tapiz. Tenía aquel testamento grabado con fuego en la mente. No podía dejar de pensar en él. Había abandonado los aposentos de Celaena sin decirle lo que pensaba del documento. Y quizá mereciera el odio de la chica, pero... pero tenía que decirle que no quería su dinero.

Debía hablar con ella. Aunque solo fuera un momento.

Recorrió con el dedo la costra del arañazo.

Oyó unos pasos apresurados procedentes del pasillo. Chaol ya estaba levantado y a medio vestir cuando alguien se dispuso a golpear su puerta. El visitante solo pudo llamar una vez antes de que el capitán abriera, con una daga oculta a la espalda.

Bajó el arma en cuanto vio a un sudoroso Dorian plantado ante él, pero no la guardó. Cómo hacerlo, si Dorian lo miraba con aquella expresión de puro terror mientras aferraba con fuerza el cinturón y la vaina de su espada.

Chaol confiaba en sus instintos. Estaba convencido de que la humanidad no habría sobrevivido tanto tiempo de no haber desarrollado la capacidad de intuir cuando las cosas iban mal. No era magia, solo... olfato. Y su olfato le dijo quién corría peligro antes siquiera de que Dorian abriera la boca.

—¿Dónde? —se limitó a preguntar.

—En su dormitorio —repuso Dorian.

—Cuéntamelo todo —ordenó Chaol, mientras corría de vuelta a su alcoba.

—No sé nada. Solo... que tiene problemas.

Chaol ya se estaba poniendo la camisa y el saco. Se calzó las botas a toda prisa y tomó la espada.

—¿Qué clase de problemas?

—La clase de problemas que me inducirían a ir en tu busca en vez de llamar a tus guardias.

Aquello podía significar cualquier cosa, pero Chaol sabía que Dorian era muy listo, muy consciente de que no debía hablar más de la cuenta en el castillo; cualquiera podía estar escuchando. Notó que Dorian se preparaba para correr y lo agarró por la espalda de la túnica.

—Si corres —le dijo el capitán entre dientes—, llamarás la atención.

—Ya he perdido mucho tiempo viniendo a buscarte —replicó Dorian, pese a todo adoptó el paso apresurado pero tranquilo de Chaol. A esa velocidad, tardarían cinco minutos en llegar a los aposentos de Celaena. Eso si nadie los interceptaba por el camino.

—¿Alguien ha resultado herido? —preguntó el capitán, que hacía esfuerzos por respirar con normalidad, por conservar la concentración.

—No lo sé —repuso Dorian.

—Tendrás que decirme algo más —le espetó Chaol. Su nerviosismo aumentaba a cada paso.

—Tuve un sueño —dijo Dorian en voz tan queda que nadie salvo el capitán pudo oírlo—. Me han advertido que corre peligro, que se ha puesto ella misma en una situación terrible.

Chaol estuvo a punto de detenerse en seco, pero Dorian parecía convencido de lo que decía.

—¿Crees que quería venir a buscarte? —le espetó Dorian sin mirarlo.

Chaol no contestó. En cambio, aceleró el paso cuanto le fue posible sin llamar la atención de los criados y guardias que seguían de servicio. Tenía el corazón desbocado cuando llegaron a los aposentos de Celaena. El capitán no se molestó en llamar y casi arrancó la puerta de las bisagras cuando irrumpió en el interior seguido de Dorian.

Llegó a la puerta del dormitorio en un abrir y cerrar de ojos. Tampoco llamó, pero al intentar entrar descubrió que la manija no se movía. Estaba cerrada por dentro. La empujó.

—¿Celaena? —más que un grito fue un gruñido surgido de sus entrañas. No recibió respuesta. Decidió contener el pánico que lo embargaba mientras sacaba una daga y permanecía a la escucha, por si oía algo raro—. Celaena.

Chaol aguardó un segundo antes de embestir la puerta con el hombro. Una vez. Dos. El cerrojo cedió. La puerta se abrió de repente a un dormitorio vacío.

—Dioses benditos —susurró Dorian.

Alguien había movido el tapiz de la pared para dejar al descubierto una abertura: una entrada secreta en la piedra que desembocaba en un largo pasadizo.

Aquel era el paso que había utilizado Celaena para ir a matar a Tumba.

Dorian desenvainó la espada.

—En el sueño, me dijeron que encontraría esta puerta.

El príncipe se dispuso a entrar, pero Chaol se lo impidió con el brazo. Ya pensaría en Dorian y su clarividencia más tarde, mucho más tarde.

—No vas a bajar ahí.

Dorian lo fulminó con la mirada.

—Por supuesto que lo haré.

Como en respuesta, un gruñido gutural surgió del interior del pasadizo. Y luego un grito —un chillido humano— seguido de un agudo ladrido.

Sin pensarlo, Chaol echó a correr por el túnel.

Estaba oscuro como la boca del lobo, y el capitán estuvo a punto de caerse por las escaleras, pero Dorian, que le pisaba los talones, agarró una vela.

—¡Quédate arriba! —ordenó Chaol sin detenerse.

De haber tenido tiempo, habría encerrado a Dorian en el armario antes que permitir que el príncipe heredero corriera peligro, pero... ¿Qué diablos había sido ese gruñido? Y conocía el ladrido: era el de Ligera. Y si Ligera estaba allá abajo...

Dorian seguía corriendo detrás de Chaol.

—Me han pedido que acudiera —replicó.

Chaol bajaba las escaleras de dos en dos, de tres en tres, casi sin oír la respuesta del príncipe. ¿Quién había gritado? ¿Celaena? El grito parecía masculino. ¿Pero quién demonios estaba allí abajo con ella?

Una luz azul brillaba al fondo de las escaleras. ¿De dónde salía?

Un rugido sacudió las antiguas piedras. No parecía humano, y no procedía de Ligera. ¿Pero qué...?

Nunca llegaron a encontrar a la criatura que asesinó a varios campeones. Las muertes cesaron sin más. Sin embargo, aquellos cuerpos mutilados... No, seguro que Celaena estaba viva.

Por favor, le suplicó a cualquier dios que estuviera escuchando.

Chaol saltó al descanso y encontró tres puertas. La luz azul había aparecido del lado derecho. Corrieron hacia allí.

¿Cómo era posible que semejante red de cámaras y pasadizos hubiera caído en el olvido? ¿Y cuánto tiempo hacía que Celaena conocía su existencia?

Bajó la escalera de caracol como alma que lleva el diablo y vio un segundo resplandor, ahora en un tono verdoso, que brillaba constante. Tomó un camino a la derecha y vio... Chaol no supo qué mirar primero, si el largo pasillo, en una de cuyas paredes brillaba un arco de símbolos verdes; lo que se asomaba al otro lado del arco, un mundo inhóspito de roca y niebla; a Archer, que acurrucado contra la pared del fondo leía extrañas palabras del libro que tenía en las manos; a Celaena, tendida en el suelo, o al monstruo, un ser alto y nervudo, cualquier cosa menos humano. No podía ser humano , con esos dedos antinaturales terminados en garras; la piel blanca, parecida a papel arrugado; la mandíbula dislocada, que dejaba a la vista unos dientes como de pez, y aquellos ojos lechosos, con un matiz azulado.

Y allí estaba Ligera, poco más que un cachorro, con el pescuezo erizado y los colmillos al descubierto, impidiendo que el demonio se acercara a Celaena, aunque cojeaba y sangraba copiosamente por una herida en la pata trasera.

Chaol se tomó dos segundos para examinar al monstruo, asimilar cada detalle y observar el entorno.

—Márchate —le gruñó a Dorian antes de lanzarse contra el engendro.

CAPÍTULO 49

No recordaba nada de lo sucedido tras los dos primeros golpes en la espada, solo haber visto a Ligera lanzarse sobre la criatura. La imagen había distraído a Celaena un instante, lo justo para que el monstruo burlara su defensa. La había agarrado del pelo con aquellos dedos largos y blancuzcos para estamparle la cabeza contra el muro.

Luego, oscuridad.

Se preguntó si habría muerto y habría despertado en el infierno cuando, con la cabeza a punto de estallar, abrió los ojos y vio a Chaol tratando de acorralar al pálido demonio, ambos manchados de sangre. Y luego sintió unas manos frías en la cabeza, en el cuello, y se encontró con Dorian, que, acurrucado junto a ella, le decía:

—Celaena.

Se levantó con esfuerzo y el dolor de cabeza empeoró. Tenía que ayudar a Chaol. Tenía que...

Oyó el desgarre de tela y un grito de dolor. Miró a Chaol, que se llevaba la mano a la herida del hombro provocada por aquellas uñas rotas y repugnantes. El monstruo rugió y la baba brilló en su atrofiada mandíbula antes de que volviera a abalanzarse contra el capitán de la guardia.

Celaena intentó moverse, pero le faltó rapidez.

A Dorian, en cambio, no.

Algo invisible golpeó al demonio, que salió volando y se estrelló contra la pared. Dioses. Dorian no solo tenía poderes mágicos, era magia en estado puro. La más rara y letal. Un poder primario, capaz de adoptar cualquier forma que su poseedor deseara. El ser se desplomó, pero se recuperó al instante y avanzó hacia ellos como un torbellino. Dorian se quedó donde estaba, con la mano tendida.

Los ojos lechosos miraban ahora con hambre animal.

Celaena oyó que la tierra rocosa del otro lado del portal crujía bajo varios pares de pies descalzos. El cántico de Archer aumentó de intensidad.

Chaol volvió a atacar al engendro, pero el ser rechazó la espada con sus largos dedos y obligó al capitán a retroceder.

—Tenemos que encerrarlo. El portal acabará por cerrarse solo, pero... cuanto más tiempo permanezca abierto, mayor es el peligro de que lo crucen otros como él.

—¿Y cómo?

—No... No lo sé, yo... —le dolía tanto la cabeza que las piernas apenas la sostenían. Pero se volvió hacia Archer, que seguía junto a la pared de enfrente, al otro lado de la criatura—. Dame el libro.

Chaol hirió al demonio en el vientre con un golpe rápido y certero, pero no lo debilitó. Aun desde donde estaba, a varios metros de distancia, Celaena percibió el hedor de la sangre oscura.

Celaena observó a Archer, que los miraba con ojos desorbitados, asustado más allá de lo concebible. De repente, el cortesano echó a correr por el pasillo llevándose el libro —y cualquier esperanza de cerrar el portal— con él.

Dorian no fue tan rápido como para impedir que el atractivo cortesano huyera con el libro, y tampoco se atrevió, pues el demonio se interponía entre ambos. Celaena, con una gran herida en la frente, intentó alcanzarlo, pero el otro ya había escapado. Los ojos de la asesina volvían una y otra vez a Chaol, que mantenía al monstruo distraído. Dorian supo sin que nadie se lo dijera que Celaena no quería dejar allí al capitán.

—Yo iré... —empezó a decir Dorian.

—No. Ese hombre es peligroso y los túneles son un laberinto —jadeó Celaena. Chaol y el engendro se cercaban mutuamente, el demonio retrocediendo poco a poco hacia el portal de entrada—. No puedo cerrarlo sin ese libro —gimió—. Hay más libros arriba, pero...

—Entonces, escaparemos —musitó Dorian, agarrándola por el codo—. Escaparemos y buscaremos uno de esos libros.

Dorian la arrastró, sin atreverse a despegar los ojos de Chaol o del monstruo. Celaena se tambaleó. La herida de su cabeza debía de ser tan grave como parecía. Algo brillaba en su garganta, el amuleto, que según ella solo era una "réplica barata", resplandecía como una minúscula estrella azul.

—Váyanse —les dijo Chaol, sin apartar la mirada del ser que lo acechaba—. Ahora.

Ella se tambaleó en dirección al capitán, pero Dorian tiró de ella.

—No —consiguió decir Celaena, pero la herida de la cabeza la obligó a dejarse caer a los brazos de Dorian. Como si comprendiera que su presencia allí solo sería un estorbo para Chaol, dejó de oponer resistencia cuando el príncipe la arrastró hacia las escaleras.

Chaol sabía que no ganaría aquella batalla. Lo mejor que podía hacer era correr con ellos y mantener a raya al demonio hasta que llegaran a la lejana, muy lejana, puerta de piedra y lo encerraran allí abajo. Sin embargo, ni siquiera estaba seguro de poder alcanzar las escaleras. El monstruo rechazaba sus ataques con tanta facilidad que debía de poseer alguna extraña habilidad.

Al menos, Celaena y Dorian habían llegado ya a las escaleras. Chaol aceptaría su muerte si les ayudaba a escapar. Aceptaría la oscuridad cuando llegase el momento.

El demonio se detuvo el tiempo suficiente para que Chaol pudiera avanzar unos cuantos pasos. Rozó el último peldaño.

Y entonces ella se puso a gritar, la misma palabra una y otra vez, mientras Dorian tiraba de ella.

Ligera.

Chaol buscó a la perrita con la mirada. Estaba agazapada en una sombra de la pared, demasiado malherida para correr tras ellos.

El monstruo la miró también.

Y Chaol no pudo hacer nada, absolutamente nada, cuando el demonio se abalanzó sobre Ligera, la agarró por la pata herida y la arrastró consigo al interior del portal.

Nada, comprendió Chaol, salvo correr tras ella.

El grito de Celaena resonaba aún por el pasadizo cuando Chaol saltó desde las escaleras y se sumió en el brumoso portal detrás de Ligera.

Si antes de aquel momento Celaena había creído conocer el miedo y el sufrimiento, el sentimiento que la embargó cuando vio a Chaol cruzar aquel portal detrás de Ligera la hizo cambiar de idea.

Dorian no lo vio venir cuando Celaena se giró hacia él y le estampó la cabeza contra la pared, con tanta fuerza que el príncipe se desplomó en las escaleras.

Pero ella no pensaba en Dorian, solo pensaba en salvar a Ligera y a Chaol cuando bajó volando las pocas escaleras y cruzó el pasillo como una exhalación. Tenía que sacarlos de allí, debía traerlos de vuelta antes de que el portal se cerrara para siempre.

En un abrir y cerrar de ojos, Celaena llegó al otro lado.

Y cuando vio a Chaol protegiendo a Ligera sin nada salvo sus manos desnudas, cuando avistó su espada partida en dos por el horrible demonio, no se lo pensó dos veces: desató al monstruo que llevaba dentro.

Por el rabillo del ojo, Chaol la vio acercarse con la antigua espada en las manos y un rictus salvaje en las facciones.

En el instante en que cruzó el portal, algo cambió en ella. Fue como si una nube de niebla se desvaneciera en su rostro. Sus rasgos se afilaron, su paso se volvió más largo, más grácil. Y sus orejas... sus orejas se volvieron ligeramente puntiagudas.

El demonio, presintiendo que estaba a punto de perder su presa, intentó por última vez atacar a Chaol.

Una explosión azul se lo impidió.

Cuando el fuego se extinguió, el capitán vio a la criatura rodando por el suelo. A mitad de un giro, el ser se levantó y volteó hacia Celaena de un solo movimiento.

Esgrimiendo la espada, ella se interponía entre el monstruo y el capitán. Exhibiendo unos largos colmillos, Celaena rugió. Fue un sonido que no se parecía a nada que Chaol hubiera oído jamás. No era humano. Porque ella no era humana, comprendió mirándola fijamente, sin separarse de Ligera.

No, no era humana en absoluto.

Celaena pertenecía al pueblo de las hadas.

CAPÍTULO 50

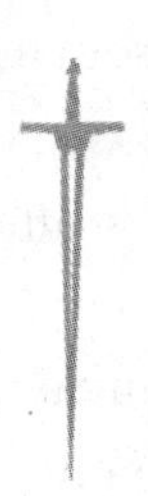

Celaena supo que el cambio se había producido por el horrible dolor que se adueñó de su cuerpo. Cuando sus rasgos rompieron la contención, se sintió como si un rayo la partiera en dos. El demonio la embistió y ella se lanzó de cabeza al pozo de poder que de repente inundaba su ser.

La magia, implacable y salvaje, estalló a su alrededor y golpeó a la criatura, que salió volando. Llamas... Años atrás, su poder siempre se había manifestado en forma de fuego.

Percibía todos los olores, las imágenes se volvían nítidas. Sus sentidos amplificados le decían que aquel mundo estaba maldito y que debía salir de allí cuanto antes.

Pero no podía marcharse. Primero tenía que poner a salvo a Chaol y a Ligera.

Cuando el demonio volvió a incorporarse, Celaena lo interceptó para evitar que se acercara a ellos. El ser la olisqueó y se acuclilló.

Celaena levantó su espada y bramó su desafío.

Varios aullidos se elevaron entre la niebla. El demonio que tenía enfrente se unió al grito.

Celaena miró a Chaol, que seguía agachado junto a Ligera, y le enseñó los dientes, sus afilados colmillos que destellaron a la luz grisácea.

El capitán clavó su mirada en ella. Celaena olió su terror y su profundo respeto. Olfateó su sangre, tan humana y vulgar. La magia se multiplicaba en su interior, ancestral, incontrolable y ardiente.

—Corre —gruñó, en tono más de súplica que de orden, porque la magia tenía vida propia y quería salir, y Celaena se sentía tan propensa a lastimarlo a él como a la criatura. Porque el portal podía clausurarse en cualquier momento y cuando lo hiciera los dejaría allí encerrados para siempre.

No espero para comprobar si Chaol la obedecía. El demonio corrió hacia ella, un jirón de carne blanca y marchita. Saliéndole al encuentro, Celaena le lanzó su poder inmortal como un puñetazo fantasma. Una explosión de fuego azul voló hacia el ser, pero el ente la esquivó, y también la siguiente, y la otra.

Celaena blandió su poderosa espada, y la criatura se agachó antes de retroceder unos cuantos pasos. Los rugidos que resonaban a lo lejos se aproximaban por momentos.

Algunas piedras sueltas rodaron a su espalda, Chaol estaba a punto de alcanzar la salida.

El demonio comenzó a caminar de un lado a otro. Al cabo de un momento, el ruido de piedras cesó. Eso significaba que Chaol había regresado al pasillo. Debía de haberse llevado a Ligera consigo. Estaban a salvo. A salvo.

El ser era muy rápido, muy inteligente. Y fuerte, pese a sus miembros desgarbados. Y otros como él acudían en su ayuda. Si varios demonios cruzaban el umbral antes de que se cerrara...

La magia volvía a acumularse en su interior, un poder aún más fuerte, más profundo. Calculando la distancia que la separaba del engendro, Celaena retrocedió hacia el portal.

Apenas podía controlar su propia energía, pero tenía una espada, un arma sagrada forjada por las mismas hadas, capaz de resistir la magia. Un canal.

Sin pensar en lo que hacía, Celaena vertió todo aquel poder salvaje en la espada dorada. Los bordes del metal se difuminaron cuando la hoja brilló incandescentemente.

La criatura se asustó, como si supiera lo que ella se proponía hacer cuando alzó la espada por encima de la cabeza. Con un grito de guerra que resonó entre la niebla, Celaena hundió la espada Damaris en la tierra.

El suelo crujió a los pies del demonio y una ardiente telaraña de fisuras y grietas se extendió a su alrededor.

Acto seguido, la tierra que separaba al ser de Celaena empezó a desplomarse, poco a poco. La criatura echó a correr. Pronto, Celaena se quedó plantada en el pequeño borde de tierra que salía del portal abierto. Mientras tanto, un abismo cada vez más profundo se abría ante ella.

Celaena arrancó la espada de aquella tierra resquebrajada. Tenía que salir de allí de inmediato. Pero antes de que pudiera alcanzar el portal, antes de que se moviera siquiera, la magia la sacudió, tan violentamente que cayó de rodillas. El dolor estalló en su interior y Celaena recuperó su cuerpo torpe, frágil y mortal.

Sintió unas fuertes manos, unas manos que conocía bien, que la agarraban por debajo de los hombros para arrastrarla por el umbral de vuelta a Erilea, donde la magia se apagó como una vela.

Dorian llegó justo a tiempo de ver a Chaol traspasar el portal con Celaena. Ella estaba consciente, pero parecía un peso muerto en los brazos del capitán, que la arrastraba por la tierra. En cuanto cruzaron el borde, la soltó como si quemase, y Celaena cayó tendida en las losas del suelo, jadeando.

¿Qué había pasado? Dorian había vislumbrado un mundo rocoso más allá del umbral y ahora... ahora no quedaba nada salvo un pequeño montículo y un enorme cráter. La pálida criatura había desaparecido.

Celaena se incorporó sobre los codos, casi sin fuerzas. Dorian se acercó a ellos, aunque le dolía horriblemente la cabeza. Recordaba haberse llevado a la chica de allí y de repente... ella lo había atacado. ¿Por qué?

—Ciérralo —le decía Chaol. Tan pálido y ensangrentado, tenía un aspecto tétrico—. Ciérralo.

—No puedo —musitó Celaena.

Dorian se agarró a la pared para no caer de rodillas como consecuencia del insoportable dolor. Se acercó como pudo hasta ellos, que seguían al borde del portal. Ligera acariciaba a su dueña con el hocico.

—Si no lo cierras, saldrán —jadeó Chaol.

Algo malo sucedía entre ellos, comprendió el príncipe. Una enorme distancia los separaba. Chaol no la tocaba, no la ayudaba a levantarse.

Al otro lado del umbral, el rugido aumentó de volumen. Ahora o después, aquellos seres encontrarían la manera de cruzar.

—Estoy exhausta, no puedo cerrar esa puerta... —dijo Celaena con un gesto de dolor. Alzó la mirada hacia Dorian—. Pero tú sí.

Celaena se dio cuenta que Chaol se volvía a mirar a Dorian rápidamente. Como pudo, la asesina se puso de pie. Ligera, que había vuelto a interponerse entre el portal y su dueña, gruñía por lo bajo.

—Ayúdame —le susurró Celaena al príncipe. Poco a poco, parecía recuperar las fuerzas.

Sin mirar a Chaol, Dorian dio un paso al frente.

—¿Qué debo hacer?

—Necesito tu sangre. Yo haré el resto. Al menos, eso espero —Chaol iba a objetar, pero Celaena le dirigió una sonrisa leve y amarga—. No temas. Solo será un corte en el brazo.

Tras envainar su espada, Dorian se arremangó la camisa y sacó una daga. La sangre manó del corte al momento, abundante y encendida.

Chaol gruñó:

—¿Dónde aprendiste a abrir portales?

—Encontré un libro —dijo Celaena. Era verdad—. Quería hablar con Nehemia.

Se hizo un silencio, compasivo y horrorizado.

Ella se apresuró a añadir:

—Creo que cambié un símbolo sin querer —señaló la marca del Wyrd que había medio borrado, la que se había redibujado sola—. Abrí el portal equivocado. Pero creo que podré cerrar la puerta... con suerte.

No les dijo que era grande la posibilidad de que el conjuro no funcionara. Por desgracia, como Archer se había llevado *Los muertos vivientes* consigo y puesto que no había más libros en aquella cámara, tendría que arreglárselas con el conjuro de clausura que había usado en la puerta de la biblioteca. Por nada del mundo iba a dejar aquel portal abierto o a permitir que uno de los jóvenes se quedara de guardia. La entrada acabaría cerrándose por sí sola, pero Celaena no sabía cuándo. Más criaturas como aquella podían cruzar el umbral en cualquier momento. Así que lo intentaría, porque no tenía más opción. Si no lo cerraba, ya pensaría alguna otra cosa.

Funcionará, se dijo.

Dorian posó una mano cálida y tranquilizadora en la espalda de Celaena cuando ella se dispuso a usar la sangre del príncipe como tinta. La asesina no se había dado cuenta de lo frías que tenía las manos hasta que el ardiente líquido corrió por sus dedos. Una a una, fue dibujando las marcas de clausura sobre los símbolos luminiscentes. Dorian no la soltaba, se limitaba a acercarse un poco más cuando ella decaía. Chaol guardaba silencio.

Se le doblaban las rodillas, pero Celaena consiguió cubrir todos los símbolos con la sangre de Dorian. Los últimos vestigios de un rugido resonaron desde el mundo maldito cuando la marca final se iluminó. Niebla, roca y abismos se oscurecieron hasta convertirse otra vez en una piedra de la pared.

Celaena se concentró en respirar acompasadamente. Si seguía respirando, el mundo no se haría pedazos.

Dorian dejó caer el brazo y, exhalando un suspiro, soltó a Celaena por fin.

—Vamos —ordenó Chaol cuando cargaba a Ligera, que gimió de dolor y le lanzó un gruñido de advertencia.

—Creo que todos necesitamos beber algo —dijo Dorian con voz queda— además de unas cuantas explicaciones.

Celaena, por su parte, se volvió a mirar el pasillo por el que había huido Archer. ¿Hacía solo unos minutos que eso había pasado? Parecía toda una vida.

Pero si únicamente habían transcurrido unos minutos... Le falló la respiración. Que ella supiera, en los túneles no había más que una salida del castillo, y estaba segura de que era esa la que Archer había empleado. El cortesano había escapado. Después de lo que le había hecho a Nehemia, después de llevarse el libro y abandonarlos a merced de aquel demonio... Su vieja amiga la ira remplazó al agotamiento, una rabia que lo inundó todo, igual que Archer había destruido todo cuanto ella amaba.

Chaol se interpuso en su camino.

—Ni se te ocurra...

Jaleando, Celaena enfundó a Damaris.

—Es mío.

Antes de que Chaol se lo pudiera impedir, salió volando escaleras abajo.

CAPÍTULO 51

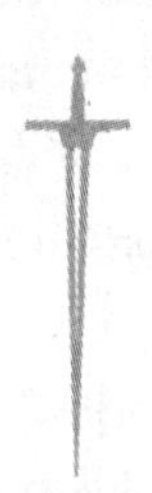

Aunque los sentidos mágicos de Celaena se habían extinguido, creyó oler, mientras se dirigía hacia el túnel de las cloacas, el agua de colonia del cortesano e incluso la sangre que lo empapaba.

Archer lo había destruido todo: había mandado asesinar a Nehemia, las había manipulado a las dos, y había utilizado la muerte de la princesa para abrir una brecha entre Chaol y ella, todo en el nombre de la venganza y el poder.

Lo haría pedazos. Muy despacio.

Sé quién eres, había dicho él. Celaena ignoraba qué le había dicho Arobynn al cortesano acerca de sus ancestros, pero Archer no tenía ni idea de la oscuridad que vivía en el interior de la asesina, de la clase de monstruo en el que podía convertirse con el fin de hacer justicia.

Un poco más adelante alguien maldecía entre dientes mientras golpeaba algo metálico. Para cuando llegó al túnel del alcantarillado, Celaena ya sabía lo que había pasado. La compuerta estaba cerrada y los intentos de Archer de abrirla habían fracasado. Puede que los dioses sí atendieran a sus plegarias de vez en cuando. Sonriendo, Celaena sacó sus dos dagas.

Cruzó la galería, pero el pasaje estaba vacío a ambos lados de la corriente. Se acercó al borde del camino y escudriñó el agua, preguntándose si Archer habría intentado bucear para cruzar la compuerta por debajo.

Notó su presencia un instante después de que él la atacara por la espalda.

Celaena rechazó la espada del cortesano alzando ambas dagas por encima de la cabeza y saltó hacia atrás para tener tiempo de sopesar la situación. Archer se había entrenado con los asesinos... y a juzgar por los ataques, que realizaba sin descanso, había sacado partido a las lecciones.

Celaena estaba agotada. Archer, en cambio, se hallaba en plena forma y cada uno de sus golpes hacía temblar los brazos de la asesina.

El hombre se le lanzó a la garganta, pero ella se agachó, buscando al mismo tiempo su pecho. Rápido como el rayo, Archer saltó para evitar que lo destripara.

—La asesiné por nuestro bien —jadeó Archer mientras buscaba algún punto débil, algún descuido en la defensa de Celaena—. Nos habría llevado a la ruina. Y ahora que sabes abrir portales sin las llaves, piensa en lo que podríamos lograr. Piensa, Celaena. Las grandes causas requieren sacrificios. Si Nehemia no estuviera muerta, nos habría destruido. Tenemos que rebelarnos contra el rey.

Ella hizo una finta a la izquierda, pero Archer rechazó el ataque. Celaena gruñó:

—Prefiero vivir a su sombra que en un mundo gobernado por hombres como tú. Y cuando acabe contigo, encontraré a tus amigos y les devolveré el favor.

—Ellos no saben nada. No saben lo que yo sé —repuso Archer, que burlaba todos los ataques con enloquecedora facilidad—. Nehemia nos ocultaba algo más. Ella no quería involucrarte, y en su momento pensé que lo hacía porque se negaba a compartirte con nosotros. Ahora, sin embargo, me pregunto por qué lo hizo en realidad. ¿Qué más sabía?

Celaena rio entre dientes.

—Eres un necio si crees que te voy a ayudar.

—Bueno, cambiarás de idea en cuanto mis hombres se pongan a trabajar contigo. Rourke Farran era uno de mis clientes. Antes de su muerte, claro. Recuerdas a Rourke Farran, ¿verdad? Disfrutaba del dolor ajeno. Me dijo que jamás se había divertido tanto como cuando torturó a Sam Cortland.

Una súbita sed de sangre cegó a Celaena, que de repente era incapaz de recordar su propio nombre.

Archer rodeó hacia el río para acorralarla contra la pared, donde planeaba empalarla con la espada. Celaena, sin embargo, conocía aquel movimiento, se lo había enseñado ella misma hacía años. Así que cuando él golpeó, la asesina esquivó por debajo la defensa de su contrincante y le estampó el pomo de la espada contra la mandíbula.

Archer cayó de un golpe. Su espada aún tintineaba contra el suelo cuando Celaena saltó sobre él y le puso una daga en la garganta.

—Por favor —suplicó Archer con voz ronca.

Ella le hundió un poco más la hoja en la piel, preguntándose cómo alargar el momento.

—Por favor —volvió a suplicar él, respirando entrecortadamente—. Todo ha sido en nombre de la libertad. De nuestra libertad. Navegamos en el mismo barco.

Bastaría un giro de muñeca para degollarlo. ¿O debería quizá desmembrarlo, como lo hizo con Tumba? También podía infligirle las mismas heridas que el asesino le había provocado a Nehemia. Celaena sonrió.

—No eres una asesina —susurró Archer.

—Oh, ya lo creo que sí —repuso ella. La luz de la antorcha se reflejaba en la daga mientras Celaena meditaba qué hacer con él.

—Nehemia no lo habría querido. No habría querido que lo hicieras.

Y aunque Celaena sabía que no debía escuchar, las palabras dieron en el blanco.

No dejes que se extinga esa luz.

En la oscuridad que se había apoderado de su alma no latía ya ninguna luz, ninguna, salvo una chispa, una minúscula llama que se debilitaba por momentos. Quienquiera que fuera Celaena en aquel instante, Nehemia sabía lo mucho que había disminuido esa llama.

No dejes que se extinga esa luz.

Celaena notó que la tensión cedía en su cuerpo, pero no despegó la daga de la garganta de Archer hasta haberse puesto en pie.

—Esta misma noche vas a abandonar Rifthold —le ordenó—. Tú y todos tus amigos.

—Gracias —jadeó Archer, poniéndose en pie.

—Si al rayar el alba sigues en la ciudad —le aseguró Celaena mientras le daba la espalda para caminar de vuelta al túnel—, te mataré.

Suficiente. Era suficiente.

—Gracias —volvió a decir Archer.

Ella siguió andando, atenta a cualquier movimiento a su espalda.

—Sabía que eras una buena mujer —concluyó él.

Celaena se detuvo en seco. Dio media vuelta.

Vio un destello de victoria en los ojos del cortesano: pensaba que se había salido con la suya, que había vuelto a manipularla. Paso a paso, regresó por el camino con la calma de un depredador.

Se detuvo junto a Archer, tan cerca como para besarlo. El cortesano esbozó una sonrisa insegura.

—No, no lo soy —replicó Celaena. A continuación se movió, tan deprisa que él no tuvo la más mínima oportunidad.

Archer abrió los ojos impresionado cuando la asesina le hundió la daga y se la empujó hasta el corazón.

El hombre se desplomó en sus brazos. Celaena le acercó los labios al oído y, sosteniéndolo con una mano mientras con la otra retorcía la daga, susurró:

—Pero Nehemia sí lo era.

CAPÍTULO 52

Chaol vio burbujas de sangre en los labios de Archer cuando Celaena dejó caer el cadáver al suelo. La asesina se quedó mirando el cuerpo. Si antes Chaol ya sentía escalofríos, las palabras de despedida de la asesina, que aún flotaban en el aire, le arrancaron aún más temor. Ella cerró los ojos y echó la cabeza hacia atrás como para inhalar profundamente, como si estuviera asimilando el crimen que acababa de cometer y aceptara la mancha en su conciencia como precio de su venganza.

El capitán había llegado a tiempo de oír a Archer suplicar por su vida... y de pronunciar las palabras que habían sido su último error. Chaol rozó el suelo de piedra con el pie para avisarle de que estaba allí. ¿Los sentidos de Celaena seguían siendo más agudos de lo normal cuando tenía aspecto humano?

La sangre de Archer se encharcaba en las oscuras losas. Celaena abrió los ojos y luego, despacio, se volvió a mirar a Chaol. Las puntas de su cabello, empapadas del líquido se habían teñido de un rojo encendido. Y sus ojos... Parecían vacíos, como si no hubiera nadie allí dentro. Por un instante, Chaol se preguntó si lo mataría también a él, solo por estar allí, por haber presenciado su oscura verdad.

Celaena parpadeó y la calma letal de sus ojos desapareció, remplazada por una fatiga y un pesar infinitos. Una carga invisible, tan pesada que Chaol no podía siquiera imaginarla, cayó sobre sus hombros. Recogió el libro negro que Archer había dejado caer en las húmedas piedras, pero lo sostuvo con dos dedos, como si fuera una prenda de ropa sucia.

—Te debo una explicación —se limitó a decir.

Antes de dejar que la sanadora la viera, Celaena se empeñó en que le mirara la pata a Ligera. La perrita solo tenía un arañazo, aunque bastante profundo. Celaena le sostuvo la cabeza cuando obligaron al pobre animal a tragarse un sedante diluido en agua. Dorian ayudaba en lo que podía mientras la sanadora suturaba el corte de la perra, que yacía inconsciente en la mesa del comedor de Celaena. Chaol lo miraba todo apoyado contra la pared, con los brazos cruzados. Desde el final de la lucha no había vuelto a dirigirle la palabra a Dorian.

La joven sanadora de cabello castaño tampoco hizo preguntas. Cuando acabó de curar al animal, que fue trasladado a la cama de su dueña, Dorian insistió en que revisara la herida que Celaena tenía en la cabeza. Ella, sin embargo, no lo permitió y le dijo a la muchacha que si no se ocupaba inmediatamente del príncipe heredero, la denunciaría al rey. Molesto, Dorian accedió a la joven le limpiara la pequeña herida que Celaena le había hecho en la sien al estamparlo contra la pared. Lo turbaba profundamente ser atendido primero, teniendo en cuenta el mal aspecto que tenían tanto Chaol como Celaena, si bien es cierto que todavía le dolía mucho la cabeza.

Con una sonrisa tímida, algo preocupada, la sanadora le dio a entender que había terminado. Y cuando llegó el momento de decidir quién sería el siguiente, el desafío de miradas que protagonizaron Chaol y Celaena fue de los que hacen historia.

Por fin, Chaol meneó la cabeza y se dejó caer en la silla que Dorian acababa de abandonar. Tenía sangre por todas partes y acabó quitándose la túnica y la camisa para que la mujer pudiera limpiarle unas cuantas heridas superficiales. Pese a los cortes y arañazos que le surcaban la piel y las quemaduras que exhibía en manos y rodillas, la sanadora, ajustando a su bonito rostro su expresión inescrutable y profesional, se abstuvo de hacer comentarios.

Celaena se volvió hacia Dorian y dijo con voz queda:

—Iré a tu habitación cuando haya terminado aquí.

El príncipe advirtió, por el rabillo del ojo, que la expresión de Chaol se endurecía. Dorian, por su parte, ahogó su propio ataque de celos cuando se dio cuenta de que lo estaban invitando a marcharse. El capitán hacía esfuerzos por no mirar a ninguno de los dos. ¿Qué había pasado durante el rato que Dorian había estado inconsciente? ¿Y después, cuando ella había ido en busca de Archer?

—Bien —repuso Dorian. Le dio las gracias a la sanadora por su ayuda. Por lo menos así tendría tiempo de recomponerse y reflexionar en todo lo sucedido a lo largo de las últimas horas. Y de pensar cómo le iba a explicar a Chaol lo de sus poderes mágicos.

Sin embargo, mientras abandonaba la sala, comprendió que sus poderes mágicos —y él mismo— eran la menor de las preocupaciones de sus amigos. Porque desde aquel primer día en Endovier, todo había girado siempre en torno a ellos.

Celaena no necesitaba que ningún sanador le examinara la cabeza. Cuando la magia se había manifestado en ella, la había sanado de la cabeza a los pies. De sus heridas solo quedaban manchas de sangre y telas rotas. Y cansancio, un terrible agotamiento.

—Voy a darme un baño —le dijo a Chaol, que se sometía a los cuidados de la curandera con el torso desnudo.

Necesitaba quitarse de encima la sangre de Archer.

Tras desnudarse, se metió en el baño. Se frotó la piel hasta que le dolió y se lavó el cabello dos veces. Cuando salió del agua, su puso una túnica limpia y unos pantalones. Estaba acabando de cepillarse el pelo cuando Chaol entró en el dormitorio y se sentó en la silla del escritorio. Tras marcharse la sanadora, el capitán se había puesto otra vez la camisa. Celaena se fijó en los vendajes blancos que se entreveían por los rasguños de la tela oscura.

Le echó un vistazo a Ligera, que seguía inconsciente en la cama, y luego caminó hacia las puertas del balcón. Celaena se quedó un rato mirando la noche estrellada, buscando la constelación que tan bien conocía: el ciervo, señor del Norte. Inspiró profundamente.

—Mi bisabuela pertenecía al pueblo de las hadas —dijo—. Y aunque mi madre era incapaz de adoptar la forma de un animal como hacen ellas, yo heredé la facultad de transformarme. Podía mudar de hada en humana, y viceversa.

—¿Y ya no puedes?

Celaena lo miró por encima del hombro.

—Cuando la magia se desvaneció hace diez años, perdí esa capacidad. Creo que gracias a eso conservé la vida. De niña, cuando estaba asustada, preocupada o muy enfadada, no podía controlar la transformación. Estaba aprendiendo a dominarla, pero antes o después me habría delatado a mí misma.

—Y en ese... en ese otro mundo... pudiste...

Ella se volvió a mirarlo y vio en los ojos de Chaol una expresión atormentada.

—Sí. En ese mundo, la magia, o algo parecido, sigue existiendo. Y es tan horrible y devastadora como yo recordaba —se dejó caer al borde de la cama, consciente de la enorme distancia que los separaba—. No tenía ningún control, ni sobre el cambio ni sobre la magia ni sobre mí misma. Pude haberlos lastimado tanto a ti como al demonio.

Celaena cerró los ojos. Le temblaban las manos.

—Pero fuiste capaz de abrir un portal a otro mundo. ¿Cómo?

—Últimamente he estado leyendo un montón de libros sobre marcas del Wyrd. Contienen hechizos para abrir portales temporales.

Celaena se lo explicó todo. Le contó que había encontrado el pasaje de Samhuinn y la tumba, y que Elena le había ordenado que fuera la campeona. Le habló de lo que Caín había estado haciendo, reconoció que ella lo había matado y le dijo que esa misma noche había querido abrir un portal para ver a Nehemia. No le habló de las llaves del Wyrd ni del rey, ni tampoco de que sospechaba que el soberano estaba utilizando a Kaltain y Roland.

Cuando terminó, Chaol declaró:

—Pensaría que estás loca si no fuera porque aún tengo pegada la sangre de ese demonio al cuerpo y porque yo mismo pisé ese mundo.

—Si alguien llegara a enterarse... no solo de lo relacionado con los hechizos o a la apertura de portales, sino de lo que soy —dijo Celaena con cautela—, sabes que me ejecutarían, ¿verdad?

Los ojos de Chaol centellearon.

—No se lo voy a decir a nadie. Lo juro.

Ella se mordió el labio y regresó a la ventana.

—Archer me dijo que fue él quien mandó matar a Nehemia, porque la consideraba una amenaza para su liderazgo del grupo. Se hizo pasar por el consejero Mullison y contrató a Tumba. Te secuestró para alejarme del castillo. Él era la amenaza anónima contra la vida de la princesa. Quería que yo te culpara de su muerte.

Chaol maldijo en voz alta, pero Celaena siguió mirando la constelación, que brillaba al otro lado de la ventana.

—Y aunque ya sé que tú no fuiste el responsable —dijo con suavidad— aún no...

Se volvió a mirarlo. La expresión de Chaol reflejaba una angustia infinita.

—Aún no confías en mí —concluyó él.

Celaena asintió. Archer se había salido con la suya en ese aspecto y lo odiaba por ello.

—Cuando te miro —susurró ella—, me muero por acercarme a ti. Pero lo sucedido aquella noche... no sé si alguna vez podré olvidarlo —el corte más profundo de la mejilla de Chaol ya se había secado, pero Celaena sabía que le dejaría una cicatriz—. Lamento mucho el daño que te causé.

El capitán se levantó y, encogiéndose de dolor a consecuencia de las heridas, avanzó hacia ella.

—Ambos hemos cometido errores —dijo en un tono de voz tan dulce que a Celaena se le encogió el corazón.

Juntando todo su valor, alzó los ojos hacia él.

—¿Cómo puedes mirarme a los ojos sabiendo lo que soy en realidad?

Chaol le acarició las mejillas. La piel helada de Celaena se calentó al contacto de sus manos.

—Hada, asesina... Me da igual lo que seas, yo...

—No —la joven retrocedió—. No lo digas.

No podía volver a dárselo todo. Ya no. No sería justo para ninguno de los dos. Y aunque alguna vez lograra perdonarlo por haber escogido al rey por encima de Nehemia, la búsqueda de las llaves del Wyrd obligaría a Celaena a viajar muy lejos, a un lugar al que nunca le pediría que la siguiera.

—Tengo que preparar el cuerpo de Archer para presentarlo ante el rey —dijo.

Antes de que Chaol pudiera decir nada más, recogió la espada Damaris de donde la había tirado y desapareció en el pasadizo secreto.

Esperó a haber recorrido un buen trecho para echarse a llorar.

Chaol se quedó mirando el lugar por donde Celaena se había marchado y se preguntó si debería seguirla a aquella oscuridad ancestral. Sin embargo, repasando todo lo que ella le había contado, todos los secretos que le había revelado, comprendió que necesitaba tiempo para asimilarlos.

Era consciente de que la muchacha le ocultaba información. Le había relatado la historia por encima, y además estaba la cuestión de sus ancestros mágicos. No sabía de nadie que hubiera heredado el poder de un antepasado, pero también era verdad que la gente ya no hablaba de las hadas. Su sangre mágica explicaba por qué conocía los antiguos cantos fúnebres.

Palmeando con suavidad la cabeza de Ligera, abandonó la habitación. Los pasillos estaban desiertos y en silencio.

En cuanto a Dorian... Celaena se había comportado como si Dorian tuviera también algún tipo de poder. En cierto momento, una fuerza invisible había embestido a aquel demonio... Pero era imposible que Dorian fuera un mago. ¿Cómo, si la propia... la propia magia de Celaena se había extinguido en cuanto había pisado otra vez este mundo?

Celaena pertenecía al pueblo de las hadas y había heredado un poder que no podía controlar. Y aunque hubiera perdido la capacidad de transformarse, si alguien llegaba a descubrir la clase de criatura que era...

Su naturaleza explicaba por qué el rey le inspiraba tanto terror y también por qué nunca hablaba de sus orígenes ni de lo que había sufrido. ¿Y qué hacía Celaena allí, cómo podía vivir en el lugar más peligroso del mundo para ella o para cualquier criatura mágica?

Si alguien descubría la clase de ser que era, podría utilizar esa información contra ella o hacer que la ejecutaran. Y él no podría hacer nada para salvarla. Ninguna mentira, ninguna influencia la ayudaría. ¿Cuánto tiempo pasaría antes de que alguien más indagara sobre su pasado? ¿Cuánto tiempo antes de que cualquiera acudiese en busca de Arobynn Hamel y lo torturara para arrancarle la verdad?

Los pies de Chaol supieron a dónde iban mucho antes de que él tomara la decisión o ideara un plan. Minutos después, el capitán llamaba a la puerta de su padre.

El sueño empañaba la mirada del hombre, que entornó los ojos al ver allí a su hijo.

—¿Pero sabes qué hora es?

Chaol no lo sabía y le daba igual. Entró en la alcoba y escudriñó la penumbra para asegurarse de que no hubiera otras personas.

—Tengo que pedirte un favor, pero antes debes prometerme que no harás preguntas.

Su padre lo miró con cierta burla y luego se cruzó de brazos.

—Nada de preguntas. Haz tu petición.

Al otro lado de la ventana, el cielo empezaba a tornarse en una gama de negro más suave.

—Creo que deberíamos enviar a la campeona del rey a Wendlyn para que liquide a la familia real.

El hombre enarcó las cejas. Chaol prosiguió.

—Llevamos dos años en guerra con ellos y aún no hemos podido traspasar sus defensas navales. Pero si el rey y su hijo desaparecen del mapa, el caos subsiguiente nos brindará alguna oportunidad de abrirnos paso. Sobre todo si la campeona del rey obtiene alguna información sobre sus planes de defensa naval —inhaló y, adoptando un tono desenfadado, continuó—. Pienso plantearle la idea al rey esta misma mañana. Y necesito tu apoyo.

Porque Dorian nunca accedería a la propuesta. No si ignoraba quién era Celaena en realidad. Y Chaol jamás se lo diría a nadie, ni siquiera al príncipe. Pero para que una idea tan drástica prosperara, necesitaba todo el apoyo político que pudiera encontrar.

—Un plan ambicioso. E implacable —el padre de Chaol sonrió—. Y si secundo la idea y convenzo a mis aliados del consejo de que la apoyen también, ¿qué obtendré a cambio?

A juzgar por el brillo de sus ojos, el hombre ya conocía la respuesta.

—En ese caso, regresaré a Anielle contigo —dijo Chaol—. Renunciaré a mi puesto de capitán y... volveré a casa.

No era su casa, ya no, pero si regresando a su hogar de infancia lograba sacar a Celaena del país... Wendlyn era el último sobreviviente del pueblo mágico y el único lugar de Erilea donde ella estaría realmente a salvo.

Y si acaso aún existía alguna esperanza de compartir el futuro con ella, se esfumó en aquel momento. Celaena todavía sentía algo por Chaol, lo había reconocido, pero nunca volvería a confiar en él. Siempre lo odiaría por su traición.

Pese a todo, quería ayudarla, aunque ello significara no volver a verla, aunque Celaena rompiera su contrato con el rey y se quedara con las hadas de Wendlyn para siempre. Con tal de ponerla a salvo, con tal de que nadie pudiera hacerle daño, Chaol vendería su alma las veces que hiciera falta.

La victoria brilló en los ojos de su padre.

—Está hecho.

CAPÍTULO 53

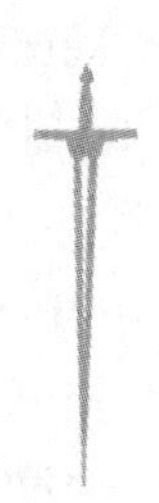

Cuando Celaena terminó de contarle a Dorian la misma historia que había compartido con Chaol —aunque una versión más reducida—, él lanzó un sonoro suspiro y se dejó caer en la cama.

—Parece algo sacado de un libro —dijo mirando hacia el tapiz.

Celaena se sentó al otro lado del lecho.

—Por momentos, yo también creí que me había vuelto loca, te lo aseguro.

—¿Así que de verdad abriste un portal a otro mundo con las marcas del Wyrd?

Ella asintió.

—Bueno, y tú lanzaste a ese ser por los aires como si fuera una hoja al viento.

No lo había olvidado, claro que no. Ni por un instante había dejado de tener presente lo que implicaba el hecho de que el príncipe tuviera poderes mágicos.

—Fue pura suerte —Celaena se volvió a mirar a Dorian, aquel príncipe suyo, tan inteligente y modesto—. Aún no puedo controlarlo.

—Hay alguien en el sepulcro —repuso ella— que a lo mejor podría darte algún consejo al respecto. Es muy posible que sepa algo sobre la clase de poder que has heredado —en aquel preciso instante no sabía cómo explicarle quién era Mort, así que dijo—: Un día de estos, podríamos bajar juntos a conocerlo.

—¿Es...?

—Ya lo verás cuando lleguemos allí, si acaso se digna a hablar contigo. Puede que tarde un poco en decidir si le agradas o no.

Al cabo de un momento, Dorian le tomó la mano a su amiga y, llevándosela a los labios, le plantó un rápido beso. No fue un gesto romántico, más bien de agradecimiento.

—Aunque las cosas hayan cambiado entre nosotros, lo que te dije tras el duelo con Caín era en serio. Siempre daré las gracias por tenerte en mi vida.

A Celaena se le hizo un nudo en la garganta. Le apretó la mano.

Cuando vivía, Nehemia soñaba con una corte capaz de cambiar el mundo, una corte en la que la lealtad y el honor se valorasen más que la obediencia ciega y el poder. El día que la princesa murió, Celaena creyó que aquel sueño se había esfumado para siempre. Sin embargo, al mirar ahora a Dorian, que le devolvía la mirada sonriendo, al contemplar a aquel príncipe tan listo, considerado y amable, que se ganaba la fidelidad de buenas personas como Chaol...

Celaena se preguntó si el sueño imposible y desesperado de Nehemia tendría aún alguna posibilidad de hacerse realidad. Aunque la pregunta clave era si el rey sabía la amenaza que su propio hijo representaba.

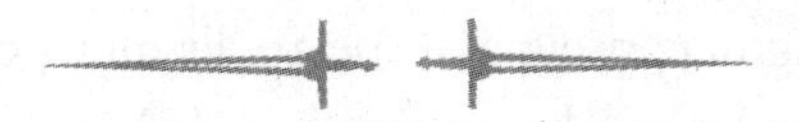

El rey de Adarlan debía reconocer el mérito de Chaol, el plan era audaz y despiadado. Además, no solo serviría de advertencia a Wendlyn, sino a todos los enemigos de la corona. Dado el bloqueo que existía entre ambos reinos, Wendlyn no permitía que los hombres de Adarlan cruzaran la frontera. Sin embargo, dejaban entrar a las mujeres y a los niños que buscaban refugio. Así pues, era imposible enviar a nadie... A nadie, salvo a la campeona.

El rey detuvo la vista en la mesa del consejo, en la cual esperaba sentado el capitán, aguardando una respuesta. El padre de Westfall y cuatro hombres más habían secundado la propuesta al instante. Otra inesperada muestra de astucia por parte del capitán: se había asegurado de llevar aliados a la reunión.

Dorian, no obstante, miraba a Chaol con una expresión de sorpresa apenas disimulada. Saltaba a la vista que Westfall no le había pedido a Dorian que apoyara su decisión. El rey deseaba que el capitán fuera su heredero, poseía la perspicacia de los buenos guerreros y no vacilaba en tomar decisiones drásticas. El príncipe aún tenía que desarrollar aquel tipo de crueldad.

Además, estaba encantado con la idea de separar a la asesina de su hijo. Sabía que la chica cumplía con su deber... pero no la quería cerca del príncipe.

Por la mañana, la asesina le había presentado la cabeza de Archer Finn, ni un día más tarde de lo prometido, y le había explicado lo que había descubierto: que Archer era el responsable de la muerte de Nehemia como consecuencia de la relación de ambos con aquel grupo de traidores. No le sorprendía que Nehemia estuviera implicada.

Ahora bien, ¿qué opinaría la asesina sobre la idea del viaje?

—Convoquen a la campeona —ordenó.

En el silencio subsiguiente, los miembros del consejo empezaron a murmurar y Dorian intentó captar la atención de Chaol. El capitán, sin embargo, evitaba la mirada del príncipe.

El rey esbozó una leve sonrisa mientras jugueteaba con la sortija que siempre llevaba en el dedo. Lástima que Perrington no estuviera allí para presenciar aquello, al duque le habría divertido mucho el giro actual de los acontecimientos. Se encontraba en Calaculla, ocupándose de la rebelión de los esclavos. Las noticias al respecto eran tan secretas que los mensajeros tenían que renunciar a sus propias vidas. Pero hacía falta la presencia de Perrington también por otras razones, más importantes que esa. De haber estado presente, podría haberle ayudado a averiguar quién había abierto un portal la noche anterior.

Lo había percibido en sueños, un súbito cambio en el tejido del mundo. Había permanecido abierto solo unos pocos minutos antes de que alguien volviera a cerrarlo. Caín había muerto, ¿qué otro habitante del castillo poseía aquel tipo de conocimiento o poder? ¿Sería la misma persona que había asesinado a Baba Piernasdoradas?

Posó la mano en Nothung, su espada. No habían encontrado el cuerpo, pero el rey no se había tragado ni por un momento que Piernasdoradas hubiera desaparecido sin más. La mañana siguiente a su desaparición, había acudido a la feria en persona a inspeccionar la decrépita carreta. Encontró restos de sangre negra en el suelo de madera.

Piernasdoradas era venerada como una reina entre las de su clan, era considerada la líder indiscutible de uno de los tres brutales clanes que habían destruido a la familia Crochan hacía quinientos años. Habían gozado borrando de la faz de la Tierra a gran parte de las mujeres Crochan, que habían gobernado con justicia a lo largo de mil años. Si el rey invitó a la feria a instalarse en el castillo, fue precisamente para reunirse con ella, para comprarle unos cuantos espejos y descubrir qué quedaba de la alianza Dientes de Hierro, antaño tan poderosa como para dividir en dos el Reino de las Brujas.

Por desgracia, la bruja había muerto sin llegar a proporcionarle ninguna información útil, y le fastidiaba mucho no saber cómo había sucedido. La sangre de Piernasdoradas había sido derramada en su castillo; otras podrían acudir a pedirle explicaciones y algún tipo de retribución. Si sucedía, estaría preparado.

Porque había criado nuevas monturas para sus crecientes ejércitos en las sombras del abismo Ferian. Y sus Guivernos necesitaban jinetes.

En aquel momento, se abrieron las puertas de la sala del consejo. La asesina cruzó el umbral, tan erguida e insoportablemente altiva como siempre. Tomó nota de todos los detalles antes de detenerse a un paso de la mesa y hacer una reverencia.

—¿Su Majestad me ha mandado llamar?

No lo miró a los ojos, como de costumbre, con la excepción de aquel maravilloso día en que prácticamente había despellejado vivo al consejero Mullison. Una parte de él lamentaba tener que sacar al insignificante consejero de las mazmorras.

—Tu compañero, el capitán Westfall, acaba de plantearnos una idea bastante... peculiar —dijo el rey a la vez que señalaba a Chaol con un movimiento de la mano—. ¿Por qué no se la explica, capitán?

El capitán se revolvió en la silla y luego se puso en pie para mirarla a los ojos.

—Sugerí que deberíamos enviarte a Wendlyn con el propósito de liquidar al rey y a su heredero. Mientras estás allí, recabarás información sobre sus planes de defensa navales y militares. Así, cuando el caos se apodere del país, podremos traspasar los implacables arrecifes y conquistarlo.

La asesina contempló en silencio al capitán unos instantes, y el rey advirtió que el príncipe se había quedado muy, muy quieto. Luego, la campeona esbozó una sonrisa torcida y cruel.

—Será un honor prestarle ese servicio a la corona.

El rey no había llegado a averiguar el significado de la marca que había brillado en la frente de la asesina durante el duelo. La marca del Wyrd resultó ser indescifrable. Podía significar "sin nombre" o "innombrable", algo relacionado con el concepto "anónimo" en cualquier caso. Ahora bien, bendecida por los dioses o no, a juzgar por la maligna sonrisa que exhibía, al rey no le cabía duda de que disfrutaría la misión.

—De paso, podríamos divertirnos un poco —musitó el rey—. Wendlyn celebrará el baile del solsticio dentro de pocos meses. ¿Cómo le sentaría al reino que el monarca y su hijo perdieran la vida frente a toda la corte en la gran celebración?

Aunque el capitán, incómodo ante el inesperado cambio de planes, desplazó los pies, la asesina sonrió con siniestra satisfacción. ¿De qué agujero infernal procedía para disfrutar con cosas así?

—Una idea brillante, Majestad.

—Decidido, pues —declaró el rey. Todos los presentes lo miraron—. Partirás mañana.

—Pero —objetó su hijo—, necesitará algo de tiempo para familiarizarse con Wendlyn, para aprender sus costumbres y...

—El viaje por mar dura dos semanas —lo interrumpió el rey—. Y necesitará un tiempo para infiltrarse en el castillo antes del baile. Puede llevar consigo los materiales que necesite y estudiarlos a bordo.

La asesina lo miraba con las cejas ligeramente enarcadas, pero se limitó a agachar la cabeza con respeto. El capitán seguía de pie, más irritado de lo habitual, y Dorian fulminaba con los ojos tanto al rey como al capitán, tan enfadado que su padre se preguntó si se atrevería a oponerse.

No obstante, al rey no le preocupaban lo más mínimo los pequeños dramas de su hijo, sobre todo ahora que su brillante plan estaba en marcha. Tendría que enviar jinetes de inmediato tanto al abismo Ferian como a las islas Muertas, y decirle al general Narrok que preparara su legión. No volvería a tener otra oportunidad como aquella para derrotar Wendlyn y no quería desperdiciarla. Además, sería la ocasión perfecta para probar las armas que llevaba años forjando en secreto.

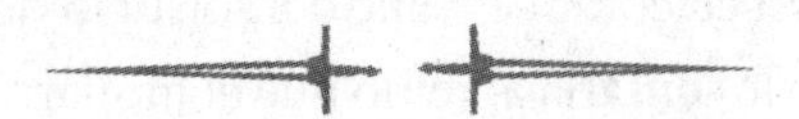

Al día siguiente.

Se marchaba al día siguiente. Y Chaol era el autor del plan. Pero ¿por qué? Celaena quería pedirle explicaciones, preguntarle en qué estaba pensando para plantear una idea como esa. Jamás le contaría la amenaza que había jurado el rey: ejecutar a

Chaol si ella intentaba escapar o fracasaba en la misión. Y podía fingir la muerte de unos cuantos señores y mercaderes, pero no la del rey ni la del príncipe heredero de Wendlyn. Ni aunque viviese mil vidas conseguiría salir bien librada de aquella situación.

Caminaba de un lado a otro, haciendo tiempo mientras esperaba a que la reunión concluyera para poder hablar con Chaol. Acabó por bajar al sepulcro aunque solo fuera para entretenerse. Suponía que Mort la sermonearía por haber abierto el portal —y lo hizo, vaya que sí—, pero no se esperaba encontrar a Elena aguardándola en el interior del sepulcro.

—¿Ahora sí tienes fuerzas suficientes para materializarte, pero no pudiste ayudarme a cerrar el portal ayer por la noche?

Echó un rápido vistazo al rostro preocupado de la reina y empezó a moverse otra vez de acá para allá.

—No podía —repuso Elena—. Ahora mismo, mis energías me abandonan más rápidamente de lo debido.

Celaena la miró, molesta.

—No puedo ir a Wendlyn. Yo... no puedo ir. Chaol sabe el trabajo que estoy llevando a cabo para ti. ¿Por qué quiere enviarme allí?

—Tranquilízate —le dijo Elena con suavidad.

Celaena la fulminó con la mirada .

—Mi partida también arruinará tus planes. Si me voy a Wendlyn, no podré buscar las llaves del Wyrd ni encargarme del rey. Y aunque simulara mi partida y me quedara en este continente investigando, el rey no tardaría en descubrir que no estoy donde debería estar.

Elena se cruzó de brazos.

—Si vas a Wendlyn, estarás cerca de Doranelle. Creo que por eso el capitán quiere enviarte allí.

Celaena lanzó una carcajada amarga. ¡Vaya, pues sí que le iban a costar caras las buenas intenciones de Chaol!

—¿Quiere que me esconda con las hadas? ¿Que me despida para siempre de Adarlan? Pues no pienso hacerlo. Eso no solo supondría su muerte, sino que además... las llaves del Wyrd...

—Mañana zarparás rumbo a Wendlyn —la interrumpió Elena con ojos ardientes—. Olvídate del rey y de las llaves del Wyrd por el momento. Ve a Wendlyn y haz lo que tienes que hacer.

—¿Acaso le metiste tú esa idea Chaol en la cabeza de algún modo?

—No. El capitán intenta ponerte a salvo del único modo que sabe.

Celaena movió la cabeza de lado a lado, con la mirada fija en el rayo de luna que se filtraba en el sepulcro por la rendija del techo.

—¿Alguna vez dejarás de darme órdenes?

Elena lanzó una breve carcajada.

—Cuando dejes de huir de tu pasado, lo haré.

La chica puso los ojos en blanco. De repente, se sintió abatida. Un recuerdo fragmentado se abrió paso a su mente.

—Cuando hablé con Nehemia, mencionó... mencionó que conocía su destino. Que lo aceptó porque sabía que así las cosas se pondrían en marcha. ¿Crees que manipuló a Archer de algún modo para...?

No pudo acabar la frase. No se atrevía a expresar la horrible verdad: que Nehemia había planeado su propia muerte, sabiendo que tenía más posibilidades de cambiar el mundo —de cambiar a Celaena— en muerte que en vida.

Una mano larga y fría le tomó las suyas.

—Entierra esa idea en lo más profundo de tu mente. Conocer la verdad, sea cual sea, no cambiará el destino que te aguarda ni el lugar al que debes acudir.

Y si bien la negativa de Elena a darle siquiera una respuesta bastó para confirmar sus peores sospechas, Celaena hizo lo que le ordenaba la reina. Habría otros momentos, épocas más propicias para examinar cada uno de los aspectos de aquella espantosa realidad. Pero en aquel mismo instante... En aquel mismo instante...

Celaena se quedó mirando el rayo de luz que entraba en el sepulcro. Era una línea insignificante, y sin embargo bastaba para alejar la oscuridad.

—A Wendlyn, pues.

Elena sonrió con tristeza y le apretó la mano.

—A Wendlyn, pues.

CAPÍTULO 54

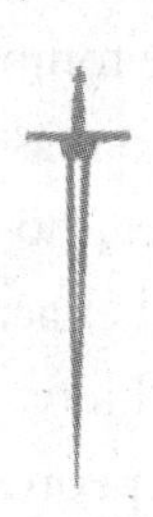

Cuando la reunión del consejo terminó, Chaol evitó la mirada de su padre, que con tanta cautela lo había observado mientras presentaba sus planes al rey, y también la de Dorian, cuya sensación de ofensa se hacía más y más patente conforme avanzaba la reunión. Intentó escabullirse a toda prisa, pero no se sorprendió cuando una mano en el hombro se lo impidió.

—¿Wendlyn? —gruñó Dorian.

Chaol adoptó una expresión inescrutable.

—Si es capaz de abrir un portal como lo hizo ayer por la noche, creo que debe abandonar el castillo por un tiempo. Por el bien de todos.

Dorian no podía saber la verdad.

—Nunca te perdonará que la envíes a desmantelar todo un país. Y frente a todo el mundo, haciendo de ello un espectáculo. ¿Te has vuelto loco?

—Me da igual si me perdona o no. Y no quiero tener que preocuparme por si hordas del Más Allá empiezan a invadir el castillo solo porque extraña a su amiga.

Chaol detestaba decir tantas mentiras, pero Dorian, con los ojos ardiendo de rabia, se las tragó. Aquel era el segundo sacrificio que se veía obligado a hacer, pues si Dorian no lo odiaba, si no quería que se marchara, le costaría mucho más dejar el castillo para volver a Anielle.

—Si algo malo le pasa en Wendlyn —gruñó Dorian sin soltarle el hombro—, haré que te arrepientas de haber nacido.

Chaol estaba seguro de que, si a Celaena le pasaba algo malo, se arrepentiría de haber nacido sin necesidad de ayuda.

Sin embargo, se limitó a decir:

—Uno de los dos debe empezar a tomar decisiones, Dorian.

Y se marchó a toda prisa.

El príncipe no lo siguió.

Al romper el alba, Celaena se dirigió a la tumba de Nehemia. Las últimas nieves invernales se habían derretido ya y la tierra estaba encharcada y oscura, lista para la primavera.

Dentro de pocas horas, estaría en alta mar.

Celaena cayó de rodillas y agachó la cabeza ante la tumba.

A continuación, pronunció todo aquello que había querido decirle a Nehemia la noche anterior, las palabras que debería haber pronunciado desde el principio. Verdades que no cambiarían, fuera cual fuera la realidad acerca de la muerte de Nehemia.

—Quiero que sepas —susurró Celaena al viento, a la tierra, al cuerpo tendido debajo— que tenías razón. Tenías razón. Soy una cobarde. Llevo tanto tiempo huyendo que he olvidado lo que significa confrontar las circunstancias.

Se inclinó aún más, hasta apoyar la frente en el suelo.

—Pero te prometo —musitó contra la tierra—, te prometo que lo detendré. Te prometo que nunca olvidaré y nunca perdonaré lo que te hizo. Prometo liberar Eyllwe. Prometo que me encargaré de que la corona de tu padre vuelva a ocupar el lugar que le corresponde.

Celaena se levantó y, sacándose una daga del bolsillo, se pasó el filo por la palma. La sangre, de un rojo rubí contra el amanecer dorado, resbaló por su mano antes de que la palma se posara en el suelo.

—Lo prometo —susurró de nuevo—. Prometo por mi nombre, por mi vida, que, aunque me cueste mi último aliento, veré la liberación de Eyllwe.

Dejó que la sangre empapara la tierra, rogándole que llevara aquel juramento al Más Allá, donde Nehemia descansaba por fin en paz. A partir de aquel instante, no se guiaría por ningún otro juramento, no respetaría ningún otro contrato, no se debería a ninguna obligación salvo aquella. *No hay olvido, no hay perdón.*

Y no sabía cómo lo haría ni cuánto tiempo tardaría, pero cumpliría su promesa.

Porque Nehemia no podía.

Porque había llegado la hora.

CAPÍTULO 55

El dormitorio de Celaena seguía desordenado cuando Dorian apareció después del desayuno cargado con un montón de libros. Ella estaba frente a la cama, guardando ropa en un morral de cuero. Ligera fue la primera en saludarlo, aunque el príncipe estaba seguro de que Celaena lo había oído acercarse por el pasillo.

La perra cojeó hacia él agitando la cola y Dorian dejó los libros en el escritorio antes de arrodillarse en la alfombra afelpada. Acarició la cabeza de Ligera con las dos manos, dejando que el animal lo lamiera.

—La sanadora dijo que se va a recuperar —comentó Celaena sin dejar de meter ropa. Llevaba la mano izquierda vendada, una herida que Dorian no había advertido la noche anterior—. Hace unos minutos que se fue.

—Bien —repuso Dorian mientras se ponía en pie. Celaena llevaba túnica y pantalones gruesos, además de una abrigadora capa. También calzaba unas botas toscas, mucho más gastadas que las que solía llevar. Un atuendo de viaje—. ¿Iba a marcharte sin decir adiós?

—Pensaba que así sería más fácil —reconoció ella.

Dentro de dos horas zarparía hacia Wendlyn, tierra de mitos y monstruos, reino de sueños y pesadillas hechos realidad.

Dorian se acercó a ella.

—Este plan es una locura. No tienes que ir. Convenceremos a mi padre de que busque otra solución. Si te capturan en Wendlyn...

—No me capturarán.

—Nadie podrá ayudarte —prosiguió Dorian, posando una mano en el morral—. Si te capturan, si te hacen daño, no tendremos modo de llegar hasta ti. Dependerás únicamente de ti misma.

—Todo saldrá bien.

—Nada estará bien. Cada día que pases allí, me estaré preguntando qué ha sido de ti. No dejaré de pensar en ti ni un momento.

La garganta de Celaena se movió, el único signo de emoción que se demostró. Luego miró a la perra, que los observaba desde la alfombra.

—¿Cuidarás...? —Dorian vio que volvía a tragar saliva antes de mirarlo a los ojos. El sol de la mañana se reflejaba en los cercos dorados—. ¿Cuidarás de ella mientras no estoy?

El príncipe tomó la mano de Celaena y se la apretó.

—Como si fuera mía. Incluso la dejaré dormir en mi cama.

Celaena mostró una leve sonrisa y Dorian tuvo la sensación de que cualquier otro gesto de ternura haría pedazos su autocontrol. Señaló con la mano el montón de libros.

—Espero que no te importe. Necesitaba un sitio para guardarlos y creo que en tus aposentos estarán... más seguros que en los míos.

Ella miró hacia el escritorio pero, para alivio del príncipe, no se acercó a mirarlos. Los libros que Dorian había llevado solo servirían para provocar más preguntas. Eran genealogías, crónicas de la realeza, textos que pudieran explicar de dónde procedía su poder.

—Claro —se limitó a decir ella—. Creo que *Los muertos vivientes* sigue flotando por ahí. A lo mejor se alegra de tener compañía.

Dorian habría sonreído de no haber sabido que era la escalofriante verdad.

—Te dejo que hagas tu equipaje tranquila. Tengo una reunión del consejo a la misma hora que zarpa tu barco —dijo el príncipe, haciendo esfuerzos por respirar. Era mentira. Y no muy buena. Sin embargo, no quería acompañarla al muelle, no sabiendo quién acudiría a verla partir—. Así pues... supongo que esta es la despedida —no sabía si le permitiría abrazarla, así que se metió las manos en los bolsillos y le sonrió—. Cuídate.

Celaena asintió apenas.

Solo eran amigos, y el príncipe sabía que los límites respecto al contacto físico habían cambiado, pero... Se dio la vuelta para que ella no leyera la decepción en su rostro.

Había dado dos pasos hacia la puerta cuando ella le habló, en un tono quedo y tenso.

—Gracias por todo lo que has hecho por mí, Dorian. Gracias por ser mi amigo. Por no ser como los demás.

Deteniéndose, Dorian se volvió para mirarla. Ella mantuvo la barbilla alta, pero le brillaban los ojos.

—Volveré —dijo Celaena en voz baja—. Volveré a buscarte.

Y él comprendió que no se lo estaba diciendo todo, que aquellas palabras ocultaban un sentido más trascendente.

En cualquier caso, Dorian le creyó.

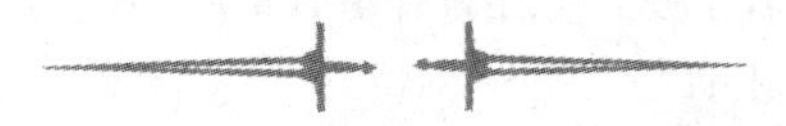

Los muelles estaban atestados de pescadores, esclavos y trabajadores que metían y sacaban las cargas de los barcos. Era un día cálido y ventoso, el cielo estaba despejado y en el aire se presentía ya la primavera. Una jornada perfecta para navegar.

Celaena se quedó mirando el navío en el que haría la primera etapa de su viaje. Navegaría hasta un puerto determinado, donde un barco de Wendlyn acudiría para llevarse consigo a los refugiados que huían del imperio de Adarlan. Casi todas las mujeres que viajaban con ella ya estaban a bordo. Movió los dedos de la mano vendada y se encogió al notar el dolor sordo que irradiaba desde el centro de la palma.

Apenas había dormido la noche anterior. En cambio, se había pasado las horas abrazando a Ligera. Al despedirse de ella hacía un rato se había sentido como si le arrancasen un trozo de corazón, pero la perrita aún no se había recuperado lo suficiente como para arriesgarse a llevarla a Wendlyn.

No había querido ver a Chaol ni se había molestado en decirle adiós porque tenía tantas preguntas que formularle que prefería no cuestionar nada. ¿Era consciente de que la empujaba a un callejón sin salida?

El capitán del barco gritó que partirían en cinco minutos. Los pescadores se apresuraron a prepararlo todo para soltar amarras y surcar las aguas del Avery antes de salir al Gran Océano.

A Wendlyn.

Celaena tragó saliva. "Haz lo que tienes que hacer", le había dicho Elena. ¿Se refería a matar a la familia real o a otra cosa?

Una brisa salada le agitó el cabello. Celaena avanzó.

En aquel momento, alguien salió de entre las sombras de los edificios que bordeaban el puerto.

—Espera —dijo Chaol.

Celaena se quedó paralizada cuando vio al capitán de la guardia dirigirse hacia ella. Ni siquiera se movió cuando lo tuvo enfrente y alzó la vista hacia él.

—¿Entiendes por qué he hecho esto? —le preguntó con dulzura.

Ella asintió, pero dijo:

—Volveré.

—No —protestó él con mirada centelleante—. Tú...

—Escucha.

Tenía cinco minutos. No podía decirle la verdad en aquel preciso instante, no podía explicarle que el rey lo mataría si ella no volvía. Esa información sería fatal para él. Y aunque Chaol huyera, el rey había amenazado con matar a la familia de Nehemia también.

No obstante, sabía que el capitán trataba de protegerla. Y no podía dejarlo ignorándolo. Porque si ella moría en Wendlyn, si llegaba a sucederle algo...

—Escucha atentamente lo que voy a decirte.

Chaol arqueó las cejas, pero Celaena no se concedió un instante para reconsiderar su decisión.

Resumiendo cuanto pudo, le habló de las llaves del Wyrd, le explicó lo que eran las puertas del Wyrd y lo que le había revelado Piernasdoradas. Le informó de los papeles que había escondido en el sepulcro y del poema que describía la ubicación de las tres llaves, y que el rey poseía por lo menos una llave. Le contó que habían encerrado a un ser espeluznante bajo la biblioteca y que nunca, bajo ninguna circunstancia, abriera la puerta de las catacumbas. Y que muy posiblemente Roland y Kaltain estuvieran siendo utilizados como peones de un plan mortal.

Y cuando le hubo confesado aquella horrible verdad, se quitó el Ojo de Elena del cuello y se lo puso en la mano.

—No te lo quites nunca. Te protegerá de todo mal.

Pálido como un muerto, Chaol negaba con la cabeza.

—Celaena, no puedo...

—No te pido que vayas a buscar las llaves, pero alguien tiene que conocer su existencia. Alguien que no sea yo. Todas las pruebas están en el sepulcro.

Con la mano libre, Chaol tomó la de ella.

—Celaena...

—Escucha —repitió la chica—. Si no hubieras convencido al rey de que me enviara lejos, podríamos... haberlas buscado juntos. Pero ahora...

—Dos minutos —gritó el capitán.

Chaol se limitaba a mirarla con tal expresión de miedo y dolor que Celaena no pudo seguir hablando.

Y entonces hizo lo más audaz que había hecho jamás. Se puso de puntitas y le susurró las palabras al oído, las palabras que le ayudarían a comprender por qué aquello era tan importante para ella y a qué se refería al decir que volvería. Y él la odiaría siempre por ello, una vez que comprendiera.

—¿Y eso qué significa? —preguntó Chaol.

Celaena sonrió con tristeza.

—Ya lo averiguarás. Y cuando lo hagas... —Celaena negó con la cabeza, sabiendo que debía callar, pero decidida a hablar de todos modos—. Cuando lo hagas, quiero que recuerdes que eso para mí no cambia nada. No cambió nada cuando lo comprendí. Te habría escogido de todos modos. Siempre te escogeré.

—Por favor... Por favor, dime qué significa.

Pero no había tiempo, así que Celaena volvió a hacer un gesto de negación y retrocedió.

Chaol dio un paso hacia ella. Uno solo, y luego declaró:

—Te quiero.

Ella ahogó el sollozo que luchaba por salir de su garganta.

—Perdóname —repuso ella, con la esperanza de que él recordara aquellas palabras más tarde... cuando lo hubiera averiguado todo.

Celaena reunió las fuerzas necesarias para ponerse en marcha, inhaló profundamente y mirando a Chaol por última vez, recorrió la pasarela. Sin prestarle atención a los demás pasajeros, dejó el morral en el suelo y se asomó por la borda. Allí estaba Chaol, plantado en el muelle, junto a la pasarela que ya estaban retirando.

El capitán del barco dio la orden de zarpar. A toda prisa, los marineros soltaron amarras y ataron las sogas. El barco cabeceó. Celaena se aferraba la borda con tanta fuerza que le dolían las manos.

El navío se movió. Y Chaol —el hombre al que amaba y odiaba hasta tal punto que apenas podía pensar en su presencia— seguía allí, viéndola partir.

La corriente atrapó el barco y la ciudad empezó a alejarse. La brisa marina le acariciaba el cuello, pero ella no dejó de mirar a Chaol. Siguió mirando en su dirección hasta que el castillo se convirtió en una mancha brillante a lo lejos. Continuó mirando hasta que no hubo nada más que el reluciente mar a su alrededor. Siguió mirando hasta que el sol se hundió en el horizonte y un puñado de estrellas apareció en el cielo.

Solo cuando se le cerraron los ojos y se tambaleó, dejó de mirar en dirección a Chaol.

El aroma a salitre inundaba sus fosas nasales, totalmente distinto al olor a sal de Endovier, y un viento reconfortante le revolvió el cabello.

Tomando aire, Celaena Sardothien le dio la espalda a Adarlan, rumbo a Wendlyn.

CAPÍTULO 56

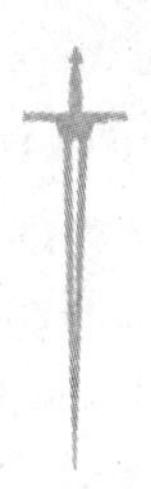

Chaol no entendía el sentido de lo que Celaena le había dicho, de las palabras que le había susurrado al oído. Era una fecha. Ni siquiera había especificado de qué año, solo el día y el mes. Una fecha que había quedado atrás hacía mucho. Era el día que Celaena había dejado la ciudad, el día que se la habían llevado presa a Endovier, hacía un año. El día que sus padres habían muerto.

Se quedó en los muelles hasta mucho después de que el barco abandonó el puerto. Las velas se perdían en el horizonte, pero él seguía allí, buscando el significado de la fecha. ¿Por qué Celaena le había contado todo acerca de las... de las llaves del Wyrd, pero se había mostrado deliberadamente misteriosa respecto a esa otra pista? ¿Qué podía ser más importante que la horrible verdad que acababa de descubrir acerca del rey al que le debía obediencia?

La existencia de las llaves del Wyrd, por más que lo aterrorizara, tenía lógica. Explicaba muchas cosas: el inmenso poder del rey, aquellos viajes en los que todo su séquito moría y por qué Caín había llegado a ser tan fuerte. Incluso por qué, en cierta ocasión, Chaol había visto cómo los ojos del duque Perrington se oscurecían de un modo extraño. Pero ¿no había tenido en cuenta Celaena, al contarle todo aquello, en qué posición lo colocaba? ¿Y qué podía hacer al respecto estando en Anielle?

A menos que encontrara el modo de liberarse de su promesa... En realidad, no había especificado cuándo regresaría a Anielle. Ya lo meditaría al día siguiente. De momento...

Cuando Chaol volvió al castillo, se dirigió a la habitación de Celaena y revisó el contenido de su escritorio, pero no encontró nada que hiciera referencia a aquella fecha. Comprobó el testamento, que había sido firmado varios días después del día en cuestión. El silencio y la soledad de las habitaciones amenazaban con devorarlo, y estaba a punto de marcharse cuando vio un montón de libros medio ocultos en un rincón.

Árboles genealógicos e incontables crónicas de la realeza. ¿Desde cuándo estaban allí esos libros? Chaol no los había visto la noche anterior. ¿Sería otra pista? Sacó las crónicas reales —todas referidas a los últimos dieciocho años— y las revisó una a una.... nada. Hasta que llegó a una en concreto, fechada diez años atrás. Era la más gruesa de todas. Algo muy lógico por otra parte, teniendo en cuenta los acontecimientos que se habían producido en aquel entonces. Pero cuando leyó la entrada referida a la fecha que Celaena le había susurrado, se le heló la sangre en las venas.

Esta mañana, el rey Orlon Galathynius, su sobrino y heredero, Rhoe Galathynius, y la esposa de Rhoe, Evalin, fueron encontrados asesinados. Orlon murió en el lecho de su palacio real de Orynth, y Rhoe y Evalin, en las camas de su casa de campo, situada junto al río Florine. Aún no tenemos noticia sobre la hija de Rhoe y Evalin, Aelin.

Chaol tomó el primer volumen de genealogía, que detallaba el árbol familiar de las casas reales de Adarlan y Terrasen. ¿Acaso Celaena intentaba decirle que sabía la verdad sobre lo sucedido aquella noche? ¿Que se había enterado de dónde se ocultaba la princesa Aelin? ¿Tal vez que ella estaba allí cuando todo aquello sucedió?

Chaol hojeó las páginas, repasando las genealogías que ya había revisado anteriormente. En ese momento, recordó algo en relación al nombre Evalin Ashryver. *Ashryver*. Evalin procedía de Wendlyn y ostentaba el título de princesa en la corte del rey. Le temblaban las manos cuando extrajo un libro que incluía el árbol genealógico de la familia real de Wendlyn.

En la última página, hasta abajo, aparecía el nombre de Aelin Ashryver Galathynius debajo del de su madre, Evalin. Sin embargo, solo reflejaba la línea materna, porque...

Encontró el nombre de Mab dos por encima del de Evalin. Era la bisabuela de Aelin, una de las tres reinas de las hadas: las hermanas Maeve, Mora y Mab. Mab fue la más joven y poderosa, y a su muerte se convirtió en la diosa conocida como Deanna, señora de los cazadores.

El recuerdo lo azotó como un golpe en la cara. Aquella mañana de Yulemas, Celaena se había mostrado sumamente incómoda al recibir la flecha dorada de Deanna: la flecha de Mab.

Chaol repasó el árbol hacia abajo, hasta que...

"Mi bisabuela pertenecía al pueblo de las hadas".

El capitán tuvo que agarrarse al escritorio. No, no era posible. Volvió al libro de crónicas, que seguía abierto, y giró la página en busca del día siguiente a la fecha en cuestión.

Aelin Galathynius, heredera del trono de Terrasen, ha muerto esta mañana o quizá durante la noche. Antes de que la ayuda llegara a la finca de sus difuntos padres, el asesino, que por la noche no la encontró, regresó. Su cuerpo aún no ha sido hallado, pero se cree que fue arrojado al río que pasa junto a la casa de sus padres.

Ella le contó una vez que Arobynn la había... la había encontrado. La había encontrado helada y medio muerta a la orilla de un río.

Se estaba precipitando en sacar conclusiones. A lo mejor solo quería darle a entender que todavía le importaba el destino de Terrasen o...

Sobre el árbol genealógico de la familia Ashryver, alguien había escrito un poema, una especie de apunte hecho a toda prisa.

"*Ojos de Ashryver,*
ojos mágicos de antiguas leyendas,
su azul brillante cercado de oro".

Ojos de un azul brillante cercados de oro. Un grito cortado salió de su garganta. ¿Cuántas veces había contemplado Chaol aquellos ojos? ¿Cuántas veces la había visto desviar la mirada ante el rey, la única prueba que no podía ocultar?

Celaena Sardothien no estaba aliada con Aelin Ashryver Galathynius.

Celaena Sardothien era Aelin Ashryver Galathynius, heredera al trono y legítima reina de Terrasen.

Celaena era Aelin Galathynius, la mayor amenaza al reino de Adarlan, la única persona que podía reclutar un ejército capaz de oponer resistencia al rey. Ahora, también era la única persona que conocía el origen del poder del soberano... y estaba buscando un modo de destruirlo.

Y Chaol acababa de enviarla directamente a los brazos de sus más poderosos aliados en potencia: la tierra natal de su madre, el reino de su primo y los dominios de su tía, la reina Maeve de las hadas.

Celaena era la reina perdida de Terrasen.

Chaol se dejó caer de rodillas.

AGRADECIMIENTOS

Por encima de todo, debo esta novela a Susan Dennard. Por ser la clase de amiga que, por lo general, solo existe en los libros. Por ser de esas amigas a las que vale la pena esperar. Por ser mi *anam cara*. Gracias por las aventuras (y desventuras), por reír conmigo hasta las lágrimas y por toda la alegría que me has dado. Te quiero mucho.

Infinita gratitud a mi Equipo A particular: mi increíble agente, Tamar Rizinski; mi excelente editora, Margaret Miller, y la incomparable Michelle Nagler. Me siento inmensamente afortunada de tenerlos cerca. Gracias por todo lo que han hecho por mí.

A mi buen amigo y crítico Alex Bracken, que siempre tiene sabios consejos y brillantes ideas que ofrecerme, y que me ha salvado de infinidad de situaciones desesperadas. Gracias por ser una de las luces más brillantes de este viaje. A Erin "Ders" Bowman, por las charlas de los viernes, por las locas excursiones y por haber sobrevivido conmigo al brutal ataque de cangrejos del lago Glenville, en Carolina del Norte. Me alegro mucho de haberte enviado un correo electrónico.

También debo gratitud a Amie Kaufman, Kat Zhang y Jane Zhao, que han asumido toda clase de funciones, desde la de salvavidas hasta la de críticas y animadoras, pero, por encima de todo, han sido unas amigas maravillosas. A la inteligentísima Bilkana Likic, por ayudarme con el acertijo hace muchos años. A Dan "DKroks" Krokos, por ser un verdadero amigo y cómplice del delito. A la legendaria Robin Hobb, por llevar a dos escritoras noveles a cenar en Decatur, Georgia; gracias por ser tan amable y perspicaz con Susan y conmigo.

Muchísimas personas han trabajado incansablemente para que mis libros se materializaran y para llevarlos a manos de los lectores. Gracias de todo corazón a Erica Barmash, Emma Bradshaw, Susannah Curran, Beth Eller, Alona Fryman, Shannon Godwin, Natalie Hamilton, Bridget Hartzler, Katy Hershberger, Melissa Kavonic, Linette Kim, Ian Lamb, Cindy Loh, Donna Mark, Patricia McHugh, Rebecca McNally, Regina Roff Flath, Rachel Stark y Brett Wright. Y mi inmenso agradecimiento al equipo de Bloomsbury de todo el mundo; es un honor trabajar con todos ustedes.

Un enorme abrazo a mis padres, a mi familia y amigos. Gracias por su apoyo incondicional. Y a mi increíble marido, Josh; no hay palabras, en ninguna lengua, para describir cuánto te quiero.

Gracias a Janet Cadsawan, que da vida al mundo de *Trono de Cristal* con su maravillosa joyería. Y gracias a Kelly de Groot por el mapa, el entusiasmo y, sencillamente, por ser increíble.

A mis lectores: gracias por convertir este viaje en un cuento de hadas; gracias por las cartas y por los dibujos, por venir a mis presentaciones y por recomendar la serie; gracias por dejar entrar a Celaena en sus corazones. Hacen que el duro trabajo y las muchísimas horas de escritura valgan la pena.

Y por último, me gustaría agradecer a mis lectores de FictionPress, que llevan tantos años conmigo y con los que he contraído una deuda que nunca podré pagar. No importa a dónde me lleve este camino, siempre daré las gracias por haber tenido la oportunidad de coincidir con ustedes. Gracias, gracias, gracias.